ZHONGGUO XIAOSHUO
100 QIANG

中国小说 100 强（1978—2022）

天堂口

肖江虹 著

北京联合出版公司
Beijing United Publishing Co.,Ltd.

图书在版编目（CIP）数据

天堂口 / 肖江虹著. —— 北京 ：北京联合出版公司，2023.12

（中国小说100强）

ISBN 978-7-5596-4967-6

Ⅰ.①天… Ⅱ.①肖… Ⅲ.①小说集－中国－当代 Ⅳ.①I247

中国国家版本馆CIP数据核字(2023)第199519号

天堂口

作　　者：	肖江虹
出 品 人：	赵红仕
出版监制：	张晓冬　范晓潮
责任编辑：	徐　樟
特约编辑：	和庚方　张　颖
封面设计：	武　一

北京联合出版公司出版

（北京市西城区德外大街83号楼9层　100088）

北京兴星伟业印刷有限公司印刷　新华书店经销

字数207千字　650毫米×920毫米　1/16　23印张

2023年12月第1版　2023年12月第1次印刷

ISBN 978-7-5596-4967-6

定价：68.00元

版权所有，侵权必究

未经书面许可，不得以任何方式转载、复制、翻印本书部分或全部内容。
本书若有质量问题，请与本公司图书销售中心联系调换。
电话：010-65868687

中国小说100强（1978—2022）丛书

编委会

丛书总策划

  张 明 著名出版人
  张 英 资深媒体人

编委主任

  吴义勤 中国作协副主席
       中国小说学会会长

编　委

  吴义勤 中国作协副主席、中国小说学会会长
  宗仁发 《作家》杂志主编
  谢有顺 中山大学教授、中国小说学会副会长
  顾建平 《小说选刊》副主编
  张 英 资深媒体人
  文 欢 作家、出版人

百鸟朝凤____1

天堂口____68

蛊　镇____87

喊　魂____161

内陆河____214

南方口音____236

犯罪嫌疑人____291

百鸟朝凤

索引

【词目】百鸟朝凤

【发音】bǎi niǎo cháo fèng

【释义】朝:朝见;凤:凤凰,古代传说中的鸟王。旧时喻指君主圣明而天下依附,后也比喻德高望重者众望所归。

【出处】宋·李昉等《太平御览》九百一十五卷引《唐书》:"海州言凤见于城上,群鸟数百随之,东北飞向苍梧山。"

一

过了河,父亲再一次告诫我,说不管师傅问什么,都要顺着他,知道吗?我点点头。父亲蹲下来给我整了整衣衫,我的对襟短衫是母亲两个月前就做好的，为了让我穿上去看起来老成一些，还特地选了藏青色。直到今天离开家时，母亲才把新衣服给我换上。衣服上身后，父亲不满意，蹙着眉说还是没盖住那股子嫩臭味儿。看起来藏青色的短衫并没有拉长我来到这个世界上的日子。毕竟我才十一岁，这个年龄不比衣服，过过水就能缩短或抻长的。

一大早被母亲从床上掀下来的时候，还看见她一脸的怒气，她对我睡懒觉的习惯深恶痛绝。可临了出门，母亲的眼神里却布满了希冀、不舍，还有无奈。父亲则决绝得多，他的理想就是让我做个唢呐匠。我们水庄是没有唢呐匠的，遇上红白喜事，都要从外庄请，从外庄请也不是容易的事情，如果恰好遇上人家有预约，那水庄的红白喜事就冷清了。没有了那股子活泛劲头，主人面子上过不去，客人也会觉得少了点什么。所以被请来的唢呐匠在水庄都会得到极好的礼遇，烟酒茶是一刻不能断的，还得开小灶。离开那天，主人会把请来的唢呐匠送出二里多地，临别了还会奉上一点乐师钱，数量不多，但那是主人的心意。推辞一番是难免的，但最后还是要收下的。大家都明白这是规矩，给钱是规矩，收钱是规矩，连推辞都是规矩的一部分。

听母亲说，父亲想让我做一名唢呐匠其实并不完全为了钱。母亲说父亲年轻时也想做一名唢呐匠，可拜了好多个师傅，人家就不收，把方圆百里的唢呐匠师傅都拜遍了，父亲还是没有吹上一天的唢呐，人家师傅说了，父亲这人鬼精鬼精的，不是吹唢呐的料。许多年过去了，本以为时间已经让父亲的理想早就像深秋的落叶腐化成泥了，可事实并不是这样。自我懂事起，我就发现父亲看我的眼神变得怪怪的，像蹲在狗肉汤锅边的饿痨子，摩拳擦掌，跃跃欲试。有一次，我的老师在水庄的木桥上遇见了父亲和我，他情绪激动地给父亲反映，说我从小学一年级到五年级，数学考试从来没有超过三十分。我当时就羞愧地低下了头，想接下来理所当然地有一场暴风骤雨。老师说完了，父亲点点头，很大度地挥挥手说三十分已经不错了。然后牵起我走了。走到桥下，他回头看了一眼身后可怜的一头雾水的教书匠，嘿嘿干笑了两声，教书先生哪里知道，水庄的游本盛对他儿子有更高远的打算。

我确实不喜欢念书，我们水庄大部分娃子和我一样不喜欢念书，刚开始还行，渐渐地就冷了。主要是听不懂，比如我们的数学老师，自己都没有一个准，今天给我们一个答案，明天一早站在教室里又小声地宣布，说同学们昨天我回去在火塘边想了一宿，觉得昨天那个题目的答案有鬼，不正确，所以吓得一夜都没睡安稳，今天特地给大家纠正。我们就笑一回，后来又听说数学老师其实也只是个小学毕业的，更有甚者说他根本连小学都没有读毕业。我们就无可奈何地生出一些鄙夷来。鄙夷的方式就是不上课，漫山遍野地去疯。

我不喜欢念书，可我也不喜欢做唢呐匠，我也说不清为什么不喜欢做唢呐匠，可能是从小到大总听见父亲在耳边灌输唢呐匠的种种好，听得多了，也腻了，就厌恶了。而且我断定，我的父亲之所以希望我成为一个吹唢呐的，目的就是图那几个乐师钱。

二

翻过大阴山，就能看见土庄了。那就是我未曾谋面的师傅的家。我们这一带有五个庄子，分别叫金庄、木庄、火庄、土庄，再加上我们水庄，构成了一个大镇，按理这个镇子该叫五行镇才对的，可它却叫无双镇。未来师傅的宅子在一片茂盛的竹林中，翠绿掩映下的一栋土墙房。我曾经从爷爷的旧箱子里翻出一本绣像《三国演义》，里面有一幅画，叫三顾茅庐的，眼前的这个场景就和那幅画差不多。通往土墙房的路一溜的坦途，可父亲却发出吭哧吭哧的喘气声，他额头上还有针尖大小的汗珠儿，两个拳头紧紧地握着。我看了他一眼，父亲有些不好意思起来，他想我定是把他的紧张看破了，于是他就露出一个自嘲的讪笑。

　　面子有些挂不住的父亲就转移话题。福地啊！父亲说，你看，左青龙，右白虎，后朱雀，前玄武，一看就不是一般人家。我想笑，可没敢笑出来，父亲是不识风水的，连引述有关风水的俗语都弄错了。这几句我也是听水庄的风水先生说过，不过人家说的是前朱雀，后玄武。我想父亲真的是太紧张了，他怕自己小时候的悲剧在下一代的身上重演。我顿时有了一些报复的快感，想师傅要是看不上我就好了，最好是出门了，还是远门，一年半年的都回不来。

　　看见我左摇右晃的二流子步伐，父亲在身后焦急地吼，天杀的，你有点正形好不好！师傅看见了那还了得。

　　父亲的运气比想象的要好，土庄名声最显赫的唢呐匠今天正好在家。

　　我未来师傅的面皮很黑，又穿了一件黑袍子，这样就成了一截成色上好的木炭。他从屋子里踱出来的时候燃了一袋旱烟，烟火吱吱地乱炸。我很紧张，怕那点星火把他自己给点燃了。他大约是看出了我的焦虑，就抬起一条腿，架到另一条腿的膝盖上，把鞋底对着天空，将那半锅子剩烟杵灭了。做这样一个难度很大的动作只是为了杵灭一锅烟火，看来我未来的师傅真是一个不简单的人。

　　焦师傅，我叫游本盛，这是我儿子游天鸣，打鸣的鸣，不是明白的明。父亲弓着腰，踩着碎步向屋檐下的黑脸汉子跑过去，跑的过程中又慌不迭地伸手到口袋里摸香烟，眼睛还一直对着一张黑脸行注目礼。可怜的父亲在六七步路的距离里想干的事情太多了，他又缺乏应有的镇定，这样先是左脚和右脚打了架，接着身体就笔直地向前仆倒，跌了一嘴的泥，香烟也脱手飞了出去，不偏不倚地降落在院子边的一个水坑里。我的心一紧，赶忙过去把父亲扶起来，父亲甩开我扶他的手，说扶我干什么？快去给师傅磕头啊！我没有听父亲的，毕竟我认识父亲的时间比认识师傅的时间要长，于情于理都该照看刚从地上爬起来的水庄汉子。主意打定，我仍然不屈不挠地挽着父亲的手臂，我抬起头，父亲的额头上有新鲜的创口，殷红的血珠正争先恐后地渗出来，我一阵心酸，眼泪就下来了。

师傅摆摆手，说磕头？磕什么头？他为什么要给我磕头？这个头不是谁都能磕的。

父亲哑然，很难堪地从水坑里捡起香烟，抽出一支来，香烟身体暴涨，还湿答答地落着泪。

这？父亲伸出捏着香烟的手为难地说。

屋檐下的扬了扬手里的烟锅子说，我抽这个。

我、父亲，还有我未来的黑脸师傅，三个人就僵立着，谁都不说话，主要是不知道说什么。还是屋檐下的木炭坦然，不管怎么说这始终是他的地盘，所以他的面目始终都处于一种松弛的状态，他看了看天空，我也看了看天空，他肯定觉得今天是个好天气，我也觉得今天是个好天气。太阳像个刚煎好的鸡蛋，有些耀眼，我未来的师傅就用手做了一个凉棚，看了一会儿太阳，又缓慢地填了一锅烟，把烟点燃后，他终于开口了。

哪个庄子的？他问话的时候既不看我，也不看父亲，但父亲对他的傲慢却欣喜如狂。父亲往前走了两步，说水庄的，是游叔华介绍过来的。父亲把游叔华三个字做了相当夸张的重音处理。游叔华是我的堂伯,同时也是我们水庄的村长。

我听见唢呐匠的鼻子里有一声细微的响动,像鼻腔里爬出来一个毛毛虫。他继续低头吸烟,仿佛没有听见父亲的话。看见游村长的名号没有收到想象中的震撼力,父亲就沮丧了。

多大了?唢呐匠又问。

我的嘴唇动了动,刚想开口,父亲的声音就响箭般地激射过来:十三岁。比我准备说的多出了两岁。怕唢呐匠不相信,父亲还做了补充:这个月十一就十三岁满满的了。

唢呐匠的规矩你是知道的,十三是个坎。唢呐匠说。

知道知道。父亲答。

这娃看起来不像十三的啊。唢呐匠的眼睛很厉害。

这狗东西是个娃娃脸,自十岁过来就这样儿,不见熟。

嗯!唢呐匠点了点头。看见唢呐匠表了态,父亲的眉毛骤然上扬,他跑到屋檐下战战抖抖地问:您老答应了?

哼!还早着呢!

我原本以为做个唢呐匠是件很容易的事情,拜个师,学两段调儿,就算成了,可照眼下的情形来看,道道还真不少呢。

院子里摆了一张桌子,桌子上放了一个盛满水的水瓢,水瓢是个一分为二的大号葫芦。唢呐匠递给我一根一尺来长的芦苇秆,我云里雾里地接过芦苇秆,不知道唢呐匠到底什么用意。

用芦苇秆一口气把水瓢里的水吸干,不准换气。我未来的师傅态度严肃地对我说。

我看了看父亲,父亲对着我一个劲地点头,牙咬得紧紧的,他的鼓励显得格外地艰苦卓绝。

我把芦苇秆伸进水里，又看了看他们两个人，唢呐匠的眼神和父亲形成了鲜明的对比，自然而平静，像我面前的这瓢水。

我提了提气，低头把芦苇秆含住，然后一闭眼，腮帮子一紧，一股清凉顿时排山倒海地涌向喉咙。我睁开眼，看见瓢里的水正急速地消退，开始我还信心满满的，等水消退到一半的时候，气就有些喘不过了，水只剩下三分之一的时候，不光气上不来，连脑袋也开始发晕了，胸口也闷得难受，我像就要死了。

快，快，快，不多了。是父亲的声音，像从天外传来的。

终于，我一屁股坐倒在地，仰着头大口地喘气，我又看见太阳了，是个煎煳的鸡蛋。

等太阳重新变成黄色，我听见父亲在央求唢呐匠。

您老就收下他吧！父亲带着哭腔说。

他气不足，不是做唢呐匠的料子。

他气很足的，真的，平时吼他两个妹妹的声音全水庄都能听见。

唢呐匠笑笑，不说话了。

这时候我看见父亲过来了，他含着眼泪，咬牙切齿地操起桌上的水瓢，劈头盖脸地向我猛砸下来。

你个狗日的，连瓢水都吸不干，你还有啥能耐？水瓢正砸在我脑门上，我听见了骨头炸裂的声音。我高喊一声，仰面倒下，太阳不见了，只有一些纷乱的蛋黄，还打着旋地四处流淌。

怎么样？他叫的声音够大吧？气足吧？父亲的声音怪怪的，阴森潮湿。

我努力睁开眼，又看见了父亲高高扬起的水瓢。

叫啊！大声叫啊！父亲喊。

我不知道父亲为什么要这样。我做不成唢呐匠怎么会令他如此气急败坏。

正当我万分惊惧的时候，我看见了一只手。

那只手牢牢攥住了父亲的手腕。

三

好多年后师傅对我说，你知道当初我为什么收你为徒吗？我说你老人家心善，怕我父亲把我给活活打死了。师傅摇头，说你错了，我收你为徒是因为你的眼泪。我说什么眼泪？师傅说你父亲跌倒后你扶起他后掉的那滴眼泪。

父亲走了，看着他离开的背影我顿时有一种无助的感觉，以往天天看见他，没觉得他有多重要，被他揍了还会在心里偷偷骂"狗日的游本盛"。现在才发现父亲原来是极重要的。他就像一棵树，可以挡风遮雨，等有一天自己离开了这棵大树，才发现雨淋在身上是冰湿的，太阳晒在脸上是烤人的。

从此以后，我就是一个人了。看着父亲渐渐变淡变小的背影，我忍不住哭了一场，师傅站在我旁边，伸出一只手搭在我的肩上，轻轻拍了拍，我心里一热，哭得更厉害了。

晚上吃饭，师傅给我介绍了师娘，师娘很瘦，也黑。走起路来左摇右晃的，像根煮熟的荞麦面条。师娘话多，饭桌上问了我好多事情，都是关于水庄的，还说她有个亲戚就住在我们水庄。和师娘比起来，师傅的话则少了许多，一顿饭时间就说了两句话，我端碗的时候他说：吃饭。我放碗的时候他又说：吃饱。

吃完饭，我主动把碗刷了。在刷碗的过程中我偷偷探头看了看坐在堂屋里的师傅和师娘，当时师娘对着我站的位置指指点点，还不住地点头，脸上也有些不易觉察的笑容。师傅却不为所动，他只是一个劲地抽烟，喷出来的烟雾也浓，让我想起在水庄和父亲烧山灰的日子。我明白师娘的笑容和我刷碗的行动有关。而我刷碗的行动又和临出门那晚母亲油灯下的唠叨有关。母亲说：出门在外不比在家，要勤快，眼要尖，要把你那根全是懒肉的尾巴夹好。

刷完碗师娘对我说，她的三个儿子都成家分出去了，家里就他们两老，所以你该做些力所能及的事情。

晚上我躺在床上，想明天就要吹上唢呐了，有一些兴奋，又有一些惶恐，总觉得我的人生不该就这样拐弯的，我还没有玩够，我还是个娃儿，娃儿就该玩的。想起我的伙伴马儿他们，此刻他们肯定正在水庄的木桥边抓萤火虫，把抓来的萤火虫放进透明的瓶子里，走夜路时可以当马灯用。

一早，我还在梦里捉萤火虫，就听见了两声剧烈的咳嗽声，咳嗽声是师傅发出来的，我一惊，知道这是起床的信号，师傅毕竟不是亲爹，没有像父亲一样冲进来掀开被窝照着屁股就一顿猛扇。我想他一定还当我是客人，所以方式也就间接一些。穿上衣服走出门，我先喊了一声站在屋檐下的师娘，正在淘蚕豆的师娘对我点了点头。打完一个呵欠我才发现太阳还在山那头浴血挣扎，我心里头就上来了一些怨气，想这太阳都还没有出来呢，就得爬起来。在家虽然被父亲扇屁股，但那时太阳都老高了啊。看见我脸嘴不好看，师娘说你师傅到河湾去了，你也去吧！

顺着师娘指的方向，我看见了土庄的河湾，土庄虽然叫土庄，可河湾却比水庄的还要大，河岸四周有烟柳，烟柳我们水庄也有，远远地看去像团滚圆的烟。烟柳四四方方地抱着一团翠绿的河湾，几只纯白的水鹤在河湾上悠闲地飞来绕去。师傅站在河滩上，静静地看着水面，他的身影很孤寂，也渺小。

师傅从河岸边齐根折来一根芦苇，去掉顶端的芦苇须，把足有三尺长的芦苇秆递给我，说过去把河里的水吸上来，记住，芦苇秆只能将将伸到水面。开始我以为这是件极简单的事情，一吸我才知道没有那么简单。我脸也红了，腿也软了，小肚子都抽筋了，还是没能吸上一滴水。我回头看了看师傅，师傅脸色灰暗，说等你把水吸上来了就可以回家了。

天黑尽了我才回到师傅家，师傅和师娘守着一盏如豆的油灯。看我进屋来，师娘端给我一碗饭，饭还没到我手里，师傅说话了。

水吸上来了？

我摇摇头。

那你回来搓尿啊？师傅猛地立起来，把手里的旱烟杆往地上狠狠地一掼。他的脸本来就乌黑，此刻就更黑了。

我现在才意识到这个黑脸男人是认真的。

我的晚饭被师傅扒掉了半碗，虽然师娘一直给我说情，说天鸣他爹可是交足了生活费用的，再说娃儿在吃长饭呢！

娃？老子哪个徒弟不是娃过来的？老子当初拜师的时候，三天没有饭吃呢！

夜晚我躺在床上痛快地哭了一回，哭完了就想父亲的绝情，想完父亲的绝情又想母亲的好。想着想着就睡着了，睡着好像没多久又听见了咳嗽声。我爬起来凑到窗户边，发现山那边连太阳浴血的迹象都还没有。

此后十多天，我天天攥着根芦苇秆在河滩上吸水。有往来的土庄人隔得远远的就喊,焦三爷又收新徒弟了。还有的喊,这个娃子能成焦三爷的弟子,看来是有些能耐的。我听见他们的喊声里有酸溜溜的味道,肯定是自己的娃没能让师傅看上。这样我有了一些信心,就把吸水这个世间最枯燥的活儿有模有样地干起来。

大约是一个黄昏,我记得那天河滩上的水鹤特别多,沿着水面低低地滑翔,在一片耀眼的绿中拉出一尾又一尾炫目的雪白。我像之前千百次的吸水一样,一沉腰,一顿足,一提气,竟然牢牢地咬住了一股冰凉。我把嘴里的水来回渡了渡,又把它轻轻地吐到掌心里,不错的,我把水吸上来了。看着掌心的一窝清澈,我恍若隔世,一股说不清道不明的东西在心窝子里上下翻滚,喉咙慢慢就变得硬硬的了。我撒腿疯了似的向师傅的土墙小屋子跑去,跑到院子里,师傅正坐在屋檐下编苇席。

吸上来了。我一字一顿地说。

本来以为师傅会笑一个,然后点点头,说这下你可以吹上唢呐了。但不是这样的。师傅听我说完,从脚边堆积的芦苇里挑出一根最长的,掐头去尾递给我。我把芦苇秆立起来,比我还要高,我疑惑地看着师傅,师傅依然认真地低头编着苇席,半晌才抬起头对我说,去啊!继续吸。

四

到土庄两个月零四天,蓝玉来了。

蓝玉来的头天晚上,土庄下了一场罕见的暴雨。第二天一大早我起得床来，看见院子里跪着一个男娃子。他的全身上下都湿透了，衣裤上沾满了黄泥。在他的身边，是一个三十出头的汉子，也披着一身的潮湿，他两个手不停地搓着，眼睛跟着师傅转。这个时候，我的师傅正在牛圈边给牛喂草，他大把大把地把青草扔给圈里的牛，还在院子里过来过去的，就是不看院子里的蓝玉和他的父亲，仿佛院子里的两个人只是虚幻的存在。我看出了蓝玉父子的尴尬，想起自己刚来到这个院子的情景，就有些同情院子里的人。

这个时候，蓝玉抬起了头，向我这边看了一眼，我给了他一个浅浅的微笑，一脸黄泥的蓝玉也笑了，他的笑意很薄很轻，仿佛往湖面上扔了一块拇指大小的石子起来的一层涟漪。好多年后蓝玉还在对我说，他说当时跪在泥水里的他都有了天地崩塌的感觉，他已经打定回家的主意了，不管他的父亲同不同意他都准备回家了，就是因为我的那个微笑，他留了下来。

师傅同意收下蓝玉是在蓝玉的父亲两个膝盖也重重地跌落在泥地里后。当时师傅正抱着一捆青草往牛圈边去。那个异样的声音至今还犹然在耳，我看见蓝玉的父亲两腿一屈，接着他面前的水被砸得稀烂，咚，一个院子都颤抖起来。师傅回过头就僵在那里了，然后他说你起来吧，我可以试试他是不是吹唢呐的料，不行的话，你还得把娃领回去。

和我相比，蓝玉的测试多出了好几项内容。除了吸水，还有吹鸡毛，师傅把一片鸡毛扔到天上，要蓝玉用嘴把鸡毛留在空中，一袋烟的工夫不能掉到地面。还有就是打靶，含上一口水，对着桌上的木牌，在四步外的距离用嘴里的水把木牌射倒。我很为蓝玉担心，因为我连一瓢水也是吸不完的。

蓝玉轻描淡写地就完成了测试，不仅我惊讶，连师傅都有些惊讶了。虽然他把这种惊讶包裹得很严实,当蓝玉把桌上的木牌射倒后,他的两条眉毛很迅速地彼此凑了凑,眉间也多出来一条窄而深的沟壑。我至今都承认,我的师弟蓝玉天分比我要高得多。

蓝玉留下来了,和我住一张床。师傅还郑重地把我介绍给了蓝玉,说这是你师兄,师兄师弟,就要像亲兄弟一样的,懂不懂?蓝玉点了点头,我也点了点头。

晚上蓝玉在床上问我,吹唢呐好玩吗?我说不知道,蓝玉惊讶地翻起来说你怎么会不知道呢?你不是都来两个月了吗?我说我还没吹上一天的唢呐呢!那你在干啥?蓝玉问。喝水,喝河湾的水。我答。

打蓝玉来后,土庄的河湾边吸水的娃由一个变成了两个。土庄人从河湾过就大声说焦三爷又收徒弟了,焦家唢呐班人强马壮了。

在我们吸水的这段日子里,师傅和他的唢呐班共出了十多趟门。整个无双镇都跑遍了。我和蓝玉还认识了焦家唢呐班的师兄们。我的大师兄年纪和我父亲差不多,师傅让我和蓝玉叫他大师兄,我们都有些不好意思,毕竟他是个满脸胡须的大人。我们怯怯地喊罢,大师兄摸摸我们的脑袋,然后看着师傅笑笑。师傅说磨磨都能出来。大师兄又笑一回,他笑的时候嘴裂得很大,胡子满脸跑,他把唢呐凑到嘴里,唢呐的苇哨和铜围圈就不见了。

接活后出门的前一晚,焦家班照例要吹一场的。院子里摆上一张桌子,桌子上有师娘煮好的苦丁茶和炸好的黄豆。师傅和他的徒弟们散坐在院子里,大家先聊一些家常。聊家常的时候有一个人声音最大,说话像打雷,他是我的二师兄。据师娘讲,二师兄是师傅最满意的徒弟,天分好,也刻苦,特别擅长吹丧调,能在灵堂把一屋子人吹得流眼抹泪。聊一阵子天,师傅就咳嗽两声,众人会意,各自从布袋子里抽出唢呐,第一步是调音,看看唢呐音调对不对;然后师傅起调,如果接的是红事，就吹喜调，喜调节奏快，轻飘飘地在院子里奔跑；如果接的是白事，就吹丧调，丧调慢，仿佛泼洒在地上的黏稠的米汤，等到师傅独奏的那一段，我和蓝玉眼窝子都有了一窝水。

　　无双镇大部分人家接唢呐都是四台，所谓四台，就是只有四个唢呐手合奏；比四台讲究的是八台，八台除了四个唢呐手，还有一个鼓手，一个钵手，一个锣手，一个钞手。八台不仅场面大，奏起来也气势非凡。师娘告诉我，如果练的是八台，土庄的人都会来，聚在院子里，屏声静气地听完才散去。毕竟八台一是难度大，二是价钱高，一般人家是请不起的，土庄人近水楼台，运气好的话一年能听上一两回。我又问师娘，有比八台更厉害的吗？师娘笑笑，说有，我问：是什么？

　　百鸟朝凤，师娘答。

　　怎么个吹法？我问。

　　独奏！师娘说这话的时候神情肃穆。

　　独奏？谁独奏？我和蓝玉惊讶地问。

　　夜风撩着师娘的头发，她的表情像一本历史书，好久她才说，当然是你们师傅。

五

　　三个月了，我用一人多高的芦苇秆把河湾的水吸了上来。可我还是没有吹上唢呐。师傅只是让我和师娘下地给玉米除草。土庄六月的天气似乎比水庄的要热得多，我们水庄这个季节都是湿漉漉的。在玉米地里，我对师娘说土庄不如水庄好，我们水庄没有这样热，师娘就哈哈地笑，笑完了说游家娃是想家了。中午收工回家，经过河湾的时候，我的师弟蓝玉扎着马步在河湾上吸水。蓝玉是有天分的，他才来一个月，就接到师傅递给他的一人多高的芦苇秆了。我到这一步比蓝玉整整多用了一个月时间。

　　吃完晚饭，蓝玉去刷碗，自从他来了以后，刷碗这个活就是他的了。刚开始我还觉得好，想终于可以不用刷碗了。可没过两天师傅对我说，跟你师娘下地吧。才下了半天的地，我又想念刷碗了。蓝玉刷碗的声音特别响，刷碗这活我是知道的，磕磕碰碰发出些声响是难免的，但绝没有这样大的声响的。连提个水壶，蓝玉都要弄得惊天动地的，一弓腰，就发出咳的一大声，仿佛他提起来的不是一个水壶，而是一扇石磨。很快，蓝玉就从厨房出来了，他甩了甩两只湿漉漉的手，眼睛看着师傅和师娘，他的意思是告诉我们，该他的活已经干完了。

　　蓝玉得到了师娘的夸奖，师娘说蓝玉刷碗动作比天鸣麻利，顿了顿师娘又说，麻利是麻利，但没有天鸣刷得干净。

　　蓝玉不仅话多，也会讲。他坐在师傅和师娘的中间给他们讲他们木庄的奇怪事，师娘被他逗得哈哈大笑，连师傅一直绷着的脸都会不时舒展开来。我没有蓝玉的嘴皮子，就在旁边一直闷坐着，师娘好像看出来了，就对我说，天鸣是不是想家了，想家的话就回去看看吧。他说这话的时候眼睛一直盯着师傅，我想是这个事情她做不了主，在征求师傅的意见。一提到回家，我的眼窝就一阵发热，我真想家了，想父母，还有两个妹妹，他们肯定也在想着我的。

　　我目不转睛地看着师傅，老半天师傅才说，早去早回。

　　我又回到水庄了。

　　以前觉得水庄什么都不好，一脚踏进水庄的地界，我发现水庄什么都好，水庄的山比土庄的高，水比土庄的绿，连人都比土庄的耐看呢。

走进我家院子，母亲正蹲在屋檐下剁猪草，父亲站在楼梯上给房顶夯草。一看见我，母亲就扔掉手里的活跑过来，她摸摸我的头，又摸摸我的脸，说天鸣回来了，还瘦了。母亲的手有一股青草的腥味，但我觉得特别好闻，我好久没有看见母亲的脸了，好像黑了不少，看着母亲，我的眼睛就模糊起来。

本盛，天鸣回来了。母亲对着父亲喊。

父亲没有从楼梯上下来，他弯下腰看看我，又继续给屋顶夯草。

好好的，回来做啥？父亲的声音顺着楼梯滑下来。

师傅让我回来的。我直着脖子说。

啥？你个狗日的，烂泥糊不上墙。父亲把夯草的木片子高高地摔下来，破成了好几块。

娃好好的，你骂他干啥？母亲说。

好好的？好好的能让师傅赶回家？父亲从楼梯上下来，还腾出一只手狠狠地对着我戳。你啊，你啊，你——。父亲发出的声音像被他嚼碎了吐出来的。

晚上母亲给我做了一顿腊肉，还不让两个妹妹多吃，拼命把好吃的往我碗里夹。父亲在饭桌上不停地对我翻白眼，像要活吞了我似的。什么时候回去？母亲把碗里最后一片腊肉夹给我问。早去早回，师傅说的。我说。真的？父亲把头歪过来问，我点点头。这时候水庄的游本盛才笑了，还用筷子敲了敲我的后脑勺，轻轻的。我发现，这顿饭父亲的筷子一直没有伸到肉碗里，我把母亲给我的最后一片腊肉夹起来放进了父亲的碗里，父亲笑得更欢了，说那就恭敬不如从命了。

月亮上来了，两个妹妹都睡了。我和父亲母亲坐在院子里，我给他们讲了土庄的好多事情。

爸，你知道唢呐除了四台和八台，还有什么吗？我问父亲。

父亲笑了笑，然后看了看母亲，母亲也笑了笑。

莫非还有十六台？母亲说。

我摇摇头。说唢呐吹到顶其实是独奏呢！你们知道叫什么吗？

这时候我看见父亲的笑容不见了，他的目光跑到月亮上去了，面容也变得复杂了。好半天他才把目光转向我，说你知道我为什么要送你去学吹唢呐吗？

我摇头。

就是要你学会吹百鸟朝凤。

我惊讶了，就兴奋地说原来你也知道百鸟朝凤的啊！还表态说你们放心，我学会了回来吹给你们听。

没有那样简单，你师傅这十多年来收了不下二十个徒弟，可没有一个学会百鸟朝凤的。父亲说。

很难学吗？我问。

倒不是，这个曲子是唢呐人的看家本领，一代弟子只传授一个人，这个人必须是天赋高，德行好的，学会了这个曲子，那是十分荣耀的事情，这个曲子只在白事上用，受用的人也要口碑极好才行，否则是不配享用这个曲子的。

咱家天鸣能学会吗？母亲问。

父亲摇摇头，走了。院子里只剩下母亲和我，还有天上的一轮残月。

六

回到土庄我才知道，蓝玉已经把河湾里的水吸上来了。

一回来蓝玉就兴冲冲地问我用长芦苇吸上河湾的水用了多久,我掰着指头数了数说一个半月多一点吧。我用了十天。蓝玉骄傲地说。我心里就有些神伤了,说师傅都说了的,你的天分比我好。蓝玉就拍拍我的肩膀,说你也很好的。

但是我发现我真的不好。

蓝玉吸上水后本来也和我下地的,可下地才几天,事情就发生了变化。

我清楚地记得那天有好大好大的雾,气势汹汹的,整个土庄都不见了。我还没起床,就听见蓝玉的尖叫声,我翻了个身,想多睡一阵子。蓝玉总是起的比我早,甚至比师傅师娘还早,为此他还得到了师傅的夸奖。说实话,我也想像他那样起得早的,我也想得到师傅的夸奖的,可我就是起不来,硬着头皮爬起来也是昏昏沉沉的,好一阵子满世界都在乱转。到后来我索性不起来了,夸奖也不想要了,只要让我多睡一会儿就阿弥陀佛了。

起来,快起来,土庄不见了。蓝玉跑进来摇我。

嗯!我咕哝一声,没理会他。

天鸣,土庄没有了。他干脆把我的被窝抱走了。

无奈,我只好起来,走到屋外我才发现土庄真的不见了。

那是我一生中见到的最大的雾,天地都给吃掉了,连站在我面前的蓝玉也消失了。一眼的白,那白还泛着湿。我没有见过有这样气势的大雾,呼吸都不顺畅了。我凑近蓝玉,他正用两只手拼命地捞悬在空中的白,像一只巨大的蜘蛛,被自己拉出来的丝给网住了。

你们两个进来。师傅在里屋喊。

我和蓝玉折进屋,师傅说今天雾大下不了地了,正好我有事情要交代。

师傅从床下拉出一个锈迹斑斑的铁皮箱子，他打开箱子，我和蓝玉都凑过去看，屋子里光线不好，只能看过大概，反正里面都是唢呐，大大小小，长长短短的唢呐。师傅弯下腰不停地翻检着箱子里面的家什，挑啊拣啊，终于，他抽出了一支略短一些的唢呐，把唢呐放进嘴里，唢呐就发出长长的一声——呜。师傅直起腰来，把唢呐递给我身边的蓝玉，说从今天开始你就不用下地了，专心吹唢呐吧，先把它吹响，我就教你基本的调儿。

蓝玉当时的样子我都没法子形容，接过唢呐的那一刻，昏暗的屋子里竟然划过两道亮光，那是蓝玉眼睛里出来的。我看见蓝玉握着唢呐的手在轻轻地抖动，然后他笨拙地把唢呐塞进嘴里，腮帮子一鼓，唢呐就放出来一个闷屁，又一鼓，又出来一个闷屁。

我想师傅接下来该给我派发唢呐了，说不定是支长的呢，比蓝玉的长。我就定定地盯着师傅的手，希望他能抓住一支长的唢呐不放，再放到嘴里试一试，然后递给我。但我是不会像蓝玉那样没有一点定力，当场就放几个闷屁显摆，我会找个没人的地头悄悄放。

师傅是拿出了唢呐，拿出来还不止一支，拿一支出来，他先是吹吹，然后卷起袖口拭擦一番，又放回去，又捡起一支吹拭一番，照例又放回去。我眼珠子都瞪直了，总是希望下一支就是我的，开始看见短的还害怕，怕他递给我，我想要一支比蓝玉长的。可随着箱子里翻剩下的唢呐越来越少，我的心就开始绷紧了，想短的也成，就是拇指长短的我也收。

"砰"的一声，师傅合上了他的箱子。

我没有吹上唢呐。晚上我对蓝玉说我要回家了。蓝玉说你不是刚回过家吗？我说我不想学吹唢呐了。我现在才知道，师傅其实是看不上我的。

土庄的夏天是没有水庄的好看，可土庄的秋天却老有味儿了。土庄的山小是小了些，可山上都有树，种类也繁多，常青的松和落叶的枫抱在一起，夏天还是整齐的绿，到秋天枫树就醉了。就这样，一个一个红绿间杂的山丘一排儿地往远方去了，像一排生动的省略号。我背着行李顺着省略号一直走，边走边哭，我悲伤极了，来土庄都这样老长的日子了，我就是吹不上唢呐，却成了焦家的长工。又想我连唢呐都没有摸过就回到水庄，水庄人肯定要笑我了。还有，我最担心的还是父亲，我这样回去倒不是怕他揍我，我是怕他会活活气死。

我是偷偷走的，从土庄不见了的那天起，我就想走了。昨天晚上，我的师弟蓝玉又爬到我的床上吹了一回唢呐，他吹的时候还拿眼睛瞟着我，眼角得意地往上翘。我知道他是在我面前显摆，可我不恨他，因为要换着我我也是想显摆的。蓝玉的脑袋很大，所以他很聪明，他现在都能把师傅教给他的丧调吹得我眼窝子发潮了。吹到精彩的地方他还会停下来给我讲，这是滑音，这是长调。每天我和师娘下地，他就爬到我干活的地头，猴样地窜上草垛子，呜呜啦啦的就吹开了。回家的路上，我一身的疲惫，连走路都摇晃着，蓝玉却活蹦乱跳，像早晨刚刚抽上露水的青草儿样鲜活。

我走了，谁都不知道我走了。我走的时候蓝玉还抱着他的唢呐在床上说梦话呢。本来我想跟他道个别的，可我又怕他大呼小叫的惊动了师傅师娘。出门我才发现天还没亮，四处都是让人心悸的黑。我摸索着在屋檐下坐下来，坐下来就想在土庄的这些日子，想师傅和师娘。师娘是个好人，像母亲，在地里还不让我多干活，吃饭老往我碗里夹菜。我最不留恋的就是师傅，我还偷偷给他起了外号，叫焦黑炭。焦黑炭没有一点好，整天绷着脸不说，还不让我吹唢呐。想了好多，我的心里五味杂陈，喉咙一哽，就悄悄呜呜地哭起来，一直哭到天色微明，回家的路也能见着了，我才站起来离开，走出一段回头看了看，眼泪又下来了。

　　终于要离开土庄了，我这辈子怕是当不上唢呐匠了。想起上次回家时给父亲和母亲表的态，说一定学会那首百鸟朝凤回家吹给他们听。但是眼下的情形别说百鸟朝凤了，就是一段稀松的丧调都没有学会。我觉得我最对不起的人就是水庄的游本盛了，他一心一意地送他的儿子学唢呐，可他的儿子学了差不多半年，连用唢呐放两个闷屁的机会都没有，这让水庄人知道了还不笑掉大牙？又伤心了一回，却没有让我放弃回家的念头，反正迟早都是要一无所成地回家的，晚回不如早回，早回还能给家里帮把手。

　　又看见了水庄，横在天地间，安静得像熟睡的孩子。再拐一个弯，就到我们水庄的地界了。我走的是下坡路，路细而窄，弯弯拐拐，像截扔在山坡上的鸡肠子。路两边有一溜的火棘树，那些枝枝蔓蔓都不安分地往路上凑，这样本就狭窄的小路都快看不见了。

　　拐过弯，我听见路坎下有说话的声音。踮起脚，我看见老庄叔正领着一群人在他的新房上夯草。干活的人里还有我的父亲，水庄的游本盛。我悄悄地从火棘树下钻过去，把身子隐在草丛里。

　　天鸣最近没回家？老庄叔问父亲。

　　吹着呢！好多调调都会了。父亲声音很大。

　　以前我还没看出天鸣这娃是吹唢呐的料呢！老庄叔又说。

　　天鸣可比我强，我这娃不要平时看他不吭不响的，做起事情来可一点不含糊。父亲说，前不久回来还气粗地给我和他老娘表态，要吹百鸟朝凤呢！

　　老庄叔就笑一回，他知道父亲是吹牛。就说，百鸟朝凤！百鸟朝凤！我都好多年没听过了，上一次听还是十多年前，火庄的肖大老师去世，焦三爷给吹过一次，那场面，至今还记得，大老师的亲戚学生在院子里跪了黑压压一片，焦三爷坐在棺材前的太师椅上，气定神闲地吹了一场，那个鸟叫声哟！活灵活现的。

等天鸣学回来了，我让他吹给你们听。父亲许愿。

那样我们水庄就长脸了，本盛也长脸了，我就是担心，天鸣有没有那个福气，这百鸟朝凤一代弟子就传一个人呢。老庄叔说。

你们可以不相信天鸣，我是相信我的娃的。父亲说。

我蛇样地从草丛里梭出来，我不想回家了，我想吹唢呐，从来没有像此刻这样想吹唢呐。

我顺着原路爬到山顶，回头看了看水庄。远处近处有袅袅的炊烟，水庄醒过来了。

回到土庄，师傅正在院子里磨刀。看见我失魂落魄地站在院子边的土墙下，师傅说：你师娘到地里去了，你也去吧！

七

师傅把唢呐递给我。是一支小唢呐，哨子是用芦苇制成的，芯子是铜制的，杆子是白木的，铜碗的部分则有些斑驳了。我摩挲着它，这支唢呐比蓝玉的要小，但我已经很满足了，我终于吹上唢呐了。我使劲揪了一下大腿，生生地疼。

这是当年我师傅给我的，是我的第一支唢呐。师傅蹲在大门口吸着旱烟说。

别看它个儿小，但是调儿高，唢呐就是这样，调儿越高，个儿就越小。师傅吐出一口烟雾接着说。

我点点头,门口的师傅渐渐就模糊了。

冬天来了,土庄也热闹了。我和我的师弟蓝玉把土庄整天搅得呜呜啦啦的。河湾边,草垛上,还有庄子西边的大青石上,都能听见破烂的唢呐声,破烂的声音主要是我吹出来的,蓝玉吹的唢呐声已经很悦耳了。他吹的时候,过往的土庄人会停下来仔细听一听,听完了就远远地喊说焦家班后继有人了。我则没有这样的待遇,过往的听见我的唢呐声拔腿就跑了,我就和蓝玉哈哈地笑。

师傅很吝啬,每次教给我的东西都少得可怜,一个调子就要我练习十来天。

焦家班又接活了。出门的前一晚,一班人围在火塘边,木桌上还是有苦丁茶和炒黄豆。我和蓝玉一人抱着一支唢呐坐在人群中,血都滚热了。我们终于成为焦家班的一员了,也许要不了多久,我们就可以和师兄们一起到很远很远的地方去了。大家演奏完,大师兄就说两个师弟来的时间也不短了,也该露一手了。我有些怯,因为我吹得实在是不好,就推说让师弟先来吧。蓝玉也不推辞,像模像样地先抖一抖衣袖,两手举着唢呐,往前一推,再徐徐地把哨子凑进嘴里,像一个老练的唢呐手。蓝玉吹奏得确实好,我觉得和师兄们都差不多了。他演奏的是一段喜调,曲子轻快地在屋子里跳跃,他脑袋和调子一起左摇右晃的,吹得一屋子喜气洋洋。吹奏完了,大师兄就摸蓝玉的大脑袋,说不得了不得了,其他师兄也说好,只有师傅不说话,大口大口地吸烟。

蓝玉吹完了,一屋子人都看着我,我的心突突地跳,握着唢呐的手也浸出好多的汗来。二师兄对着我点点头,我知道他是鼓励我。我战战抖抖地把唢呐塞进嘴里,呜呜地憋出几个滑音和颤音,然后我低下头，说我就会这点了。

一屋子都无话了，只有油灯在轻轻地跳动。师兄们都神情肃穆地看着师傅，师傅还是低着头吸烟。好半天二师兄才低低地对师傅说，师傅恭喜您了。师傅把旱烟伸到凳子腿上按熄说好了今天就到这里，散了吧，明天还要赶远路呢！

我不知道二师兄为什么要恭喜师傅，我吹得那样烂，这样久了也只会吹一些基本的音调，师傅还一副不依不饶的样子，每天就只要我钉着几个调儿吹。

就几个调，我把冬天吹来了。

今年的第一场雪总算来了，都孕育了好几天了，直到昨夜才落下来。半夜我和蓝玉都听见了雪花滑过窗棂的声音。我和蓝玉都睡不着。我们睡不着倒不是等这场雪。在黑夜里大大地睁着眼睛，是等天亮后激动人心的一刻。昨天晚上，焦家班围在火塘边奏完最后一曲调子后，师傅对大家说：明天天鸣和蓝玉也和我们一起出门吧！

蓝玉推开窗户对我说，落雪了，不知道我们木庄是不是也落雪了呢？我说我们水庄肯定是落雪了的，每年这个时候，雪落得可大了，漫天遍野地飞，一个庄子都陷下去了。

我起得很早，草草地抹了一把脸，小心翼翼地把唢呐装好。我装唢呐的布袋子是师娘缝的，碎花青布，唢呐刚好能放进去，可熨帖了；蓝玉的唢呐也有布袋子，是藏青棉布缝制的，后来我才发现，装蓝玉唢呐的布袋子的前身是师傅的内裤。这个秘密我一直没有给蓝玉讲，再后来我又发现，我的布袋子是师娘贴肉的裤衩改的。

今天要去的人家请的是白事。我刚装好唢呐，接客就到了。来接唢呐的是两个年轻人，比我和蓝玉大不了多少，嘴边刚刚长出来一些茸毛，他们一人背着一个背箩，怯生生地站在院子边。我们无双镇就是这样的，请唢呐要派接客，接客要负责运送唢呐匠的工具，等活结束了，还得送回来。

很快我的七个师兄就到了，看来主人请的是八台，七个师兄加上师傅刚好八个。我和蓝玉当然还不能上阵，蓝玉其实是够了的，但师傅说了，先跟一段再说。两个接客很麻利地把锣啊鼓啊的全装进背篓，看我和蓝玉怀里还抱着唢呐，就伸过手来说都装上吧。我不让，说自己拿就成了，反正也不重的。接客不让，说哪有唢呐匠自己拿东西的道理，我们金庄没有这规矩，无双镇也没有这规矩。我还想推让，师傅在旁边说，给他吧，不依规矩，不成方圆。

主人姓查，金庄漫山遍野散落的人家差不多都姓查。

我们被安排进一个单独的屋子，屋子很紧凑，还有两个炭火盆。屁股还没有坐热，师傅就对大家说："捡家伙，开锣！"说完就往院子里去了。

我终于能亲眼目睹唢呐匠们正儿八经的八台大戏了。焦家班在院子里呈扇形散坐着，师傅居于正中，他的目光左右扫视了一番，众人会意，齐齐进入了状态。一声锣响，焦家班在金庄的唢呐盛会拉开了序幕。我此时听到的唢呐声和昨天晚上听见的预演有极大的差别，师傅和他的一班弟子个个全神贯注。唢呐声在高旷的天地间奔突。先是一段宏大的齐奏，低沉而哀婉；接着是师傅的独奏，我第一次听到师傅的独奏，那些让人心碎的音符从师傅唢呐的铜碗里源源不断地淌出来，有辞世前的绝望，有逝去后看不清方向的迷惘，还有孤独的哀叹和哭泣。尤其是那哭声，惟妙惟肖。一阵风过来，撩动着悬在院子边的灵幡，也吹散了师傅吹出来的哀号，天地间陡然变得肃杀了。

一直在院子里劳作的人群过来了，没有人说话，目光全在师傅的一支唢呐上。渐渐有了哭声，哭声是几个孝子发出来的。没多久，哭声变得宏大了，悲伤像传染了似的，在一个院子里弥漫开来，那些和死者有关的，无关的人，都被师傅的一支唢呐吹得泪流满面。

一曲终了，有人递过来一碗烫热的烧酒，说焦师傅，辛苦了，润润嗓子吧。

开过晚饭，主人过来了。先是眼泪汪汪地给师傅磕了一个头。说这冰天雪地的你们还能赶过来送我老爹一程，我谢谢你们了。

"他生前是我们查家的族长，可德高望重了！"主人爬起来说。

师傅点点头。

"做了不少好事，我都数不过来。"主人又说。

师傅又点点头。

"焦师傅，你受累，看能不能给吹个百鸟朝凤？"主人把脑袋伸到师傅面前问。

师傅摇摇头。

"钱不是问题！"

师傅还是摇摇头。

磨了好一阵子，师傅除了摇头什么都不说。主人无奈，只好叹着气走了，走到门口又心有不甘地回头问："我老爹真没这个福气？"师傅抬起头说你去忙吧！

主人走了，二师兄看着师傅说："师傅，查老爷子德高望重呢！"师傅的鼻腔哼了哼："知道查姓为什么是金庄第一大姓吗？以前的金庄可不光是查姓，都走了，散到无双镇其他地头去了，这就是查老爷子的功劳！"

接下来几天，我和蓝玉就进天堂了。顿顿有肉吃，其间我和蓝玉还偷喝了烧酒，焦家班坐到院子里吹奏的时候，我还和蓝玉躲在屋子里抽烟，烟是主人家偷偷塞给我们的，我和蓝玉本来是不收的，可主人家不干，非得塞给我们。

离开那天，死者的几个儿子把焦家班送出好远，临了就把一沓钱塞给师傅，师傅就推辞，结果两个人在分手的桥上你来我往地斗了好几个回合，师傅才很勉强地把钱收下来。

几个师兄则站在一边木木地看着，眼神倦怠，眼前这个场景他们已经看够了。

八

春天降临了。

乡村的春天总是和仪式有千丝万缕的联系。像我们无双镇，春天一露头，就有拜谷节，播撒谷种的前一夜，每个村子的老老少少都要带上祭品，去本村最大的一块稻田里供奉谷神；拜谷节过去没几天，就该是迎接灶神爷的日子了，猪头是不能少的，还有小米渣，听老人们说，天上是没有小米渣的，人间全靠这点东西留住他老人家了；把灶神爷安顿好，就是晒花节了，太阳公公和花仙一起供奉，因为有两个神仙，供品自然不能少，蜂蜜、白米、干菊花，还有圆圆的玉米饼。太阳还没有出来，一庄人早就遥对着太阳升起的地方把供品摆放妥帖了，等那抹血红一上来，大家就整齐地磕头作揖，好听的话也会说不少，庄稼人没野心，就是祈求有个好年成。

晒花节刚过，土庄又热闹了。人们槐花串似的往焦三爷的院子里跑，扛凳子搬桌子的。遇上闲逛的路人，就有人招呼："焦三爷传声了！"路上的人一听，一张脸就怒放了，随即融入队伍。往焦三爷的院子迤逦而来。

土庄人等这个盛况的日子已经很久了。

无双镇的唢呐班每一代都有一个班主,上一代班主把位置腾给下一代是有仪式的,这个仪式叫"传声",不传别的,就传那首无双镇只有少数人有耳福听到过的"百鸟朝凤"。接受传声的弟子从此就可以自立门户,纳徒授艺了,而且从此就可以有自己的名号,比如受传的弟子姓张,他的唢呐班子就叫张家班,姓王,则叫王家班。总之,那不仅仅是一门手艺,更是一种荣耀,它似乎是对一个唢呐艺人人品和艺品最有力的注脚,无双镇的五个庄子都以本庄能出这样一个人为荣。

这个仪式最吸引人的还不是他的稀有,而是神秘。在仪式开始之前,没有人知道谁是下一代的唢呐王。所以,焦家班所有的弟子都是要参加这个仪式的,连他们的亲人都会四里八乡地赶来参加,因为谁都可能成为新一代的唢呐王。

人实在太多了,师傅的院子都装不下了,于是屋子周围的树上都满满当当地挂满了人参果。我和我的一班师兄弟坐在院子正中间,两边是我们的亲人,我父母还有两个妹妹都来了;我的师弟蓝玉坐在我的旁边,他的家人也来了,比我的父母还来得早些。他们的脸上都是按捺不住的期待和兴奋。

屋檐下有一张八仙桌,八仙桌的下面是一头刚宰杀完毕的肥猪。此刻,这头猪是供品,仪式结束后,他将成为全土庄人的一顿牙祭。猪头的前面有个火盆,火盆里的冥纸还在燃烧。师傅坐在八仙桌后面。他一直在闷着头抽烟,师傅的烟叶是很考究的,烟叶晒得很干,吸起来烟雾特别大。很快,师傅的一张脸就不见了,他的半截身子都隐在一片雾障中,像一个踏云的神人,我竟然生出一些隐约的幻意。

良久,师傅才站起来,四平八稳地拄灭手里的烟袋,对着人群,平伸出双手往下压了压。喧闹的人群瞬间就安静下来。往地上吐了一口痰,师傅发话了。

"我快要吹不动了,可咱们这山旮旯不能没有唢呐,干够了,干累了,大家伙儿听一段还能解解乏。所以啊!在咱们这地头唢呐不能断了种。我寻思了好久,该找一个能把唢呐继续吹下去的人了!"师傅咳嗽了两声,停了停,下面又开始有响声了。这个时候我偷偷地侧目看了看蓝玉,我发现蓝玉也在偷偷地看我,他的嘴角还淌着一些笑。四目相对,我的脸刷就红了,像是心里某种隐秘的东西被戳穿了似的。蓝玉的脸没有红,他的脑袋抬得更高了,像一只刚刚得胜的大公鸡。我就升起一些不快,想还没见底呢,咋知道水底是不是石头?又想想,我的这班师兄弟里,也只有蓝玉最适合了,他人精灵,天分高,也勤苦。反正最后是他我也不会惊奇的。最后我觉得我那几个师兄也可怜,为什么师傅不全给传了呢?那样就整齐了,人人有份,个个能吹百鸟朝凤,焦家班、蓝家班、游家班,还不响亮死啊!

师傅又开腔了:"我这几年收了不少徒弟,大大小小的,个个都有些活儿,出活也带劲,没给吹唢呐的丢人。"顿了顿师傅接着说:"我们吹唢呐的,好算歹算也是一门匠活,既然是匠活,就得有把这个活传下去的责任,所以,我今天找的这个人,不是看他的唢呐吹得多好,而是他有没有把唢呐吹到骨头缝里,一个把唢呐吹进了骨头缝的人,就是拼了老命都会把这活保住往下传的。"师傅又咳嗽了两声,对旁边的师娘点了点头,师娘过来递给师傅一个黑绸布袋子。师傅接过来,小心翼翼地从里面抽出来一支唢呐。远远的我就感觉到了这支唢呐该有些年龄了,铜碗虽然亮得耀眼,却薄如蝉翼,杆子是老黄木的,唢呐的杆子一般就是白木,最好的也就是黄木,能用这样色泽的老黄木制成的唢呐,足见它的名贵。乡村人一般是见不到这样的稀罕货的。

"这支唢呐是我的师傅给我的,它已经有五六代人用过了,这支唢呐只能吹奏一个曲子,这个曲子就是百鸟朝凤。现在我把它传下去,我也希望我们无双镇的唢呐匠能把它世世代代地传下去。"师傅举着唢呐说。

院子里一点声音都没有,我只听见我的师弟蓝玉的喘息声,所有的眼睛都盯着师傅手里的那支唢呐。我相信这一刻的土庄是最肃穆的了,这种肃穆在了无声息中更显得黏稠,我最后只能听见自己的呼吸声了。

我侧目看了看我的师弟蓝玉,他紧缩着脖子,脑袋花骨朵似的。慢慢地,他的脖子被拉长了,成了一朵盛开的鲜花,花朵儿正期待着雨露的降临,焦虑、渴望在稚嫩的花瓣间涌动着。蓦然,盛开的鲜花枯萎了。几乎就在一眨眼间,正准备迎风怒放的花儿无声地凋谢了,花瓣起来了一层死灰,花秆儿也挫短了半截。这朵刚才还生机蓬勃的花儿,转眼间铺满了绝望的颜色。悲伤一下从我的心底涌起来,我的师弟蓝玉,迅速地在我眼睛里枯萎,他的目光慢慢地转向了我,我能看懂他的眼神,有不信、不甘、绝望,当然,还有怨恨,可我看到的怨恨很少,很稀薄,星星点点的。

这时候我的父亲,水庄的游本盛在旁边喊我:"你呆了,师傅叫你呢!"

父亲的声音像耍魔术的使用的道具,充满了意外和惊喜。

九

蓝玉走了,披着一身绚烂的朝霞,向着太阳升起的地方去了。我站在土庄的土堡上，看着他的身影逐渐变小变淡。太阳明天还是要升起的，可我却见不到我的师弟蓝玉了。蓝玉在我的生命里出现和消逝都突然得紧，仿佛那个落雨的日子，蓝玉就该出现在我的面前，又仿佛这个炫目的黄昏，他本就一定要离去。

昨晚的晚饭很丰盛，有师娘做得最好的土豆汤，师娘做土豆汤是要放番茄的，番茄在无双镇不叫番茄，叫毛辣角，毛辣角又是土庄特有的小个毛辣角，樱桃样。师娘把剁碎的毛辣角和土豆搅拌在一起，还放了半勺猪油，颜色血红，喝起来酸酸的，很开胃；另外，还有蓝玉最喜欢的灰灰菜，灰灰菜是凉拌的。我在水庄没有见到过这种野菜，蓝玉说他们木庄也没有。嫩嫩的灰灰菜在水里飞快地跑过一趟，晾干后凉拌，居然有鲜肉的味道。

饭桌上师娘不停地往蓝玉的碗里夹菜，一盘灰灰菜差不多都到蓝玉碗里了。蓝玉很得意，不停地对我撇嘴，还故意咂巴出嘹亮的声音。师傅吃饭是没有响动的，他每一个动作都很小心，在饭桌上你都感觉不到他的存在。直到他把一筷子灰灰菜夹到蓝玉的碗里，我才发现师傅一直都在饭桌上的。师傅的这个动作让我和蓝玉的嘴合不上了。要知道，焦家班的掌门人没有给人夹菜的习惯。他总是静悄悄地在饭桌上干他该干的事情，不要说夹菜，就是话也极少说的，有客人他也只是两句话，开饭时说吃饭，客人放碗时说吃饱。师傅看见了我和蓝玉的惊讶，就对蓝玉说，多吃点，这种灰灰菜只有土庄才有的。

我忽然有了一种不祥的预感。这种预感在晚饭后终于得到了证实。

师傅照例在油灯下吸烟，蓝玉就坐在他的面前。

"睡觉前把东西归置归置，明天一早就回去吧！"师傅对蓝玉说。

蓝玉低着头抠指甲，不说话。

"差不多了，红白喜事都能拿下来的。"师傅又说。

"师傅,是我哪里没有做好吗?"蓝玉问。

"你做得很好了,你是我徒弟中悟性最好的一个。"

"那你为什么要赶我走?"蓝玉终于哭了。

"你我的缘分就只能到这里了!"师傅叹了口气说。

"蓝玉不要哭,没事就到土庄来,师娘给你做灰灰菜吃。"师娘也有了一窝子眼泪。

"我吹得比天鸣都好,天鸣能学百鸟朝凤,我为什么不能?"蓝玉咬着牙说。他力气太大了,把左手的中指都抠出血来了。

师傅眼睛一亮,忽然又暗淡下去了。他站起来拍了拍屁股,烟袋悬在嘴上,背着两只手离开了,走到门边才把烟袋从嘴里拿出来,回过头说睡吧,明天还有事情干呢!这话听上去是对师娘说的,又好像是对屋子里所有的人说的。

睡在床上,我有很多的话想对蓝玉说,可又不知道说什么好。一直到天亮,我们谁都没有说一句话。焦家班的传声仪式结束后,蓝玉很是难过了一阵子。没多久他就缓过来了,他对我说,只要还留在师傅身边,他就一定能吹上百鸟朝凤。我是相信蓝玉的,我知道师傅传我百鸟朝凤是因为我老实,不传给蓝玉是觉得蓝玉花花肠子多。其实师傅是不对的,蓝玉天分比我好,他确实是比我精灵了一些,可人精灵点有什么不好的呢?我打心眼里希望师傅能把百鸟朝凤传给蓝玉,我也这样对蓝玉说过,可蓝玉不领情,还说我挤对他呢!

现在师傅要让蓝玉走了。我的师弟最后的希望也就没有了。

蓝玉走的时候就是寻不见师傅。蓝玉在屋子里找了一圈也没寻着,师娘说定是下地去了。蓝玉就在院子里给师娘磕了六个头,说师娘我给你磕六个吧,你和师傅各自三个,我一并磕了。师娘把蓝玉扶起来,眼泪就哗哗地下来了。蓝玉走了,背着一个包袱,狠狠地转了一个身,留给我一个瘦削的背影。

蓝玉不见了,师傅从屋子后面的草垛子后转了出来。我回头看见了他,他对我说,从今天开始,我教你百鸟朝凤吧。

十

游家班到底是哪一年成立的我忘了。那年我好像十九岁,抑或二十岁?我经常在夜晚寻找我的唢呐班子成立时候的一些蛛丝马迹。暗夜里抽丝样出来的那些记忆大抵都和我的唢呐班子无关,倒是一些无关紧要的事件从记忆的缝隙里顽强地冒出来,堵都堵不住。

最深刻的当数我的堂妹游秀芝和人私奔。秀芝是我四叔的闺女,一直是个老实的乡下女娃,脸蛋一年四季都红扑扑的。见到生人就红得更厉害了。之前没有一点迹象表明她要离开生她养她的水庄。那个普通的早晨,我的四叔发现他的闺女不见了。一家人慌张地找了一天也没有寻着。后来有人告诉四叔,天麻麻亮看见秀芝和赵水生一起翻过了水庄后面的那座大山。赵水生是水庄赵老把的儿子,刚脱掉开裆裤就和他老子去了远方,听说是个大城市。秀芝读书的时候和他是同桌,受过他不少欺负,我还替秀芝揍过这龟孙子一顿呢!

无容置疑的,赵水生拐走了秀芝。

四婶哭了好几场,说姓赵的这几天跑过来和秀芝两个躲在屋子里嘀嘀咕咕,感觉就不对头,然后就骂姓赵的,骂完姓赵的又骂自个儿的闺女;四叔则是每日都杀气腾腾的样子,多次表态要活剐了姓赵的。一年后事情才出现好转。秀芝寄回来了一封信,信里说她很好,在深圳的一家皮鞋厂上班，一个月能挣半扇肥猪，还照了照片，照片的背景是一个大水塘，比水庄的水塘可大多了。后来才知道，那不是水塘，是大海。

我很奇怪为什么我的记忆里都是和游家班成立无关的事件。为此我陷入了长时间的自责，并试图用记忆来缓解这种不安。可是在梳理属于游家班的丝丝缕缕时，我却陷入了更大的危机中，因为这些记忆没有一丝亮色，相反，它像一面轰然坍塌的高墙，把我连同我的梦都埋葬掉了。

不知道出师四年还是五年后，师傅把他的焦家班交给了我。

那天师傅对一屋子的师兄弟们说：从今后，无双镇就没有焦家班了，只有游家班。一屋子的眼睛都在看着我，我很茫然，手足无措。他们的眼神都带着笑，善良而温暖。可我却感到害怕。我不知道我该干什么？能干什么？我只知道今后这一屋子人就要在我稚嫩的翅膀下混生活了。我想起了六七岁放羊的经历，父亲把七八只羊交给我，对我说，给我看好了，丢了一只你就甭想吃饭。我特别害怕山羊漫山遍野散落的情景，总是希望它们紧紧地拢成一团。在路上我就和山羊们商量好了的，可一上了坡它们就没有规矩了，眼里只有茂盛的青草，哪儿草好就往哪儿奔，弄得我眼里尽是颗粒状的白。到回家的时候，这些白就更稀疏了。我那时除了哭真是没其他的好办法的。

而此时，那个叫游本盛的男人正挑着一对儿箩筐在水庄的山路上轻快地飞奔。他对遇见的每一个重复着一句话：天鸣接班了，今后无双镇的唢呐就叫游家班了。他说这句话时除了自豪，更有一个伟大的预言家在自己预言降临时的自负。

猝然而至的交接像一场成人礼，从那天起，我眼里的水庄褪去了一贯的温润，一草一木都冰冷了，那些整日滑上滑下的石头也变得尖锐而锋利。

十一

游家班接的第一单活是水庄的毛长生家。

过来接活的是长生的侄儿。一进院子就给我父亲派烟，父亲把香烟吸得有滋有味的，一脸的幸福。这是他的唢呐匠儿子严格意义上给他带来的第一次实惠，滋味自然是与众不同的。

我刚从屋子里出来，父亲就冲着我喊："八台哟！"

"我叔是啥人？别说八台，十六台也不在话下的。"接活的说。

父亲白了长生侄儿一眼："你妈的×，哪有十六台？"

长生侄儿咧了咧嘴，说现在不是天鸣做主吗？自个儿造啊！别说十六台，捋出个九九八十一台也行啊！

父亲这回笑了，快意地猛吸了一大口烟，他从蹲着的长条木凳子上一跃而下，说："那倒是。"

我点了师傅和几个师兄的名字，长生侄儿就蹦跶着去通知了，走的时候又给父亲派了一支烟，父亲接过香烟说你龟儿子脚程放快些，晚上要吹一道的哟。

其他几个师兄都来了，师傅和蓝玉没有来，长生侄儿说他好说歹说说到口水都干了，师傅还是不来，只推说身子不太利索。我没有问他蓝玉为什么没有来。

我家屋子不大，寨邻来了不少，把一个院子堵得满满的，都想看看游家班的第一次出活预演。大庄叔也来了，父亲还单独给了他一条独凳子和一碗浓茶。大庄叔一脸的笑，说真没想到这唢呐班的当家人会是天鸣这崽儿，平时十棍子敲不出一个屁，吹起唢呐来还叫喳喳的呢！当年你爹说你能吹上百鸟朝凤老子还不相信呢，看来你游家真的是祖坟上冒青烟了。

几个师兄话不多，一直笑，父亲给每个人都倒了一碗烧酒，还不停地催促说喝啊喝啊润润嗓子啊！

水庄的夜晚好多年没有这样热闹了。四支唢呐呜呜啦啦地吼。奏完一曲丧调，人群里有人喊说天鸣整一曲百鸟朝凤给大家听听。我说那不行，师傅交代过的，这曲子是不能乱吹的。人群又起来一阵轰，老庄叔把凳子往我面前挪了挪，说就整一段，给大伙洗洗耳朵，这曲子当年肖大老师走的时候我听焦三爷整过一回，那阵势真他奶奶的不得了，能把人的骨头都给吹酥了。我还是摇头，父亲站在我身后对大家说今天就到这儿吧，以后机会多的是，天鸣保证给大家吹。老庄叔看见父亲发了话，也站起来说对对对，不依规矩不成，以后听的时间还多，散了吧都。

人群散了去，我对几个师兄说，这是游家班第一次接活，不能砸了，再走几遍吧。

远远的就看见了长生，他头上顶着一块雪白的孝布站在院子边等我们。看我们过来，长生给每个人派了一支烟。自己也啜上一支。我说老人家什么时候走的？长生喷出一口烟，笑着说这个月都死三四次了，死去没多久又缓了过来，直到昨天早晨才算是死透。旁边一个老人干咳了两声，说长生，快行接师礼呀！接师礼就是磕头。长生回头看了看旁边的老人，说接什么卵师呀！天鸣和我啥关系？一起比过鸡鸡的。然后他回头看着我笑笑，我也笑笑。

我其实倒是很希望长生给我磕个头。长生比我大五岁，是个精灵货，个子也比我大，小时候放牛我没少挨他揍，揍了我还要我喊他爹，喊过他多少回爹我都忘了。我一直想着报仇的，慢慢长大了，懂事了，报仇这个事情也就丢到一边了。今天本来是个机会，可长生还是显示着他一贯的与众不同。算起来，长生算是水庄第一个穿夹克和牛仔裤的人，这几年水庄人都前仆后继地把庇护了自己几千年的土墙房推倒了，于是水庄出现了一排一排的镶着白晃晃瓷砖的砖墙房。水生看准了这个变化，拉上一群人在水庄的河滩上搞了一个砖厂。现在水庄好多人都不叫他长生了，叫他毛老板。

长生给游家班的待遇充分展示了他毛老板这个称呼并非浪得虚名。一人一条香烟，比起那些一支一支扔散烟的人家户，这种一次性的大额支付确实让人快意，因为我从几个师兄接过香烟的眼神可以看出，他们像打了一辈子小鱼小虾的渔民，今天忽然就网起来了一头海豹。

然后，你就可以看见我的几个师兄在吹奏的时候是多么地卖力，我真担心他们用力过猛会震破手里的唢呐。特别是长生打我们旁边经过的时候，我大师兄高高坟起的腮帮子像极了他妻子怀胎十月时的大肚皮。

除了香烟，毛老板的慷慨还体现在很多细节上，比如润嗓酒，是瓶装的老窖；再比如乐师饭，居然有虾。那玩意通体透红中规中矩地趴在盘子里，连我都看得傻了，虾我听说过的，是水里的东西，我们无双镇好多水，可我们无双镇的水里没有虾，只有一汪一汪淡绿的水草。长生最大的慷慨还不是这些，而是看见我们卖力地吹奏时，他就会过来先给每个人递上一支烟，说别太当回事了，随便吹吹就他妈结了。

走的那天长生没有送我们，而是递给我们每人一把钱。大师兄说了，这是他吹唢呐以来领到的最多一回钱，二师兄在一边也说，钱是最多的一次，可吹得是最轻松的一次。

我捏着一把钱站在水庄的木桥上，木木地看着一庄子正起来的炊烟。

十二

稻谷弯腰了，我去看了一回师傅。

又见到土庄的秋天了，一马平川的黄一直向天边延伸。

师傅刚下地回来。他好像更黑了，也更瘦了，裤管高高地卷起，赤着脚，脚板有韵律地扑打着地面，地面就起来一汪浅浅的尘雾。走到我的面前，他把手里的锄头往地上一拄，下巴挂在锄把的顶端，看着我笑笑，就伸出沾满泥土的手来摸我的脑袋。

"看你那双爪爪哟！"师娘嗔怪师傅。师娘也赤着脚，裤管也高高地卷起，正从屋子里往外搬凳子。

我把从水庄带来的东西拣出来放到院子里的木桌上。有师傅喜欢的旱烟叶子，烟叶是我到金庄出活时给买的，师傅说过无双镇最好的旱烟叶在金庄；还有腊肉，腊肉是我父亲烘的，颜色和肉质都好，带给师傅的是猪屁股那一段，在乡村人眼里，猪屁股是猪身上最珍贵的部分；此外还有母亲让我捎给师娘的碎花布，让师娘做件秋衣。

"来就来，还叮叮当当的带这样一大堆。"师娘总是要客气一番的。

我和师傅坐在院子里，这时候夕阳上来了，土庄就晃眼得紧。远处的金黄在晚风中奔腾翻滚，我都看得呆了。师傅指着远处对我说：

"看那片，是我的，那谷子，鼓丁饱绽的。"我说我知道的，师傅就哈哈地笑说对对，你在的那阵子下过地的嘛。

我给师傅装了一锅刚带来的烟叶，师傅吸了一口，再吸一口，说没买准，金庄最好的烟叶在高昌山下，那片地种出来的烟叶才是最地道的，这烟叶儿不是高昌山下的。

"要吃人家饭，最后还要拉屎在人家饭盆里。"一旁剥蒜的师娘给我主持公道。

"前几天你二师兄来过一趟，说你们那边乐师钱出得很阔呢！"师傅往地上啐了一口烟痰说。

"不多的，就是有钱的那几家大方些！"

"人心不足蛇吞象啊！"

晚饭时辰，师傅搬出来一土壶烧酒。

十年了差不多，师傅一脸兴奋地说，火庄陈家酒坊的，那年给陈家老爷出活的时候到他酒房子里接的，没掺一滴水。

师傅在饭桌上照例没话，低着头呼啦啦地吃，间或端着盛酒的碗对我扬扬，这时候我也端起酒碗对着他扬扬，然后就听见烧酒在牙缝里流淌的声音。

我在土庄整整待了三年，没见过师傅喝过一滴酒。其实师傅是有些酒量的，三碗青幽幽的烧酒倒下去，师傅的脸就有了猪肝的颜色。两个眼睛也格外地亮。

最让我惊奇的是那天师傅喝完酒后在饭桌上的话，那个多哟！比我在土庄听他说了三年的话还多。那天师傅说一些话让我印象深刻，因为师傅在说这些话的时候就像一只老狼，两手撑着桌面，脸向我这边倾斜着，眼睛里则是血红的光芒。他说唢呐匠眼睛不要只盯着那几张白花花的票子，要盯着手里那杆唢呐；还说唢呐不是吹给别人听的，是吹给自己听的;最后我的师傅焦三爷终于扛不过他珍藏了十年的陈家酒坊的高度烧酒,瘫倒在桌子上了,他倒下去的那一刻,两只眼睛直直地看着说:

"有时间去看看你的师弟蓝玉吧!"

第二天起来,师傅师娘都不见了,我知道他们下地了。这就是他们的生活,规律得和日出日落一样的。我还是有些晕,走到屋外,院子里木桌上的筲箕里有煮熟的洋芋,这算是给我的早饭了。那些日子就是这样的,我和蓝玉每天早上都要为拿到大个的洋芋争斗一番的。

站在山梁上,我回头看了看土庄,它好像老去了不少,那些山,那些水,都似乎泛黄了。

十三

马家大院看上去比五年前阔多了,楼房像个长个子的娃,几年光景就多出了三层。马家在木庄都习惯领跑了,还把后面的拉下一大截。老马家两层小楼房起来了,木庄其他人家还在茅草屋子里忍饥挨饿,好不容易有了两层小楼房,一瞧,老马家都五层了。木庄人总是在老马家屁股后面,怎么跑都跑不过。个中缘由除了老马脑筋好用以外,最主要的是老马有四个身强力壮的男娃子。几个娃出门早,据说中国的大城市都有他们的脚印。

可惜精打细算的老马还是耗不过病痛,六十不到的人,年前还背着手在木庄的石板路上检阅风景,年后就蹬腿了。四个儿子回来奔丧,每个人都有一辆小汽车,十六个轮子一码子停靠在木庄的石板街上,成了木庄人眼里一道稀有而复杂的风景。

游家班在马家大院里呈扇形散开。八台,也当然是八台。烟酒茶照例是不能少的,还有黄澄澄的糕点,放进嘴里又软又酥,上下颌一合拢,就化掉了。几个师兄都兴奋地交谈着,连平时话最少的三师兄都停不下口,他慌乱地说话,慌乱地把好吃的东西往嘴里扔,好几次该他的锣声响起了,他都还在为他那张嘴在奋斗。我有些火了,吼了他两声,没多久又听不见他的锣声了。

我忽然好惶恐。从我们进到马家大院起,好像就没有人关注过这几支呜呜啦啦的唢呐,我开始以为是大家不卖力,白了他们几眼,大家精神就抖擞不少,大师兄两个眼珠子都要给吹飞出来了,可对我们的处境仍没多少改善。人们依旧在院子里穿梭,小孩子依旧在院子里打闹,就是没人看我们。其间还有人碰倒了二师兄脚边的酒瓶子,白酒汩汩地往外流,那人像没看见一样,径直就去了。

我正要伸手去扶酒瓶子,眼睛就什么都看不见了。

猜猜,我是谁?

不用猜我就知道是他,我的师弟蓝玉。他的手粗壮了不少,声音也变得厚实了,嗓子也由男孩儿的蜕变成男人的了。

我的眼睛一下就潮湿了,其实我早看见他了的,混在来来往往的人群里,一件红色的外套招招摇摇。他的眼睛还不时地往游家班这边瞟,我没敢过去和蓝玉相认,不知道是没有相认的勇气还是其他的什么原因。

我的师弟蓝玉早就看见我们了,他一直没有过来,我想他不会过来了。

但现在他却蒙住了我的双眼,让我猜他是谁。

蓝玉惊慌地松开了手,惊讶地看着两只手掌中的潮湿,又抬起头看着我的眼睛，忽然他的眼泪也下来了。我和蓝玉面对面站着，我们差不多一样高，他嘴角的胡须比我的要茂盛，身子却比我瘦弱一些。

我忽然有了拥抱蓝玉的冲动，那种感觉热乎乎的。好多年前我们家有一条狗，黄毛，短耳朵，有一天突然不见了，刚不见的那几天还会想想它，慢慢地就忘掉了。大约过了两个月，那条狗出现在了我家院子里，一身泥污，一条腿还折了，两只眼睛弥漫着哀伤和委屈。那时候我也是这种热乎乎的感觉，跑过去抱着狗流了一回泪。

我看着蓝玉，蓝玉也看着我，我们谁都没有动。

师弟！我喊了一声。

蓝玉走过来，捶了我一拳。

"你有丢过狗的经历吗？"我问蓝玉。

"有，丢了整整十年！"蓝玉说。

几个师兄的唢呐一下嘹亮起来。

晚上蓝玉没有回家，一直陪着我们。喝酒、吹牛、抽烟。

下半夜，几个师兄都去睡觉了，人群也大多散去了。我和蓝玉坐在院子里，我把唢呐递给他，说来一调，蓝玉兴致勃勃地把唢呐接过去，苇哨刚送进嘴里又抽出来了。他把唢呐还给我，为难地笑笑说算了吧！好多年没吹了，调子都忘记了。我也笑笑说你那脑袋，十分钟就能把调调找回来。蓝玉拿来两个碗，倒了满满两海碗烧酒，我们就开始喝，一直喝到月亮下去，漫天的红霞上来，没有一点睡意。

这么多年来，蓝玉那晚说过的话我基本都记得。甚至他说话时的每一个表情，歪脑袋，大幅度的点头，掏耳朵等等这些细节都还在我的脑海里。比如他说当年离开土庄的时候，我一个人像条野狗一样，茫然地在田间小路上走，连死的心都有了。讲到这里他就把脑袋夸张地往下缩，等脑袋落到肩上了我才听见他喉咙里出来的那声浑浊的长叹；还有他说其实我不怪师傅，师傅让我回家是对的，要换了我，无双镇的唢呐班子早没了，我性子野，干啥都守不了多久，总会有些稀奇古怪的想法。讲到这里蓝玉的脖子忽然伸得老长，都快顶着头上那片红云了，他还呵呵地笑，笑完就猛灌下去一大口烧酒，脸也成了天边的颜色。

我的生命里有很多的变化，这些变化就像天气一样让人琢磨不定，但每次变化之前又隐隐约约地看得见一些预兆。下雨之前是一定要乌云密布的，太阳带晕了，接踵而至的就是干旱，月亮带晕了，那说明接下来就该是一场连绵不绝的细雨时节了。那个木庄的夜晚，我和我的师弟蓝玉十年后相遇了，我们还有了一次酣畅淋漓的谈话，这场谈话让我隐隐地看到，也许，我的命运又到了拐角的地段了。

十四

老马的四个儿子比想象中的要阔得多。

老马要入土的前一天，一辆卡车开进了木庄。

老马的四个儿子都到庄头去列队迎接。车上下来几个人，和老马的大儿子聊了几句，老马的大儿子一挥手，庄上一群年轻人就钻进卡车里卸东西。

一开始那些东西还是零零碎碎的一堆，让人不知所以，东拼西凑地一倒腾，我身边的师弟蓝玉惊讶地说："妈的，这是一支乐队！"

游家班呈扇形站在马家大院里，我惊奇地发现，我的师兄们集体陷入了某种迷惘。他们的眼神笔直地指向同一个地方，嘴全都大大地咧着,像咫尺有了一个意想不到的惊人变化,也像遥远的天边出现了神奇的海市蜃楼,他们最后都笨拙地完成了复杂情感下简单的语言传递。

"到底是搞哪样卵哦!"

"这些狗日的是从哪里冒出来的!"

"哎呀!"

"哦哟!"

……

天黑下来,落雨了,一开始那雨细微得让人都觉察不到,落到手背上,脸上,有些淡淡的凉意,用手一抹,什么都没有。渐渐地雨就大起来了,雨滴也变大了,砸在裸露的皮肤上还有些疼痛。人群就开始往屋子里、屋檐下和灵堂里拱。

城里来的乐队还在雨中忙碌着。二师兄看着雨幕中的几只落汤鸡,说如何不下刀呢?我看了他一眼,他可能意识到这个愿望着实歹毒了些,又讪讪地矫正说下石头也行的。我也赞成下石头,所以我就没有说话了。但很快我发现,下石头恐怕对城里来的乐队也不会有什么实质性的伤害。老马的大儿子很快招呼人在院子里支起了一个帆布帐篷。还满脸堆笑给他们派烟,每个人的两边耳朵上堆满了他还在乐此不疲地派。

很快城里来的乐队就准备就绪了。他们的家伙比起乡村八台唢呐要复杂得多。从我见多识广的师弟的介绍我知道了左边那一排鼓叫架子鼓,站着的那个家伙手里抱着的像机枪一样的东西叫电吉他,案板样的是电子琴。最让我惊奇的是右边的络腮胡手里攥着的那支唢呐,他的唢呐好像更长更粗,腰身没有游家班使用的唢呐腰身好,大大咧咧的一粗到底。我就想这样粗的唢呐如何吹呢。

"砰！"弹吉他的用手指拨出了一个清脆的音符。我现在还会在梦里听见那一声响，它的出现让我的梦总是充满了灰色的格调，每一次醒来，我都会双手枕着头想好久，那一声砰为什么在我的梦里不再是乐器的音符，而是极其怪异地幻化成了各式各样断裂发出的声响。譬如我正在建房，砰，房屋的大梁断裂了；或者我刚爬上高大的桑葚树，砰，大树一折为二；又或者我孤独地在一方悬崖下爬行，砰，悬崖张牙舞爪地迎面扑来。

……

我唯一可以肯定的是，在木庄马家大院的那个夜晚，仿佛从天而降的一声炸裂，搅乱了某种既定的秩序。每个人的心底都有一些莫名的东西在暗暗涌动着，像夜晚厨房木盆里那团搅和完毕的面团，正悄悄地发生着一些不为人知的变化。

就在那支吉他发出那声诡异的"砰"的声响的瞬间，我惊异地看见，马家大院所有一切都静止了。洒落的雨滴停在半空，在灯光下有五彩的颜色；洗菜的妇女扔进大木盆的萝卜也滞留在空中，在灯光下有耀眼的白；还有灵堂里的烛光，瞬间就收束成了一团实心的灼热，坚硬如冰；一个正在奔跑的孩子身体前倾，悬停在大门处，手臂一前一后伸展着，像一尊肉铸的雕塑。我张皇地在静止中游走，伸手去碰了一下半空里的水滴，它竟然炸裂成了一团水雾；我绷起指头弹向那团坚实的火焰，哗啦一声，散落了一桌的橘红。

我痛苦地捂着脑袋蹲在院子里。

"咚"，一声闷响。杂乱的噪声铺天盖地地向我袭来，震得我耳朵发麻。我站起来，发现一切都是活的，一切都在继续。雨一直在下，萝卜翻滚着跌进木盆，烛火在欢快地燃烧，孩子在院子里不停地奔跑。

"你刚才看见什么了吗？"我问蓝玉。

蓝玉看着我，说："你是不是丢东西了？"我摇头。"那你满院子找什么呢？"蓝玉问。

十五

老马的葬礼新鲜而奇特。

乡村的葬礼不一定非得沉痛，但起码是严肃的。七十岁以上的老人去了那头，这叫喜丧，气氛是可以鼓噪些的。老马六十不到，他的葬礼是没有资格欢欣鼓舞的。可就在他入土的头一个晚上，马家大院出现了前所未有的喜气洋洋，那些奔丧迟到的人走进马家大院都一头雾水，以为走错了门，这里怎么看都像是老马家在娶媳妇，说在办丧事打死人家都不相信。

让老马由死而生的，是那支乐队。

先是几个人叮叮咚咚地乱敲一通，然后就唱开了。

鼓捣吉他的边弹边唱，唱的过程中还摇头晃脑的。他唱的是什么我听不懂，我的师弟蓝玉在一旁跟着哼哼，我问蓝玉他唱的是什么，蓝玉说是时下正流行的，只能跟着哼哼几句，整个儿的记不住，曲子叫什么名字也记不住了。

开始，木庄的乡亲们站在院子里，脸上都有了怒气。每个人都不很适应，脸上都有矜持的不满，一个上了年纪的阿婆把手里的一棵白菜狠狠地摔在地上，眼神离奇地愤怒，嘴里还咕咕囔囔，最后很沉痛地看了看灵堂。我知道他是在为死去的老马打抱不平呢！

渐渐地，大家的神色开始舒展开了，有一些年轻人还饶有兴致地围在乐队的周围，环抱双手，唱到自己熟悉的曲子时还情不自禁地跟着哼哼。

游家班站在马家大院的屋檐下，局促得像一群刚进门的小媳妇。我低头看了看手里的唢呐，才忽然想起来我们也是有活干的。

雨停了，空气清爽得不行，干干净净的。院子里为游家班准备的呈扇形排开的凳子还在。我们过去坐好。我看了看几个师兄。

"还吹啊？"一个师兄问。

"怎么不吹？又不是来舔死人干鸡巴的！"我对他的怯懦出离地愤怒。

我还拿起脚边的酒瓶子灌了一大口烧酒，悲壮得像即将奔赴战场的战士。

呜呜啦啦！呜呜啦啦！

平日嘹亮的唢呐声此刻却细弱游丝，我使劲瞪了几个师兄两大眼，大家会意，腮帮子高鼓，眼睛瞪得斗大。还是脆弱，那边的声响骄傲而高亢，这边的声音像临死之人哀婉的残音。一曲完毕，几个师兄都一脸的沮丧，大家你看看我，我看看你。

吹，往死里吹，吹死那群狗日的。师弟蓝玉在一边给大家打气。

我们吹得很卖力，在那边气势较弱的当口，就会有高亢的唢呐声从杂乱的声音缝隙里飚出去，那是被埋在泥土中的生命扒开生命出口时的激动人心，那是伸手不见五指的暗夜里划燃一根火柴后的欣喜若狂。

我们都很快意，那边的几只眼睛不停地往这边看，看得出，眼神里尽是鄙夷和不屑，甚至还有厌恶。

说实话，我对这群不速之客眼神里的内容是能够接受的，甚至他们就应该对我手里的这支唢呐感到厌恶才对。只是我没有想到，对我手里这支唢呐感到厌恶的不光是他们。

围在乐队边唱得最欢的一个年轻人不知什么时候站在我的面前。他斜着脑袋看着我，表情怪怪的，像是在瞻仰一具刚出土的千年干尸。我把唢呐从嘴里拔出来，吞了一口唾沫问：干什么？

你们吹一次能得多少钱？他说。

和你有关系吗？我答。

我付你双倍的钱，条件是你们不要再吹了。

我摇头说那不行。

没人喜欢听你们几根长鸡巴吹出来的声音。

那我也要吹。

这时候我的师弟站出来了，他过来推了年轻人一把。说柳三你干啥？叫柳三的说关你啥事？蓝玉说就他妈关我的事，咋了？

两个人就你来我往地开始推搡。本来已经有人过来劝住了的，柳三这个时候像想起了什么来，然后他说："哦！我差点忘记了，你原来也是个吹破唢呐的！"说完还嘿嘿地干笑两声。

我看见蓝玉的拳头越过三个人的脑袋，奔着柳三的脑袋呼啸去了。一声闷响后，殷红的鲜血从柳三的鼻孔里奔涌而出。场面一下子就乱了，呼喊声，叫骂声，拳头打中某个部位后的空响，夹杂在癫狂的乐曲声中，活像一锅滚热的辣油。

第二天是蓝玉送我们离开的。我的师弟脑袋上缠着一块纱布，左边眼圈像块圆形的晒煤场。在我们身后远处的山梁上，送葬的队伍爬行在蜿蜒的山道上，那利箭一样的乐器声响充斥着木庄的每一个角落。

十六

水庄最近变化很多，有些是那种轮回式的变化，比如蒜薹又到了采摘的时候；有些变化则是新鲜的，让人鼓舞的，比如水庄通往县城的水泥路完工了，孩子们在新修完的水泥路上撒欢，大大小小的车辆赶趟儿似的往水庄跑，仿佛一夜之间，水庄就和县城抱成一团了。要知道，以前水庄人要去趟县城可不是那样容易的，不在坑坑洼洼的山路上颠簸五六个小时，你是看不见县城的。现在好了，去趟县城就像到邻居家串个门儿。

这个时候，我的父亲游本盛站在自家大蒜地里，满脸堆笑。在他眼里，像水庄有了水泥路这些新鲜事儿和他没有什么关系，他更关心的是他的大蒜地。今年的大蒜地倒是争气得紧，从冒芽儿开始就顺风顺水的，该采摘了，一根根在和风里炫耀着粗壮的身躯。父亲每天都要到大蒜地走一走，看一看，然后啜着纸烟蹲在土坎上，没有比这让他更满足的事情了。

父亲弓着腰在剥蒜薹，一阵风过去，我看见了他两扇瘦窄的屁股。我说歇歇吧。他直起腰，回过头，一脸的怒气："歇歇？歇歇都能有饭吃老子早歇了！"我不说话了，还后悔刚才说出来的话。我想我最好是闭嘴，我说出来的每一句话，我的父亲都能找出让我难堪的理由。

可我发现，我不说话也不行，我不说话父亲也会把他的不满通过诸如眼神和动作传递给我。这一年来，父亲看我的眼神总是充满了疑问和警惕，我就像一只潜入他们家偷食的野猫，不幸正好被他发现了。

我这只偷食的野猫只好把尾巴藏着掖着,生怕主人哪天不高兴了一脚把你踹出门去。

　　初夏是水庄一年中最好的季节,这个时候的水庄可有生机了,天空清澈碧透,水面也清澈碧透,一庄子待收割的蒜薹也清澈碧透。最打动人的不管你走到哪里,每一个水庄人的脸上都带着笑。水庄人真的没有野心,一次理所当然的丰收就能把一个村庄变得天宽地阔。父亲不和我说话,埋下头继续采摘蒜薹。我直起腰,天空没有一丝云彩,一望无际的蒜地在阳光下像一幅油画。远远的,族中的三叔对着我远远地招手。三叔是我请去通知几个师兄弟出活的人。不知道从哪一天开始,无双镇的唢呐班子省掉了接师礼,连运送出活工具这些规矩都一并没了。我三步两跳地跑过去,先递给三叔一支烟,他撩起衣角擦了擦满脸的汗水,把烟点燃后对我说:

　　"都通知了,只有你大师兄同意来。"

　　"其他人呢?他们怎么说?"

　　"还能说啥?不是说忙就是这里那里不利索咯。"

　　三叔说完走了,走出老远了他好像又想起了什么,回头大声喊:

　　"对了,你二师兄说以后不要去叫他了。"

　　"为什么?"我问。

　　"说下个月要出门了。"

　　"去哪里?"

　　"不知道,大城市咯!"

　　我悻悻地回过头,就看见了父亲那张铁青的脸,他两手叉在腰际,眼睛直直地看着我。我低着头从他旁边走过去,他在后面冷冷地笑,笑完了说:

　　"都快孤家寡人了吧?看你以后还怎么吹?吹牛×还差不多。"

晚上我没有吃饭，躺在床上，定定地看着天花板。天花板上有一只蜘蛛倒悬着垂下来，一直垂到我的鼻尖处，我伸出手，让蜘蛛降落在我的手心里，它就顺着我的手臂往上爬，时左时右，我不知道哪里是它想去的地方，或者它压根就没有目的地，只是这样一直往前爬，再往前爬，什么时候爬累了，织个网，就算安家落户了；又抑或被天敌给吃掉了，无声无息的，谁又会去关心一只蜘蛛的未来呢！

仿佛一眨眼时间，我身边这个世界一下就变得陌生了，眼里的一切都没变，山还是那座山，河也还是那条河。可有些看不见的东西却不一样了，像水庄的那条河，看上去风平浪静的，可事实不是这样的，小时候下河游泳，一个猛子下去，才发现河底下暗流汹涌。

直到父亲睡了，我才从屋子里出来。母亲重新把菜给我热了热。我吃饭时，母亲还是像小时候一样静静地坐在我的旁边，目不转睛地看着我，眼神里流淌着源源不竭的爱怜。

"后天是不是要出活？"母亲问。

我点点头。

"听你爹说几个师兄都不来？"

我又点点头。

"唉！"母亲长叹一声，然后她接着说，"天鸣，要不这唢呐不吹了！咱干点别的，凭咱这双手干啥不能活命啊！"

我放下碗，转过去对着母亲。

"我知道这个理，可当年拜师的时候我给师傅发过誓的，只要还有一口气，就要把这唢呐吹下去。"

"可你看，就你一个人也吹不来啊！"

"过两天我去找师傅。"

十七

我还没来得及去找师傅,师傅就先来找我了。

师傅一进院子就骂:"你个小狗日的游天鸣给老子出来。"

我出来看见师傅站在院子里,他的双脚沾满了泥,连衣服的下摆都有星星点点的泥点子。脸和我当初去拜师的时候一样黑,只是皱纹更多了,看见师傅老了一大截,我忽然上来了一些伤感。这个无双镇当年响当当的焦家班的掌门人,像入了冬的一棵老槐树,尽是令人沮丧的残败。最揪心的就是他一身灰布衣服了,还是老式样,对襟衫,几个地方都是补丁,要知道,现在无双镇像这样有补丁的衣服是不多见了,偶尔看见,不会有人说你艰苦朴素,下意识还会把你往穷人堆里推。

我喊了一声师傅。

"不要叫我师傅,我没有你这样的徒弟。"师傅往地上狠狠地啐了一口痰,"当初你是怎样说的,有口气就要把这活往下传,可这才过去多久?昨天就有人给我递话了,说无双镇的游家班散伙了,垮台了,有活也不接了,无双镇从今以后就没有唢呐匠了。"

我说师傅你先进屋,我们到屋里说。师傅一挥手:"进不起你的宝殿门,你现在哪里还瞧得上吹唢呐的?"还是母亲出来,说焦师傅你先不要着急,进来说,天鸣正托人到处通知他的师兄弟们呢,这几天就要出活。母亲说话时不断对着我眨眼,我慌忙应和说对对对。师傅火气这才消了些。背着手走进屋,也不看我,只说,不给老子说个一二三，看老子不撕破你那张×嘴。

师傅坐下来，接过母亲倒来的茶，怒气冲冲地等我的解释。听完我的解释，师傅把茶碗往桌上狠狠一掼。

"我去找他们，几个狗日的还翻天了。"

师傅出了院门，看我还站在屋檐下，就吼："傻了？游家班班主是我还是你？"我哦了一声，才快步跟上去。

我跟在师傅身后，一路上他一句话都没有，但我能清晰地听见他大口大口喘气的声音。

二师兄对我和师傅的到来有些意外。当时二师兄正在打点行装，屋檐下，他正把一捆衣物狠命地往一个陈旧的蛇皮口袋里塞，口袋太小，装不下二师兄远涉的必需品，就委屈地从口沿处往下撕裂，还发出吱吱的怪叫。二师兄骂了一句，抬起头就看见了师傅和我，他的嘴上下禽动着，是想说些什么，但从师傅的脸色他似乎已经明白了我们的来意，于是就什么也没有说。他放下手里的袋子，直起身子，从屋檐下的沿坎上下来，站在师傅面前，静悄悄的，没有一点声息。

师傅没有理二师兄，鼻子有了一声闷哼后，径直走到屋檐下，把口袋拎到院子里，把口袋里的东西一样一样地掏出来往院子里抛撒。师傅的这个动作持续了好长时间，我惊讶于这个看上去个儿不大的口袋居然有如此壮观的吞吐量，等师傅捋直了身子，院子里早成了花花绿绿的晾晒场。

师傅把干瘪的口袋踩在脚下，目光盯着二师兄，那眼神像水庄六月的日头，能把人烤晕过去的。

二师兄低着头，他一句话没有说，两个手交互搓揉着，这时候有几只麻雀从天而降，欢快地在院子里那些各式各样的衣物上跳跃。二师兄忽然松开了两只互握着的手，低头从师傅旁边走过去，蹲下身子把地上的衣物一件一件地拾起来搭在臂弯处，其间还拍拍打打地扇掉衣物上的灰尘。等他臂弯放不下后，他就慢慢蹲着移到师傅的脚边，伸出一只手扯师傅脚下的蛇皮口袋，师傅一动不动，师兄却执着地扯，力量也越来越大，最后我看见师傅的身体都开始摇晃起来。我站在一边看着这对奇特的师徒，他们就像在出演一出哑剧，每一个动作和眼神都极具深意，所有的表达都在你来我往的无声的动作中了。这时我的师傅伸出一只脚，狠狠地踹向了他二徒弟的面部，我看见二师兄猝然地往后倒了下去，像刚被掏空的蛇皮口袋。好半天，师兄才像复苏的蛇一样从地上蜷曲着爬起来，两道殷红从他的鼻孔蜿蜒而下，几乎穿越了整个面部。他没有完全站起来，依旧半蹲着，一步步挪到师傅的脚边，伸出一只手，固执地去扯师傅脚下的口袋。

这时候，我看见我的师傅面部完全变成了死灰色，五官也剧烈地痉挛着，像一锅煮烂的饺子。良久，他终于仰头长长地叹了一口气，叹气的感觉和水庄冬天的寒风一般，经过皮肤，直抵骨髓，能把人的那颗心都冻僵了。他终于移开了紧紧踩踏着口袋的脚，转身走了，走得很快，留给我一个颤抖不止的背影。

十八

道路弯弯拐拐，曲折迂回。乡间小路就是这样，站定一个点，极目远眺，道路伸出去没多远就倏然不见了。赶上去，才发现它又折向了某一个去处，再远眺，还是只能看到一根断面条。我们就在这样一条琢磨不定的道路上走着。最前面是我的师傅，中间两个，一个大师兄，一个蓝玉，我跟在最后头。

蓝玉自从离开土庄后，没有出过一次活。今天他能站在游家班的队伍里，我总有一种怪怪的感觉。我也不知道师傅是怎样说服蓝玉跟我们出这次活的。那天师傅离开二师兄家后，就直奔木庄去了。昨天晚上，蓝玉推开了我家的门。

师傅今天穿了一件新衣服，衣服上的褶痕都还清晰可见。他走得很快，像一只老当益壮的野兔。蓝玉有意把步子放慢，很快我们的队伍就断裂成了两个块，前面是师傅和我的大师兄，后面是我和我的师弟蓝玉。

和我并排着的蓝玉忽然说："师傅老了！"我点点头，蓝玉又说："这是我第一次正式出活，也是最后一次。"我转过头看着蓝玉，不知道他想表达什么。过了半晌，蓝玉自言自语："我答应师傅的，师傅也答应我的。"

我的师弟蓝玉就是这样，总让我琢磨不透，说话也玄机重重。我说这话什么意思？蓝玉笑笑，没说话。我就低头自己想，等我抬起头的时候，幽静的山路上就看不见人影了。

在无双镇，和其他几个庄子比，火庄一直落在后面，房屋还多是拉拉杂杂的茅草屋，道路也没有其他几个庄子来得宽敞。但火庄人老实。无双镇人到集市上买鸡蛋，特别是买土鸡蛋，都要先问问是哪个庄子的。说是其他庄子的，人家不敢买。那是因为吃过亏的，问的时候一个劲给你打包票说真是土鸡蛋，买回去打开，一眼的翻白。只有火庄的土鸡蛋货真价实，黄澄澄的不说，价格也合理。今天出活的人家在火庄的西头，看上去家境一般，房屋翻了新，但屋子里却空落落的，只有些日常生活必需的物事，看来是屋子翻新耗光了家资。

家境虽是一般，可仍旧热闹。这和死去的人有莫大的关系，死者是火庄的老支书。德高望重的老支书躺在堂屋里，安静得像一只睡去的猫。师傅过去恭恭敬敬地上了三炷香。晚饭毕，我们一班人聚在堂屋里，我百无聊赖，把玩着手里的唢呐。师傅则拿出他那支老黄木杆的唢呐不停地擦拭。

大师兄把唢呐放进嘴里调音，咕咕叽叽的。师傅说你们都收起来，今天天鸣一个人吹。说完把擦拭好的唢呐递给我。

我出奇地惊讶，大师兄更惊讶，连嘴里的唢呐都忘记卸下来了。

"为什么？"我问。

"他去过朝鲜，剿过匪，带领火庄人修路被石头压断过四根肋骨。"师傅面无表情地说。

"百鸟朝凤！"蓝玉一扫慵懒的模样，绷直了说。

架势是摆出来了。灵堂前一张宽大的木靠椅，一群孝子俯首跪倒在我面前。所有的人都站在院子里，仰直了脖子往灵堂里看，连一直撒欢的那条老黄狗也规规矩矩地端坐在院子里。

我忽然有了一种神圣感，像一个身负特殊使命的斗士。那些眼光让人着迷，在每天来来往往、平淡无奇的生活中，你是看不到这种眼神的。它是那样地干净无邪，仿佛春雨过后山野里散发着的清新气息，又像是冬雪里萦绕在山巅的蒸腾雾霭。

师傅站了出来，对着灵堂鞠了三个躬，然后转过身对众人说：

"百鸟朝凤，上祖诸般授技之最，只传次代掌事，乃大哀之乐，非德高者弗能受也。"我知道这几句是《百鸟朝凤》曲谱扉页上的几句话，下面的人是听不懂这几句话的，所以还是一贯的沉默。师傅接着说："窦老支书我不多说了，他的所作所为火庄人都看在眼里，记在心里，如果无双镇还有人能受得起'百鸟朝凤'这个曲子的，窦老支书算一个，今天，给窦老支书吹奏送行的，是游家班的班主游天鸣。"

师傅的诚恳让跪倒在我面前的一干人开始发出呜呜的低鸣声。

"大哀至圣,敬送亡人,起奏!"师傅高喊。

我把唢呐送到嘴里,忽然眼前一片漆黑。

直到今天我都活在那段悔恨中,我本可以从容地完成一个乡村乐师所能完成的最高使命,可以让后人提起这段近乎传奇的事件时还能提起我的名字,本可以让乐师这个职业在乡村实现最动人的谢幕演出,甚至可以用一种近于神圣的方式结束我的乐师生涯。可就在那一瞬间,这些可能统统没有了,我的行为让无双镇这个古老的职业用一种异常丑陋的形式完结掉了,连在湮没于时代变化中的最后一刻也未能保持它曾经拥有的尊严。所以,在记录下这段经历的时候,我面临着可怕的记忆煎熬,我感觉我心灵深处的一块被时间慢慢治愈的伤疤又被重新揭开,我清楚地看见它鲜血淋漓,继而是透骨的疼痛。

重新睁开眼,一双双焦渴的眼睛全都在看着我。我把唢呐从嘴里慢慢抽出来,站起来对我的师傅说:

"对不起大家,这个曲子我忘了!"

出人意料,师傅笑了,下面的人也笑了。下面的人还在笑,师傅却哭了,他蹲在地上放声痛哭,我、我的大师兄,还有我的师弟蓝玉,我们站在师傅的身边,谁都不说话。师傅哭了一阵,站起来对还跪在地上的孝子鞠了三个躬,说我们对不起窦老支书,也对不起各位孝子。

焦三爷吹一个不就行了!人群中有人建议。

师傅摆摆手,说我早就没有这个资格了,这个班子不是焦家班,只有游家班的班主才有这个资格。师傅说完转过身从我手里抢过那支唢呐,抬起膝盖,两手握着唢呐猛力一沉。

咔嚓!

师傅走了,他迅速消失在了火庄伸手不见五指的黑夜里。

蓝玉从地上把断成两截的唢呐拾起来,又看看我,说:"看来我这辈子是听不了百鸟朝凤了!"

十九

父亲对我的态度是越来越坏了,他看我什么都不顺眼,水缸空了,他骂我眼瞎了,连水缸没水了也看不见;我把水缸挑满了,他还骂我,说我除了挑水还能干啥?

父亲骂得对,我都二十六七岁的人了,还窝在家里。你看水庄和我一般年纪的人,娶妻的娶妻,生子的生子,还有大部分早就打点好行装,爬上开往县城、省城的客车走了,除了过年过节能看到他们一两眼,平时像我这样的年轻人村里几乎就看不到了。

自从游家班解散后,我再没吹过一天唢呐。

游家班的解散没有什么仪式,自自然然的,仿佛空气蒸发了一样,请也没人请了,吹就更没有人吹了。我和大师兄在无双镇的集市上遇到过一次,我们互相问候,还谈了今年庄稼的长势,最后还到无双镇的馆子里喝了一顿烧酒,可谁都没有说关于游家班的事情,哪怕一丁点也没有,像这个班子从来就没有存在过似的。

我二十八岁了,水庄的冬天又来了,水庄的冬天如今是越来越随便了,连场像模像样的雪都没有,最近两年更是蹬鼻子上脸,连点缀性的雾凇也看不见了,整个冬天都邋里邋遢,只知道一个劲地落冰雨,钉得人脸手生疼不说,还把一个水庄搅得稀泥遍地。

我现在最怕和父亲照面,不光是怕他骂我,是看着他一天天老去的模样我就会内疚。别人的儿子每年都能给家里寄回来数目不等的钱，我却只能坐在家里吃吃喝喝。母亲不像父亲那样责骂我，但她总是一声接着一声地叹气，叹气的声息像一块永远挤不干水的海绵，这比父亲的责骂让我更难受。就这样，我不得不在这个狭窄的空间里逃避。父亲每天吃完饭就去庄上看人打牌去了，他不参与，只是看，其实父亲很想坐上去摸一摸的，可他的口袋不允许。母亲则是每天都在灯下一直坐着忙，忙到实在疲乏得不行了才去睡觉。

我每个夜晚都早早爬到床上，却往往到了天亮还没有睡着。

今年从稻谷返青开始就没有落过一泼雨。本来都乌云密布了的，天地也陡然黑暗了，眼看一切前奏都摆足了，一庄子人都站在天地间等着瓢泼的雨水了。结果呢，稀稀拉拉地下来几滴，在地上留下几个濡湿的坑点，立马就云开雾绽了。反复几次，水庄人的希望和耐心像田里的稻谷一样，都干枯瘪壳了。

父亲的背越来越佝偻，像一张松垮垮的泥弓。父亲每天都守在他的稻田边，脸色和稻子一样枯黄。他的眼神散漫无力地在一坝子干瘪的稻浪上翻滚，跟着风的摆动，晃来荡去，软弱无力。就这样一直到黄昏，他才直起腰来，在一阵吱吱嘎嘎的骨头摩擦声中，开始把枯朽的身躯往自家屋子里搬运。

偶尔我会在院子里遇见他，他总是呆呆地看着我，没有了愤怒，也没有了讥讽，目光蛛丝一般地柔软，缠得我有些透不过气来。

我清楚地记得，那一季的稻谷最后全枯死在了田里。我站在水庄后面的山头，视野里是一片灼人的枯黄，那黄一直向天边延伸，这样的颜色真让我绝望。但水庄的游本盛更让我绝望。一张脸黄得肆无忌惮。肝癌晚期，我和母亲竭力要求把圈里的老牛卖掉给他治病，可游本盛说：算了，我就是田里的稻子了，再大的雨水也缓不过来了。

一个月来，父亲的身体在木床上越来越小。从医院回来，父亲就再没有离开过家里那张宽大的木床。木床是爷爷留下来的，父亲当年就在这张大床上降生，如今，他又即将在这张大床上死去，像完成了一个可笑的轮回。

早晨我把家里的老牛牵到水庄的河滩边吃了一些草。中午回家的时候，我居然看见父亲站在庄头，阳光把他捏成一小团，他把身体靠在土坎上，土坎上有茂密的青色，这样他就像一朵从草丛里长出来的黄色蘑菇。我远远就看见了他，惊讶过后眼泪就下来了。

我怕他看见我的眼泪，拭干了才走近他。他颤颤巍巍地过来，像刚学走路的小孩儿。拍了拍老牛的脖子，父亲说："把它卖了吧！"说完了居然下来了两滴眼泪。我明白了，父亲还不想死，他毕竟才五十出头，这样年纪的水庄人，都身强体健地穿梭于田间地头，还有使不完的劲，眼前的路还远得看不到头呢！"早该卖了，早卖早治的话，也不至于这样了。"我说。

牛卖掉那天，我在无双镇给父亲买了一双软底布鞋，我想过了，进城治病难免要走来走去的，软底布鞋穿上不硌脚，父亲全身只剩下骨头了，什么都该是软的才对。

晚上回来把鞋子递到父亲手里，他竟然从床上翘起来给了我一耳光。

"谁叫你费这钱？狗日的就是手散！"

耳光一点不响亮，听见的反而是骨头炸裂的声音。

我没有说话，把父亲扶下躺好，他两个鼻孔和嘴都大口大口地呼着浊气。喘了好一阵子，父亲终于平静了下来，他先是长长地吁了一口气，艰难地把身体侧过来对着我说："天鸣，我听说金庄的唢呐也吹起来了。"我点点头。

其实不光金庄，无双镇除了水庄其他几个庄子都有唢呐了。也不知道是从哪天开始，城里下来的乐队就从无双镇消失了，就像停留在河滩上的一团雾，一阵风过，就无影无踪了。乐队一消失，唢呐声就嘹亮起来了。

"把游家班捏拢来。"父亲说，"无双镇不能没有唢呐。"

"有哩！除了水庄其他庄子都有了。"我说。

"日娘，那叫啥子唢呐哟！"父亲面色灰土，喘气声也大了许多，额头上还有汗出来。

我呆坐在床边，不说话。父亲的喉咙里有咕咕的声音，像地下的暗河，涌动着不为人知的秘密。良久，我听见父亲发出呜呜的哭声，哭声尖而细，如同一柄锋利的尖刀，划过屋子里凝滞的气息，继而如撕裂的布匹，陡然凄厉得紧。

此刻我才发现，我的父亲，水庄的游本盛心里一直都希望他的儿子吹唢呐的。在游家班解散后，父亲那种看似寡毒的蔑视、打击、嘲讽，其实是伤心欲绝，是理想被终结后的破罐子破摔。我又想起了父亲带着我拜师的那个湿漉漉的日子，还有他跌倒后爬起来脸上那道殷红的血痕。

我伸出手，摸到了父亲夸张的锁骨，它坚硬地硌着我的手，更硌着我的心。

我试试吧。我说，声音很小，但父亲还是听见了。

尽管屋子里光线很暗，但我还是看见了父亲眼里的亮光，我的话像一根划燃的火柴，腾地点亮了父亲这盏即将油尽的枯灯。

"我就知道，你狗日的还想着唢呐。"笑容在父亲枯瘦狭窄的面容上铺开，氲成一团凄苦和苍凉。"知道我为什么卖牛吗？"父亲纯真得像一个孩子，"我那是给游家班买家什用的，我想过了，啥子鼓啊锣啊，都老旧了，该换新的了。"接下来就是一阵咳嗽，父亲太兴奋了，又呼啸了一阵才平静了下来，父亲又说："我死了，给我吹个四台就行了。"

"我给你吹'百鸟朝凤'。"我说。

父亲摆了摆枯瘦的手，半天才说："使不得，我不配！"

二十

父亲病得越来越重了，话也越来越少了，开始是整夜整夜睡不着，后来是睡过去就醒不来。母亲总是守在父亲旁边，隔一阵子就看一回，探探他的鼻孔，摸摸他的额头，怕他睡过去就永远醒不来了。

我则在无双镇几个庄子之间昼夜奔走。

在无双镇生活了这么多年，我第一次在如此密集的时间里听田间的蛙鸣，山谷的鸟叫。夜晚，我一个人在狭窄的山间小路上行走，天边的一弯冷月漠然地朗照，大地如逝者的巴掌一样冰凉，裹紧衣服才发现，寒冷正不可抗拒地到来。脑子里又浮现出父亲孤独无助的眼神和日渐枯槁的面孔。我怕他等不到我把游家班捏拢他就走了，那样我的父亲就听不到唢呐声了。对于水庄的游本盛来说，没有唢呐的葬礼是不可想象的。

无双镇被我的双脚丈量完毕了，我仍像一个出海旬月却两手空空的渔人。我的师兄师弟们，此刻正在繁华而遥远的城市挥汗如雨，他们就像商量好了一般，整整齐齐地离开了生养他们的土地。

大师兄还在。他不去城市不是他不想去，而是一次意外让他拥有了一条断腿,而这条腿也成了他和城市之间永远的屏障。我把香烟递到他手上的时候,他还满含神往地给我讲述了师弟蓝玉去年来看他时的情景。"小屁股,抽的烟一支顶你这个一盒,你还别不服气,那烟抽起来就是他奶奶的顺口。""看来,城里这钱还真他奶奶的好挣。"

　　听完我的来意,大师兄惊奇地盯着我,然后他说,你见过两个人吹的唢呐吗?旧时一般穷苦人家都四台,你想造个两台?埋条死狗还差不多。我说不是埋死狗,是埋我的父亲。大师兄脸上才起来了一层歉意,他大大地吸了一口烟,说去火庄吧,那里起来了好几个班子,听说场面很大,都有十六台了。奶奶的,十六个人一起吹唢呐,怕死人都能给吹活呢!

　　我走了好远,大师兄站在山梁上喊:"去看看吧!如今无双镇的唢呐都成他们的天下了。"

　　我到火庄正赶上这里的唢呐班子出活。

　　确实很让人惊讶。

　　十六个唢呐匠占据了整个院坝,连死者这个理所当然的主角都被逼到了狭窄的一隅。一排条桌浩浩荡荡地拉出了雄壮的架势。条桌上的茶盘里有香烟和瓜子。瓶装的润嗓酒也精神抖擞地站成一列。唢呐匠一色暗红色西服,大宽领,下摆还卷了圆边,一个个像即将走入洞房的新郎。条桌顶头是一件银灰色西服,还扎了根猩红的领带,胸前挂了一块亮闪闪的牌子。看样子,他就该是班主了。

　　最显眼的还不是班主,而是他面前盘子里的一沓钞票,百元面额的,摆出了一道耀眼的风景。"起!"班主发声,接下来就是一场宏大的鼓噪,唢呐太多了,在步调上很难达成一致,于是就出现了群鸟出林的景象,呼啦一片,沸沸扬扬,让人感到一些惶然的惊惧。我甚至满含恶意地发现,有两个年轻的唢呐匠腮帮子从头到尾都瘪着,要知道，这个样子是吹不响唢呐的。这是我见过场面最大的唢呐班子，也是我听过的最难听的唢呐声。我的大师兄说得不对，十六台的唢呐不能把死人吹活，但没准会把活人吹死。

我回到家，父亲已经不能说话了，我凑到他的耳朵边说：给你请个火庄的八台吧！父亲忽然睁大眼睛，脑袋拼命地摆动，喉咙里咕咕地响着。我知道，他不要火庄的唢呐，他说过的，火庄那不是真正的唢呐。

水庄的游本盛是水庄的河湾开始结冰时离开这个世界的，他静悄悄的就走了，头天晚上还挣扎着吃了半碗稀饭，第二天一早，发现身体都已经变得冰凉了。他死的时候瘦得像个刚出生的婴儿，把一张木床映衬得硕大无比。我把卖牛的钱将父亲安葬了。他的葬礼冷清得如同这个季节，唢呐声自然是没有的，倒是北风从头到尾都在不停地呼啸。

那个黄昏，我守在父亲的坟边。从此以后，水庄再没有游本盛了，他和深秋的落叶一起，凄凄惶惶地飘落、腐烂。我在夕阳里想了好久，都没有想起我到底给了我的父亲什么。而我对于他，只有一个又一个的失望。我的唢呐没了，游家班也没了，直到死去，他连一台送葬的唢呐都没有。

好久没有看到水庄这样的黄昏了，在我的印象中，水庄的黄昏总是转瞬即逝的，刚发现它，它就一头栽进黑夜。其实心细一点观察，水庄的黄昏是很好看的，落日静止在山头，草的须穗摩挲着它的脸面，有了麻酥酥的微痒；风翻滚着从山梁上滑下来，撩开大山的衣襟，露出暗红的裸背。大地，就在这样简单的组合中，变得古老而温暖。

我从怀里抽出唢呐，对着太阳的方向，铜碗里就有了满满的一窝儿夕阳。

曲子黏稠地淌出来，打了几个旋儿，跌落在新鲜的坟堆上，它们顺着泥土的缝隙，渗透进了冰冷的黄土。我知道，我的父亲能听见他儿子的唢呐声。从我学艺到他离开这个世界，他还没有听我吹奏过这曲"百鸟朝凤"。开始唢呐声还高亢嘹亮着，渐渐地就低沉了，泪水把曲子染得潮湿而悲伤，低沉婉回的曲子中，我看到父亲站在我的面前，他的眼神如阳光一般温暖，那些已经一去不复返的日子，在朦胧的视线里逐渐清晰起来。

起风了，唢呐声愈发凌乱，褪掉了肃穆的色彩，却有了更多的凄凉。我的喉咙被一大团悲伤硌得生疼，唢呐终于哭了，先是呜咽，继而大恸。连绵不绝的群山，被一杆唢呐搅得撕心裂肺。

二十一

今年第一场雪刚过，村长领着几个人到了我家。

我站在院子里，村长拍着我的肩膀说："这就是无双镇游家唢呐班子的班主。"

"很年轻啊！"一个戴着眼镜的中年人说。

"是这样的，"他说，"我们是省里面派下来挖掘和收集民间民俗文化的。"

我说："你就说找我什么事情吧。"

戴眼镜的说："我们想听一听你的唢呐班子吹一场完整的唢呐。"

我说："游家班已经没有了，火庄有，你们去看看吧。"那人笑笑，说："我们刚从那里过来，怎么说呢！"他干咳了一声，"我们听过了，他们那个严格说起来还不能算纯正的唢呐。"

"你看？"他递给我一支烟说。

我说："怕不行了，我的师兄弟们全进城了。"

这时候站出来一个年轻一些的，村长赶忙出来介绍说这是县里来的宣传部长。年轻的部长很豪迈地一挥手，说去把他们都叫回来，费用我们来出。他的语调和姿势让我热血一下涌了上来，我仿佛看到了我的游家班整齐出场的场景，那是多么让人神往的一个场面啊！七八个人一字排开，悠悠扬扬地吹上一场。我梦里经常出现这样的场景。

我说好。

冬天快过去了，我接到了蓝玉的一封信，他在信上说，他已经在省城站住了，拥有了自己的纸箱厂。我决定去省城把我的师兄弟们找回来，我要把我的游家班重新捏拢来，我要无双镇有最纯正的唢呐。

省城真大，走下客车我有了溺水的感觉。

根据地址东寻西找了一整天，我终于在一个胡同里找到了蓝玉的纸箱厂。

推开铁门，一个守门的老头在门里一间昏暗的屋子里看报纸。

请问蓝玉在吗？

"蓝厂长出门去了。"老头答，"你找他什么事？"老头抬起头问。

"师傅！！"

……

那天夜里，蓝玉把在这个城市的师兄弟们都通知到了一处，还请大家去了一家金碧辉煌的饭店吃了一顿饭。师傅还是老样子，饭桌上一句话没有，沉默寡言地吃。我说明来意，师傅的眼里掠过一抹亮光，然后他抹了抹嘴，说上面都重视了，这是好事啊！

好多年没摸那玩意了。二师兄感叹。

我从包裹里取出来一支唢呐递给二师兄，说试试？二师兄把唢呐接过去，端平，刚把哨管放进嘴里，他的眼神暮然黯淡，然后他举起右手，我看见我在木材厂打工的二师兄中指齐根没有了。

让锯木机吃掉了。他说，这辈子都吹不了唢呐了。

在水泥厂负责卸货的四师兄接过唢呐，说我试试。他架子还在，像模像样地摆好姿势，唢呐在他嘴里没有想象和期待中的嘹亮，只闷哼了一声，就痛苦地停滞了。他抽出唢呐吐出一口浓痰，我看见地上的浓痰有水泥一样的颜色。

别回去了，留下来吧！蓝玉看着我说。我喝了一大口酒，说我要回去，我一定要回去。看着桌子上的师兄师弟们，我忍不住哭了，师傅也哭了。

我知道，唢呐已经彻底离我而去了，这个在我的生命里曾经如此崇高和诗意的东西，如同伤口里奔涌而出的热血，现在，它终于流完了，淌干了。

夜晚，师傅还有师兄弟们送我去火车站。我们沿着城市冰冷的道路一直走，没有人说话，只有往来的车辆拉出让人心悸的呼啸，偶尔有行人经过，都一色的低着头，把脑袋往前伸，急冲冲地扑进城市迷离慌乱的大街小巷。

在车站外一块巨大的广告牌下，一个衣衫褴褛的老乞丐正举着唢呐呜呜地吹，唢呐声在闪烁的夜色里凄凉高远。

这是一曲纯正的"百鸟朝凤"。

天堂口

一

早先的修县不是这样子的。范成大把两只脚塞到屁股下面说。

柳姨妈没有接话,她浅浅地笑笑,眼角的皱纹波浪一样荡开,把手里的缝衣针伸到花白的头发里磨磨,又低头认真地缝制摊放在膝盖上的寿衣。寿衣在修县这个地头叫老衣,棺材叫老家,人去了那头叫老了,老了后都穿这个式样的衣服,统一的青棉布,圆领,长衫,下摆还得坠俩棉球子,那是怕人老了,魂灵就飘了,着不了地呢。

柳姨妈以前不做老衣,做面糕。在修县,上了点岁数的人没有不知道柳姨妈面糕的。一到嘴里就化了。人们回忆起都这样说。做面糕这活儿耗气力,柳姨妈男人死得早,给她扔下个三岁半的男娃,先老去了。上了岁数的柳姨妈不能站在面板前轻快地摔打面团了,不声不响就关掉了面糕铺子,修县最好的面糕也慢慢成了记忆。关掉门脸儿的柳姨妈先是把儿子扇子送到了部队,然后回了老家。三年后,柳姨妈的一个远房侄儿开了辆咣当乱响的车把柳姨妈从老家接来,在火葬场看起了大门。看门是个闲活,柳姨妈就开始给人缝老衣,她缝的老衣舍得布料,针脚也细密,不定价格,看着给,慢慢定制的人也多了,柳姨妈每月只赶七件老衣,多了就推了,说怕缝不好,对不住老去的人。

圈完一个袖口,柳姨妈把针别在衣服下摆,站起来抖开一面藏青色,也抖开了对面石板上范成大一片啧啧声。柳姨妈把衣服折叠周正夹在腋下,说你先坐会儿,我得做饭了。范成大一拍大腿立起来,说得,我也回去了,下午还有俩赶着升天呢!转过身,柳姨妈扶着值班室的门喊:"要不晚上过来吃饭?"范成大回头,憨憨一笑,说算了,还是吃食堂吧。去得远了,门边的低声咕哝:"食堂那饭咋吃啊!清汤寡水的。"

范成大穿过一片林荫道,两旁是高大的法国梧桐,树们都有些年纪了,黄皮腊干,却依然葱绿。也有病死的,硬直地挺着,仔细看,又有新的翠绿从树根下斜出来,那生命新鲜得直逼人眼。每次经过这片林荫道,范成大都要挨着数一数这些老迈的梧桐树,没多久就会有一棵梧桐树死去了,开始那几年范成大会有失落感,在火葬场做了八年的火化工后,他就释然了。"这进进出出看得多了,人的想法也就变了。"他常常这样对人说。

范成大八年前在这座城市的西边有四间青砖房,还扯了个剃头门脸混生活。后来政府找到他,说要在那片地建一个新的火葬场,范成大说不是已经有一个了吗?人家就开导他,说这城市每天得有多少人老了呀!老火葬场屁股那样大一块地盘,一炉子烧十个也烧不过来呢。范成大想想也是,点头的同时喏嚅着说这以后生活没着落了。人家说我们调查过了,像你这样无儿无女,无亲无戚的,我们在老火葬场那头给安排了活儿,按月发工资,生活肯定没问题,不愿意也成,一次给足搬迁费。范成大想了想说，给我安排个活儿吧，我闲不住。

范成大刚来那几年，这里可热闹了，人来人往，每天都有不绝于耳的悲哭声，近几年越来越少了，都往新地方去了，新地头档次高，设施齐，去那儿，死人舒坦，活人脸上也有光。那些客死他乡的，煤矿爆炸透水的，吃低保的，死了才会来这里，凄凄凉凉，冷冷清清，随便弄弄，就粗粗糙糙扔给范成大，有时候范成大也会问两句，说咋这样弄啊！连身衣服都没有。送尸工小郑就点上一支烟说，弄个鸡巴，外地来挖煤给砸死的，一把火烧了算屎了。

八年来，范成大规律得像一个闹钟，每天六点起床，在火葬场逛一圈，看完那些花花草草，八点钟准时到火化间，有活就干，没活就清理火化床，很仔细的那种清理，一张火化床他能折腾一上午。

食堂还是老三样，炒洋葱，烩豆腐，拌萝卜。范成大没有要炒洋葱，都吃这么多年了，范成大老觉得身上有股子洋葱味儿，咋洗都洗不掉。找张桌子坐下来，低头慢慢地吃，吃着吃着就看见面前有个人影一晃，抬起头，是会计胖妹，斜了一眼范成大，走开了，去了另一张桌。像胖妹这些远离尸体的人，是无论如何也瞧不上运尸工和火化工的，还背地里说他们这些人身上有死人味儿。

范成大的屋子挨着火化间，独溜溜一间屋子，一张床，一个破旧的沙发就把屋子塞得满满的了。范成大在沙发对面的墙上钉了一块木板，用来放他十四英寸的电视机。吃完饭，在外面转两圈，回来就老猫样地窝在沙发里，一动不动，有时候睡过去了，醒来电视节目都结束了，他也懒得起身，翻个身继续睡。虽说有张床，其实范成大很少用的，后来他干脆像收拾古董样地给床铺套上一张塑料布。

二

夜缥缈得如一面纱。

范成大靠在门边，看着长长的走廊，走廊里有昏黄的灯光，运送遗体的担架车从走廊尽头过来，车辘辘磨出一串幽深的叹息。范成大立正身子，整了整衣衫，他的样子肃穆得不行，那样子仿佛迎接的不是一具僵硬的尸体，倒像是一个远来的贵客。送尸工梁子远远地朝范成大挥了挥手，担架车停在范成大面前，死者身上覆了片塑料布，塑料布质量不好，能依稀见到那人的一些面目。

范成大眉毛就蹙了起来。

"该用块白布呀！"

梁子把口罩卸下来挂在一边耳朵上，摸出一支烟点上，深吸了一口，好像是吸猛了，呛得弯下腰不停地咳嗽。半天才直起腰来说用啥白布哟！捡渣渣的，病死在广场那头，无亲无戚，民政局让烧的。

"也该用块白布呀！"范成大不屈不挠。

骂了一句，把烟头掐灭，将剩下的半截烟屁股装进口袋，梁子接着说："还白布？一分钱没有，能给烧了就算不错了，要逮以前啊，还不是喂狗了。"

"也该用块白布呀！"

梁子歪着头看了看范成大，然后抬手指了指范成大，想说什么，最后一句话没说，摇摇头走了，走远才丢了个字在昏暗的走廊里。

"操！"

范成大把车推进焚化间,打来一盆水,倒进半瓶醋,把手伸进去泡了一会儿。

慢慢揭开塑料布,范成大看到了一张乱呼呼的脸,油腻腻的胡须堆满了下巴,额头上还有一个新鲜的伤疤。塑料布完全掀开,范成大忽然起来了难抑的凄凉,死者没有穿衣服,一条破破烂烂的裤子连裤腿都没有,裸露在外的部分都是黑黢黢的颜色,酸臭味混着淡淡的尸体腐败的味道让范成大有些难受,他抓过墙角桌上的醋瓶子咕噜噜灌了一气,长长地吐了一口气。

出了门,范成大先来到自己的小屋,从床底下拉出一个箱子,打开箱子,箱子里有一把剃头剪,一把刮胡刀,一张磨刀皮。都是他开店时候的家什,店铺给掀掉时剃头的玩意其他的都扔掉了,就留下了这几样东西,时不时还能用上。提着箱子出来,他拐到值班室门口,透过玻璃门,柳姨妈还在缝老衣,灯光不好,柳姨妈几乎都凑到布面上去了。

范成大轻轻敲了敲玻璃门,柳姨妈抬头,凑近了才看清楚门外的范成大。

打开门,范成大咳了一声,说扇子还没回来?

值夜班呢。柳姨妈说。

喔!范成大点点头,说我来向你借块白布。

"白布没有了,青布行不行?"

想了想范成大说行,我要五尺。

范成大拿着布走了,柳姨妈倚靠在门边,她知道范成大今晚又得忙活一宿。早些时候,柳姨妈反对范成大给那些无名尸体搞打整,劝了几回,范成大不听,柳姨妈就不劝了,偶尔范成大还会过来借这借那,借完了第二天都会还上,开始柳姨妈执意不要,可范成大执意要还,还说你拖娃带崽的,扇子将来还得成家立业呢!你挣那点钱也不容易,我是啥人啊!无牵无挂,两脚一蹬,安心上路,所以一定得还。

下剪前范成大总要先唠叨一番的。还不是普通的唠叨,是念上一段《增广贤文》。

> 昔时贤文,诲汝谆谆,集韵增广,多见多闻。
> 观今宜鉴古,无古不成今。
> 知己知彼,将心比心。
> 酒逢知己饮,诗向会人吟。
> 相识满天下,知心能几人。
> 相逢好似初相识,到老终无怨恨心。
> 近水知鱼性,近山识鸟音。
> ……
> 钱财如粪土,仁义值千金。
> 流水下滩非有意,白云出岫本无心。
> 当时若不登高望,谁信东流海洋深。
> ……

范成大剪得很慢,每走完一剪都要停一停,看好了从哪里下剪最适合,和他以前给活人理发一样地精细。修县这边有这个风俗,人老到那头去了,都要刮掉头发和胡须,取二世为人,清清洁洁的意思。火葬场设有专门的遗体清理处,除了剃头刮须,还要化妆呢。收费虽然有些高,但没有一个死者的亲属有异议,想想,都老了去了,最后一次了,谁还能省这钱啊!

"你看你这头顶,旋儿都歪了,不在正中呢!注定不是善终的命哟!"范成大呵呵笑,笑归笑,剃头剪仍在嘎吱嘎吱跑,须发纷纷扬扬,范成大很快就推出了一块干净地头。把地上一摊乌黑清理干净,范成大打来一盆水,掂块布把死人身子擦了一遍,重新打来一盆水,又擦了一遍,抖开五尺青布把打整出来的一截白净覆盖了,范成大拉把椅子坐下来,长长吁了一口气,摸出烟杆,卷了一管旱烟填进烟锅,滋滋地吸起来。除了疲倦,范成大还感觉到了惬意,此时此刻是范成大最享受的时候,他在回味这个过程。转过头就能看见焚化炉的盖子,范成大一直认为,人老去了,应该干干净净地进去,因为那里是通往天上的入口。

三

范成大去了一趟市区。老火葬场离城区有五公里路程,只有一路公交车,得等上很长的时间,站上等车的一个个都毛焦火辣的样子。范成大不急,他觉得进城是幸福的事情,他喜欢这种幸福的感觉,这个过程的每一个细节他都喜欢,他不会焦躁,不会心烦。站在站牌下,远处是一片郁郁葱葱的绿,入眼都是旺盛的生命迹象。

回来时天有些昏暗了,远处近处的轮廓都被模糊包裹了起来,范成大坐在最后一排左边靠窗的位置,每次进城,来回他都会选择这个座位,如果这个位置没有了,他会耐心等下一趟。他没想过为什么自己会对这个座位这样迷恋,他只觉得这个位置安静、安全,很少有人会侵入这个边缘的领地,满车厢的喧闹、争夺、拥挤,都和这个位置无关，仿佛两个被隔离的世界。范成大去新的殡仪馆参加过一次培训，那边就热闹了，好几路公交车往那边跑，人也多，最后一排左边靠窗的位置自然是没有的，那次范成大候了四五个小时，也没候着他要的位置，最后他是走回来的，走了整整四个小时，回来给柳姨妈说，柳姨妈就笑他一根筋，范成大挠着头说以前也不是这样的呢。

下了车，黄昏已经上来了，火葬场路灯还没开，一片破旧朦朦胧胧。范成大腋下夹着一块青布，七尺，他得还给柳姨妈。推开值班室的门，场景有些异样，柳姨妈没有一如既往地在缝制老衣，而是低着头在抹泪。范成大凑过去说你这是咋了？柳姨妈摇着头，哭得更伤心了。范成大知道柳姨妈眼泪窝窝可不浅，不是那种一点点委屈就流眼抹泪的人。

问了好几遍，柳姨妈也没有应，只是一个劲儿地哭，范成大慌了神，有点手足无措，在逼仄的屋子里不停地转动着身子，脸也涨得通红。没有经验，范成大也不知道怎样劝说柳姨妈，索性拉把椅子坐下来，看着柳姨妈哭，窸窸窣窣哭了一会，柳姨妈才算开口了。

"挨千刀的，都二十六七的人了，还不让人省心，整天就是吊儿郎当的。"

挽起袖子抹了一把泪，柳姨妈接着说："值夜班你就好好值夜班嘛！几个保安窝在屋子头耍纸牌，耍嘛，耍出纰漏了，办公室让人给撬了。"

"丢啥东西没有？"范成大问。

"电视机给抱到大门边，太重了，没弄走，丢了几盒茶叶。"

"那就好，那就好。"

柳姨妈激动地一挥手："不是丢东西的问题，你说这不成器的玩意儿，值班时间耍牌，我没教过他呀，那部队上也没教过啊！他还学会了呢!"

"事不大,你先别上火。"

"还不大啊!都处理了,不让在那头待了,给下到这头来了。"柳姨妈又哭了。

"呀!来这头,这头有了保安的呀!过来干啥呢?要不你给你侄儿说说,给他一次机会,扇子还小,哪能没个疙疙瘩瘩的。"

柳姨妈摆摆手,说使不得。几乎就是一瞬间,她就镇定下来了,也不哭了,撩起衣服下摆把两个眼睛仔细擦了一把,说我求你个事情,让扇子过来跟你。范成大慌忙摆摆手,说不成不成,小年轻谁愿意去我那里啊!会耽误娃娃的。柳姨妈说你放心吧,我心里有数,我这就去给我侄儿说,让他无论如何都得给安排到你那地头,不过说好了,你可千万不能说这是我的意思。

四

扇子铁青着一张脸站在范成大面前。圆脑袋板寸头,干干净净的,范成大喜欢扇子的这个模样。第一次看见扇子是在值班室门口,他正和柳姨妈呵呵地聊,忽然听见有人喊妈,一抬头就看见扇子了,穿了一套崭新的军装,板寸比现在还板寸,腰挺得笔直,满脸堆着笑。看见范成大正和老妈肆无忌惮地笑,复员军人有些不快了,拉着妈就往值班室去了。范成大也不气,起来掸掸屁股,往焚化间那头去了。

"来了!"范成大笑着说。

扇子不吱声,恹恹地看了一眼立在门边的范成大。

"来了好，来了好。"范成大说。

扇子更不安逸了，朝范成大翻了翻白眼，范成大才意识到自己刚才的问候很蹩脚。

"就在这地儿啊？"扇子伸出脑袋朝焚化间瞟了瞟问。

"嗯！"

"挺干净哈！比那边还干净呢！"

"比不上，比不上，那头啥子都是新家伙，听说炉子都能把人烧出几个模样来，有全化的，还有烧掉肉留下骨的呢！"

扇子白了范成大一眼，说还有烧成熟肉的，你要不要尝尝？范成大脸上的笑容瞬间没了，他侧着身子绕过扇子，拱进旁边的小屋。

夜晚火葬场安静得像一面湖水，连一枚树叶降落的声息都清晰可闻。

梁子把尸体送过来就走了，死者是个建筑工人，四川那边过来的，从脚手架上摔下来的，脑袋差不多都让角铁给齐齐斩掉了。本来范成大已经睡下了的，听见房门砰砰乱响，打开门，范成大吓了一跳，是办公室主任，还笑眯眯地看着他，要知道，平素火化工是看不见主任的，更别说主任的笑容了。范成大穿好衣服，主任说老范啊这样晚把你叫起来真难为你了，有具尸体得麻烦你马上开炉。啥人这样急啊？范成大问。脚手架上跌下来的，四川的，家人等着要骨灰回老家安葬呢！范成大说这样啊！嗯，确实是急，我马上开炉。

出门来，范成大拐到值班室边，值班室一个进出，柳姨妈住里屋，扇子在外面一间搭了一个行军床。

凑过耳朵，范成大听见了扇子的呼噜声，范成大举起手准备敲门，想了想他的手又垂了下来，转身走出去几步，他又回头走到门边，毫不犹豫地敲响了门。

扇子揉着眼睛打开门，愤愤地说半夜三更敲哪样鸡巴毛？

送人过来了，主任喊开炉呢！范成大说。

"夜半三更开炉烧人，哪来的规矩？"扇子咕哝着。等他披上衣服出来，范成大都走出老远了。

掀开面上的塑料布，范成大就被哽着了。血肉模糊的脑袋黏糊糊地歪在一边，齐脖的巨大创口堆满了黑黢黢的已经凝固了的血，还有血泡从一团黢黑的缝隙处咕咕往外冒。特别是血淋淋中那双还睁得斗大的眼睛，范成大忽然听见身后一声惊叫，回过头，扇子一屁股落在墙边的椅子上呼呼喘着粗气。

"惨绝了，妈妈的。"他伸手抹了一把额头上的汗水。

"看你，不是还当过兵吗？"范成大说。

"老子是当过兵，可没杀过人啊！"

范成大说你去打盆水来，扇子看了他一眼，脑袋歪开，不说话。范成大看扇子没有动作，也不喊了，自己拐出去打了一盆水进来。

范成大开始在血糊糊的脑袋来回抹，脑袋抹干净了，脚边那盆水也变成了血红色。把水倒掉，范成大从小屋里拿来剃头工具，准备下剪了，看见扇子还歪在椅子上，两个鼻孔里不知什么时候多出了两团餐巾纸。范成大说你到你妈那里拿根缝衣针和一卷棉线来。扇子瓮声瓮气地问："你想干啥？"

"叫你拿你就去拿！"范成大的口气忽然变得僵硬了。

扇子拿来了针和线，柳姨妈也跟着过来了，披件单衣，火化间有些凉，一踏进屋子她就打了一个冷噤。范成大扭头看见了，就说你来干啥呢？这天凉飕飕的。像是在关心，又像是责怪。扇子把针线扔给范成大，一脸的乌青，倒不是让他去拿针线他不乐意，而是刚才范成大对老妈说的话让他很不受用。

"你谁啊？轮到你问三问四的。"他心里说。

柳姨妈把头凑过去，身体剧烈抖了两抖，披着的衣服滑落了下去。扭过头，她低鸣着说这是咋整的，咋成这样了，我还说扇子拿针线干啥呢。

柳姨妈呜呜哭着，范成大也不说话，他低着头，把歪在一边的脑袋掰过来，和断开的脖颈凑在一起，对齐，然后仰起头穿针，屋子里灯光不好，穿了好一阵都没有穿进去。柳姨妈看了，接过来穿，鼓捣了一阵还是没有让线透过针眼。扭头看了看窝在椅子上一脸难看的扇子，柳姨妈生气了，说你倒享清福了，过来把针线穿上。

扇子一甩手说："那是我们干的事情吗？我们负责的是把尸体烧了。"停了停他又小声补充，"娘的，猫拿耗子，多管闲事。"

声音很小，柳姨妈还是听见了，她蜷起拳头过去给扇子的脑门吃了一核桃，咚一声空响，扇子跳起来，瞪着眼，柳姨妈也瞪着眼，扇子最终被母亲看毛了，才不情愿地把针线拿过来。

屋子里安静极了，只有轻微的呼吸声和针尖穿透皮肉的声音。柳姨妈和扇子静静地看着范成大缝合，他缝合得很慢，每缝一针都要抬起头长长地吐一口气。此刻，柳姨妈脸上的惊惧已经退潮了，她目不转睛地看着，每一次针尖穿透皮肤，她的嘴唇都要紧紧地咬一次，仿佛那针尖会刺痛躺着的人。

范成大脑门上布满了汗珠，柳姨妈侧头看了看聚精会神的范成大，眼里荡开一片温暖的涟漪，她回手捞起衣袖，往范成大的脑门上抹了抹。范成大也侧目看了看她，嘴角拉开一线笑。

砰的一声，扇子摔门出去了。

两人看了看还在来回抖动的大门，都没说话。缝合完毕，柳姨妈给范成大把椅子拉过来，范成大困顿在椅子上，嘴张了张说："既然是亲人等着抱骨灰回去安葬，咋不见他的亲人呢？"

是啊！这事还真轮不到你呢。柳姨妈说。

柳姨妈拿来一块白布，范成大把尸体裹好，推上焚化台，他又开始念叨：

>昔时贤文，诲汝谆谆，集韵增广，多见多闻。
>观今宜鉴古，无古不成今。
>知己知彼，将心比心。
>酒逢知己饮，诗向会人吟。
>相识满天下，知心能几人。
>相逢好似初相识，到老终无怨恨心。
>…………

手指往按钮上轻轻一按，焚化炉张开嘴，一团洁白跟着履带进去了。

"上天咯！"范成大一声喊。

柳姨妈脸上一片炽热。

五

扇子觉得范成大只有这样恶心了，特别是两人在一起的时候，来来去去收获的都是白眼，连食堂里打饭的那个乡下妹把一勺饭送过来的时候脸都厌恶地歪向一边，好像站在她面前的是个死人似的。扇子最不能容忍的是范成大的窝囊和无能，就是烧锅炉的癞皮也要奚落他，"范成大，我怎么老闻到你身上有股怪味呢，是不是和死了的那些好看女人亲嘴啊！"说完还露出一口黄牙呵呵笑。这时候的范成大该干啥干啥，不说话，也不看奚落他的人。

当然，没人敢和扇子这样说话。一是扇子一身的腱子肉能让人多少生出些怯意来，二是大家都知道扇子的堂兄是殡仪馆管事的。即使对他现在干的工种看不上，也只能在心里。还有想法更多的，食堂几个女娃聚在一起洗菜时总喜欢讨论扇子，一个说你看长得吧挺抻抖的，还有关系，咋就干那活呢？另一个说你是不是看上他了？前一个就把一手水甩过去，嗔怪着你胡说八道啥呢？低头想想，幽幽地说，要不是干那个活的，还差不多。

扇子最恶心的还不是范成大的怯懦，而是范成大没事时总喜欢往值班室边凑，跟老妈嘻嘻哈哈地说话。那些路过值班室的人看老妈的眼神也变得怪怪的了。

一连几日都没活，四周都冷冷清清的。一闲下来，范成大就开始磨他的剃头剪，拿根小锉坐在门边，两腿把剪子夹好，滋滋滋滋地磨个不停。有人路过，叉着腰骂，范成大，你他妈弄出这声都快让人倒牙了。范成大抬起头，看着骂他的人笑，笑得对方都不好意思发火了，摇摇手走了。黄昏的时候，吃完饭后范成大就出来走走，步子总是不听话地往值班室那边抹，好像都成下意识了，快抹到值班室了，范成大就停下来了。扇子端张椅子靠在值班室门口，两个眼睛直直地盯着范成大，范成大有点虚了，佯装看看左左右右的花花草草，慢悠悠地折回去了。回到小屋子范成大有点恼自己了。又不是偷人抢人，我虚他干啥？他想。但是去值班室的念头却被浇灭了，后脑勺全是那双直盯盯的眼睛。

夜上来后柳姨妈也搬条椅子和儿子坐成一排，四下张望一阵就问扇子：咋不见你范叔呢？扇子阴阴地说：说不定自己爬到炉子里去了。柳姨妈就轻轻给扇子后脑勺一巴掌：撕你嘴，胡说八道。扇子又说：他和我无亲无故，也不是我啥子叔，麻烦以后在我面前不要这样称呼他。

柳姨妈又扬手，忽然觉得儿子的话里有股辣椒味。想想手又垂了下来。

坚守了两天的值班室，扇子拗不住了，一大早起来进城去了。

中午饭一过，范成大磨磨蹭蹭就过来了，柳姨妈照例坐在门边缝老衣，细针密脚地走着。抬头看见范成大，两个人就笑笑，柳姨妈起身，范成大摆摆手，说凳子不用搬了，我就是随便走走。柳姨妈回身坐下来，把手里的活计搭在板凳空着的一头，说好几天不见你影儿了，都忙啥呢？

范成大斜靠在一棵粗大的梧桐树上，一只手轻轻地拨着一块老旧的树皮："没啥，把剃头剪子拿出来磨一磨，都钝了。"说完他又抬抬手，说你忙你的，不要管我。柳姨妈重新捡起老衣，却没有下针，而是看着远处苍苍莽莽的山林子，眉宇间爬上来一层淡淡的愁苦，看了一阵子，她又转过头看了看范成大，然后她长长叹了一口气，低头把针扎进棉布。

远远地，扇子提着两个塑料袋子沿着狭窄的水泥路过来，范成大总算把那块老树皮给揭下来了，他随手把树皮往草地上一丢，说今儿人少，我该吃饭了，要不食堂就关了。

柳姨妈启启嘴唇，想说什么，抬头看，范成大都消失在路的尽头了。

六

前几天闲得要命,这两日却忙得起火。

一大早殡葬车就进进出出的好几趟,梁子和几个运尸工赶趟儿似的跑来跑去,几趟下来,陈尸间堆得满满当当。

在陈尸间门口,梁子摘掉口罩喘着气对扇子说:"操他娘的,煤洞透水给淹死的,全是鼓鼓囊囊的,那肚子大得哟!"

"臭了吗?"扇子问。

"都给泡好些天了,你说能不臭吗?"梁子答。

"妈的!"扇子一撇嘴,"你倒是完事了,接下来该我倒霉了。"

"你憨啊!有范成大啊!你享福了。"梁子笑着说。

扇子的确是享福了,第一具尸体推进来,范成大就打好水等着了。扇子则戴着个口罩坐在墙角的椅子上。

扇子嘿嘿地冷笑:"你体力过剩啊?后面还一大串呢!"

范成大也不理他,慢慢地在黑咕隆咚、鼓鼓的肚子上擦拭着。扇子一直冷笑,看见范成大扯直棉布在死人的脚丫子里来回拉时,扇子笑得更厉害了。擦完了,范成大出去把水倒掉,没多久提着个瓷盆进来,腋下还夹着一沓纸钱。把火盆放在死人脚边,蹲下来一张一张地烧。

"是你爹啊?"扇子说。

"都是些外地人,没几张纸钱回不去。"范成大说。

范成大的动作和他的性格一样地缓慢,最急促的,就是把人送进

炉口的那一嗓子:

"上天咯!"

烧完一具,接着一具,范成大都一样的程序,不疾不徐,有条不紊。

扇子就这样看着,开始他还冷笑,还骂,渐渐地他就不笑了,也不骂了,静静地看着范成大,纸钱燃烧的光照着范成大的脸,安详、肃然,看不到半点悲喜,平静得如一块千年的青石板。扇子开始可怜起范成大来,无儿无女,为了几个吊命钱,整天和这些脏兮兮的死人凑一起,在别人眼里,范成大都快和一具尸体差不多了。但扇子搞不懂的是范成大为什么这样做,扇子见过新修的火葬场那头的焚化工是怎样干活的,白衣白裤白帽白口罩,整个人遮得密密实实的,和死人保持着让人信服的距离,推进来,送进去,一触按钮,万事大吉。要想让他们在完成这个简单的过程时轻一点,慢一点,还拿死人当人看,可以的,家属奉上一条香烟或者一个红包,死者就不会有磕磕碰碰的疼痛了。

范成大佝偻着腰蹲在地上,墙上就有了一个枯朽的弧形。扇子心里忽然有点堵,他站起来,走过去,从兜里摸出一个口罩递给范成大,范成大艰难地反过身,摇了摇头。

"不要算屌!"扇子狠狠地说。

最后一具尸体推进来,梁子靠在门上看着扇子挤眉弄眼地怪笑着,笑完了甩给扇子一支烟,刚点上烟,听见范成大发出一声深不见底的叹息。

"还是个娃娃呢!"

扇子凑过去,虽然已经变得肿大,但依稀能看出那是一张还泛着童真的脸。

范成大静静地擦，扇子和梁子悄悄地抽。

擦完，范成大低头去抬地上的盆，一弯腰，身体忽然一个趔趄，还是梁子眼疾手快，过来拦腰抱住了范成大。扇子也过来帮忙，两人把范成大扶到椅子上坐好。

"没事吧？你。"扇子问。

范成大摆摆手，他脸色很苍白，额头上还有密密麻麻的汗珠。

"唉！"范成大长叹一声，"多可惜啊！都是些还能蹦蹦跳跳的汉子呢！"

范成大仰靠在椅子上，昏黄的灯光照着他，他两眼紧闭，脸上的肌肉在不安地跳动。扇子和梁子倚在门的两边看着范成大。

忽然，那双紧闭的双眼里居然流出了两串浑浊的泪线。

七

早先的修县不是这样子的。范成大把两只脚塞到屁股下面说。

阳光朗照着，柳姨妈抖了抖手里的老衣，说你看看缝得好不好？对面盘着脚的范成大呵呵笑，说好好好。把衣服放下，柳姨妈忧心忡忡地说："真的不让你干了？"

"咳！"范成大一挥手，"搬不动了，不干就不干了，饿不死，低保不是都办下来了吗？"

柳姨妈说那住处呢？范成大往远处指了指："在铺子村租一间屋，二十块钱一个月，便宜呢！"

"经常过来坐坐。"柳姨妈说。

"看吧,可惜远了点,我看过了,得转好几趟车呢。"范成大说。

那个夜晚,范成大把焚化炉从里到外打整了一遍,一个人在焚化间里坐了大半夜,简单收拾了一些东西,乘着夜色走了。走到值班室门口,他本想给柳姨妈道个别的,在门口站了好久,最终还是没有敲响那道门。他艰难地翻过火葬场的围墙,步履蹒跚地消失在了茫茫夜色里。

扇子参加了岗位培训,回来看见母亲一个人坐在值班室外发呆,就问:"妈,你想啥呢?"

柳姨妈看了儿子一眼,眼睛又投向远处:"范成大走了。"

"走了?什么时候?"

"我也不知道,今早过去,看见门锁上了。"

扇子丢下手里的东西,跑到那间小屋前,大门紧锁。折过身打开焚化间的大门,墙角的椅子上摆着一个老旧的剃头箱。

从此以后,火葬场的人再没见过范成大。

其实范成大偷偷回来看过一次,在一个夜晚,他站在焚化间外的一棵大树下,透过窗户,他看见一颗留着平头的脑袋,来来往往忙碌着。

最后,在夜色里,起来了一声高亢的喊声:

"上天咯!"

蛊 镇

一

小心翼翼揭开瓦罐,王昌林眼睛就亮了。

十多条半尺长的蜈蚣通体碧绿,焦躁地在罐子里游走。把半碗惨绿色的汤汁倒进瓦罐,盖上盖子,王昌林双手合十,双目紧闭,低声念诵。

> 云上的蛊神
> 请赐给我无边的法力
> 林间的毒虫
> 沟边的魔草
> 都为我所用
> 七七四十九个昼夜
> 炼成一道圆满的蛊
> 那些不速之客

驱赶他们
　　驱赶他们
　　远离我的寨子
　　远离我的族人
　　万能的蛊神啊
　　请用你的惠赐
　　永葆我们平安
　　让这个叫作蛊镇的村子
　　世世代代
　　绵延不绝

一连默念了六遍。

为什么要念六遍，王昌林不清楚，师傅把制蛊的手艺传给他的时候，也没有说明白。"六"在蛊镇是个好得要命的数字。制蛊需要六种毒草：毒鹅肠、散白花、断肠草、曼陀罗、见血封喉和溶血藤；常入蛊的毒虫也是六种：断尾蛇、毒蜈蚣、恶蝎子、鼓蛤蟆、长脚虺和尖嘴蝮；还有，蛊镇老人平常不做寿，唯独六十六岁，不仅要做，还得大做，三亲四戚，七乡八寨都要请到。仔细想想，和六有关的事情还有很多，每年六月六日是敬蛊神的日子，寨西头戏台的柱子是六根，甚至过年都规定菜数只能六碗。总之，只要留心，在蛊镇，这个数字无处不在。

洗净手，王昌林把瓦罐重新放回屋角的土坑，覆上土，铺上篾席，伸直腰呵呵笑了。是值得高兴一回，等蜈蚣吸完这半碗草汁，这道蜈蚣蛊就算大功告成了。

重新窝进躺椅，王昌林才感觉累了，快八十的人了，身子骨是不行了，随便一动都能听见骨头炸裂的声响，不动就尽量不动吧！油尽灯枯，随时都可能没了。

也怪，刚翻七十那个坎坎时，王昌林还没觉得自己老了。整天跟着四个儿子往庄稼地里头钻，好手好脚，啥活都能提得起。自从儿女们扛着蛇皮袋子进城后，他觉得自己一夜之间就老了。儿子们都有孝道，每月按时寄钱，吃吃喝喝足够了。可他不满足，还是想在地里头蹦跳的日子，时不时还扛着锄头去地里头转悠，可入眼的荒凉让他实在无从下手，撂荒的庄稼地全是野草，比他还高，在风里头得意扬扬对着他摇头晃脑地示威。

倦意袭来，王昌林迷迷糊糊中看见老婆子在和他说话。老婆子站在蛊镇对山的垭口上，风吹着她长长的秀发，她那时还没过门呢！脸颊泛着少女特有的潮红。

"那个谁，听说你们镇子上有人会放蛊，真的假的呀？"

"是呀！我就会。"

女的吓了一跳，眼里扑闪着不安。

"放蛊是不是用来害人的呀？"

"屁，我就没害过人。"

老婆子性子犟，家里人不同意她嫁给一个蛊师，她收起几件换洗衣服就过来了，没有嫁妆，没有仪式，一口气为王昌林生了四个儿子。天不佑人，老四刚会喊妈，她就走了。急症，下地回来在水缸边汩汩灌下一瓢清水，噗地一躺就没了。

有人敲门，三长两短。王昌林遭打的蛇一般，两头一翘甩开了躺椅。他很细致地抹掉眼角的老泪，正正色，面上就起来了一层霜。

拉开门，王四维的嫩娃，叫细崽。此刻正是黄昏，晚霞在天边翻滚，王昌林一下没适应，差点被那片红光扑倒。抬手搭起一个凉棚，王昌林说幺公，你来晚了。

　　论辈分，六岁的细崽是王昌林的爷辈。在蛊镇，年纪再大也是白搭，就算穿开裆裤的嫩娃，只要辈分上去了，你也得按规矩毕恭毕敬喊。

　　细崽没接话，左手一伸："拿来！"

　　"幺公，你进来！"王昌林闪开一条道。

　　"老子不进来，给钱，我还要去常家小卖部买饼干。"

　　"幺公——"

　　"少啰唆，拿钱。"

　　"不给。"

　　"王昌林，你要翻天不是？说好敲一次门五角的，老子敲了门，你就要给钱。"细崽直着脖子吼。

　　嘴角拉开一线笑，王昌林说幺公你进来，我多给你五角。

　　细崽眼睛一亮，指着王昌林义正词严说："说谎的是乌龟。"

　　进了屋，天边的晚霞被切断了，但细崽脸上的晚霞还在。不规则的一块红斑，差不多占据了整张脸，从额头上蜿蜒而下，漫过鼻梁，在右脸颊上夸张地铺开，一直流淌到脖颈。

　　伸手摩挲了那片赤红，"痛不痛？"王昌林问。

　　摇摇头，细崽有些不耐烦，说你都问了多少次了。手一伸，直截了当："给钱。"

　　凑近仔仔细细琢磨了一番，王昌林点点头说："似乎比前个月又淡了些。"

　　听了这话，细崽有些得意，说："我爸说了，等它散了，就接我进城去。"

　　王昌林坐在门槛上，看着细崽蹦跳着远去的背影。霞光透过薄云，从天边斜刺刺照过来，仿佛无数的尖针，将一个镇子死死地钉住。王昌林举起头，针尖飞泻而下，他感觉到了一阵钻心的刺痛。

二

细崽脸上的红斑是两岁开始出现的。开始只是隐隐的淡红，他爸王四维还有些得意，逢人就说你看我娃这脸，红得跟苹果似的。渐渐就不妙了，先是微醺，继而大醉，最后像是给人甩了一脸狗血。四维是个舍得人，砸锅卖铁带着儿子到处跑，连省城最好的医院都去了。药吃了几箩筐，一点用处没有。最后带去看了邻寨一个巫医，巫医要了生辰八字，摸摸捏捏搞了一通，然后下了决断：这娃前世是个守寨的军士，在一场战斗中惨死，血气太浓，投胎了都没能化掉。王四维双膝一落，哽咽着央求解法。巫医摇着头说就是天王菩萨都解不了了。

一个清晨，伤心的王四维带着无解的王细崽离开了蛊镇，跟着外出的人流去了遥远的城市。半个月后的一个黄昏，更伤心的王四维带着更无解的王细崽出现在村头。他对遇到的每一个人说：都怪这张脸。细崽妈扒开儿子的衣服，大大小小，深深浅浅的伤痕遍布全身。女人落了泪，抓住男人问这些伤是咋弄的。男人半天才说棚户区的其他娃娃都拿细崽当怪物打整，背着大人就没轻没重打他。抱着细崽哭了一回，女人说细崽我们哪儿也不去了，就是灵霄宝殿也不去了，我们就好好在家待着。

奇怪的是，自从回到蛊镇后，细崽脸上的赤红开始渐渐淡去，步子跟来时差不多。第一个发现的就是王昌林。一天，王昌林在村口遇见细崽端着小鸡鸡,对着远方咬牙切齿地撒尿,还咕哝。

"霉死你狗日的。"

目光顺着幺公皱皮的小鸡鸡歪歪扭扭绕过去,王昌林就看见了王木匠的屋子。

王木匠一身手艺,尤其擅长做寿木,前些年进山伐木,让一棵老黄杉砸断了腿。断腿后路就不平了,一迈步就跃跃欲试的模样。去年接到一个徒弟的信,让他去城里一个木材加工厂上班。兴冲冲进了城,徒弟带他去见工厂老板,老板看他一飞冲天跑来的架势,盯着那条断腿看了半天,一挥手就把他扇回了蛊镇。

王昌林不知道王木匠如何得罪了细崽。木匠是他看着长大的,不折不扣的老好人。早些年给人做个门窗,打个寿木,从不谈价,主人家看着给,多多少少他都受。最近几年就更不说了,气饱力胀的年轻汉子全都走光了,瘸腿的王木匠就成了寨子里头力气最大的人。谁家有个搬抬扛移的重活,站在村头的土堡上甩一嗓子,木匠就笑弥勒呵腾云驾雾赶来了。论人缘,十里八乡怕是没人敢和木匠比。前年老爹老去,附近好几个寨子的人全来了,虽说都是些老弱病残,但量大,把一个院子塞得满满的。

王昌林背着手,盯着细崽的一举一动。等细崽收拾好撒尿的家什,王昌林往前迈了两步,他说幺公,木匠到底咋个得罪你了?细崽红着眼说,他把我从常家买来的饼干扔丢了,说饼干长了霉,不能吃。王昌林说木匠做得对呀。细崽翻着眼说干尿,他是没得吃眼红才这样干的。王昌林笑笑,双手把细崽扳过来,刚想给幺公讲道理,忽然呆住了。细崽额头上那团火烧云,仿佛正随着黄昏的降临慢慢淡去。

伸手使劲抹了抹,力气大了些,细崽咧着嘴叫了一声。

"怪了,幺公,淡去了呢!"王昌林惊讶着说。

挥手格开王昌林的手，细崽愤愤说："管老子的，多管闲事。"

又仔细看了一回，王昌林确定，真是淡去了。

回到蛊镇半个月，细崽有了一个能挣钱的活。

这个安逸的活路和村东头的柳七爷有关。

蛊镇最大的一棵古柏在寨中的晒谷场上，浓荫蔽日，像个浑圆的伞盖。教书先生柳七爷每次给寨人讲古，到《三国演义》刘备出场那一段，就说刘备还是个娃娃那阵子，就坐在村子里一棵古树下，让其他娃娃来参拜他，喊他陛下，有人看见了，就说那棵树不就是皇帝的黄罗伞盖吗？这娃娃长大了定有出息。

然后柳七爷手指往上一戳，对众人说，那树就这模样，按这说法，我们大家都是帝王命哟。大家就呵呵笑一回。

柳七爷脑壳不大，但学问不少，上古那些芝麻大小的事情他都晓得。只要老天给脸，晚饭以后听他讲古是蛊镇人雷打不动的科目。人多那时候，男男女女，老老少少在古柏下围得水泄不通。离得远的，怕听漏了，脖子伸得老长，眉毛跟着剧情上下抖动。现在人少了，只剩下几个老眼昏花和鼻涕横流的。但科目还在。只是柳七爷讲古的劲头没以前那样足实了，有一搭没一搭，还老出错。说诸葛孔明死了后，魏延反了，大喊三声谁敢杀我，第三声话音未落，就被身边的马超一刀砍于马下。周围尽是失望之色，王昌林实在忍不住了，咳嗽一声，装得水波不兴样地纠正：老七，是马岱，马超早死了。柳七爷双眼浮起一层灰暗，四下扫扫说："冷火丘烟的，没兴致，以前堆得密密匝匝的时候，我哪个时候讲错过？"

一连六天，晚饭后都不见了柳七爷的影子。王昌林和同宗的几个老人在树下抽旱烟，吧嗒吧嗒，云山雾罩，烟锅子填了好几回，也不见柳七爷过来。月亮起来老高，悬在古柏树顶，把几个老者拢在一团淡黑中。磕掉剩烟，王昌林说都散了吧，老七今天怕又不会来了，也不晓得他在忙些啥子。另一个老头往地上啐了一口烟唾沫，有些忧虑地说：最近他老说胸闷，会不会倒床了。

王昌林说明早我们去看看吧。

几个老者摇晃着往柳七爷屋子那头赶。蛊镇的早晨很安静，王昌林走在最前面，火棘树的拐杖在石板上敲打出沉闷的声响。他忽然停下来，远远近近打量一番，叹口气。

"要是前些年，这个光景，田间地头都是人。"

指着路边一堆乱木，王昌林说："你们看看，蛊神祠呀！连个轮廓都没有了，去年还有两根柱子立着，今年啥都没了。"

屁股后面几个老枯朽也跟着叹气。

柳七爷的屋子在村南头，背靠一条河沟，屋子周围都是竹子，枝繁叶茂，青翠欲滴。老夫子很讲究，当初选地建房，其他人家都离河沟远远的，怕潮湿。柳七爷不怕，说有山有水才有灵气，又说居不可无竹，就在屋子周围种了许多的钓鱼竹。在蛊镇人眼里，七爷有种天生的距离感，他的一举一动都让你惊讶，像个堕入凡间的星宿。

房门虚掩，王昌林站在院子里喊了两声，没人应答。

推开门，一股怪味扑面而来。

老七没了。王昌林说。

柳七爷仰面躺在一张核桃木的雕花椅子上，微闭的双眼汪满了墨绿色的脓水，面部完全塌陷，仿佛皮骨下有了一次暴雨后的坍塌。他手里还捉着一杆笔，黏稠的液体顺着笔杆往下淌，在地上泅出一个肥厚的圆圈。面前的条桌上，还有一沓纸。

从床上拉块布把七爷罩住，王昌林抓起桌上的纸翻了翻。"哦"了一声，他说：

"老七在写蛊镇志。"

门边一个老者问："啥？"

想了想，王昌林感觉说不清，他就挥挥手说：

"快喊人来。"

老七落了土，寨里头十多个老者老奶坐下来商量，说我们这堆人，都是黄泥巴盖到了下巴的人，哪天一口气上不来，烂在家里头都没人晓得，得想个法子才成啊！

一阵长久的沉默。

这时候，细崽铺着满脸的红霞在树根下刨曲蟮。王昌林眼睛一亮，有了主意。

"就让我幺公每天挨家挨户敲一次门，哪天不应门了，那就是死透了。"

大家都觉得这法子好，一个人蹙着眉说细崽这东西性子不太顺溜，他不一定愿意捡这个活。

"敲一次给他五角钱，一个月满打满算三十天，也就一斤猪肉钱，"王昌林又补充，"重赏之下，你还怕没得勇夫。"

三

窗外正落雨，滴答滴答敲打着屋檐下的青石。蛊镇的雨夜很难熬，王昌林在床上翻来滚去几十个回合都没有睡去。他索性爬起来，拉开灯，光亮一炸开，王昌林给吓了一跳，一只枯瘦的老鼠趴在屋子中央。凑近看了看，是个老东西。确是年岁大了，它走路拖着后腿，干瘪的肚子贴着地，没一点精气神。甚至王昌林伸脚去撑它，它也懒得躲闪。掀翻了，吃力地爬起来，一顿一顿又往前爬。王昌林忽然涌起来一些心酸。他钻进厨房，舀来半碗饭倒在老鼠的面前。地上的老家伙嗅了嗅，身子缓缓抬起来，张开嘴开始吃饭。毕竟有了岁数，吃了几口，地上的就停住了，抬起前爪艰难地抹抹嘴，往墙角那头爬了过去。

笑笑，王昌林说："我每顿小半碗，比你好不到哪儿去。"

地上的在屋子里糊里糊涂转了半天，才总算找到了角柜边的那个小洞。

"我太阳落坡就开晚饭，明天早点来，一起吃，多张嘴吃起来香。"

客人不见了，孤寂一下变得宏大，王昌林四下扫了扫，连墙上的老婆子也耷拉着眼皮。

拉开抽屉，王昌林取出从老七那儿拿来的那沓纸，把椅子挪到电灯下，开始慢慢翻检。

不愧是喝墨水长大的，老七的毛笔字写得真是好。纸是毛边纸，仿佛某种情绪，又轻又薄。第一页竖着"蛊镇志"三个大字，颜体，端庄肃穆。

囫囵翻了翻，内容都是熟识的。七百年前就有了这个镇子，出了几个将军，几个秀才，哪年哪月遭遇外族入侵，还有几次惨烈的护镇战斗等等，杂七杂八，零零碎碎。

雨声滴答，王昌林双眼慢慢合上了。

雨后的蛊镇生机勃勃，到处都泛着墨绿，风一过，抖落树叶上还残留着的水珠，滴滴答答的声响此起彼伏。

细崽来得早，双脚踩着石板路上的积水，欢快地跳进王昌林的院子。

拍了两下，没人应。又使劲拍了两下，还是没人应。腾地跳回院子里，细崽扯着嗓子喊："孙儿，你狗日的是不是断气了？"天地一片寂静，几只鸟被惊得从院子边的梓木树上腾空而起，树上轰地下来一阵露水雨。

屏住呼吸轻轻推开门，细崽吓了一大跳。王昌林躺在竹椅上，脑袋后仰，身上、地上都撒着纸张。细崽吓憨了，不敢出声。他随手拿起王昌林的火棘拐杖，抖抖索索折过去，轻轻捅了捅椅子上的人。

"喂，你死没有？"声音和手都在颤抖。

椅子上的没半点声息。细崽一阵难受，他确信他的孙子王昌林死去了。但他不死心，举起拐杖朝着椅子上一对老膝盖狠狠敲了下去。

一声怪叫，王昌林猛地拉直身子，两个眼睛鼓得斗大。

细崽也跟着怪叫一声，一屁股坐倒在地。

王昌林抹抹嘴，笑着说怪哉怪哉，在椅子上比在床上还睡得香。细崽却哭了，一张脸像是被揉皱的红布。抬手抹了一把泪，就开了黄腔。

"王昌林，你想吓死我是不是？烂狗日的，大清早你装哪样死？"

费劲地从椅子爬起来，王昌林说幺公，明明是你老人家拿拐棍砸我，你反而还怨我。

"老子不管，你狗日的吓着我了，你要捡损失。"

"好好好，你说咋个捡法？"

止住哭，细崽想了想，昂着头理直气壮说："最少给三块钱，常家小卖部刚来了一种糖块，巴掌大，味道安逸得很。"

王昌林蹲下来，说给五块都行，不过有个条件。

"啥条件？"

"跟我学制蛊。"

哼一声，细崽对着王昌林吐出半截舌头，冷冷地说："老子才不学,等我脸上的病好了,我爸就接我进城。"

"那一分钱不给?"王昌林说。

细崽寒心了,顺势一滚,把自己当成面团在地上反复抡。刚开始还行,速度快,再佐以撕心的号哭,显得威慑力十足。渐渐就不行了,毕竟是体力活,滚到最后就成了条青杠树头的大肥虫,一个来回都费死呆力。王昌林呢,索性拉条凳子坐到屋檐下,裹管旱烟咂得烽烟滚滚。太阳升了起来,哭声暗淡了下去。王昌林把烟锅子伸到凳子腿下磕了磕,细崽在身后说:"王昌林,我日你妈。"王昌林也不回头,接过话说:"我妈是你侄女,你要骂她我也无法。"细崽感觉理亏,侄女在对面银盘山上的岩缝里头,一百多岁,悬棺黑漆都剥落完了,显出无奈的死灰色。开错了黄腔,细崽收起了嚣张的神情,瘪着嘴,有一声没一声抽泣。

"给钱也可以,不过你得陪我进山找脆蛇。"王昌林说。

横着袖子拉一把鼻涕,细崽说要得要得。笑容在一张哭得稀烂的脸上绽开,像一朵怒放的红莲。倒不是为了那点钱,实在是脆蛇是个稀罕东西。

四

蛊镇四面环山,进进出出就靠一个豁口,豁口有个名字,叫作一线天。年轻的时候,王昌林搞不懂祖宗为啥选这样一处穷山恶水繁衍生息。后来从老七那里知道,主要是为了躲避战乱。祖先们打过一场败仗,为了躲避追杀,才选了这样一个易守难攻的地方。

山路不好走，两旁的刺蓬伸长手臂，热络地抱成一团。以前不是这样的，人多的时候，天天有人进进出出，还不闲着，遇上斜出来的枝丫，就会掏出柴刀把道路收拾出来。自从村人水样地淌出蛊镇后，道路慢慢就狭窄了。有些干脆就没了，不扒开杂乱，睁大眼睛，你甚至都不知道这里曾经有条路。

太阳当顶了，细崽和他的孙子王昌林还在半山腰摸索。细崽个儿小，弓着腰猫样往前窜。他的孙儿不行，骨头让日子锈蚀了，硬直干脆，稍微弯一下就钻心地痛。不过还好，刚抽芽的老辈人耐心好，窜出不远就坐下来，双手拢着膝盖等他。

"脆蛇真的会断成几截吗？"细崽问。

直起腰喘一阵，王昌林才说："对呀，一般断成两截，我见过最多的是断成四截。"

在蛊镇，脆蛇是所有细娃心头的一个问号。那些皱纹里堆满阅历的人才有资格谈论脆蛇。据说除了蛊镇，全天下没有第二块土地有这东西。脆蛇通体雪白，个子小，毒性大。遇到危险，它会断成几截，等危险过去，那些断掉的躯干又蹦跳着合在一起，一溜烟就梭跑了。

"咋样才能抓住脆蛇呢？"细崽又问。

王昌林喘匀了，两只手把着拐杖，低声说："捡走最中间一截，它就合不上了，就能抓住它了。"

细崽搓着手，舌头舔着嘴唇，一副跃跃欲试的样子。

关于这个稀罕物的诸多传说，好些蛊镇人都半信半疑。但是所有人都知道，脆蛇制成的蛇蛊，不仅能颠倒时序，还能返老还童，一句话，想啥有啥。

朝着一丛斑茅草飙了一泡尿，细崽扭头问："哪里才能找到它呢？"

伸手往天上一指，王昌林说山顶的岩缝中。

"我们今天好好抓几条。"细崽说。

王昌林呵呵笑，说幺公，你算盘拨得倒是响亮，我活了这么多年，拢共抓过两条。

细崽眼神一下黯淡了，他嘟着嘴说："那你还上山。"

"上山还有机会，不上山就永远没有机会了。"

山顶是片开阔地，远远近近的物事都尽收眼底。那些高大的乔木到了山腰就停住了，把山顶全交给了矮矬的灌木丛，灌木种类很杂，火棘和黄杨占了大半。它们伏低身子，躲避着咄咄逼来的山风。王昌林年轻时随师傅上山寻制蛊的蛊物，站在山顶他问师傅，为啥山顶只有这些矮矬矬的灌木丛呢。师傅跟他说，山风太大，那些个儿高的会活活给吹折了，所以它们都躲在山脚。

关于这点，柳七爷还有句文绉绉的话，叫作：物竞天择。

王昌林眼睛看着细崽，他希望细崽也问他这个问题。制蛊这门活，关键的功夫是寻找蛊物的本领。你要知道什么物事喜阴，什么物事好水，什么物事在什么季节出没。所以，对环境的点点滴滴你都要了若指掌。王昌林知道峡水镇一个年轻蛊师，真本事没学到，却练就了一身歪门邪道。就拿抓蜈蚣来说，不赶山，不趴沟。宰一只公鸡，开膛破肚，岩壁下一埋，第二天扒开松土，公鸡全身钉满了循着血腥味赶来的大大小小的蜈蚣。给王昌林讲这件事的时候，年轻人还一脸得意。王昌林当时就冷笑，蛊物最大的要求是干净，吸了一夜的鸡血，那还叫干净吗？

层层叠叠的岩壁耸立在山顶，仿佛码放着的一册册古书。细崽兴奋地跳天舞地，在岩缝间探头探脑。

招招手，王昌林说幺公，你过来。细崽跳过来，王昌林说幺公，我考考你。细崽眼一翻，说要得。王昌林指着不远处一块石板，问：

底下有些啥子？我说的是活物。细崽没想到来这一出，愣了半天，摇摇头。

"曲蟮子、山蜗牛、四脚蛇、红线虫，最少有这四样中的两样。"王昌林说。

细崽满脸狐疑，跑过去搬开石块，一方阴湿下，伏着一条曲蟮，两只山蜗牛和一条拇指粗细的四脚蛇。

"哎哟，狗日的说得好准呢！"

王昌林呵呵大笑。

"那你说脆蛇在哪里？"细崽问。

往远处一指，王昌林说那边。顺着王昌林手指的方向，细崽发现那边太远了，越过了脚下一片浩荡的莽莽苍苍。"去抓不？幺公。"王昌林侧着脸问。咬咬牙，细崽说去，今天不抓条脆蛇老子就不回家。

阳光从薄云斜射下来，像是天上抖落的一面薄纱。

一个寻常的起伏，两个人走了好几个时辰。

在一处山壁上停下来，更远的天地浮现在眼底。让人胆寒的峡谷，歪歪扭扭从远处过来，峡谷腰际，缠着一条土黄色的带子。

指着那条带子，王昌林说这是附近十多个村寨通往乡上的独路。他眼里浮起一层悠远，喃喃说："你是不晓得那些年，一到赶集天，山路上全是人，背的扛的，牵猪的拉牛的，麻线一样连绵不断。"顿了顿，王昌林又说，"今天就是个赶集日啊！"

山谷中有鸟鸣声，空旷悠远，就是没一个人影。

"脆蛇呢？"细崽问。

摇摇头，王昌林说幺公，没有脆蛇，脆蛇不在这个季节出来，我哄你的。

从石头上蹦起来，细崽咬牙切齿指着王昌林，本想骂日你妈，又觉得对不起侄女，呼呼喘了几声狠狠一屁股坐回石头上。

两个人就这样呆呆坐着，天地寂然虚幻，最真实的是彼此的呼吸声。

忽然，细崽惊呼一声，说你快看，那头有人过来了。

揉揉眼，王昌林看清了，七八个人，有老有小，慢慢悠悠从远处走来。这是他三年来见到的第一拨生人。抽抽鼻子，喉咙都有些梆硬了。

他想跟人家打个招呼，要能天南海北吹吹壳子就更好了，实在不行，说几句天气好坏的废话也成。

"哎，路上的，赶场啊！"王昌林双手拢着嘴喊。

人堆堆停了下来，往这边瞅瞅。大约是没听清，停了一阵又开始往前耸动。

接连喊了好几声，对门都没应答。眼看着就要移到山腰的另一侧去了。王昌林急了，焦躁失望在脸上波涛汹涌。"要转过去了，要转过去了，"他指着远处喊，"你们倒是应句话呀，不要就走了呀！"

"对门的，我日你家十八代祖宗。"细崽站起来长声吆吆喊，力气很足，腰都扭弯了。

这句听清了。

乡下怪事多，有点距离，说正事吧，叽里呱啦一大堆对方未必听得见，可要开黄腔，声音压得再低都听得格外真切。

将将要消失的几个人站住了。

"我才日你家十八代祖宗！"对门应，应该有些年纪了，声音锈迹斑斑。

睃了一眼细崽，王昌林确信这个人是有资格做他爷辈的，这样奇妙的灵机一动，绝不是凡人可以想出来的。

"几个狗日的,你们是不是去乡上赶场?"王昌林一脸红光喊。

"你个老草包,我们就是去赶场。"

"猪狗不如的一帮东西,"王昌林干脆站起来,声音因为兴奋也高亢了不少,"你们是哪个镇子的?"

"老子溪水镇的,关你卵事。"

"今年庄稼长势如何?"

"说啥?"

"老子问你狗日的那头庄稼长得好不好?"

"有个尿的庄稼,除了房前屋后的菜园子,都丢了荒,"对门苍老的声音也透着莫名的兴奋,"老狗日的,你们这头呢?庄稼种得宽不?"

"宽个尿,也丢了荒。"

"好了,不和你老草包说了,得赶去集上买两口砂锅。"

"要得要得,狗日的些慢走哈!"

那群人缓缓离去,消失在一片云雾中。王昌林伸长脖子,定定地盯着道路的尽头。他的嘴还大大张着,脸色殷红,呼吸粗壮,仿佛新婚之夜。

五

一入秋,焦黄就占领了一切。这个时候,蛊镇上了岁数的人都不愿出门。有啥好看的,入眼都是揪心的残破。王昌林却格外喜欢这个季节。秋季是蛊物最活跃的时节,蛇虫蝎鼠,满林子乱窜。

阳光柔和贴心,把王昌林罩在一片橘黄里头。他坐在院子里,把晒得干脆的蜈蚣一个一个放进擂钵，操起木棍捣得咣当咣当响。捣碎了，把细细的蜈蚣粉倒进土碗，端到鼻子边嗅了嗅，嘴就合不拢了。实在好成色，颜色好，味道浓。这道蜈蚣蛊是专门对付老寒腿的。王昌林好几年没有制出这样地道的蜈蚣蛊了。寨里几个被风湿折腾得要死要活的这下是有福了。

折进屋，王昌林把蛊粉倒进砂罐，从桌上的匣子里取出一道符，默念六遍蛊词，用符将罐口密封。这是怕蛊气走脱，减弱下蛊的效用。只需六个时辰，揭开符章，这道蜈蚣蛊就算彻底制好了。

其实制蛊不累人，累人的是下蛊。根据先师传下来的规矩，下蛊不得让被下蛊的人知晓，那样就漏气了，不仅没有效果，别人的病患还会转移到自己身上来。喝茶、饮酒、吃饭等等都是机会，就看蛊师隐藏技法的手段了。蛊镇曾经有个厉害的蛊师，对人下了七七四十九道蛊，被下蛊的人竟然浑然不觉，病痛消失了都说不清子丑寅卯。王昌林把寨里几个患了老寒腿的排了排，还是遵循先易后难的顺序，第一个王文清，老东西粗枝大叶，不是那种细碎心眼，吃饭时候不要说给他下蛊，就是把饭碗偷走了，他都怕不晓得。

刚忙活完，院子里有人喊。转出来，是细崽的妈，女人叫赵锦绣，别村嫁过来的。四维进城后，她在家负责照看瘫痪的公爹和红脸的儿子。

"祖奶，有事啊？"王昌林喊了一声。

祖奶还很年轻，浑身上下都是急癀癀的气息。一动步，胸前就不安分地上下乱窜。见王昌林出来，也不说话，自顾拉条凳子往屋檐下一坐，两个眼睛大大鼓着，气息也格外粗壮，脑袋偏向一边，一张脸像是刚从酸菜坛子里捞出来的。

"祖奶，看你这样子，嘴青脸青的，哪个惹你了？"王昌林扶着门框问。

"哪个？还有哪个？王四维这根挨千刀的咯！"

"我祖爷不是在城里头找钱吗，远天远地的他咋个惹上你呢？"

回头看着王昌林，赵锦绣嗡一声就哭了，边哭边骂："他个无良心的杂碎，老娘在家头累死累活，他却在城里找野货。"

"无根无据，祖奶你莫乱说哦！"

赵锦绣激动了，猛地立起身，三两步奔到王昌林面前，左巴掌狠狠拍在右手背上，咬着牙说："无根无据？前两天炳富婆娘回来跟我说，都明目张胆睡到一张床上去了。"

"如果真是这样，那我祖爷就做得不对了。"

回到凳子上坐下来，赵锦绣放声大哭。

王昌林倒来一碗水，把水递过去，他说祖奶，这事我帮不上啥忙，你得亲自进趟城，找祖爷好好说说。

骨碌碌喝了水，赵锦绣狠狠骂："男人没一个好货，离家几天，就磨皮擦痒了。"把碗递回去，觉得话说得难听，又补充，"我没说你。"

笑笑，王昌林说："祖奶说得对，我是有心无力！"

赵锦绣也僵硬地笑了笑。

"给我整道蛊。"

"啥蛊？"

"情蛊。"

王昌林听完就摇头，说祖奶，我们这行有规矩，情蛊不让随便制。赵锦绣倚老卖老，蛮声蛮气喊："你就说给不给吧？"无奈笑笑，王昌林说不是不给，是根本没有，我好多年没制这道东西了。

"那你给我制一道。"赵锦绣把一缕头发拨到脑后说。

王昌林还是摇头。他说的是实话，传授技艺的时候师傅就说过：

情蛊和腹蛊，无论制作和使用，要慎之又慎。原因是这两道蛊属偏门，偏门就是邪门，不算正道，乱用是要折寿的。因为用得少，乡村野地关于这两道蛊的说法五花八门。有次王昌林到乡上赶集，听几个人说情蛊的玄妙。一个煞有介事说：蛊师先下咒语，在十字路口摆两根交叉的树枝，下蛊的找个隐蔽的地头躲起来，等心仪的人跨过树枝，跳出来跟在那人身后，走近了轻轻拍一下心仪的人的肩膀，只要回头，那人就会死心塌地跟下蛊的一辈子了。王昌林听完觉得好笑，牛头不对马嘴。也不晓得这样的附会是谁造出来的，边边都不挨。

看王昌林不答应，女人又开始哭，嘤嘤呜呜抽泣，嘴也不闲着。

"我死了算，我死了算。"

猛地，她三两步跑到王昌林面前，扑通就跪了下去。王昌林一看，吓得不轻。赶忙伸手去捞赵锦绣。还是老了，力气从疏松的骨头缝跑掉了。吃奶的劲头都用上了，还是没能把女人捞起来。

"祖奶，你这样子是折杀我咯！"

女人神情坚定，说你不答应我就不起来。王昌林无计可施，扯了谎，说我火上还烧着水呢，我去看看。说完转身就往里屋拱。躲进屋子，好半天才顺过气来。主意是打定了，就是天垮下来也不能答应。

好半天，外面没了声息，王昌林想赵锦绣怕是走了。正想出来，忽然听见赵锦绣在门外喊："昌林，你要应了，我让细崽跟你当蛊师。"

王昌林身子一震，打定的主意立时显得松松垮垮。

半边身子从大门里头露出来，王昌林看见赵锦绣还跪在原地。假模假式咳嗽一声，王昌林说祖奶，你刚才说啥子，我没听清。赵锦绣双手一撑地面站了起来，拍拍膝盖上的灰土，立马露出了运筹帷幄的得意。

"你那点小九九我还不晓得，"女人笑着说，"我说让细崽跟你学制蛊。"

"幺公倒是跟我提过,不过我没同意。"王昌林谎话一出口,脸就变得灰白。

"为啥不同意呢?"

"我们这行收徒吧,"王昌林站出门来说,"一是要看人品,二是要主事的人点头。"

"还人品,人都跑光了,哪个愿意跟你学这手艺,"女人勘破一切的神态,"你以为还是从前。"

冷哼一声,女人补充:"不找个人传下去,你这手艺就断种了。"

王昌林无话,祖奶没说错。

赵锦绣就笑,半天才收住笑说:"要不是有事求你,我才不会让细崽跟你学这手艺,你晓得的,他迟早一天也会进城去的。"

王昌林倚在门框上,默不作声。

"你倒是应不应?"赵锦绣不耐烦地吼。

看门边的沉默着不说话,赵锦绣就吼:"我十天后来取。"

六

细崽这几日莫名地兴奋。挨家挨户敲门声格外响亮,还会趾高气扬对那些门缝里探出的花白脑袋大声宣布:我爸要回家了。

那日赵锦绣去乡上给四维打电话,细崽也去了。电话拨通,赵锦绣就开始哭,光打雷不下雨。王四维在电话里说你别光哭,说事啊!声音细细的,没半点跋扈的影子。狗日的肯定是心虚了。赵锦绣想。

认真哭了一阵，赵锦绣说爹好多天水米未进了，怕是熬不到立秋了。王四维听完就慌了，连忙问到底啥病啊。赵锦绣说我也不晓得，我劝死劝活，就是不去医院，也不说哪里不对头。

嗡嗡哭一阵，赵锦绣说："你快赶回来吧！"

电话那头长长的沉默，好半天才嗫嚅着说："不太好请假。"

赵锦绣急了，日妈操娘给了王四维一顿恶骂。王四维才咬牙切齿说："好，等我把假请下来就立马回来。"

赵锦绣放下电话，细崽说爷爷哪顿不吞下两海碗，你咋说他要死了呢？

阴着脸看着细崽，赵锦绣说你想你爸？细崽连忙点头。赵锦绣说那你还话多。顿了顿她长叹一口气，蹲下来摸着细崽的脑袋说："你爸已经不是从前的那个爸了。"

当然了，细崽想，我爸是城里人了嘛。

刚才老娘号了半天也没得半滴水，此刻细崽却看见，两行清泪正从老娘的眼眶无声无息地滑落。

接下来的日子，细崽每天都会跑出一线天，坐在村头的那块大青石上，眼巴巴看着扭曲着绵延而来的山路。老爸没说清到底是哪天回来，只说最近几天。细崽希望能成为第一个接到老爸的人。他想见到老爸后，就先把脸凑过去给他好好看看，自己脸上的血红色已经开始淡去了。

老爸说过的，等颜色淡了去，就接他进城。

细崽喜欢城市，人多，楼高，颜色杂。尽管老爸住的地方离那些伸进云里的大楼还有一段路程，但细崽不觉得远。推开那扇松松垮垮的窗户就能看见。出了门，蹚过一段积水的坑坑洼洼，就有无数的小卖部。哪像在蛊镇，去常家买根棒棒糖就得吭哧吭哧走上六七里地。

不过细崽最喜欢的还是挂了个大钟的广场，大钟嘀嗒嘀嗒的声音好远就能听到。广场边卖啥的都有。最让他羡慕的就是广场上放风筝的那些细娃了，手里扯根线，嬉笑着在宽阔的广场上奔跑，头顶上一挂风筝在高楼大厦间起起落落。细崽最喜欢的是一挂老鹰，老大老大了，颜色威严沉着，不像蝴蝶蜻蜓啥的花里胡哨，刚飞起的时候能听见噗噗的巨响。

每次想到那挂猎猎作响的风筝，细崽都能听见自己咽口水的声音。

苦等了五六天也不见父亲的影子，细崽开始失去了耐性。从大青石上跳下来，他对着山路骂：王四维，你花口花嘴，说好了几天回来，至今不见影影，你老龟儿有本事一辈子都不要回家。

老龟儿是挨骂当晚回的家，那时细崽正在做梦。梦里他看见老龟儿竟然是骑着一只老鹰回的家。

女人拉开门，看见男人一脸疲态站在门口。

咋这样晚呢？女人硬着喉咙问。

"爹呢？"

"睡下了。"

"有好转没？"

女人没应声，低着头沉默一阵，说爹没病。

男人先是傻在门口，继而大怒，将肩上的背包狠狠往地上一掼，破口大骂。

"日你先人板板，几千里大路，老子日赶夜赶，你以为是细娃娃玩过家家？"

赵锦绣叉着腰，死死盯着男人，稳操胜券的模样。

"老娘没凶你，你倒是先扳飙了，咋的，往天这个时候，是不是正骑在别人肚子上使力？"

打蛇打七寸，蛊镇人人都懂的道理。赵锦绣没有弯弯绕，单刀直入，直取要害。被打中七寸的王四维果然一下就蔫了，声音也失去了刚才的钢火和锐利，吞吐着说："这是哪个狗日的乱嚼舌根？"

迎着冰凉的月光冷笑一声，赵锦绣说："姓孟吧，在你们工地上煮饭的，对不对？"

王四维无话，头耷拉着，像是想往地里头钻的样子。

野话成了事实，赵锦绣一下就崩塌了。她其实希望男人硬实些，最好打死也不承认，那样起码还可以自己骗骗自己。哪晓得男人尿包一个，三言两语就认了账。悲伤顿时如洪流一般泄闸而出，她双手抱头，蹲在地上开始哭。怕屋里老的嫩的听见，她把哭声压得很低，仿佛水壶里煮开的水，动静不大，但足可以把人活活烫死。王四维不敢劝，先是站着看女人哭，又觉得本来就理亏，这样高高在上看热闹更是理亏，索性坐下来，眼睛投向远处月光下的影影绰绰。其实那些模糊的高高矮矮和他没关系，他的心思在城市和乡村之间不断来回跑。

赵锦绣在屋檐下一直呆呆坐着，整个人空落落的，其实她啥都没想，因为她啥都想不起来了。她感觉自己像头顶那片惨淡的云彩，跟着风的方向一直跑啊跑啊，慢慢变小变淡，直到无影无踪。

内疚没能敌过疲倦，王四维躺在床上，扑鼾地动山摇。

捋捋头发，女人站起来，脸上掠过一丝轻笑。

蹑手蹑脚来到外屋，她没敢开灯，借着从窗户挤进来的月光，找到了男人搭在凳子上的夹克。她把衣服捧在怀里，像是抱着一个易碎的古物。小心翼翼移到窗户边，女人慢慢松开咬紧的嘴唇。翻检如同蜻蜓点水，指尖顺着衣服的线缝抖战游走。

女人在月光下铺开一方灰白。她侧耳听了听，男人粗壮的鼾声在里屋上蹿下跳。

剪刀在夹克前襟亦步亦趋，看似无声无息，其实雷霆万钧。女人直起腰，看着夹克接缝处炸开的缝隙，长长吁了一口气。抬起衣袖抹了一把额头上渗出的细汗，左顾右盼一番，女人从怀里掏出一块纸片，捋开，一尺长形符咒，在月光下跳跃着幽怨的浅黄。符咒上无数黑色的蝌蚪，交织出暧昧的迷幻。女人心细，在符咒外裹了一层塑料纸，这样就不怕反复地搓洗了。

来回折叠，秘密越变越小，把瘦身的秘密塞进夹克的前襟，女人从衣服下摆抽出早就准备好的针线，把裂口缝合得如同心思一般缜密。

最后，两眼微闭，双手合十，对着完整如初的夹克轻轻默念：

> 情的蛊神
> 你睁大双眼　手持宽大芭蕉叶
> 为我看护外出的汉子
> 你蒙蔽他的心
> 你遮住他的眼
> 那些花里胡哨的女人
> 在他面前都是毒虫游鼠
> 等他归家那天
> 才拿开你宽大的叶子
> 那样
> 我定当为你
> 焚香祭拜
> 供奉刀头

念完，女人将衣物放回。躺下来，侧身看着身边的男人。里屋背着月亮，光线不好，男人只有一个模糊的大概。明天中午，赵锦绣会为远涉归家的男人炖一锅香喷喷的腊猪脚。那才是真正的惊心动魄呢。

清晨睁开眼，细崽就听见了那个熟悉的声音。以为是做梦，使劲掐了掐大腿，生生地疼。从床上一跃而起，细崽光着脚丫子跑到外屋，老爸正和爷爷在门边说话。看见细崽跳出来，王四维笑了笑，笑容绵扯扯的，像是隔了夜的糍粑。细崽一个箭步蹦到老爸面前，把脸凑了过去，眼里全是哗哗的得意。

王四维仔细看了看细崽的脸，又伸手摸了摸。然后惊异地说："淡了，真是淡了些呢！"

他还呵呵笑着对窝在藤椅里的父亲说："爹呢！散去了咯！"

"你说的，散去了就带我进城，反悔的是王八蛋。"细崽昂着头说。

王四维一个劲点头，说不反悔，不反悔，反悔我是你儿。藤椅里的睃了儿子一眼，费气拔力咕哝：乱尿说，没大没小了。

表皮都是久别重逢的其乐融融，细崽和爷爷都没能看到底下的暗流涌动。

一锅浓稠的腊猪脚在火塘上咕咕冒着气儿，揭开锅盖，香味一下漫到了门外。吞了一泡口水，王四维说腊猪脚呢，我半年多没吃过了。三个碗一字排开，赵锦绣挨个往里舀肉汤。男人难得回家，自然得厚待一些，碗里头全是精华。

定定神，赵锦绣从兜里掏出三个纸包。眼前浮现出王昌林把纸包递给她的情景。她还记得王昌林的表情，无奈中透着凝重。"祖奶，三包蛊粉，每次下一包，能管住他三个月，记住，一定要分批下。"

把一包淡黄色的蛊粉倒进碗里，搅匀，女人舒了一口气。站在原地呆了半天，心底忽然涌起一阵怅然。辛辛苦苦整了这样一出，就能管三个月，她实在不甘心。三个月以后呢？狗日的还不是照样抱着别的女人进进出出。

咬咬牙，女人将剩下两包药粉倒进碗里，赵锦绣想这下好了，能管到过年回家。

然后她笑了，那笑散发着幸福的光泽。

夜里，赵锦绣和王四维躺在床上，谁都没有动。愧疚和愤怒筑成的高墙让两个人都失去了翻越的激情。

第二天一早，男人就起身了。

晨曦中，赵锦绣和细崽把王四维送到一线天。王四维本来有好些话想给赵锦绣说，呆了半天也没能张嘴，只能点点头。然后他摸着细崽的脑壳说：在家要听你妈的话，能帮衬的就帮衬下，晓得不？

细崽说好，不过你答应我的，等病好了就带我进城。

王四维还没开口，赵锦绣就气冲冲把细崽往面前一拉，说进城去干啥？花花绿绿的，不学坏才怪呢！

男人沉默一阵，把肩上的背包一甩，迎着一片血红走了。

七

秋末的阳光轻而薄，漫不经心的样子，全然没有了夏日灼人的那股子认真劲。

赵锦绣一大早就起来给公爹洗衣服。天气开始转凉，得把放置了一年的冬衣翻出来洗好晒干。老骨架子不比年轻人，翻过九月冬衣就得上身。老棉衣本来就粗壮，浸湿后就更难打整了。赵锦绣龇着牙鼓捣了半天,还是拿盆里的那团肥大无可奈何。

正无计可施,门边有人喊。

"嫂子,忙着呢?"

转过眼,赵锦绣看见了王木匠,肩上扛个条锯,歪斜着身子往这边看。

"哎,正好,你来给我搭把手吧,这老棉衣我一个人拧不干呀!"赵锦绣招着手喊。

王木匠把条锯靠在墙沿边,高低不平过来。赵锦绣把棉衣一头递过去,说我把着这头不动,你劲大,使劲拧。

头靠着头,两个人弯下腰,王木匠一抬头就傻了。赵锦绣衬衫低垂,白色的胸衣吃力地包裹着两团硕大。王木匠一下就慌了,连忙把脑袋扭开,身体被拉成了一个怪异的弧形。

"你倒是用力啊!"赵锦绣喊。

抬头看了看,赵锦绣对王木匠这个造型格外惊讶。然后她一低头,自己都被那道风景吓了一大跳。慌忙拉直身子,赵锦绣红着脸对王木匠说你有事忙去吧。王木匠怯怯应一声,颠簸着跑走了。赵锦绣看着王木匠跑远的身影,心头仿佛钻进了无数的小蚂蚁,在心尖尖上爬啊爬啊。半天收回目光,才看见墙沿边的条锯。几步跑到院门外,朝那个落荒而逃的背影喊:"条锯,你的条锯。"

条锯的主人蹦跶着跑远了。

握着条锯,赵锦绣心里怏怏的。脸上的红云还在,像是被人勘破了某个细微的隐秘。这情绪很遥远,小姑娘家家才有的呢!今天好奇怪,又捡回来了。木匠的条锯有些年龄了,手把那地方磨得闪亮。赵锦绣轻轻摸了摸,还留有撩人的热气,仿佛那人的发肤。怔怔呆了片刻,屋子里一声苍老的咳嗽把女人打回了原形,把条锯往地上一扔,心头暗骂：要脸不要你？

就这样，赵锦绣一个早上没有安生，她被一种古怪的思绪牵着走，像个探头探脑的小偷，心思总念着那个觊觎已久的物事。心思晃晃悠悠，做事也糊里糊涂。午饭上桌，细崽爷夹筷菜放进嘴里，脸上的褶皱立马挤成一团。

"盐巴重了！"细崽爷说。

赵锦绣自己尝了尝，呸一口吐丢了。端起菜碗逃进厨房，心还在咚咚跳。探头看了看桌上一双老小，两人都在笑。她长舒了一口气，确认盘旋在心头的念头没有被发现。

饭还没吃完，王昌林来了，站在院门边喊幺公。

抹抹嘴出门来，细崽说长声吆吆喊哪样尿。赵锦绣白了儿子一眼，靠着门框说昌林啊，进来刨碗饭吧。王昌林摇着手说："我吃过了，我想问问幺公想不想出门，我要去趟来鹤村。"

赵锦绣蹙着眉想了想说："我听说来鹤村已久没人了，你去那头干啥呢？"

"还有几户，我一个熟人老去了，是个同行，我赶过去看看。"王昌林说。

细崽叉着腰，鼓眉鼓眼说："去也行，好多钱？"

一巴掌扇在细崽背上，赵锦绣吼："你和钱一天生的吗？就晓得钱。"

王昌林孤掌摇摇。细崽喜形于色，一个箭步跳进院子。赵锦绣在门边喊："去就去，不许收钱的，晓得不？"细崽回头，很认真地说："他要一不留神倒死在沟沟坎坎，怕是变成骨头了也没人晓得，我陪着他，收五块钱还不行啊？"

王昌林哈哈笑，说应该的应该的。

出了一线天,天地凋破得更厉害了,远远近近全是枯黄,那些星星点点的绿色不仅没能增添些生气,反而让残破显得更加气势汹汹。

两个人站在崖边,两条水线有气无力往山谷跌落。甩掉最后一滴,细崽裤子一提就算完事。他的孙子王昌林不行,抖抖索索忙活半天都没能把裤门链子拉上。细崽急了,骂骂咧咧说你看你那样子,一泡尿能把胡子撒白。"老了就这样子了。"王昌林苦笑着说。细崽干脆跳过去,给他拉好链子,系好裤带,往后一蹦,一本正经说:"我要到了你这岁数,就把自己杀了,免得难过。"拉拉衣襟,王昌林也一本正经说:"等到了我这岁数,你就晓得了,好死不如赖活。"

翻过垭口,王昌林指着远处一方平坦说:"幺公,你看看那块地盘,如何?"

"适合跑马。"细崽说。

摇摇头,王昌林面带得意说:"你不懂,你看那个山形,像不像一张太师椅?"没等细崽答话,他接着说,"最妙的是椅子对面那座山,活脱脱一副笔架啊!这叫啥,这叫文曲坐案,好地啊!"

这是王昌林给自己选好的终老之地。年轻时赶山抓蛊物,惦记的都是蛇啊虫啊的,翻过六十六,想法就不一样了,死后找个好的安身之所成了比抓蛊物更重要的事情。每到一地,都要照着阴阳学的道道,前后左右仔细打量一番。五年前,他赶山赶到这里,正好站在那把椅子的椅面上,环顾四周,当即决定,就是这里了。

赶到来鹤村,已是午后。

在王昌林的记忆里,来鹤村算个大寨子。大集体那阵子,附近几个村子经常搞"比学超",每次出工,都是来鹤村最惹眼,壮劳力多,轮换勤,三两下就把其他寨子给拖垮了。

王昌林站在寨门口,秋风携裹着陈旧的房檐草,在地上打着旋,忽东忽西,捉摸不定。踮起脚朝寨子深处看,没有丁点死人的痕迹。要知道,乡村有人老去,最紧要的是在寨门口悬上灵幡,那是给亡人指路用的呀!

沿着细窄的石板路往里走,脚下茅草漫过了脚脖子,在裤管上拉出沙沙的声音。小路周围那些密密匝匝的房屋全都静默着,最猖狂的是青苔,爬满了院子、水缸,甚至门窗。越过长长的垣墙,两旁的房屋更显陈旧,斜边掉垮,拇指粗细的蒿草将它们裹得严严实实。细崽嘴里哼着小曲,手里拿根棍子,去撩那些悬在院门上的蛛网。忽然他定了下来,回头朝孙子神秘地招手。王昌林蹑手蹑脚过去,顺着幺公的手指,他看见房子的屋檐下蹲着一只灰色的野兔,正悠闲地啃着草。

王昌林呵呵笑。细崽说你笑哪样?王昌林说没啥,就是想笑。

来鹤村的蛊师住在村子的后背上,来来回回绕了好几回,才找到。

推开院门,一个人没有。灵堂里,一个须发全白的老头敲着木鱼念经,眼神不好,两个眼珠子都快掉到经书里去了。

"就你一个人?"王昌林问。

念经的把指头伸进嘴里舔了舔,翻过一页书,才慢悠悠抬头。

"啥?"

"你们道士班子一般不都是五个人吗?"王昌林凑过去大声问。

"几个年轻的都进城了,"老道士把书捋平整,又说,"进城找大钱去了。"

半天才有个人进来,蛊师的侄儿,六十出头,把王昌林领到停放死人的门板边,他掀开蒙着蛊师的白布,对王昌林说:"你说奇怪不,我叔是笑着死的。"

蛊师那张脸像朵凋零之前奋力一振后开得繁茂的鲜花。嘴角上扬,双眼微闭,仿佛还沉浸在某个幸福的场景里。

"我前天晌午过来,他拉把靠椅坐在院子里晒太阳,我过去一看,他满脸堆笑,喊了两声,不应,以为他睡着了,哪晓得——"蛊师的侄儿对王昌林比画着说。

王昌林摇摇头,指着门板上的,说你呀你呀!

八

今夜月亮特别好,明晃晃悬在古柏树顶。

一群老小聚在树下,东拉西扯说些闲话。左手的王文清眉飞色舞,正说着城里头的新鲜事。王文清早先进过城,给人看工地。一晚王文清刚睡下,听见外面有动静,提着根铁棍从工棚里出来,看见几个黄毛在搬搭架子的扣件。王文清大喊你们干啥?几个小偷回头一看,干瘦的王文清在昏黄的灯光下像根生锈的铁丝,胆儿就上来了,暗偷变成了明抢。一个拿手指着他,语气强硬:老鬼,进屋好生待着,再鬼喊呐叫,我搞死你。第二天,没等老板开口,王文清就把自己开除了。背着行李回到蛊镇,时不时就给大家说说城里的新鲜事。

"我们那个工地的边边上。"对于城市的描述,王文清有固定的开头。

听的人不满意,城市多大啊,为啥都围着你那个卵工地打转转。细崽每次听到开头就瘪嘴,话也难听。

"老癫东,你陀螺啊,就会原地乱转。"

王文清和王昌林一辈,也喊细崽幺公。他不敢顶撞长辈,只好说:幺公,我眼界浅,整天就在工地上转,你老人家宰相肚里能——。细崽就不耐烦打断他，说屁话多，你快说，不过得说点新鲜的，以前没讲过的。

点点头，王文清说这个保证新鲜。端起黢黑的大茶缸灌了一通苦丁茶，把细碎的茶叶啐在地上，王文清说："我们那个工地的边边上，有一个温泉，温泉这东西狗日古怪呢！一年四季都热气腾腾的。温泉里头不光洗澡，还——"

四五个娃娃拖长声音一起接话：还卖肉。接完个个翻白眼，细崽往王文清面前吐了一泡口水，语带嘲讽："还新鲜，烂菜叶还差不多，老子耳朵都听起老茧了。"王文清怏怏缩回脖子，说我记得我没讲过这个的呀！

娃娃们起哄。王昌林咳嗽一声，两手往下压了压说今天我来给大家讲，都是真事，老七志书上写的。众人安静了下来，一个娃娃小声嘀咕：柳七爷又没进过城，能说啥子哟？王昌林睃了嘀咕的一眼，还好，比自家小一辈，能开黄腔。

"闭上你那张×嘴，好好听我说。"

总算静了下来，王昌林开始讲。

"当年红毛贼造反，到处抢劫杀人，一年刚秋收完，就杀奔我们这头来了，这些人精得很，晓得秋收后油水大。来了多少人呢？估计得有百十号人，家伙也齐整，火铳长矛都有。"说到这里，王昌林扭头看了看王文清，又指了指王文清脚边的茶缸，王文清慌忙把茶缸递过来。抿了一口茶，拍拍茶缸，王昌林接着说："红毛贼是天擦黑的时候到的，一队人把镇子围得严严实实，他们想得简单，准备天一黑就进攻，一举拿下。"

捋捋胡须，王昌林呵呵笑："狗日的些想错了，寨人早有准备，家家户户都准备了家伙，男男女女正摩拳擦掌等着他们呢！可毕竟家伙不如人家，人家长矛火铳，我们锄头镰刀。那一仗打得惨烈哟！红毛贼死了二十多个，我们死了四十多。不过呢，据说那是红毛贼打劫村寨中损失最惨的一次。"

"后来又来过没？"王文清伸长脖子问。

把茶缸递给王文清，王昌林笑着说："你不要慌嘛，听我慢慢说。寨老为了保卫屁股下面这块地皮，就动员家家户户制作干仗的家伙，火铳、长矛、大刀、弓弩啥子的都备了很多。接下红毛贼前后来了六七次，一次比一次阵势大，硬是拿蛊镇没法子，每次都扛回去不少死人。断断续续打了几个月，红毛贼才被打服气了，就再没来过了。"

咧着嘴笑了笑，王文清说先人些厉害呢！这样硬实，我看哪个还敢来。

摇摇头，王昌林说："你高兴得太早了，人要收你，你可以对抗，天要收你，你就无法了。有一年起了瘟疫，蛊镇三个月就有一半人死掉。几个寨老一商量，在寨上选了三十个年轻的男女，凑足盘缠，让他们走得远远的，等瘟疫过了再返回来。目的就是要保住这个镇子。半年后，三十个人回来了。眼前的景象是惨绝了，一个活人都没了。"

"三十个人抹掉眼泪，烧火开锅重新开始，"王昌林说，"不要小看这三十个人，五十年的时间，蛊镇就成了四百多人的大寨子了。后来选出来新的寨老，寨老板眼多，想出了一个主意，让人到处放风，说蛊镇人人都会放蛊，还是最毒的腹蛊，只要进了寨，不死脱层皮，"嘿嘿一笑，王昌林说，"从那时候这个镇子就安生了。"

月光幽幽，朗照着一个庄子，雾气从远处的林子里漫过来，被夜风扯得丝丝缕缕，东一块西一块悬吊着。

长时间的静默。

忽然一个娃娃直起身，跳下石凳子，愤愤说："说的一点尿意思没得,还不如刚才温泉卖肉那个好玩。"接着一群娃娃跟着应和,全都蹦了起来,嬉笑着跑走了。

"我说的这个不好听吗?"王昌林直着脖子问。

王文清往地上啐了一口痰说:"我觉得你这个更有意思些。"

骂完他端起茶缸灌了个底朝天。扭头看见王昌林在笑。就说我最近发现你特别喜欢笑,是不是捡元宝了。

他不晓得,王昌林咧着的嘴后全是得意。岁月吹皱了他的手背,可没能带走他的手艺。

九

秋末最后一天,王昌林对来敲门的细崽说:

"幺公,我昨夜梦见脆蛇了,我们抓脆蛇去。"

把半吊鼻涕吸回鼻腔,细崽没有想象中的激动,而是把脑袋伸过来,说你看是不是又淡去了?王昌林点点头。细崽就激动了,搓着手,踌躇满志。心情好了,态度也跟着好。叉着腰对王昌林说:"老子今天高兴得很,就跟你去抓脆蛇。"

眼睛往上翻了翻,细崽有些不放心,问:"你真梦见脆蛇了?"

孙子慌不迭地点着头。

"王昌林,你要敢哄我,死了下油锅。"

撒谎的心虚了,毕竟离死不远了,这样的诅咒让他心惊肉跳。

"幺公,我乱尿说的。"王昌林怯怯说。

"那你到底想干哪样?"

"想去上次去的地头骂骂人，过过嘴巴瘾。"

"你想骂人就骂嘛，跑这样远干啥？"

"想和生人说说话。"王昌林满脸乞求，最后他说，"我眼睛饿了，幺公。"

两个人走得很慢，入眼的枯焦让王昌林有些透不过气来。他感觉山好像更陡了，路更狭窄了，连飞舞的蜻蜓行动都变迟缓了。

过一个坎，他试了几次都没能过去。咬咬牙，把拐杖往坎那边一扔，变直立行走为四肢爬行。勉强爬上坎沿，卡住了，进退不得。细崽转过一个弯，回身不见王昌林，心想都快成千年老龟了。蹲在地上看了一阵蚂蚁，还是不见人来，站起来放声大骂："王昌林，你是不是死梆硬了。"天地寂然，只有清脆的鸟叫声。细崽气得使劲跺跺脚，喷着火折了回去。

看见悬在坎坎上的王昌林，细崽吓得惊叫了一声，跑过去一把搂住王昌林，又大骂："你狗日的都成这样了，咋不喊我一声？"费了好大劲才把老古物从坎子上搬下来。王昌林说不了话，脸青嘴青，大口大口喘着气。细崽眼睛开始潮红，捡起王昌林的拐杖使劲一挥，扫倒了路边的一片斑茅草。然后他气咻咻吼。

"你再这样不吭不喊的，哪个再和你出门就是你孙子。"

对面的孙子艰难地摆摆手。

"走，回家了，不去了。"细崽说。

王昌林又慌忙摇手，鼓着眼吞吐了一会，才说话。

"都到这里了，回去可惜了。"

把拐杖往地上一掼，细崽说要去你自己去，说完转身就走。

走出老远回过头，细崽看见他的老孙子摇摇晃晃站起来，弯腰捞起地上的拐杖，一顿一顿又开始往山上爬。细崽脸上红云漫卷，嘴里呼吸着粗壮的气息，他真想给老犟牛两窝心脚。这时一只松鼠从树后探出头，缩头缩脑打量着细崽。细崽扭头看见了，伸长脖子破口大骂。

"我看你妈×！"

伸手拉住路边一根树枝，王昌林往上爬了两步，脚趾抓得紧紧的，他是觉得，一步比一步更加艰难了。忽然后背被硬生生顶住了，王昌林吃了一惊，回头一看，瘦弱的幺公低着头，两只手抵着他的后背。

王昌林笑笑，说幺公，你看你像根芦柴棒，我要支撑不住往后一倒，你就成摊饼子了。

后面的闷着声吼："×话多，快点走！"

山道孤零零缠绕在山腰，谷底偶尔刮来一阵风，在山路上扬起漫天的尘土。王昌林下巴挂在拐杖上，木木地盯着那条土黄色的带子。眼睛都望穿了，就是不见人迹。细崽没有他孙子的定力，东张西望。两只乌鸦站在不远处的枯枝上拍打着翅膀，黏稠的阳光照着它们的羽毛，闪闪发光。细崽捡起一块石头，奋力投向无忧无虑的一对墨黑。咣一声响，两只乌鸦腾空而起，顺着山势砸进了深谷。

"回了吧！"他对王昌林说。

"再等等，我就不信见不着一个人。"

细崽不干了，站起来拍拍屁股，大声武气说："要看你一个人看，老子回家了。"王昌林伸手从衣兜里掏出两块钱递过去。细崽瘪着嘴接过来，指着对面山顶最高的杉树说："两块钱只能管到太阳挂在那棵杉树上。"

风越来越大，呼啸着从谷底往坡上爬。王昌林眯着眼，一头白发被揉成了斑鸠窝。他忽然费力地撑起身体，对细崽说："回吧！"细崽抬头看着他，指了指天上。太阳高悬，离那棵杉树还有好长一段距离。王昌林摇摇头，说回吧，我吃点亏。细崽摸出一块钱还给王昌林，说：

"退你一块,老子不占你便宜。"

回家的路好像更长了,摸摸索索到了蛊镇后山,天边的红色已经褪尽,黄昏从远处一点一点漫过来了。这是黑夜来临前的最后一抹光亮,仿佛即将离世的老人,总要在临死前有一次莫名其妙的清晰和生动。乡下人管这叫回光返照。王昌林扶着一棵老枯树,被天边那片开阔的乳白吸引了。渐渐地,那片白亮越来越强,竟生生在天际撕开了一个巨大的口子,白光从口子喷涌而出,仿佛奔腾的江水。黄昏在一瞬间退去了,山山水水被白光照得亮亮堂堂。汹涌的光亮刺得王昌林眼睛生疼,目光慢慢往回缩,等落到那片斑驳的岩壁上时,他被惊呆了。淡黑的岩壁上,爬满了长长短短的雪白,它们扭动着身子缠绕在一起,垒成了一个高高的蛇丘。

山顶的两个人完全僵直了,惊骇从每一个毛孔滋滋往外冒。

时间已然断裂,思绪被无情地瓦解。眼中的雪白聚拢,摊开,再聚拢,再摊开,反反复复,无休无止。天边和岩壁的两团白亮像是获得了某种默契,相互帮衬,坚挺且持久。最后,两团白亮同时湮灭,黄昏重新占领了天空,淡黑抹满了岩壁。

像是一个梦,王昌林使劲掐了掐大腿。

"是哪样东西?"细崽的声音和有关脆蛇的传说一样,断成了好几段。

"脆蛇!"王昌林语气悠悠。

说完他慢慢往那片岩壁移动,细崽在他身后,拉着他的衣襟,脚步抖抖索索。

蛇潮虽然退去,但痕迹还在,岩灰画出无数的蛇痕,歪歪扭扭往岩缝里去了。

"王昌林,你看。"细崽惊叫一声。

一条手腕粗细的脆蛇摊在青石上，应该是从高处摔下来给砸晕了。

把蛇抓起来，王昌林捋了捋，说还活着，摔昏过去了。脆蛇通体雪白，有淡淡的红圈把身体分成了好几截。王昌林指着红圈对细崽说："这是条大蛇，脆蛇年纪越大，这红圈就越淡。"

脱下外衣把蛇包好，王昌林对着岩壁磕了三个头。

"你还给蛇磕头呀？"细崽说。

"这头是磕给蛊神的，"抖抖沉重的外衣，王昌林说，"我晓得，这是他赐给我的。"

指指王昌林提着的外衣，细崽问："你拿出来看看，它是不是真的可以断成几截？"

"你跟我学这门手艺，我就让你看。"王昌林说。

眉头皱了皱，细崽嗤了一声，说："老子要进城，鬼大二哥才学你这个。"

十

阴郁的冬日一直飘冻雨，左等右盼，总算迎来了一个艳阳天。赵锦绣起得老早，得赶着这个稀罕天气把该忙的忙完。铺的盖的得翻出来晒晒，穿的戴的要扒下来洗洗；庭院也该打扫了，枯叶被水一泡，满地褐色的汤汤水水。赵锦绣喜欢干净，她瞧不起那些邋里邋遢的人家户，气力足的进城了，眼睛鼻子就不好使了，房前屋后，鸡拉狗吐，脏得闹心。偶尔去串个门，连个下脚的地方都没有。主人家还若无其事端碗饭站在臭气熏天里头吃得津津有味。有时候她也忍不住，说你家也是，打整打整又累不死人。人家就答复她：人花花都没得一个，打整出来给哪个看哟？赵锦绣就犟上了，指着对方说你不是人啊？要给哪个看，自家安逸噻。

扫完院子，赵锦绣进屋去搬木盆，老的小的有一堆要洗。木盆靠在墙根，移开木盆，赵锦绣看见了那把条锯。

通往木匠家的路曲曲拐拐，像极了走在路上那个人的心思。理由其实格外强壮，送还人家落下的东西，天经地义，任谁也说不出半句闲话来。赵锦绣心虚的是，明明还有一堆活等着自己，为啥要挑这个时候送过去？女人就跟自己说，木匠离不开条锯呀！人家不好意思过来拿，自己就不能主动点？这个坎勉强算是迈过去了。但最后一道坎她实在过不去，细思就在屋子里憋坐，为啥不让他去送呢？

女人脸又红了，脚步却没有慢下来。

王木匠正在屋檐下推板子，刨子来回跑，木屑纷纷扬扬。偶一抬头，他就看见远处过来的赵锦绣。手一抖，刨子走偏了，深深嵌进了木板里头。他慌忙低下头，假装成一个心无旁骛的好木匠。等赵锦绣走进院子喊了一声兄弟，他才抬起头，然后装出相当惊讶的表情。

"嫂子来了。"

赵锦绣没敢看他，眼睛投向边上做好的一架立柜，啧啧两声，说手艺真好，你看这立柜好巴实。王木匠连忙点头，接着又迅速摇头，结结巴巴说做得不好，乱做，乱做。赵锦绣把条锯递过去，说你上次落我院子里的。木匠连忙过来接过来，说谢谢嫂子了，进屋喝碗茶吧！女人说不了不了，家里一堆活等着我呢！王木匠说那好那好，嫂子你慢走。说完一抬头，又看见那对旧物了。他梦里见过几次，充满了淫邪的色彩。毕竟是没结过婚的人，现在见着真东西了，脸一下就红到了耳根，像是面前的人知道他在梦里的一举一动。

出了院门，赵锦绣心里愤愤然，心里说：我又没说走，就喊我慢走，我偏不慢走。想到这里，脚步变快了许多。很快王木匠的屋子就看不见了，女人回过头，怅然若失。

叹口气，她喃喃说："我这是撞到哪样鬼咯？"

整整一天，赵锦绣把活干得沥沥剌剌。衣服上架了，才看见还残留着肥皂泡；猪食煮熟了，就找不到猪食瓢；四下寻了半天的缝衣针，最后发现就攥在自己手里。一直到黄昏，她都没缓过神来。把晾衣绳上的几件衣物收在臂弯里，看着四合的暮色，心思又凝重了。这时儿子忽然在身后喊了一声妈，吓得赵锦绣一个激灵。儿子神秘地对她说，王昌林抓了一条脆蛇。

"真的假的？"赵锦绣问。

蛊镇人都知道，那东西不容易找到。

儿子比画着把那天的情形说了一遍，赵锦绣面色就不好了。

"一下拱出来这样多的脆蛇，怕不是啥子好兆头。"赵锦绣说。

而对于王昌林来说，没有比这段时间更好的日子了。

揭开褐色的瓦罐，王昌林喜形于色，那条雪白在罐底蜷成一团。明年开春，王昌林将会制出蛊师最引以为傲的一道蛊：幻蛊。一个蛊师能在离开人世之前制成一道幻蛊，无论如何都算是奇迹了！

晚饭过后，他还特地为壁柜后的那只老耗子备了点腊肉。人老心细，怕老伙计吞咽困难，特地把腊肉切成了细丁。他还开了一瓶酒，本来想和老耗子一醉方休，又怕老伙计鼠老体衰把老命喝杵脱。自己舒舒服服喝了好几杯，酒精在老迈的血管里恣意流淌，把骨头都泡酥了。喝完他就缩进椅子开始假寐。半晌老耗子爬出来，不过对腊肉不是很感兴趣，凑过去嗅了嗅没动嘴，潦潦草草吞了几口米饭，又摇晃着钻回洞里头去了。

"看你那样子，怕是要走在我前头哟！"王昌林笑着说。

闭上眼，那个场景又出现了。密密麻麻地缠绕在他脑子里扎了根，他相信这绝不是巧合。既然不是巧合，那当然就是提醒。神灵是要提醒什么呢？他把身边的大事小情都过滤了一遍，最后他认定，肯定是最近几年的蛊蹈节太过敷衍了。

想想那些年镇上蛊蹈节的情形。盛况啊！大人细娃，早早就开始盼，新衣新裤早早就准备好了，神龛得写新的，肥猪是要杀的，大歌是要唱的，蛊场是要跳的。印象最深的还是那一张张的脸，希冀、敬畏、欢喜，什么都有，看起来很复杂，其实很简单。这几年的蛊蹈节让他窝火，每次节气来临，个个都叹气，还说什么人都走光了，搞给谁看啊？老得都要入土了，谁还有这个闲心啊？这个时候王昌林就忍不住骂："人走了就不活了？人走了吃饭就改吃屎了？人走了就可以光着腚满寨子闲逛了？"说丧气话的闭了嘴，王昌林还不罢休，拐杖在地面狠狠杵了两下，又说："妈个×，只要有口气，你也得给神龛上供的菩萨祖宗上炷香不是？"

十一

第一场冬雪过后，蛊镇的冬天就算到头了，整整半个月，阳光一直朗照。东风来得也早，从一线天呼呼过来，枯焦被吹散，嫩绿很快铺了一地。

赵锦绣扛捆青杠柴从林子里拱出来，看见炳富老婆顶着一头卷发从远处过来了，她的高跟鞋咄咄咄咄敲击着石板路，发出的声响和走路的模样都是新鲜的。赵锦绣很羡慕这个女人，狠得下心，撇下两个老的和三个小的，拍拍屁股就跟男人进城去了。没进城时，两个人关系近，是可以说私密话的人。慢慢地，赵锦绣就发现，她和炳富家的没以前对路了。每次女人回来，都会到她那里坐坐，开始还好些，跟赵锦绣说些城里的稀罕事，随着时间越拉越长，话就少了，到最后干脆就没话了。

回来了？赵锦绣远远喊。

炳富老婆半天才看清柴火后的那颗脑袋。连忙说哎呀呀，你看你，真是一身蛮力没处使呀，这该是男人的活嘛！

赵锦绣笑，笑容有些苦巴。炳富家有点不过意，说要我帮忙不？赵锦绣低头看了看炳富家脚上的高跟鞋，说帮啥子哟，我怕崴了你的脚呢！

一前一后往寨子里赶，前面的赵锦绣忽然问：

"如何了？"

后面的怔了怔，问："啥子如何了？"

"那对狗男女咯。"

炳富家笑了，笑容很开阔，像头顶上的天空，无边辽远。

"我正想跟你说，散伙尿咯！"

"散了？"

"具体我也不晓得，反正那个婆娘整天垮着脸，"炳富家的笑得更大声了，"不光垮脸，两个人还吵，吵了没多久，女的就搬走了。"

"他呢？"赵锦绣声音细细的。

"哪个？"炳富家的收住笑，想想说，"你家王四维啊，霜打了，老了一长截，以前在工地上还唱山歌，现在不唱了，从早到晚屁都不放一个，就窝在板房里抽闷烟。"

赵锦绣躲在柴火后偷偷笑了一回。有点翻身农奴把歌唱的意思。

接着就没话了，只有高跟鞋敲打地面的声响和柴火在肩上嘎吱嘎吱的呻吟。到了岔路口，赵锦绣才开口。

"去家头坐坐不？"

"算了，先回家看看。"

赵锦绣点点头，等炳富家的走远了，她又朗声说：

"回去好好给几个娃娃洗一下子，脏得像从牛屁股里头拉出来的。"

回身爬坡，赵锦绣觉得身子轻盈了不少，有腾空而起的感觉。路边开始抽芽的花花草草像是都在对她笑。太阳还挂在头顶，她就开始盘算晚饭，炒个腊肉，爹如果想喝酒，就陪他喝两杯。为啥？不为啥，高兴咯！赵锦绣站在坡上都笑出了声。

高兴的事情还很多，特别是细崽，脸上的红色在东风里头消退得好像特别快。模子边缘那圈稍微深一些，中间离得远一些都看不出来了。一家人都高兴，爹每天都要扳着孙子看半天，边看边笑。

最不高兴的就怕是王四维了。赵锦绣不怀好意地想。活该，像是种花生的红砂地，你偏把矮早稻插进去，能长出啥子好模样？不管好胯下的东西，端起到处文进武出。不让你撞下墙，你还不晓得回头了。

晚饭公爹灌了两杯酒，早早就上了床。

赵锦绣精神好得很，里里外外彻底收拾了一遍，还烧了一盆水，得给细崽洗个澡。细崽坐在木盆里打水玩，赵锦绣摸着儿子脸上淡红色的印记，说细崽，你这胎记散去了，是不是就进城跟你爸去了。细崽点头说是呀，老爸答应过我的。

把细崽诓睡下，赵锦绣拉条凳子坐在屋檐下，眼里一地墨黑，远处几点灯火，虚弱得仿佛一阵微风就能给吹灭了。她睡不着，早间那点兴奋退潮了，接踵而来的居然是深深的失落，就像这暗夜一样，无边无际。远方那个男人怕是已经成了一只被痛苦裹得密不透风的蚕茧。她想明天去乡上打个电话,跟他说清楚情蛊的事情。念头转回来,女人又恨自己的软弱。狗东西和野女人在床上翻滚的时候,何曾想到过我呢!

和赵锦绣一样盯着黑夜发呆的还有王昌林。和赵锦绣翻滚的念头不同,王昌林啥子心思都没有,他喜欢盯着黑夜看。窝在屋檐下的躺椅里,拉条毯子把自己完全盖住,只露出一对眼睛,看近前的黑,远处的黑,所有的黑。很小的时候,他和师傅出门抓蛊物,夜晚遇上暴雨,师徒二人躲进一个山洞,师傅躺在一旁呼呼大睡,他则趴在狭窄的洞口,看着外面的倾盆大雨和雷电交加。忽然不知从哪里窜出来一只山豹子,借着闪电发现了他。王昌林吓得全身发麻。山豹子努力了好几次,都没能挤进洞口,在洞门口低低地嚎叫了一阵,只好悻悻地离去了。从那以后,王昌林就喜欢上了这个动作。

扭了一下身子,毯子滑落了,王昌林慌忙把毯子拉上来盖住脑袋,轻轻掀开一条缝,又开始专注地盯着黑夜看。他觉得,这样是安全的,外面的种种危险,都奈何不了自己。

几处灯火渐次消失,该是上床的时候了。

躺在床上,他从枕头下抽出从老七那里捡来的稿子。习惯了,每晚都翻上几页。老七真是巧手,不光字写得好,还会画图。一张纸上绘了七棵古树,居然是按照北斗七星的布局栽种的。这个事情王昌林曾经问过老七,说为什么古树的位置和现在的北斗七星的位置有些出入。老七跟他说,那是时间让天上星宿的布局改变了。老七还说,世间没有东西是亘古不变的,为啥呢?因为有时间。

翻了几页,一幅图案出现在王昌林眼里,看了看标示,是蛊镇的地图,一百年前的。那时候镇子好像比现在大得多。把地图颠来倒去看了一番，王昌林发现这个形状有些面熟。他相信这个形状他见到过，在哪里见过呢？到底是在哪里见过呢？他闭上眼，面部紧紧缩成一团，似曾相识的心思像是水面上掠过的一块石片，涟漪阵阵，可就是看不真切。

用手使劲揉了揉太阳穴，那幅图画开始慢慢清晰了。

一线赤红跨过鼻梁，斜穿过整个面部，在下巴形成一道粗壮的弧线，最后在颧骨处圈成了一个不规则的椭圆。

王昌林猛地坐起来，心在怦怦乱跳，仿佛要蹦跶着跃出胸腔。

在屋子里来来回回转了好久，他都没能压住心头的慌乱。走到屋角的水缸边捧起冷水洗了个脸，才慢慢平静下来。"说不定是个巧合。"他对自己说。

立刻他又坚决地否定了自己。

"是巧合的话我一头碰死。"

十二

在院子里劈劈砍砍，王木匠失去了一贯的专注和定力。计量好的尺寸，锯条跑完后不是宽就是窄。杂乱的心思还把记性都吃掉了，刚才明明放在手边的斧子，转过眼就找不着了，趴在高高的木屑堆里翻了半天，斧子没找到，却发现了凿子。从容没有了，兴致就打了折扣。板子锯了一半，王木匠撒了手，斜靠在马凳上，摸出一支烟呼呼抽。还责怪嵌在板缝里的锯条：昨日才给上的油，今天就涩得跟犁老板土样，还难伺候得很呢！

老娘看出了儿子的异样，上前年爹死，也没见着他这般的魂不守舍。倒碗茶放在马凳上，老娘说不想干就歇两日吧！王木匠说我倒是歇得，就怕杨村樊老者等不得，十多天不吃不喝了，这几日连话都说不成了，能熬到月底就算狠人了。

看了看马凳边那口棺材，老娘摇摇头，说你要赶也成，不过得细心点，我看你这几天昏头昏脑的，怕你剁着自己。走到屋檐下，老娘回头说："歇了吧？"扔掉烟蒂，王木匠说妈你管事管得宽，管到人家脚杆弯，你管我歇不歇哟！老娘摇摇头，以前儿子和娘说话没有这样的口气。转进里屋，隔着窗户看着儿子，老娘又长吁短叹一回。该是找门亲事的时候了，这些年当娘的没少托人。要求不高，不论长相，年纪不过四十就成。媒婆一听就摇头，说实在老火哟，好手好脚，能跑能动的，全都卷起铺盖进城了。老娘狠狠心，说只要是个女的，没翻过五十的也成。媒婆还是摇头，说这一拨的差不多也走光了。

锯条沙沙响，心思却在别处。那个影子老在眼前晃动。木匠识得人，他晓得不是一头热，从女人看他的眼神他就知道，女人心头有捆干柴，就差个火引子了。男女的事情，一头热不惹人，真要你情我愿，心子把把都会变得痒酥酥的。心思跑偏了，手就跟着歪了，手腕忽地一扭，啪一声脆响，锯条崩成了两截。

把锯条往墙根一扔，朝屋里喊：妈，我进山去了。喊完也不等老娘答话，斧子往腰上一别就走了。

运气还好，找到一棵红杉，腰杆笔直，打个梳妆柜最好了。把树放倒，剔掉枝叶，木匠坐在树干上抽烟，这段时间天气不错，屁股下的红杉有十来个晴日就晒干了。林子里安静极了，不远处两只松鼠拖着比身子还粗的尾巴上蹿下跳。

忽然有噼啪声传来，折断树枝的声音。王木匠站起来，踮起脚尖往那头看，一个弓着的背影在折地上的干柴。

熟悉得不能再熟悉的衣服，碎花格子，梦里见过好多次。王木匠心头成了翻锅的开水。幽深的树林顿时弥漫着天知地知的决绝，远处那个弓着的脊背像是一种下作的迎合。木匠就像地上的红杉，屹立百年就等着一朝的轰然倒塌。

正弯腰捆柴火，赵锦绣面前突然多了一对脚。目光倏地一下爬到脸上，赵锦绣看见了眼睛里头两团烈火。眼神不避不让，狠狠地从女人的领口插了进去，放肆地顶撞着两个饱满的乳房，全然没有了那日院子里的羞愧和不安。赵锦绣心头紧了一下，慌张地放眼四下扫了扫，要命的安静，密实的丛林将秘密包裹得密不透风。微微拉了拉身子，女人就不动了，那道敞亮还在，像是给面前的男人黑夜里留出的一道门缝。潜藏的鼓励让男人热血上涌。几乎同时，两团身体都急切地向对方扑去。男人力气很足，积攒几十年的气血都在这一刻喷发了。女人则在一团炽热中开始熔化。男人的嘴在慌乱中急切地搜寻，当两张嘴叠合在一处的时候，女人忽然一把推开了男人。

兜头的一瓢凉水。

横起衣袖抹了抹还泛着紫红的嘴唇，赵锦绣看着木匠说：

"这样不行。"

"为啥？"

"一笔写不了两个'王'字。"

男人呆呆看着女人。

红晕慢慢从赵锦绣脸上退去，平静主宰了她的面孔。她理了理一头凌乱的乌黑，低头开始收拾柴火，动作井井有条。木匠知道，这汪火已经烧尽了。但他还是不甘心，心头还跳跃着残留的火星，舔舔嘴唇，他说："他先对不起你呢！"

赵锦绣神情一下严肃了,她说:"他咋做是他的事,我咋做是我的事。"

迟疑片刻,木匠有些悻悻,又说:"天知地知哩。"

指指林子深处,赵锦绣说:"这里埋的都是王家老祖宗,你敢保证他们也看不见?"

顺着手指的方向看去,几座顶着青苔的古墓惊出了木匠一身冷汗。

"他敢乱来,是那个地头见不着祖宗,见不着,就没了怕惧。"赵锦绣又说。

把柴火往肩上一扛,赵锦绣踩着一地的窸窸窣窣走了,走出去不远,她回头对木匠说:

"我大门右边的楔子松动了,哪天你抽空来给我紧紧。"

木匠看见了她的笑容,像在沟坎边碰着时招呼的那种笑,熟悉,又陌生。

十三

那夜洞悉了秘密后,王昌林坚定地认为他的幺公绝非常人。细崽每天来敲完门,王昌林就好吃好喝的招待他。细崽也不客气,边夸孙子孝顺,边啃着喷香的腊排骨。王昌林看着细崽脸上的图案,不错的,一模一样。他相信这是神迹,细崽就是上天派下来传达意图的使者,至于要告诉蛊镇人什么,这个他一时间还没理出头绪来。

吃饱喝足,幺公抹着油水滴答的嘴对王昌林说:"你这几天请吃请喝,低眉顺眼,是不是有事求老子?"王昌林慌忙摆手,说幺公误会了，我就是尽点孝道。细崽哼一声，说我不白吃你的，你要我做啥就开口。想了想，王昌林说既然幺公开了金口，你要愿意，就陪我去给我师傅上炷香吧。细崽指着孙子教训："烂肚子王昌林，老子早就晓得你心头那点小九九。"

师傅在银盘山的岩缝里，早些年蛊镇还时兴悬棺，超过七十的老人死去，装进棺材，用绳索吊上岩壁，找一处宽阔的岩缝放进去，再钉些木桩子固定好，一场葬式就算成了。后来有力气的进了城，棺材就吊不上岩壁了，死后就都钻进土里头去了。

沿着岩壁边缘爬了一段，细崽看清了那些悬棺。几十口棺材卡在岩缝中，经年风雨剥蚀，棺材色调斑驳。

"为啥不埋进土里头呢？"细崽问。

王昌林仰头看了看，倚靠着岩壁说："祖先的家最早可不在蛊镇，说是在很远很远的地方，在那里曾经有过一场激烈的战斗，我们的祖先输了，一路迁到了这里。"

"我问东你说西，叫你打狗你去撵鸡，"细崽打断了孙子的话，"我是问你为啥不埋进土里头，你叨叨这个干啥子嘛？"

王昌林说好好，怪我话多，幺公骂得对，扬扬眉毛，他接着说："老祖先们觉得打输是暂时的，总有一天要打回去，所以死了不进土，找个岩缝先放着，等有朝一日决定打回去了，就让后人把棺材也抬回去，死了也要埋回老家的土地上。"

抬手指了指，王昌林说幺公你看，棺材的头都朝着一个方向，那就是祖先老家的方向。

"我还以为这个地头就是老家呢！"细崽说。

"哪个都说不清楚到底哪里才是老家，说不定还有老家的老家，老家的老家的老家。"王昌林说。

到了一处宽阔地，王昌林从袋子里取出香烛纸钱点燃，对着半山喊："师傅，我来跟你说一声，我家蛊神给了我一条脆蛇，让我做道幻蛊。"

"哪个是你师傅？"细崽问。

抬头顺着远处的岩缝看过来，王昌林指着一口还残留着黑漆的棺材说："就是那个。"

"那个不是我侄女吗？"细崽说。

"哦，对对对，是我妈，"王昌林说，"人老了，记性都让狗给吃了，我师傅是倒数过来的第四个。"

祭拜完毕，王昌林对细崽说："幺公，愿意跟我进山找蛊药不？"

细崽盯着他，没言语。王昌林赶忙说："你老开个价。"

嘟着嘴想了想，细崽说算了，我妈都骂我了，说我是从钱眼眼里头钻出来的。然后他伸过脑袋，笑着对王昌林神秘地说："我攒的钱够买一架很大很大的老鹰风筝了。"

王昌林睁大眼睛看着细崽，幺公脸上的图案有些依稀难辨了。

五日的工夫，王昌林的双脚就把蛊镇几座大山丈量完毕了。这可是年轻时候的能耐呀。他站在院门边举头四下扫了扫，高大扑面而来，不错的，都是封了路的老林子，光看着就给吓得半死，更不要说攀爬了。

双手叉腰，得意从头到脚。还感慨："我都佩服我自家。"

旁边的细崽对他的沾沾自喜不安逸，斜乜着讽刺："我要不跟在你后头，你怕摔得骨头渣渣都不剩了。"王昌林连忙点头，说幺公的功劳，幺公的功劳。幺公的确有功劳，除了保驾护航，途中还要给孙子揉腿捶腰。小拳头打击着老驼背的当口还叹气说："他妈这世道颠倒了，爷爷居然给孙子捶背哩！"

之前，王昌林从来没有动过闯山的念头。闯山这活，翻过五十你都不敢想了。那些腿脚麻利的，把老命丢在老林里头的多的是。可自从那条脆蛇进了家，蛊镇的蛊师就开始了精心的谋划。凭着记忆，他理出了一条最安全的路线图。很快又给否掉了，那条路线不能找齐需要的物事。幻蛊这一道，除了脆蛇，最紧要的就是迷心草。这东西精贵，对生长的地头特别挑剔，附近几座大山，只有滴水岩岩缝里头才有。可那条路线，王昌林想起来就发毛。他师傅的师傅，采迷心草时一只手没有抓牢，飘荡着落下山崖，跟着激流远走高飞了，坟头就在崖下的河岸上，其实就是一个衣冠冢。

迷心草是细崽采来的，细小的身架子在岩壁上像手脚长了倒刺的长虫，三下五除二就给王昌林抱上来了一大堆。王昌林那个感动啊！连说幺公巴实。幺公不是一般地巴实，简直是巴实到家了。伟大的幺公跟着孙子险象环生闯了五天大山，一次都没提过钱的事情。

正午阳光很好，王昌林在院子里铺开一摊一摊的花花绿绿。连锯藤、山岩草、青筋根、迷心草，杂七杂八占满了整个院子。晒干后，这些物事都会被剁碎，放进一口大锅熬煮一个对时。捞掉药渣，有用的是剩下的半锅汁水。

细崽呢，寸步不离，他就要看看，最厉害的幻蛊到底是如何制成的。

无关紧要的步骤，王昌林都不遮不掩，还会絮絮叨叨给幺公讲些注意事项。可到了晚上话蛇的时候，老脸就绷住了。拦着里屋的门，死活不让细崽进，说你进屋来也可以，但必须先拜师，这是蛊师的秘诀，只有入得蛊门了才能现世。细崽不干，说你是我孙子，拜了师老子还要喊你师傅。王昌林就说我不要名分，但你得给蛊神发个誓言。细崽还是不干，相对而言，他更惦记城头广场上那挂风筝。

话蛇这段，细崽只能在院子里干坐，里屋不时传来王昌林低低的说话声，间或还有吟唱和轻祷。细崽心头痒痒，嘴上不服输，嘟哝着骂："老子才不稀罕呢！"

不过王昌林还是透了一些风口。他给细崽说这幻蛊吧，最要紧的就是话蛇了，啥子叫话蛇呢？就是制蛊前的这段日子，蛊师要天天和脆蛇说话，让它明白接下来发生的一切，这样脆蛇才有灵性，脆蛇有了灵性，才会心甘情愿奉献出自己。

王昌林连续翻了好几天的皇书，他要为制作这道幻蛊选一个好日子。

十四

春天愈发真切了，深绿簇拥着几面山壁，河水叮咚跳跃。喜人的春光里，一直枯败的老枯朽们像是脑门上长出了嫩芽，面容难得一见地抖擞。最欢喜的算是四维他爹了，天不亮他就爬起来，端条凳子坐在屋檐下等天亮。红光刺破天幕的一瞬，他在心头一阵欢呼。然后他盯着那轮鲜嫩喷薄的红日徐徐爬过一线天，从两棵青杠树中间缓缓而上。直到赤红消散，转成刺目的亮白。

儿媳妇披件衣服从里屋出来，看见屋檐下笑吟吟的爹，说爹你干啥呢？这样老早。爹就说人老了，瞌睡少，我起来看太阳。赵锦绣连忙从屋里拿件棉衣递过去说，凉气太重，你不怕害病呀？说完转进儿子睡的那屋，细崽四仰八叉倒在床上，梦口水牵丝挂缕。一巴掌拍在儿子瘦削的屁股上，赵锦绣喊：太阳照到屁股了，快起来，先去敲门，敲完了跟我进山扛柴。儿子咕哝一声,翻过去继续睡。往门外扫了一眼,赵锦绣笑着说:"前三十年睡不醒,后三十年睡不着,我家都赶上了。"

一阵猛扇,细崽才懒懒地直起身来,揉揉眼央告:"妈,让我再眯五分钟嘛。"赵锦绣把衣裤丢过去,说眯五分钟能当肉吃啊?快起来。细崽垮着脸从床上梭下来,阳光扑了他一身。赵锦绣感觉有些异样,猛然之间又想不起到底是哪里不对头。把儿子上下考察了一番,她一个箭步跳到细崽面前,端起儿子的脑袋,目不转睛地看,看着看着眼泪就下来了。

"散了,全散去了。"赵锦绣语无伦次。

说完她牵着儿子跑出门外,把儿子往公爹面前一推,泪涔涔说:"爹,你看细崽这脸。"

公爹凑过去,把孙子面部仔细检视一回,扁塌的嘴一瘪,老泪扑簌。

"转世为人了!"公爹激动地说,"菩萨显灵了呀!"

给儿子套好衣裤,赵锦绣说敲完门不要去疯跑了,早点回来,去乡上给你爸打个电话。

细崽应一声,往王昌林家那头跑去了。

王昌林正弓着腰铡药,屁股忽然挨了一脚,踢得很轻,算是招呼的一种。回头一看,幺公双手叉腰,得意地看着自己。

把脸送给孙子看了个透,细崽欢喜地蹦着跑开。王昌林没有幺公的欣喜若狂,隐隐的不安反而占了上风。细崽跑出老远,王昌林的声音才从身后追来:"你慢点走嘛,为啥要急痨痨跑呢?就不怕摔了。"

电话打过去,没有想象中的欢呼雀跃,嗯啊嗯啊,连声好都没有。儿子在电话里头给老子说:"爸,我脸上红斑散完了,你啥时候来领我？"电话一直沉默，忽地咣当一声，嘟嘟嘟叫个不停。细崽疑惑着举起电话，赵锦绣把耳朵凑过去听了听说："挂了。"

母子二人站在邮电所门口，一脸失落。赵锦绣心头隐隐作痛，她本来想给王四维说清楚，你下半身的奔拉只是暂时的，翻过年就好了，可她担心万一王四维知道了真相，除了记恨她，只怕又屁颠屁颠找那个煮饭的野货去了。儿子没有她心头那样多的弯弯绕，一脚踢飞地上的易拉罐，扯开嗓子骂："王四维，说话不算数，你去死咯！"

半个月后，炳富家就带回了王四维的死讯。

关于四维的死，炳富媳妇的说法是王四维当天负责给新建的大楼贴墙砖，兴许是没吃早饭的缘故，脑壳短路，发了昏病，低头拣砖时没站住，从二十层高楼一个倒栽葱跌了下来。王文清大儿子德生却是另外一路说法，他说当时他也在贴砖，离王四维就一丈的距离，王四维根本没有去拣砖，甚至连手头的砖刀都丢了，在脚手架上呆眉呆眼朝远方看，看了半晌，张开双手，像挂风筝样的就飘走了。

"我当时扭头看了他一眼，他眼睛里头空落落的，我就感觉有点不对头，"德生最后说，"我肯定他是鬼缠身了。"

不管哪种说法，有一点是肯定的，王四维死了，死得还极其难看，几个负责收拾尸体的同乡都不敢描述当时的情景，有个胆儿大的也只说了一句话。

"炸成了好几块。"

两处耳房，一间躺着一个，赵锦绣在东房，公爹在西房，模样都差不多，目光呆滞，半死不活。

几个老婆子坐在赵锦绣的床沿边叹气，床上的四天水米不进，精气神被快速剥离，蜡黄的脸像块干脆的抹布，看不到任何的表情。公爹的情况稍好些，还能说话还能哭。他对立在床边的王昌林说："去年蛊蹈节，我连张纸花花都没给菩萨烧，做梦就看见一个素衣人用棍子敲我脑壳；前几日，我在梦里头又见到那个素衣人了，他拿锯子锯我的右腿，醒来后右腿就一直痛，当时就晓得要出事情，哪晓得出的竟然是这样大的事情。"说完他嘴就大大张着，喉咙里发出咕咕的声响，眼泪哗哗淌。王昌林也不晓得咋个安慰，就给床上的披了披被子说："老天祖，都是命。"

王四维的死，王昌林愿意相信炳富媳妇说的，要真是意外，那就和他配制的三道情蛊没有关系。可他更相信德生的说法，离得那样近，难道还会看花眼不成？他后悔了，不该制那道蛊，始终是偏门，本来是好意，哪晓得整出这样骇人的尾巴。

从四维爹的屋子里退出来，王昌林长叹了一口气。棺材边上的过桥灯闪着幽幽的光，灯芯塌在油碗里，亮光缩头缩脑。王昌林过去挑起灯芯，光芒才直起腰来。

转到棺材另一边，王昌林看见了细崽。幺公跪在棺材边，手里拿根木棍，咚的敲一下棺材骂一句："王四维，说话不算数，你下油锅的。"咚，又一声，"王四维，说话不算数，你挨千刀的。"咚，"王四维，说话不算数，你砍脑壳的。"

王昌林喉咙一紧，呼吸就不平整了。他过去想把细崽捞起来，细崽扭头看了他一眼，很认真对他说："王昌林，你不要闹了，我在和王四维讲道理。"抹掉泪，王昌林说幺公，你爸已经老去了。横起袖子拉掉半吊鼻涕，细崽冷笑着说："不要以为我不晓得，狗日的是答应的事情办不成，装死的。"

十五

跌跌撞撞回到家，已是深夜。

王昌林算了算，今晚该是最后一次话蛇了。

灯光幽暗，在装蛇的罐子前燃了一炷香，烧了三张纸钱，王昌林坐下来，他说：

前头和你摆了好多天龙门阵，我们这行你也晓得了个大概。今晚呢，我是有些要紧的话要跟你说清楚。明天午时，你的大限就到了，不过你不要慌，也不要怕！跟你说句实话，到了我这岁数的，都怕死，夜晚都不敢睡沉，就怕一觉睡着就醒不过来了。不过慢慢我也明白了，行路可以绕山绕水绕刺蓬，死亡不行，你绕不过。前些天有个白衣人给我托梦，梦里头他把一个鸡蛋放进我手心头，我摊开手掌托着鸡蛋，不晓得他是哪样意思，他看着我笑笑，一指弹破了蛋壳，我正可惜哩，就看见一只毛毛的鸡仔从蛋壳里头歪歪扭扭出来了。悟了几天我都没搞清楚这个梦是哪样意思，今天我明白了，那是菩萨要跟我说，鸡仔在蛋壳里头的时候，已经习惯了里头黑乎乎的活法，它就怕蛋壳破掉，为啥呢？因为他不晓得外头到底是个啥样的，等蛋壳破掉，它从蛋壳里头走出来的那一刻，才发觉，外头真是好光景啊！你是不是嫌我话多哟！年轻时我看我师傅话蛇，他老人家话少，比如今天，他就一句话：明天上路。你如果不嫌我话多，我就再说两句。我做蛊师这些年，没干过一件昧心事，零零散散做些蛊药，也医了一些人，虽然他们都不晓得自己的病是我治好的，但我不记挂这些，做自家该做的就是了。

啰唆完，王昌林把蛇罐、春好的草药、新画的符章一并搬到神龛上，恭恭敬敬磕了三个响头。

窝进躺椅，他想睡一会，养足精神，去给四维守守夜，唱几段孝歌。

脚边忽然有窸窸窣窣的声响，低头一看，老伙计出来溜达，步履蹒跚，不时还抬起爪子抹抹脸。王昌林坐起来，才想起今天只顾忙活四维的后事，把老家伙给忘记了。四下翻寻了一阵，啥子都没有。王昌林一脸愧疚，他说实在对不起，今天事多，把你给忘了。蹲下来伸手摸了摸鼠脑壳，始终是老熟人，那东西不惊不乍，屁股落实在地上，仰着头看着王昌林。搓着手，王昌林说你要等得了，我给你下点面条吧。

端着煮好的面条出来，老伙计还在。把碗放在老鼠面前，王昌林说："晓得你老了，牙口不好，我煮得烂，你多吃点，晚饭宵夜并成一回了。"

嗅嗅，老鼠开始动嘴。王昌林躺回椅子，摸出旱烟裹上，说："你慢慢吃，我闲着没事，正好和你摆下龙门阵。我呢，干了一件蠢事，脑壳一热，给我祖奶做了一道情蛊，老人家为了套住男人，手狠了，把三道蛊当作一道一次给下了，你不晓得，这情蛊厉害，一道下去，男人三个月之内就成李莲英了，三道合成一道下，就只能当一辈子李莲英了。我晓得，四维是自家从脚手架跳下来的。我觉得这都是我一个人的罪过，你给我把把脉，看我老去了是上刀山还是下油锅？"

地上的没声响，王昌林别过脑袋一看，面条收得精光，老伙计拖着鼓鼓囊囊的肚子正往洞口那头爬。

"你这几天厉害呢，饭量变得斗大，我敬重你。"王昌林笑。

灯光昏暗，老鼠越爬越慢，到了洞口，身子开始左右扭动，接着侧身一歪，四脚朝天，不动弹了。王昌林慌忙爬起来，走过去细看，老伙计已经归天了。这个死法王昌林见过，六零年饿饭，寨子头一个王姓同族从一户远方亲戚那里抱回十五个盘碟大小的糍粑，一口气全吞掉了，当夜就老在床上，硕大的肚子上连青筋都条条饱绽着。

"你有点节制嘛，活活把自家胀死，这下安逸咯！"王昌林说。

打着手电，王昌林在屋子旁的菜地里挖个坑把老伙计埋葬了。然后一头钻进黑夜，往那个还没有埋葬的人家户去了。

十六

直到王四维下葬那天，他的儿子王细崽才确信，他爸真的老去了。

盖土之前有个仪式，死者的儿子，也就是孝男要从棺材尾爬到棺材头，拍着棺材盖子喊三声爹。细崽一直哭，道士先生左劝右劝，他就是不下去。还是王昌林站出来说幺公，你要不下去，你爸在那头就要摸黑了。细崽将信将疑梭下去，拍着棺材喊完三声爹，双手抓着棺材盖子号啕大哭，边哭边骂狗日的王四维说话不算数。上头的喊了好久他都不上来，还是两个人跳下去，才揪蚂蟥样地把细崽从棺材上抠了下来。

坟土覆得越来越高，细崽哭声越来越矮。他忽然扯了一把王昌林的裤腿问："有没有吃了一下长大的蛊药？"王昌林问："你想干啥？"细崽说："我想打个瞌睡就长大，自家进城。"王昌林摇摇头。细崽脸上立时浮现出汹涌的不屑，骂："你不是说你啥蛊都能制咯嘛！连个长大的蛊都没得，有哪样出息。"

日子脚赶着脚往前跑,春风吹绿了四维的坟头。

七窍都喷着悲伤的赵锦绣,还得拖着松松垮垮的身子忙里忙外。四维一走,一个家就成了断线的风筝,口粮没了着落。赵锦绣压着伤心和时间打仗,先把寨西的几块水田耙上,落一季晚稻,解决三张嘴的吃饭问题;后山的两块旱地也要抓紧,苞谷和黄豆都种上。等忙完田土,找个赶集日去乡上,买回两头双月猪,到了年末,一头留下过年,一头牵到集上卖掉。细崽明年就到上学的年龄了,吃穿都会更费钱。

锄头起起落落,身后是翻起的大片褐色。赵锦绣不敢歇,她怕追不上春种。抹掉额头上细密的汗珠,她又开始翻土。不知道是悲伤积压得太多,还是丢掉农事的时间过久,半块地还没翻完,赵锦绣就感觉到难抑的胸闷。找方土坎靠着,仰望着远处的一线天,赵锦绣眼泪就下来了。以往累了倦了,她也会朝那个方向瞭望,从一线天出去,在很远很远的地方,她的男人也在挥汗如雨。那时呆呆看上一阵,希望就会逼退困倦,现在不行了,男人没了,远方就变得空空荡荡,看得久了,反而是更多的疲累。

继续低头翻了一阵,赵锦绣看见了木匠,扛把锄头颠簸着从远处过来。没话,直接跳进地里就开始翻土。赵锦绣怔了一下,咳嗽一声。木匠不理会,锄头上下翻飞。这头又重重咳嗽了一声,那头抬起头来。这头巴掌凭空使劲扇了扇,像是要把那头扇出自家的黄土地。那头皱皱眉,不理睬,埋下头认真翻土。这头生气了,往地上狠狠啐了一口痰。那头假装没看见。

斗争隐秘而剧烈。赵锦绣最终败下阵来,她索性懒得理会,低头接着翻土。空气凝重涩滞,野地里只有间或的鸟鸣和锄头钻进泥土的嚓嚓声。

先前木匠离得远,彼此有着称心的距离,随着地越翻越少,凑得也越来越近。到了午后，都能听到对方粗壮的喘息声了。双方都阴着脸，仿佛土地和自己有隙，锄头抡得苦大仇深。就在两把锄头就要晤面的时候，木匠忽然收住了。直起腰杆，抹掉脑门上的汗珠，折身走到土坎上，放倒锄头，屁股挂在锄把上，脱下鞋子，抖掉里头的泥土，站起来扛着锄头离去了。

赵锦绣没抬头，把剩下那点翻完，木匠已经不见了。回头扫了扫，新翻的土地热气蒸腾。

此后几天，木匠都保持着这个方式。他更像是下到自己的地里，来去都显得理所当然。最后一天，翻的是西山前的老板土，丢荒时间太久，土地硬得像块铁板。始终是女人，赵锦绣每下一锄都格外吃力，缓慢的进度让她愈发气急败坏。农活讲细致，急不得，你一急它就跟你耍性子。失去耐心的赵锦绣铆足了劲抡锄头，咔嚓下去，抱起锄把左摇右晃好半天，锄头就是不出来。一个上午，女人都在和锄头进行着艰苦卓绝的战斗。终于，在赵锦绣无数次野蛮的不讲情理后，锄头决定自绝。离得远远的，木匠听见咔嚓一声，抬头一看，女人的锄头还嵌在泥土中，锄把从根部齐齐断掉了。

眼窝一热，莫名的委屈从女人胸口喷涌而出。她想哭，余光扫了扫一旁的木匠，止住了。在他面前，她必须守住自己的坚不可摧，她觉得哪怕丁点的示弱，都像是在给对方隐秘的暗示。

踩着翻开的厚土，冷眉冷眼走过去，赵锦绣伸手一把抓住木匠手里的锄头。木匠侧眼看着她，没松手。赵锦绣加了把劲，用力摇了摇，男人还是没松手。赵锦绣猛地抬头，眼里迸出一道寒光，男人心虚了，手一松，锄头到了赵锦绣手里。

提着锄头折回去，赵锦绣刨出嵌在地里的锄头，把木匠锄头往地上一扔，抓起锄头和断掉的锄把，眼不斜视地走了。木匠愣在原地半天，等赵锦绣走远了，才过去捡起锄头。木匠心开始乱了，本来，做这个决定的那一刻他觉得自己是已经完全沉淀好了的清水，甚至他都做好了最坏的打算，哪怕女人对着他开黄腔，他也无所谓。"心头干干净净的，我怕哪个？"他对自己说。哪晓得赵锦绣只消扭个胳膊动一下腿，就把他沉淀完毕的清水搅得乱七八糟。

不远处的树上有叽叽的鸟叫声，像是嘲笑。

"当"的一声，锄头失魂落魄插进泥土。

"咔嚓"，锄把断成了两截。

十七

从脸上圈儿散去那天开始，细崽就步入了莫名其妙的力不从心。

那天和孙子王昌林进山挖苦蒜，刚出村就不迈步了。蹲在路边摘开得繁盛的鹅黄花，王昌林以为幺公贪玩，拐棍捅了捅路边枯死的老槐树，说幺公你快点，我中午饭还要做个苦蒜辣椒水呢！细崽仰着头，额头上爬满了汗虫，他说王昌林，我心慌得很。王昌林不信，伸手探了探细崽的额头，火烧火燎的，他想多半是热伤风，就说幺公苦蒜不挖了，我们回家吧！

细崽回家就倒床了。赵锦绣不敢大意，从乡上请来医生，吃了药打了针，就是不见好转。怕风钻进来加重细崽的病，赵锦绣给窗户上了厚厚的帘子。

大早，王昌林提着一个砂罐从屋里头出来，脸上的笑按都按不住。他生命中最重要的一道蛊昨天晚上大功告成。蛊镇的蛊师实在太兴奋了，一夜没有合眼，他在院中来回走，两腿都酸麻了他还想走。

出门来，王昌林看见了祖奶。

风很大，吹得绳子上的衣服噼啪响。赵锦绣坐在屋檐下，低着头，皱着眉。一根枯草从远方飞来，粘贴在她的眉毛上，她定定坐着，连拂掉枯草的念头都没有。又来一阵风，那根草摇了摇，流连了半天才飞走。

"祖奶早啊！"王昌林笑着说。

祖奶依旧定定的，迎着风流着泪说：

"细崽成个老人了。"

王昌林嘴巴就闭不上了。

发现这个秘密时，太阳刚刚升起。赵锦绣当时在院子里剁猪草，听见细崽在里屋喊妈。赵锦绣连忙进屋，黑黢黢的屋里，细崽哑着声说："妈，你把窗帘布拉开，我怕黑。"拉开帘子，光芒溢满一屋。赵锦绣回过身，看见细崽一只手挡着眼睛，露出尖瘦的下巴。慢慢适应了刺眼的光亮，细崽才把手拿开。坐在床边的赵锦绣看了看细崽的脸，眼前一片漆黑。

王昌林俯着身坐在床前。

他的幺公看上去比他还老，窄窄的额头上爬满了密密麻麻的皱纹，一张脸被枯败完全占领，深陷的双眼仿佛两个看不到底的黑洞，积满了死亡的气息。

这是满脸稚气，前不久还陪着自己翻山越岭的幺公吗？不是，肯定不是，这哪里是降临人世才区区六年的生命，这副干枯瘦小的身躯分明就是一道惊人的谶语，一张发白的符章，一个恶意的玩笑。一瞬间，王昌林泪流满面，他感到了彻头彻尾的哀伤，活了这样多年，经历了无数的生离死别，从来没有此刻的痛彻心腑。他嘴唇不住地抖动，颤抖着喊了一声："幺公。"

细崽缓缓睁开眼，前日眼中的清澈透明消失得干干净净，疲乏地看了半天，才认出王昌林来。咧咧嘴，他说话了，声音细微得如同从布帛上抽走一根丝线。

"王昌林，我做了一个梦，梦见我的脸上长出了一大片高粱，高粱地里有好多人，都拿着锄头挖我的脸。"

陆续来了十来个医生，乡上县上的都有。

"准备后事吧！"离开的时候都这样说。

十多个老人顶着一头花白稀稀拉拉散落在院子里，像刚起了一层秋霜。都沉默着，脑袋不时往细崽那个屋子看看。

"好久没听见敲门声了，有点不习惯。"一个说。

说完，是更长久的沉默。只有窗户下四维爹喉咙里发出囔囔的声响，快速而剧烈的打击让他连说话的念头都没有了。前天进屋看了孙子，他没有眼泪，没有哭声，只有决绝的一言不发。饭点上，接过儿媳递来的饭碗，鼓着眼一口气扒光，儿媳以为爹饿，又添了一碗，照样扒得飞快，添到第四碗，儿媳不敢接碗了。她晓得，自从四维走后，公爹每顿就大半碗。

"总要做点啥吧？"王文清说。

大家看了他一眼，没人应声。

"把蛊神祠翻修一下吧！"一直囔囔的四维爹忽然发话了，言语抑扬顿挫，连尾音都精神抖擞。

怪得很，没有人吃惊，大家好像都知道四维爹这个时候就会说话。

"咋翻？除了剩下个地基，上无片瓦，下无块砖。"王文清说。

"只要地基还在，就能翻。"四维爹欠欠身子说。

王文清撇撇嘴，四下扫扫，冷言冷语说："你看看这堆废物，吞口水都能噎死,还翻新神祠?"

四维爹一弯腰,伸手抓起地上一块瓦片,咣地砸了过来,王文清眼尖,腾身一跳,避开了。

"看你那卵样,比虼蚤还跳得快,让你翻个神祠你还推三推四的。"四维爹恶声恶气骂。

辈分太低,王文清不敢顶嘴,快快表态:"只要大家都说翻,就翻咯。"

这时候王昌林站了起来说:"老七的志书上画得有蛊神祠的模样,过两天就动起来,有钱出钱,有力出力,蛊蹈节之前一定把它立起来。"

王昌林话音一落,那头四维爹脑袋一歪,目光立时涣散,只有喉咙里头的嚯嚯声。

十八

赵锦绣突然有了难得的镇静。

如果只看她一日的行迹,你很难想象这个女人有一个正大步流星奔向死亡的儿子。一早,院子照例要清扫的,杂叶枯草啥的还不乱倒,在院墙角拢成一堆,点火烧掉后倒入猪圈,那可是很好的肥料呢!接着给公爹准备早饭,一小碗本地面条,煎个鸡蛋,八成熟,老人牙口不好,焦了咬着费劲。伺候完老的,就打盆热水给床上的细崽擦脸,擦完脸喂药,喂药途中还和儿子开两句玩笑。

"细崽,昨晚我家两头猪掐架了,大的那头被小的那头咬得满猪圈跑，你说笑人不？"

"细崽，王文清到乡上赶集去了，听说去买猪尿包炖田七，老东西又开始尿床了。"

说完赵锦绣就呵呵笑。细崽不能言语，偶尔拉开一下眼皮，算是回应。

汤勺把黑色的液体倒进细崽的口中，喉咙汩汩响好半天，一次艰难的吞咽才算完成。赵锦绣清楚，这汤药与其说是喂给细崽的，还不如说是喂给自己的。只有给细崽喂药的时候她才不会心慌意乱，药是好东西，是治病的，吃了哪能一点用处没有？其实细崽吞下去的还不能算药，只有医生开出来的才是药，可惜来看过的医生都拒绝开药，说实在开不出对症的方子。医生不开，赵锦绣就自己来，房前屋后，田间地头，石壁垭口，只要看起来像药的，她都采回来，支上砂罐熬。她相信乡间流传的一句话：草药草药，是草就成药。

喂完最后一勺，悲伤如期而至。忧伤像是骑着的一匹马，看起来你是坐实了，那是表象，它一发蛮，就颠你个四仰八叉。赵锦绣伸出手，摩挲着儿子满头的白发。一个月不到，细崽头发就全白了。床上蜷缩着的枯朽实在揪心，仿佛一截柴火，丢进炉子，等拉出来的时候，就变成了焦煳的黑炭。

"喊王昌林来。"细崽满脸皱纹拼命挤压，瞪着眼朝赵锦绣艰难地喊。

没等赵锦绣过去，王昌林就过来了。

递给赵锦绣一碗蜂蜜，王昌林说你给幺公化碗蜂糖水喝吧。进屋来，王昌林挨在床边，半天细崽睁开眼，嘴角扯了扯，像是想说话。王昌林慌忙伏低脑袋，他听见他的幺公一字一顿说：

"王昌林，我难过得很，给我打针。"

眼角一潮，王昌林说幺公，医生都回家吃饭了，等医生回来，我就让他给你打针。

"王昌林，我要打针，我要打针，你狗日的快给我打针。"

抹着泪直起身，王昌林看见赵锦绣端着一碗糖水进屋来。伸出手，王昌林说祖奶给我吧！

赵锦绣抹着泪递过碗，王昌林一只手接过碗，另一只手在身后隐秘地蜷起，大拇指绷住中指，迅捷划过水碗，轻轻一弹，一线淡黄跃入碗中。

喂完蜂糖水，王昌林对赵锦绣说："祖奶，你去忙吧，今晚我守着幺公。"

夜轻薄如纱，夜空中有猫头鹰的声音，长长短短在林子里跳跃。陆续有光亮往细崽家这头爬。开始月亮一直躲在云层里，慢慢就朗开了，等到月盈窗棂，细崽卧病的屋子里聚满了密麻的老小。几个有辈分的老人抽着旱烟，旁若无人地高声说话，他们谈论着电视上南方百年难遇的干旱，谈论着旱稻与水稻的区别，谈论着女人屁股大小与生孩子之间的关系。说到好笑处，就咧嘴露出一口烟熏的黑牙，风摇枯枝样地笑得摆来摆去。

众人的目光在说话的老人和床上的细崽之间来回摇曳。目光去到床上，脸上就浮起一层悲戚；眼神缩回椅子，忍不住发出几声哈哈。

蛊镇人觉得日子就是这样，悲欢一线之间，生死隔墙相望。

赵锦绣躲在墙角，针线在青布上穿梭。一个老女人掌着灯站在她身后，眼睛跟着缝衣针起起落落。衣服是缝给细崽的，这个样式的衣服在蛊镇有统一的喊法，叫老衣。是人在这个世界最后一套行头，入殓的时候才用。赵锦绣针脚走得很细，看不出丝毫的慌乱。接完一只袖口，她还抖开衣服问掌灯的女人："你看如何？"女人慌不迭喊好，喊完眼角就起来了一层雾。

王木匠坐在门边,屋里的熙攘他一句没听清。他来得最早,进屋来和王昌林打了个招呼,就坐下来看细崽。慢慢目不转睛就变成了目瞪口呆。他清楚地发现,缠绕着细崽的苦痛逐渐松了绑,紧绷的脸面一点点舒展开来,仿佛绽开的花蕾,最后下撇的嘴角徐徐抬高,勾出一个上扬的半圆。

那分明是在笑。

忽然一个细娃喊:"你们快看。"

所有的目光移到了床上。只见床上的垂死双拳紧握,先伸出一只手,慢慢举高,伸直,接着伸出第二只手,举到一半,胳膊肘渐渐打弯,画出一个怪异的形状。

扔掉手里的东西,赵锦绣跑过去抱着儿子的脑袋,轻轻问:"细崽,你想跟妈说啥?"

王文清歪着脑袋看了好一阵子,喃喃说:"我觉得他是拽住了啥子东西。"

细崽拽住的是一架风筝,他此刻正奔跑在那方宽阔的广场上,身边全是欢快的笑声,无数的风筝在半空中猎猎作响。细崽觉得天上最神气的还算是那架老鹰风筝,扑闪着宽大的翅膀,迎着风威武地滑翔。这挂风筝的线,就牢牢拽在自己的手里。忽然听见一声喊,细崽扭头望去,王四维坐在不远处的花坛上,笑吟吟看着儿子,橘黄的阳光拢着他,眉宇间全是幸福。细崽对着老爸招手,王四维过来牵着儿子的手。两个人拉着风筝笑着往前跑,跑着跑着,细崽觉得手一紧,抬头一看,风筝变成了一只真的苍鹰,昂着头往更高的地方飞去。一脚踏空,细崽低头,惊奇地发现自己和老爸都飞了起来。他们越飞越高,越飞越高,最后融进了那片无边的蔚蓝。

十九

  入殓成了大问题,细崽两只手就那样高举着,棺材盖子就是盖不上,没辙。换了四维爹的大棺材,还是盖不上。王文清出了个主意,说干脆直接上磨子,细崽这样嫩胳膊嫩腿,一扇磨子就能压得服服帖帖。王昌林不同意,只有他清楚这个姿势代表了什么。两个人正争论,赵锦绣过来了。看了看儿子,说:"细崽,你是个听话的娃娃,人死如泥,为了入殓,只能给你上磨了。"

  几个人抬来磨子,就是放不下去。

  "压上呀!"王文清喊。

  一个抬磨的睃了王文清一眼说:"你看幺公这笑,老子实在不忍心。"

  赵锦绣靠着大门,眼泪簌簌落。

  忽然院门边一个声音说:"磨就不上了,我这就回去赶做一个棺材盖子。"

  后天就下葬,你赶得出来吗?王昌林问王木匠。

  扭头走出院子,王木匠说:"两天两夜不睡觉,我就不信赶不出来。"

  门边的赵锦绣泪线立时变得更粗了。哭够了,她把王昌林叫过去说:"你受累,给你幺公找个下葬的地头吧!"想了想,王昌林说:"笔架山吧,那也是我的地头,幺公和我亲,挨着我吧!"

  细崽落了葬,日子一头栽进了五月。

王昌林每天都要上一次笔架山，乘逝去还新鲜，他要和幺公多说几句话，等魂灵投胎转世了，说得再多幺公也听不见了。天气还算配合，多半日子都朗照。迎着第一抹霞光，王昌林歪歪扭扭梭出寨口，顺着一溜模糊的山道，吭哧半天才爬到幺公的新家。坐下来，裹一管烟，慢悠悠点燃，惬意吸了两口，喊一声幺公，就开始了无边无际的自言自语。坟堆文文静静，没了活着时候的调皮捣蛋。王昌林说了好些烦心事，特别是神祠翻修的进度，"一帮老爬虫，支根柱子一天就过去了。"这还不是王昌林最担心的，他闹心的事情在城里。前前后后往十几个城市打了上百个电话，都低声下气到求爹爹告奶奶了，就是没一个愿意回来。

虽说进度慢点，可翻新神祠的活路没有停。镇子被埋进了黄昏，十多个老者还在忙活。众人像是获得了某种默契，都闷着头做事，连龙门阵也不摆了。

完工那天，四维爹早早就吩咐儿媳妇，去乡上割几斤肉，打两壶酒，好好请一帮子人吃一顿。他恨自己两条废腿，要不就算递块木板也是好的。请大家吃顿饭，就是想弥补一下自己的亏欠。夜晚的饭桌上，众人都有了难得一见的轻松，遗失的酒量饭量又捡回来了。不多会，一壶酒就全倒进了肚子。赵锦绣从里屋又提出来一壶，说敞开喝，我爹说了，今天管饱。抹抹嘴，王昌林大声喊：今天日子特别，大家放开整。

除了木匠，他一直躲在靠墙角的位置，低着头刨了两碗饭就歇了。王昌林倒了一碗酒，往他面前一推，说这段日子就算你最辛苦，喝一碗。木匠慌忙摆手，说我真是不能喝。王昌林挤挤眼说你少哄我，我又不是没见你喝过。木匠推开碗，说昌林，我的确能喝点，但我酒后德性不太好，话多，还是算了吧！王昌林不干，拼命把酒碗往前推，木匠两手筑成一道屏障，死死抵住面前的酒碗。

"喝一点吧！"赵锦绣说。她把一盘刚炒好的洋芋丝端上桌，也不看这边，说完又折进厨房去了。

赵锦绣一发话，木匠阻挡酒碗的双手立时变得绵实了许多，张开的十指逐渐软成一个圆，圈住了那个酒碗。等赵锦绣端着新炒的菜从厨房出来的时候，木匠的两颊都有了敦实的酡红。

赵锦绣伸长腰，隔空把菜放在了木匠的面前。

木匠低头看见了那盘菜，回锅肉，又肥又厚，还滋滋冒着油。

吃饱喝完，一群老迈钻进黑夜，各自散去了。

王昌林刚进屋，就开始落雨了。起初像是老人的泪，不久就成了如注的尿线。王昌林困顿在椅子上，脑袋歪着，耳际全是雨滴敲打树叶的声音，猛地刮来一阵疾风，雨点就猖狂了，热爆爆敲击着窗棂，急不可待地想要破窗而入。不知是酒精的作用，还是暴雨的原因，王昌林忽然变得格外亢奋。这种感觉在胸口左冲右突，顶得热血上涌。他爬起来，从抽屉里头取出那沓纸，翻拣出老七留下的墨和笔，规规矩矩在一张白纸上写下：

壬辰年仲夏丁丑日，蛊神祠翻新。

二十

蛊蹈节来了。

天气无比晴朗。阳光抱着寨子，风从一线天轻轻过来，俏皮地拨弄着花花草草，溪流奔波欢腾，在山沟里头绕出一条清亮的白光。一切都显得那样地美妙，像是给一个隆重节日的到来做着扎实的准备。

在神龛的香炉里头燃了一炷香，天光还未全白，王昌林就清扫屋子，找来一根竹竿，把扫帚绑在竹竿上，拂掉房梁和角落处那些老旧的蜘蛛网。屋子有了新颜，天已大亮。捞起门边的拐棍，王昌林得去看看师傅。

师傅安睡在半山，听着崖下的弟子一个人絮叨。

"今天日子特殊，我来看看你，"把一张旱烟皮展开，放进嘴里焐了焐，烟皮软了，抽出来，抖开，王昌林接着说，"神祠翻好了，原来的式样，还在寨头拉撒的都出了力的。"

燃了烟，继续说："细崽刚去那头，你要拿只眼睛盯着他点，他在寨头辈分高，黄腔开惯了，过去了也怕改不了。你要不看着，他肯定吃亏。"青烟袅袅，顺着王昌林花白的脑袋攀爬，升得高了，一阵细风，倏地不见了。

"幺公不是凡人，我这样说你肯定不信，又要骂我花口花嘴，"王昌林仰头对师傅笑笑，"他是老死的，临走前我给了他一道幻蛊。"

顿顿，他接着说："今年的节气又黄了，你也看见了，怪不得我，该做的我都做了。"

撑着腰杆站起来，王昌林深吸一口气，说："蛊师不给自己下蛊，这是规矩，我要是越了规矩，等过来你再收拾我吧！"

王昌林没有原路返回，取细窄的山道去了趟一线天。

爬上一块大石头，他呆望着远去的石板路，陈旧的石板在阳光下散着青幽幽的光芒。王昌林清楚记得小时候第一次越过一线天时的情景：雨后，石板湿滑，他和几个细娃一起站在豁口的这头，心头是耐不住的痒痒。老人们常黑着脸告诫，不要轻易越过豁口，一线天的那头有吃人的妖怪，红头绿面，口若血盆。踌躇半天，相互望望，一班细娃还是跳过了一线天。神奇的一跃，从那刻起，天地洞开，目光和见识跟着步伐一起广阔。先是乡上，后是县上，最后是省上。虽然没有走得更远，但是王昌林知道还有比省上更奇异更广阔的地方。

黄昏。

金色的光线从薄云倾泻而下，在村庄和野地形成了无数菊黄光圈，一个光柱正好击中院子躺椅上的王昌林，手边木桌上的酽茶缸波光跃动。

他眯着眼，带着笑，扭头对边上的细崽说："幺公，跟你说个秘密，你脸上那个圈——"细崽一脚踢在椅子上，急不可耐吼："散都散去了，还说它搓尿，快起来，神祠那头热闹得很。"

起身来，两人折出院门，远远就听见人声，在蛊镇的半空鼎沸。神祠前花花绿绿一大片，一色的新衣，一色的欢笑。老七一身对襟素衣，远远对着王昌林招手。老七是蛊蹈节的主事，纷纷乱乱的事情都要他一手一脚安排，他分量重，一句话一个坑，都听他的。王昌林近了，老七递过来一沓纸，说还是老规矩，你负责写纸包。王昌林说我眼力不好，找个年轻的写吧。老七摇头，严肃着说年轻的心粗，我不放心，这纸包你也晓得，错了一个字，神灵就收不到了。

跳场的坝子早平了出来，一群细娃在上头追逐，笑声纷纷扬扬，雪片样地融化在耳际。坝子边，盛装的女人们立成两排，对着歌，歌声高矮不一，各自顺着自己的声部跑，像极了翻滚的麦浪。赵锦绣站在第一排，王昌林注意到，祖奶今天格外漂亮，格子衬衫，发髻高高绾起，新娘一样。

忽然细崽指着远处一声喊。

顺着细崽手指的方向看去,王昌林心头一哆嗦。

一线天那头,密麻的年轻男女,顺着古旧的石板路,迤逦而来。

定稿于 2013 年 4 月 1 日

喊　魂

一

手机响了，一串规律的杂乱。

再不换铃音，老子就把它扔到西凉河。蚂蚁坐在对门说。我掏出电话，一个陌生的号码。还没等我说话，电话那头就嚷开了：兄弟，我是刘新民啊！你这号码我是拐了好几个弯才给弄到的，你还好吗？我现在在新东县办了一个养猪场，还不错，就是人手不够，听说你现在没事干，我想请你过来帮忙，你放心，老同老学的，绝不会亏待你——。没等对方讲完，我就把电话挂了。谁啊？蚂蚁问。打错电话的一傻×，我说。我抓起地上的啤酒灌了一大口，抹净嘴角的泡沫，电话又响了，还是刚才的号码。这次没等对方说话，我先说话了：老子告诉你，我不是你要找的人，你个傻×，再敢打电话我操你祖宗。

蚂蚁看了看我，笑了笑，没说话。

河风顺着西凉河面淌过来，轻缓着，没有了白天的骄横，抚着脸面，麻酥酥的。蚂蚁启开一瓶啤酒递给我，自己也提着一瓶，碰一下，喝一口。我说我们算不算上路了？蚂蚁依然笑笑。我接着说，想想刚到城市那会儿，吃亏受气，累死累活，连口饱饭都吃不上。说完我叹了口气。蚂蚁说你叹个鸡巴毛的气呀！我说不过现在好了，有吃有住有钱使。蚂蚁仰头，酒瓶倒立，喉结一阵滚动，一瓶酒没了。妈的，典型的农民，好不容易有点理想吧，还芝麻大小！他看着五彩的河面幽幽地说。

下半夜了，城市安静了下来，河岸边两排垂柳在河风吹拂下发出细微的沙沙声。没事的时候，蚂蚁和我就会来这里坐坐，抽几支烟，喝几口酒。喝了一口酒我说："我老家也有这样一条河，河岸上也有这样的垂柳，春天来的时候，特别好看。"蚂蚁呆呆看了一阵远处，才说："我都好些年没回老家了，整天就他妈瞎忙。"我说不是寄钱回去了吗？蚂蚁叹了一口气："寄钱有个毛用，爹妈都不认识了。"顿了顿他又说："不过啊！没有钱，爹妈都不认识你。"

坐了一会，身后有响动，回过头，几个十七八岁的黄毛叼着烟看着我俩。一个瘦猴站出来斜着脑袋说知道这块地头是谁的吗？告诉你俩傻×，是咱二哥的。他指了指身后一个瘦高个说。还不快滚，瘦猴嚣张地往前跨了两步说。我有些心慌，看了看蚂蚁。蚂蚁从兜里掏出两百块钱，两指头夹着，往上一送，说请兄弟们喝酒。瘦猴回头看了看二哥，二哥上来把钱抄过去，说有钱牛×啊？老子还就不给你，咋了？我眼一花，蚂蚁倏然起身，左手挽过瘦高个，右手提着啤酒瓶往栏杆上一磕，参差的锋利嗤地插进了瘦高个的屁股。变故来得太快，几个混混傻了，半天才回过神来，叫喊着往前奔。蚂蚁一拉，鲜血从瘦高个屁股上喷涌而出，蚂蚁用啤酒瓶指着扑过来的几个人，血一滴一滴往下掉，啪嗒啪嗒响。几个人定住了，慌慌看着他们的二哥。跪下，蚂蚁吼。瘦高个咬牙切齿地点头，几个人双膝一弯，跪倒在地。

给脸不要脸，还染黄了头发冒充他妈黑社会。蚂蚁骂，骂完把瘦高个往前一推，几个人爬起来架起瘦高个就跑，跑远了还回头狠狠地说等着，有你好看的。几个人跑远了，蚂蚁说我们走，这些小王八蛋一会还会杀回来，别看他们年龄小，下手狠着呢。

蚂蚁走远了，我还呆在原处，他的背影单薄瘦削。河风过来，有侵骨的寒意。

二

穿过剑道大街，道路开始有了坡度，坡度还越来越大，路也越来越窄。转过火葬场，城市转瞬间就消失了。巷道曲里拐弯，高高矮矮的房屋犬牙交错，昏暗的灯光和难闻的臭水从每家每户淌出来，在小巷子里氤成了密密匝匝的焦虑。

我和蚂蚁一前一后，脚步在巷子里啪嗒啪嗒响，呼吸和巷子一样漫长。

这个叫半坡的地方紧挨着城市，却没有丁点儿城市气质，房屋和房屋脑袋碰脑袋，屁股抵屁股，密实得连风都过不了，热天一到，这里就喘不过气了，四溢的粪水和遍布的垃圾让人感觉掉进了隔夜醉汉的嘴里。漫长的小道仿佛无边的噩梦，脱离了梦魇的人，都会站在火葬场门口长舒一大口气。白天，站在高处，脚下有了一个棋盘，火葬场那条长长的围墙成了楚河汉界，半坡和城市就泾渭分明了。半坡的房屋大部分没有竣工，房屋的主人白天就汇入到城市里，夜晚回来，在昏黄的灯光下抓出一把皱巴巴的钞票，仔细数上几遍，待上一阵，扳起指头丈量离房屋完工的距离。他们就是这样，拖娃带崽从乡村出来，拼命干活，小心翼翼地在城市的边缘买下一块地盘，战战兢兢地修上一两间房屋，一家人也算有了个遮风避雨的地头。偶尔也有风，顽强地拐弯抹角钻进来，撩起那些悬在窗户上的女人的胸罩，男人的内裤，孩子的尿布，它们大抵都没有精良的质地，没有新颖的款式，和它们的主人一样老实巴交。窗户洞偶尔能看见孩子们的面孔，目光定定地注视着山下的繁华，也许，他们是在寻找父母亲在山下奔波的位置，或许在穿梭往来的集贸市场，或者在机器轰鸣的建筑工地。反正，他们一定在那双定巴巴的眼睛里。

打开门，房东还没有睡，正和读初二的女儿打嘴巴仗。房东是个老实人，从乡村出来的时间和他女儿来到这个世界的日子一样长。其实房东已经算是有钱人了，他有一个自己的加工厂，房子也是半坡最气派的，还有了轿车，虽然只能停放在火葬场里，但半坡的人都知道他有轿车。本来，以他现在的实力，进城买套好房子是没有问题的，但他不愿意，说不费那个钱，还把三楼和四楼租了出去。就为他不愿进城买房，女儿经常和他吵架，女儿的不满主要是没有同学愿意来家玩，来过一次就不来了，说受不了这股子味儿。

我和蚂蚁租的是一个套间，两室一厅，我觉得有些奢侈，可蚂蚁不觉得，他说什么叫生活，就是学会享受每一天。有一次我和他看电视，电视上正播一个小品，叫《昨天今天和明天》，他就说傻啊，昨天是今天，今天是今天，明天也是今天。

我洗了把脸出来，蚂蚁在沙发上睡着了，我正准备过去让他到床上睡，他的电话响了。我最怕蚂蚁的电话铃声，焦雷，轰隆隆乱炸，特别是深更半夜，梦里经常被雷声震醒。让他换，蚂蚁不干，说这声音有气势，能震住人。

雷声很大，蚂蚁被震得翻爬起来，抓起电话他就哈哈笑：高经理啊！您说您说！哎哎哎哎！那边说了一阵，蚂蚁的眉头就皱起来了，把电话给了另一只耳朵，蚂蚁说工作做了，就不搬啊！点燃一支烟，蚂蚁说倒不是拆迁费的问题，几家联合起来了，死扛，说住惯了，多少都不成。手机旋转一百八十度，回到始发站，吸了一口烟，蚂蚁说好好好，高经理您放心，我想办法，哎哎哎哎，再见，再见！

把电话一撂，蚂蚁骂：狗日的高顺，越来越饿痨了，又要马儿跑，又要马儿不吃草，只顾叫老子干事，加钱的事情一句不提。我说不是一直都那个价吗？蚂蚁白了我一眼：狗日的就是没理想，连肠旺面都六块钱一碗了，你他妈还念明末清初的经文，我告诉你，少了两万，另请高明。

把烟屁股按熄，蚂蚁说你给高顺发短信，就说少了两万不干。我说你怎么不发呢？蚂蚁说让你发你就发，你是队长我是队长？我无话，把短信发过去，等了片刻等来了两个字：傻×。我把电话递到蚂蚁面前，蚂蚁伸过脑袋看了一眼，把手机抢过去，咬牙切齿按了两行字发了过去：我是×，可老子不傻，不干拉倒。等了一阵，没等来短信，蚂蚁的电话响了，蚂蚁怪笑着按成免提，那边一副公鸭嗓：钱不是问题，只要事情办妥了，一切都好商量，不过你得好好管下你那个跟班，妈拉×，没大没小的，跟老子胡说八道呢！蚂蚁说高经理，您放心，我一定狠狠教训这只土狗，改天让他给您赔礼道歉，那事你放心，一定给您办利索咯。

我说这事不好办吧！那家人你也知道，软硬不吃啊！蚂蚁冲我笑笑，说给冰棍他们几个打电话，明天早上老地方见面。

三

已是午夜，闹腾了一天的城市终于显出了疲态，除了远处一座高楼还有人在声嘶力竭荒腔走板地唱歌，近处几条街道都安静了下来。

我们伏在一截断墙后，目光所及是一片残破的空旷地，几台大型挖掘机孤零零地停放在空地上，像几个等待命令的士兵。靠东边是一个冷冻仓库，仓库前面并排着三栋民房，在一片平整的瓦砾中，三栋房屋孤独地抱成一团，倔强地对抗着空旷的漆黑。

蚂蚁靠在断墙后大口大口地抽烟，掏出手机看了看时间，他把烟头一弹，说差不多了，干活。冰棍他们几个把三个蠕动的麻袋拉过来，解开，三个狗头露了出来。三条狗都上了嘴笼，叫不出声。冰棍他们几个按着狗，蚂蚁从挎包里抽出一把军刺，过去揪起狗的脑袋，轻微的一声嗤，暗夜里飙起一股淡黑的阴影，狗的喉咙发出咕咕的闷叫。蚂蚁回头看我，骂，傻×了，快拿盆。我喔一声，把塑料盆塞到狗喉咙下。三条狗很快没了声息，三盆狗血腾腾地冒着热气，空气中弥漫着浓烈的血腥味。一身血污的蚂蚁靠墙坐下来，掏出一支烟，点燃火机的瞬间，蚂蚁眼睛里跳跃着的东西吓了我一跳。猛吸一大口烟，蚂蚁用脚碰了碰脚边还冒着热气的军刺，说把狗头卸了。

对面民房里的灯灭了好一阵子，蚂蚁说差不多了，再等下去狗血就凝上了，记住，狗血洒在墙上，狗头放在大门口，干吧！

我和蚂蚁伏在墙后，看着冰棍他们几个端着盆子，提着狗头摸过去。黑夜里，几个人影在房子前幽灵般晃来晃去，一支烟工夫，他们就回来了。搞妥了，冰棍说。

把狗装上车。蚂蚁说。还要啊！我惊讶地问。憨包，明天卖给狗肉馆，蚂蚱也是肉，丢了多可惜啊！吃上两天饱饭就以为自己是大款了。蚂蚁看着我骂。

悄悄爬上停放在墙根下的面包车，大家先把衣服给换了。冰棍鼓捣了半天都没有把车发动，蚂蚁坐在副驾驶位置上，斜眼看着冰棍说：图便宜买老牛，这下好了，屁眼捅烂了都不迈步。冰棍说买车那阵不是钱不够吗，要钱足，挑了我脚筋老子也不会买个二手的，妈的，买个二手车比娶个二手媳妇还硌硬。在冰棍努力发动车子的间隙，我们商量着接下来去哪里，最后蚂蚁一锤定音，说去找个地方洗洗吧，再找几个保健师按按。大家都表示了赞同。折腾了好半天，冰棍的二手车才咣当当嚎起来，车子前后晃，一路打着饱嗝，我们也跟着前后晃。妈的，好了，还没洗呢，就按摩上了。蚂蚁说。

在池子里泡了一阵子，我扛不住了，脑袋晕，身体像要爆炸了一般，我爬到池沿上躺下，侧眼看了看蚂蚁，他躺在池子里，把毛巾盖在脸上，纹丝不动。你说他们能搬吗？我惴惴地问。半天蚂蚁才把脸上的毛巾揭开，他脸庞潮红，长长吐了口气，他说要是你你搬不搬？我说搬啥子？蚂蚁说你他妈的给洗澡水泡傻了？你要是天亮起来看见门口趴着个狗脑袋，你还死扛不？想了想我说得搬吧！他说你能搬就好。说完又把毛巾敷脸上了。

冰棍他们几个洗完了，过来在池子边站成一排，说我们先回去了。蚂蚁说不是说好了给你几个狗日的松松骨头吗。冰棍说二环那边有个工地，管得特松，工地上还有一个乡党，准备去拿点架子管钳。半天蚂蚁才点点头。等冰棍他们走了，蚂蚁从池子那头梭到池子这头，斜靠在池子边缘，一脸不屑地骂：最瞧不起这些小偷小摸的土包子。

蚂蚁要了个豪包,有空调,还有免费赠送的果盘,电视机里正播着减肥药的广告,一个南瓜样的男人,咕噜噜喝了一阵药水后,就变成了一根黄瓜。你信吗?蚂蚁问我,我说看起来还真的有点神喔!蚂蚁嗤了一声,说电视里为什么老放这些不着四六的东西,就是像你这样的瓜蛋蛋太多了。门响了,进来两个穿着日本和服的女人。先生,您好,请问要做保健吗?蚂蚁把两个人上下打量了一番,说你们先出去,叫你们领班进来。两个女人退了出去,一会儿一个打着领结的男人敲门进来。他先鞠了一个躬,嫩声嫩气地问:两位先生,请问你们有什么不满意吗?蚂蚁从床上翘起来,盘着脚,转了一个圈,对着床边的领班说:你们怎么招的保健师,妈的,刚才进来的那两个,都快老黄皮了,你以为我们花钱是进老人院啊?领班慌忙道歉,说马上安排两个年轻的过来。

我忽然有些不快,咕哝说这样是不是太那个了?"你懂个屁。"蚂蚁骂,"照单全收了你以为他们会感谢你?屁,他们会骂你,说这两个憨包,连女人老嫩都分不清楚,我这是表明态度,懂不懂?"

一直睡到第二天十点钟,浴城对面的街边一个卖瓦耳糕的一直在长声吆吆地吆喝:瓦耳糕,瓦耳糕,吃了保证不心烧。蚂蚁骂了几声日妈娘,索性拿被子蒙着脑袋睡。我说有点饿了,要不我给你买几个瓦耳糕。蚂蚁掀开被子,直着脖子说王荣贵,麻烦你有点档次好不好,进城都好些年了,还像个乡巴佬,你他妈的见过有人从奔驰车里下来直接奔破巷子吃烤豆腐的吗?我说我们也不是坐奔驰车的呀!蚂蚁咬牙切齿地用手指对着我狠狠地戳。戳得我一身窟窿了他才说:烂牛屎糊不上墙啊!

四

高顺请我们吃饭，地点在望鹤楼。

高顺在电话里笑得异常欢快，他说小范啊，还是你点子多啊！你这招真是立竿见影啊！软了，已经把安置合同签下了，该给你记首功啊！

蚂蚁让我叫上冰棍他们，到了望鹤楼，我说坐窗户边吧。望鹤楼矗立在东山山顶，地势很高，在窗户边能把大半个城市收入眼底，蚂蚁不干，坚持缩在一个旮旯里，就是不挪身。

等了半天，也不见高顺来，我说要不打个电话催催？蚂蚁面无表情地摇摇头。这时候服务员过来问：请问哪位是范先生？我指了指蚂蚁。"是这样的，有位高先生已经给你们付了钱，定的是四百九十八一桌的标餐，请问你们要马上上菜吗？"

我看了看蚂蚁，蚂蚁不说话。我说要不等等高经理？蚂蚁说不用等了，他不会来了，上菜吧。我说你怎么知道他不会来了？蚂蚁盯着我骂：人家嫌和你在一张桌子上吃饭掉价，憨包。

抹着嘴从饭店出来，冰棍满脸通红，嘴里叼了一根牙签，牙签在嘴里张狂地来回移动，蚂蚁回头踹了冰棍一脚：装周润发是不是？扮黑社会是不是？冰棍慌忙把牙签扔掉，说不就是图个乐子吗。蚂蚁拿手把我们挨个指了一圈，说你们听好了，要干大事，就要懂得夹好尾巴扮瘟狗。没有人说话，破面包车畏畏缩缩、小心翼翼地从山上滑下来。接下来去哪里呢？我问。蚂蚁说去曲蟮子的装修店。

曲蟮子的装修店在太平路，太平路以前是这个城市工业聚集区，有大大小小十多个企业，以前那可是机器轰鸣啊！现在都哑巴了，一派萧索的景象。曲蟮子的装修店其实叫修理店更准确，周围根本没有需要装修的房屋，一栋栋裸露着黄砖的房屋，被岁月剥蚀得早没了精气神，松松垮垮、沉默寡言地龟缩在荒草丛生的野地里，偶尔能见着从房子里出来的人，和身后的建筑一样无精打采。所以，曲蟮子的店铺就是干些修修补补的活，他曾经对我抱怨，说把店开这里失误了，生意一般他都认了，最让他不能忍受的就是这里的人可以为了一两块钱和你较一上午的劲。

　　我们从车上下来，曲蟮子正蹲在一堆破铜烂铁里焊一个水箱，水箱是用洗衣机水缸改的，一个穿件破旧工作服的男人蹲在一边看，工作服上的字迹都依稀了，只能看清最后那个"厂"字，男人一脸胡子楂，曲蟮子电焊一点，就有了一团炸眼的白光，男人就慌忙伸手挡住脸。蚂蚁凑过去，看了看，说都这样了还焊个尿呀！做件衣服穿女人身上都能看见胸罩了！男人抬头看了看蚂蚁，嘴动了动，想说话，最后还是没能说出来。曲蟮子放下手里的焊枪，说你们来了。蚂蚁没答话，径直走进库房里，从里面拉出一根手腕粗细的钢管，咣当一声扔在曲蟮子面前，说给我切割成一米一根的，切——。抬头数了数人数，蚂蚁说：切七根。曲蟮子应了声，拉出切割设备就干上了。男人脸上有了愠色，他对曲蟮子说唉唉唉，你这人怎么这样啊！得先给我焊完啊！蚂蚁上去递了一支烟，说大哥，我们急用，你那破烂玩意先撂撂。那不成啊！男人抢上一步，说我也急啊！蚂蚁说能有我急？我这等着切下来去干仗呢。男人看见了蚂蚁眼里刺人的光芒，终于不说话了。切割机咻咻怪叫，磣得我牙都倒了，幸好蚂蚁递给我一张钱，要我去买两圈电胶布回来。

　　蚂蚁把电胶布缠在锯好的钢管一端，缠出一个把手的长度，他掂起钢管称了称。看见没有，他说，这样就不会脱手了，真要干上了，家伙不能丢，丢了家伙说不定就会丢了命。把缠好胶布的钢管放进面包车，蚂蚁给了曲蟮子两百块钱。曲蟮子看着递过来的钱，连忙摇着脏兮兮的手说要不了这么多的，一根烂管子，不要钱的。蚂蚁一斜眼，脖子梗着说："让你拿着就拿着，屁话多呢你还！"

五

头上是一片蓝天，纯净碧透，几只哨鸽从蔚蓝里掠过，丢下一串脆响。远处的城市呈现出古怪的韭黄色，像一帧泛黄的照片。近处，密密麻麻的电线缠绕着淡淡的不安。左边有个窗户，几张稚嫩的脸蛋在窗口挤成一堆，忧伤地看着外面的世界。我和蚂蚁趴在屋顶边缘，无声地打量着脚下的一切，好久，他问我："你有理想吗？"想了想我说，有呀！娶个穿淡蓝色吊带裙的女孩做老婆。我曾经在中华路的拐角处见过一个女孩，她穿着一件淡蓝色的吊带裙，有张规规矩矩的鹅蛋脸，和我擦肩而过的时候，她给了我一个浅浅的笑，那一刻，这个理想就被种植进了我的心灵深处，它开始在每个夜晚发芽生根，现在都长成参天大树了。蚂蚁听了笑笑，然后他伸出一只手，向远处的韭黄色抓了过去，手伸到尽头，他握紧拳头说："我要把攥在手心里的一切都变成我的。"我吓了一跳，说这么多啊！蚂蚁又笑，说你懂什么，我小时候去离家很远的河沟里抓鱼，开始只想着能抓几条小鱼就成，一天下来，鱼鳞片也没捞着一块，后来就想，要抓就抓大鱼，结果呢，大鱼没有抓着，却总能抓住些小鱼。我刚想接话，就打雷了，蚂蚁掏出手机，说高经理啊，您说您说，好好好，西山那边啊！好好好，嗯，明天我就过去，您放心，不过啊！是这样，高经理，您看——，呵呵，弟兄们也要吃饭啊！哎，好的好的。

活来了。蚂蚁合上电话说。

远远地，就能见到那栋房子了，红砖墙，两个进出，在偌大的空旷中，如一块扔在砧板上方方正正的生牛肉。下了车，冰棍从面包车里抱出一捆叮叮当当，蚂蚁回头看着抱着钢管的冰棍，说你干吗？冰棍说以防万一啊！蚂蚁骂了一句，声音很低，我没听清，冰棍又悻悻地把钢管放回车里。

阳光很好，旷地上的瓦砾都有了五彩的颜色。我们的双脚坚实有力地踏过一片废墟，踩出咔嚓咔嚓的声响，太阳在头上，我们的身影在脚下蜷缩成一小团，跟着我们的脚步滚动。蚂蚁走在最前面，阳光把他勾出来一个虚幻的光圈，却给了我一个黯淡的背影。

推开门，我才知道面包车里那些叮叮当当的家伙根本用不上。一对老迈的夫妻，男的弓着腰在屋角倒腾着什么，女的坐在一张小椅子上择青菜，青菜有耀眼的绿色，看样子，她是要窨上一坛酸菜。她的边上还有一个木盆，一个三四岁的小男孩蹲在盆边，用手拨弄着浮在水面上的黄色的塑料鸭子，嘴里还嘎嘎地叫唤着。

两老对我们的闯入没有表现出惊讶，看得出，之前肯定有人来过。一般情况下，高顺是不会启用我们这群人的，除非万不得已。墙角的老人回过身，我才看清楚他在修理一个水壶把儿，蚂蚁递过去一支烟，老人摆摆手，蹲下去继续摆弄着手里的水壶。女的择完青菜，端着满满一簸箕青菜往外走，我们几个人堵在门口，老人抬起头冷冷地说："麻烦让一让。"我们侧过身子，老人颤巍巍出了门，在院子边自来水龙头边蹲下来开始洗菜。

抽完一支烟，蚂蚁搬了把椅子坐在院子里，把身子懒懒地靠在椅子上，闭着眼。阳光均匀地洒下来，孩子脆脆的笑声从屋子里传出来，一切看起来都是那样地祥和宁静。我们几个靠在屋檐下，全都眯着眼，偶尔有咳嗽声。我站得有些累了，于是伸长脖子看看远处，又看看皮影戏样的两个老人儿，然后我看着椅子上的蚂蚁，他的眼睛还闭着，鼻息均匀干净，阳光在他的额头上铺开一摊油腻的瓦亮。突然，我感到了一种前所未有的恐慌，我怕这种胶着一直持续下去，持续到树叶儿绿了，黄了，掉了；再绿了，黄了，掉了。要这样持续若干个春夏秋冬的话，我就老了，背就驼了，腿也弯了，那样我就走不出这片废墟了。我打了一个夸张的冷噤，身子瞬间冰凉如雪。我惶惶地走到蚂蚁身边，我得赶快把他叫醒，要不然我会崩溃的，我想。

　　我的手掌还没有拍到蚂蚁肩上，他就醒了。他打了一个好几公里长的哈欠，抹了抹嘴站起来，搭个凉棚看了看太阳，说哟哟哟，不早了哟，太阳都快要滚蛋了。

　　老男人正龇牙咧嘴地往屋子里搬一桶水，蚂蚁看见了，慌忙跑过去，说老人家，我来我来，老人挡开他的手，黑着脸不说话，固执地往屋子里移。蚂蚁说你这就不对了，怎么着也该给我们这些年轻人一个学雷锋的机会不是，我跟你说呀老人家，我小时候最喜欢学雷锋了，读三年级，好像是四年级那年，对，四年级那年，我还带着同学们去给村里一个抗美援朝的老英雄挑水做饭呢！看着老人摇摇晃晃的背影，蚂蚁接着说，你别不相信啊！我说的都是真的，骗你我是短尾巴狗。

　　我看了看蚂蚁的脸，真诚得一塌糊涂，丝毫没有开玩笑的意思。

　　跟着老人进了屋，蚂蚁四处瞧了瞧，男人的老伴正躲在墙角边剔四季豆上的筋，蚂蚁过去蹲下来，捡起一根豆豆就开始剔，老人白了他一眼，把身子移到一边。蚂蚁说老人家，这屋子就别住了，黑黢黢的,大白天都得开灯呢!搬了吧!

休想。老人吐出两个硬邦邦的字。

蚂蚁咬了咬嘴唇,站起来笑了笑。他背着手慢慢踱到床边,床上睡着孩子,小东西看样子是玩累了,睡得很沉。蚂蚁把屁股挂在床沿上,目不转睛地盯着孩子,看啊看啊,像看自己的孩子一般。看了半天,蚂蚁说小家伙长得真乖,你们都过来看看,虎头虎脑的。蚂蚁忽然转过头问:"孙子吧?"两个老人哼了哼,不置可否。"好福气啊!"蚂蚁笑笑,停了停他说:"哪里都好,就是这脖子细了点。"说着他就伸出一只手圈住孩子的脖子,"要是我这手轻轻一转,你们猜会怎么样?"

"断鸡巴尿了呗!"冰棍在一边说。

一瞬间,两个老人同时站起来,惊惶地问:"你要干什么?"

蚂蚁呵呵笑,说我开个玩笑。

蚂蚁拍了拍屁股,说我们走,走到门边,蚂蚁回头说:"我说过了是开玩笑的,要是你孙子的脖子真断了,千万别来找我喔。"

我们走出去没多远,屋子里传出了呼天抢地的号哭声。

"搬了吧,老头子——"女人的声音透着末世的悲怆。

点了一支烟,吸了一大口,蚂蚁回头看看身后的房子说:"打蛇要打七寸,铺上的嫩苔苔就是他们的七寸。"

六

我在一片荆棘中行走,四面是望不到边的火棘树,它们密密麻麻地挤在一起,还有锐利的尖刺,我总是避不开它们,每往前一步,我都能清晰地听到那些尖刺刺破我身体的声音,声响夸张得让我恶心,然后,一股股的温热在身上缓慢地爬行,用手一摸,黏糊糊的,流血了,鲜血是触目的黑色,源源不竭地从那些刺破的小孔里飙出来,我试图用手按住那些小孔,刚按上去,黑色飙得更欢了。我抬起头,太阳是古怪的青色,阳光黏稠地在湿答答的云朵上蠕动,我慌慌张张地想走得快一些,可步子就是迈不大。就这样,我绝望地在荆棘丛中爬行,身后拖出一道黑暗的印记。爬了好久,我累了,爬不动了,我想我怕是要死了,我不想死在这片让人憎恶的火棘丛中,我想找一个干净一些,让身体宽松一些的地头死去,我不想让自己死后灵魂也被丢在这里动弹不得,于是我努力站起来,想找一个宽阔一些的地方让自己死去。一望无际的火棘丛向遥远的天边延伸,铺满了让人绝望的色彩。我把头转向左边,忽然,我看见了一个圆,火棘树围成的一个圆,像一张快乐大笑着的嘴,我欣喜若狂,高声尖叫,然后向着那个圆爬去。

圆,规则的圆,更是绝望的圆。

在没有接近这个圆的真相时,我幻想过它是一片碧绿的草地,或者是一汪清澈的湖水,甚至是一方怪石嶙峋的洼地。但是,当我把脑袋从火棘丛中艰难地伸出来后,我看见了一个圆形的黑洞。黑洞很深,我往里扔了一块石头,石头叮叮咚咚地响了好久。黑洞的边上有一网一网的藤蔓,它们暧昧地缠绕在一起,茂盛地显摆着它们的生命力。洞边还有松树,悬吊在悬崖上,裸露着干瘦的根部,像一个个退掉裤头的垂暮老人。我努力伸长脑袋,向下望了望,一股寒气扑面而来,我打了一个冷噤,连呼出的气息也变成了一团白雾。

我心如死灰,躺在洞口边,几根火棘树的尖刺还插在我身体里,黑色的脓血还在欢快地流淌。我感觉我的生命正被一点一点地抽离,死亡像一张网，缠得我透不过气来，我想逃离这种对死亡的等待，越快越好。

我一翻身，身体就开始急速下坠，先是砸在一网藤蔓上，藤蔓携裹着我的身体，继续快速下落，开始还能看见光，慢慢地，圆形的光亮变成了一个点，很快亮点也消失了，我开始在一团漆黑中坠落，这个过程漫长得让人窒息，仿佛一分钟，又仿佛一个小时，一天，一年，甚至更长。

睁开眼，我看见了蚂蚁的脸，他的脸有斑驳的光圈，特别不真实。

"就说你狗日的死不了嘛！"他的嘴拉成一条直线，横跨过整张脸。他走过去拉开门，阳光淌满了一屋，蚂蚁说要不要送你去医院？我还没说话，他接着说："去不去你自己决定，舍得钱我就送你去。"说完他看着我，嘴变成了一条上扬的弧线，仿佛看出了我一定要去医院似的。

想了想，我摇了摇头。

蚂蚁说："我小时候一次得了怪病，抽，不停地抽，抽得嘴都歪了，我妈要带我去镇上医院，我爸不肯，最后实在抽得不行了，我妈用条毯子裹起我就准备出门，可门就是拉不开，后来才知道，是我爸从外面给锁上了。"蚂蚁点了一支烟，长长地吐出一口烟雾，拿手掌在额头上蹭了蹭，他接着说，"后来我抽脱了气，我妈以为我死了，抱着我放声痛哭，我爸这时候打开门进了屋，说给我扔了吧！我妈就抓着我爸的头发使劲扯，居然把一绺头发活生生给扯掉了，直到我醒过来，我妈才停止对我爸的扭打，我爸从头到尾没有还过手，从那时候起，我妈和我爸就开始分床睡觉。"

我挣扎着靠起来问："你爸为什么不送你去医院？"

"那年大旱，我们一家就收了三撮箕谷子。"

把烟屁股扔进烟灰缸，蚂蚁接着说："这几年我回过几次家，都是我爸生病，我不是去看他，我是专程回去送他去医院，哪怕一点小病，我都要生拉活扯将他弄到县上最好的医院去，给他吃最好的药，住最好的病房，请最好的医生，拿感冒当癌症治。"笑了笑，蚂蚁说，"我特别喜欢看我把钱塞进医院收费窗口时他那副痛不欲生的样子。"香烟在烟灰缸里没有燃尽，烟雾缭绕，蚂蚁端起杯子，倾斜，"滋"的一声，像烟火灼伤皮肤的声音。

"你什么意思？"我问。

蚂蚁呵呵大笑，把杯子里剩下的水一饮而尽，他说每次送我爸去医院，没等我开口，医生就已经把感冒当成癌症了。

我脑袋有些犯晕，我想我得把蚂蚁的逻辑捋一捋。想了想还是有些矛盾，我就问他："要是你病了，会去医院吗？"

"不去，抽死了都能活过来，我命大哩。"

穿上外套，蚂蚁说我得走了，一块拆迁地有麻烦，全是他妈的大洋钉，领头几个还气粗得很，可能要干仗。

我把身子往上撑了撑，说我也去。

蚂蚁不屑地看了看我，嘴动了动，看样子想骂我，没骂出来，转身向门边走去，留给我一个背影。

这是属于蚂蚁的背影，一个成年人才有的背影，有些无所适从，临出了门，他还抬了抬右肩，企图将背影调整得更从容一些。要知道，没有一个人认真思考过自己的另一面，仿佛他躲在身后看过自己的背影，看完了他才恍然大悟，原来卑微来自身后，每天都在想方设法装扮眼睛能看见的地方，以为脱胎换骨了，谁知道一转身，就原形毕露了。

这是我最后一次看见这个背影。

七

蚂蚁躺在病床上，像一个大粽子，脑袋缠着厚厚的绷带，只露出两个眼睛，可惜都六天了，两个眼睛从来没有睁开过。

每次冰棍来看蚂蚁，都要手舞足蹈地把他经历的惨烈重复一次。你晓得的，他说，蚂蚁干仗从来不吭声的，眼看绷着了，非干仗不可了，他就上去了，狗日的，手里两根钢管都抡圆了，呼啦啦就撂倒了一片，我们都愣住了，等回过神来，好多乱七八糟的家伙都拍到蚂蚁脑袋上了，我看准了的，最狠的是后脑勺一板砖，都糊成两截了。

高顺来看过蚂蚁一次，和他一起来的还有两个漂亮的女人，都穿着吊带裙，两个女人一直站在门边，没敢进来。高顺看了蚂蚁一阵，叹口气说可惜了，敢说敢干，说倒下就倒下了。两个女人可能是觉得好像没有想象中的吓人，慢慢挪到床边。高顺弯下腰仔细打量了一番蚂蚁，抬起头对两个女人说："看见了吗，这就是传说中的植物人，理论上讲他是活着的，对不起，从属性来讲，我觉得应该称'它'更合适，植物嘛！就该有植物的叫法。"两个女人被高顺逗得哈哈大笑，脸也舒展开了，她们笑起来很好看，我又想起了在中华路拐角处见到的那个吊带女孩，我想她笑起来也会是这样好看的。

开始那几天，我还有些难过，时间久了，本就稀薄的难过就挥发掉了。我每天除了吃饭和上厕所，其他时间都坐在蚂蚁床边，静静地看着他，看他看腻了，我就抬头看输液管，看着透明的液体一滴一滴通过细长的管子，注入蚂蚁的身体，有时候我嫌它走得慢了，就偷偷开大些，反正床上的人也不会觉得疼的。除了调输液管，我还伸手到被窝里掐蚂蚁的胳膊，狠狠地掐，掐着掐着我就笑了，我想要是蚂蚁还醒着的话，我要这样掐他，他能把我给活吃了，可他现在吃不了我了，因为他连嘴都张不开了的，给他喂一些流食时都得把嘴给掰开呢。

日子难过得像一把糟糕的麻将牌，要不是公司还付给我工资的话，我肯定早跑了。实在无聊了，我就偷偷跑出来和冰棍他们去娱乐室打麻将，我手气不好，每次都输，输了回来我就掐蚂蚁，掐着掐着心情就会好很多，心情好了我就跑到楼道里看来来往往的护士，这层楼有两个护士特别好看，皮肤像刚舒展开的莲花白，她们一般不同时上班，一个休息的时候另一个就上班，这样也好，保证了我一直都能有美女看。

晚上冰棍给我打电话，让我去打麻将，地点在离医院不远的一家娱乐室。今晚我好像是转风了，一直赢，狗日的冰棍输得最惨，他脸都成根冰棍了，才两个小时，我就把他们几个全缴干了。一个富人和三个穷鬼从娱乐室出来，三个穷鬼硬要让我请他们吃宵夜，推了推没推掉，我就请他们去隔壁的大排档喝啤酒，几杯啤酒下肚，大家话就多了，东说西说，最后说到蚂蚁身上了，本来这段时间我们很少说他了的，今天可能是喝了酒，难免感叹一番。

"早知这样，不如直接给拍到火葬场算了。"冰棍说。我们几个没有说话，应该是都赞同了冰棍的说法。还没通知他家里呀？一个说。我说怎么通知？再说要通知也该公司通知才对啊！

冰棍说："公司通知个屁，巴不得他早死呢！这样耗下去，多费钱啊！"

说完我们碰了杯，闷了一大口，为什么碰杯，我也不知道。

我刚倒上一杯啤酒，电话就响了。掀开电话，那头说："你照顾的病人醒了。"

我当场就呆住了。我把电话合上对他们几个说,蚂蚁醒了。几个人把杯子一撂,拔腿就跑,跑远了身后传来大排档老板的骂声:日你娘,又是吃霸王餐的。

蚂蚁的眼睛大大地睁着,可能是闭合的时间太久了,眼睑四周有了一圈眼屎,护士正用打湿的棉签给蚂蚁湿润眼睛。看我进来,护士把棉签递给我,说给他把眼部的分泌物清理干净,我们马上要换个地方做进一步检查。

我抖抖战战接过棉签,小心翼翼地凑过去,蚂蚁的眼睛里淡淡的血丝,可骨碌碌转得很灵光,我说你总算醒了,都好些天了,你知道不?

我忽然听见有呜呜的哭声,我凑近了听,是蚂蚁发出来的,慢慢地他的眼睛就湿润了,继而有泪水从眼角流下来,把缠在鬓角的白布都打湿了。

我还没有开始给他清理眼屎,护士和医生就进来了,说我们要把他送去做检查,我说还没开始清理呢!医生说不用了。

手术车咯咯地从医院的楼道轧过,我们远远看着,互相看了看,最后在楼道里的椅子上坐下来,冰棍刚掏出一支烟点上,一个护士不知从哪里窜了出来高声吼:不准在这里抽烟。

八

无聊的时候我就坐在医院电梯口的长椅上看来来往往的人。慢慢地，我就觉得这是一件十分有趣的事情，这里仿佛一个分水岭，开合之间都传递着隐秘。

点燃一支烟，我刚吸了一口，旁边椅子上的一个女人露出了厌恶的神色，我没有理她，依然大口吞吐，女人终于走了。她刚离开，电梯门开了，出来了两个打领带的男人，电梯张嘴的刹那，两个人也张嘴大笑着，一出来，笑容就从两人的脸上蒸发了。扭过身，沉痛就笼罩了他们，定了定身子，仔细调整了一下呼吸，他们才向病房区走去。

我趴在窗口，城市坑坑洼洼向远方延伸，矮小的房屋楼顶上全是垃圾，一群哨鸽从天空掠过，丢落一串脆脆的声响。我把烟头从窗口弹出去，烟头在风中踌躇着，左摇右晃，最后掉落在一片碧绿的草地上，草地周围有一丛丛的灌木，灌木丛上点缀着星星点点的黄花。我突然发现这些搭配充满了荒诞色彩，和它们在一个平面时，你会说就该是这样的啊！这一切该有多协调啊！可等你和它们有了一定的距离时，一切都变了，变得那样地难以理喻和不知所云。

我往楼下啐了一口浓痰。

重新坐回椅子，不久前进去的两条领带飘出来了，两人站在电梯门口，眼睛盯着门顶上的楼层显示。

左边一个忽然笑了，他说妈的平时那样横，病来了还不是成了泡面。另一个没有笑，而是满怀忧虑地说他的位置腾出来了，谁接替呢？另一个拢了拢头发说鬼知道。

电梯门开了，两人走进电梯，转身，电梯关闭的一刹那，我发现他们两人真的好帅。

回到病房，蚂蚁还在睡觉，他呼吸均匀，面容祥和，偶尔还会瘪瘪嘴，露出一个难以觉察的微笑，他应该是做梦了，好梦，要不也不会笑得那样好看。

前几天医生把我叫到办公室，他们把蚂蚁的情况告诉了我，说病人虽然醒过来了，但大脑遭受了严重的创伤，根据他们的测试和观察，病人只有四五岁的智力，用我们这里的俗话讲，蚂蚁成了憨包。要让我有思想准备，我说这不关我的事情，他们说那关谁的事，我想了半天才说我给你们把高总叫来吧。

我给高顺打了电话，说蚂蚁被打成憨包了，医院让他来一趟，高顺喔了一声就把电话挂了。我刚合上电话高顺又把电话打了过来，他在电话里高声喊：你说啥？花了那样多钱救回来一傻子。我说嗯，高顺骂了句日他妈的倒霉。

我特别怕蚂蚁醒来，蚂蚁醒来我就没有好日子过了，我喜欢他沉睡着，要是能一直沉睡下去就好了，我原以为照顾他是件很轻松的活路，风吹不着雨打不着，除了工资，还有免费的饭菜和空调，高顺还特批我晚上可以租个沙滩椅睡在病床边上。蚂蚁无声无息那会儿还好，我每天还能和邻床的老头聊聊天，看看漂亮的护士。自从蚂蚁醒过来，我的日子就难了。不被折腾得精疲力竭不算完。

蚂蚁睁眼了，我的心就提了起来。果然，一睁眼，蚂蚁先是四周看了看，看完了脸就绷起来了，接着哇的一声就哭开了，嘴里咕哝着，咕哝的内容不明显，像被牙咬住了一般，凑近了就听清了：日，日，妈。每次都这样，第一次这样时我被吓了一跳，说蚂蚁你不认得我了，他盯着我直摇头，然后接着哭，我就慌忙去找医生，医生来看了看说这是正常的，我说都这样了还正常？医生说要不你哄哄他吧！我说他这样牛高马大一男人我怎么哄？医生说就像哄小孩那样哄。我就说蚂蚁乖，不哭。哪知道蚂蚁哭得更凶了，哭着喊着：日，日，妈。我也火了，说再哭老子把你从窗子里扔出去。蚂蚁听了直往后缩，撩起被子遮住身体，露出颗惊惶的脑袋，也不哭了，嘴艰难地憋着，苦大仇深地盯着我看。见有了效果，我就一直这样吓唬他。

日，日，妈！他嗷嗷地哭喊。我就说再哭老子把你从窗口扔下去。他怔了怔，继续大哭。可能是我每次都这样对他说，也没有行动，他看出了我只是在吓唬他，不怕了。我站起来，装出要抱他扔出去的样子，他干脆死死抱住床头的铁管，放声大哭。

邻床的老头歪过头来，说他都成憨包了，不要老吼他，不是还小嘛。我说还小？你看这样儿，要是结了婚，孩子都一大堆了。老头说医生不是说了吗，只有三四岁了，给活回去了嘛？老头开始两天还无比惊讶，说没想到这人还能活转去，过了几天他就适应了，有时候还会逗着蚂蚁玩会儿。老头是癌症，听他说都晚期了，最多就半年的光景，儿女们都忙，没时间来照顾他，就给他找了个陪护，陪护是个瘦精精的乡下老头，有一口黑牙，还喜欢下棋，每天都去大路边看人下棋。我都看不下去了，就替老头抱不平，老头笑笑，不说话。儿女问起陪护的情况，老头还会给陪护打掩护，说乡下人实诚，挺上心的。

蚂蚁哭得很坚韧，没有歇下来的意思。我没辙了，干脆看着他哭，还是老头递过来一个苹果，说幺儿乖，不哭，不哭了爷爷给你吃苹果。蚂蚁试探性地看了看老头，虽然憔悴，还是没能掩盖住慈祥，排除了危险的蚂蚁慢慢伸出手，接过苹果啃了起来。吃完苹果蚂蚁跳下床准备出去，我把他按下来，不让他出去。他出去过两次，总不消停，先前几天还好，只敢扒在门边看来来往往的人，慢慢胆儿就大了，要不就爬窗户，要不就是乱按电梯按钮，还冲打扫卫生的老阿姨做鬼脸。

不让他出去，他就在病房里闹，在床下钻来钻去，还疯摇邻床老头的病床升降杆，弄得老头上上下下，也摇出了老头一串串笑声，我怕他弄坏了老头，撵开他，他就摇自己的病床，还硬把我摁在床上让他摇。

我躺在床上和老头聊天，聊了一会才发现蚂蚁没声了，我翘起来才发现他在地上睡着了。折腾累了。老头笑呵呵说。我把他搬上床，刚睡下，高顺就来了。

高顺一进屋看了看蚂蚁，紧张分分地把我拉到楼梯间，掏出一支烟点上，他说："这样，公司研究过了，准备派给你一个任务。"我说什么任务？高顺说把他送回老家，我刚咨询过医生，医生说让他回到他熟悉的环境，也许能帮他恢复记忆。我说送回去呢？高顺说你待那几个把星期就成，来往的路费我们负责，主要是看看他家人的反应，记住，就说他是自己不小心从楼梯上摔下来弄成憨包的，不许提公司一个字。我点点头。

"明天一早就走。"高顺说。说完他从皮包里拿出一沓钱："这是一千块，足够你们在路上使的了，另外给你五千块，如果他家里埋怨，就把这些钱丢给他家里人，事情办好了，你就大功一件，完了就回来上班，接替他的位置。"

我接过钱，高兴地答："唉！好的！"

走下几步台阶，高顺又回头对我说："记住，不许提公司一个字。"

我又慌不迭地点头。

皮鞋敲击地板的咚咚声，在寂静的楼梯间闷响。

九

冰棍和其他几个人到客车站送我和蚂蚁。蚂蚁站在我身后，一只手紧紧地攥着我的衣角，惶然地看着四周川流不息的人群，冰棍的一个跑腿给大家派烟,第一支烟依旧先派给蚂蚁:"蚂蚁哥,来一支。"蚂蚁不说话,往我后面退。冰棍说还蚂蚁哥,都傻了。派烟的说看起来不像呀!冰棍说你晓得个屁,他现在就是个小孩儿了,不信你骂他。派烟的看了看蚂蚁,又看了看冰棍,嘴动了动,没敢骂出来。冰棍说你狗日的平时让他给吓傻了?骂,他要敢回句嘴我是你儿。派烟的有了信心,伸出半个脑袋对着蚂蚁说狗东西要回家了?蚂蚁躲在我身后,脸都不敢露出来。派烟的点上一支烟,样子从容了许多:"蚂蚁你个狗日的,爹来送你回家了,要乖乖听话,不然老子割了你小鸡鸡。"

蚂蚁干脆蹲下来,抱着我的小腿,眼睛盯着地面,都不敢看大家。大家呵呵笑,每个人都把蚂蚁骂了一通,骂完了又觉得无趣了。抽完烟,冰棍递给我两百块钱,说这是兄弟们凑的,给你们在路上花的,我接过来,回头对蚂蚁说还不谢谢冰棍叔叔。蚂蚁把我给他的旅行包抱在怀里,看着大家不说话。

上了车,隔着车窗冰棍说快些回来,我们等你。我不知道他等的是我还是蚂蚁。

车在不太平整的路上欢快地跳跃。蚂蚁坐在靠窗的位置,一路上都没有声音,呆呆地看着窗外的风景,偶尔能见到田野里悠闲地啃着草的水牛,蚂蚁就欢欢地叫一嗓子,喊完了回头对着我笑,我不理他,讨了没趣的蚂蚁又继续看窗外。

中午,车到了一个小镇,司机让大家下车吃饭。小镇上只有一家餐馆,供应野味,什么蛇啊斑鸠啊野兔啊。相比起来,野兔价格便宜些,好多人都要了黄焖野兔,我嫌贵,点了两个家常菜,点完菜我发现蚂蚁不见了,在外面看了看没见着,就绕到屋后,蚂蚁正蹲在一个铁笼子边看野兔,笼子里大约八九只灰褐色的兔子,顺眉耷耳地蹲在笼子里,蚂蚁伸手进去摸兔子的耳朵,还呵呵地笑。我说不要乱跑,乱跑我揍你。

回到外面，两个穿短裙的女孩在说话，空气里飘荡着她们银铃般的笑声，看样子她们是从城市回家的，城市已经把她们身上的乡土味彻底荡涤干净了，她们有城市女孩一样的装束，城市女孩一样的自信。只能从还残留着的乡音里分辨出她们的来历。她们看着寂静的小镇，慢慢就陷入了沉默，脸上就有了难抑的落寞，她们显然已经不适应这种寂静了，她们觉得生活应该是喧闹的，慌乱的，琳琅满目的。

"过两天就回去吧？"一个说。

另一个点点头。

忽然屋后有哭声传来，我刚站起来，餐馆老板就慌慌张张地从里面跑出来对我说："里面那个兄弟是和你一起的吧？"我说是，他说你来看看吧。

我进去，蚂蚁正和厨师较着劲。厨师一只手举着刀，一只手攥着野兔的脖子；蚂蚁则双手抓住兔子的两条后腿，一张愤怒的脸涨得通红，嘴里叫嚷着：日，日妈。我看糟了，连忙跑过去把蚂蚁拉开。厨师一脸疑惑，说你这兄弟搞哪样？死活不让我杀兔子。我慌忙解释，说他脑筋不管事了的。厨师才说难怪喔！说完扳过兔子的脑袋，刀刃从兔子脖子下一拉，一股殷红的鲜血喷薄而出。蚂蚁忽然挣脱我的手，冲过去把厨师狠命地一推，厨师仰面跌倒，手里的兔子飞了起来，荡开的一线猩红溅了厨师一脸，厨师在地上哼了两声，翘起来，举着刀对着蚂蚁冲过去，蚂蚁没有看他，蹲下来摸还在地上痉挛着的野兔，挣扎了几下，野兔才算死透了。厨师一把揪住蚂蚁的后颈，刚想理论，蚂蚁哇的一声哭开了。厨师回头看着我，我连忙道歉，说他让人给打傻了，你不要和他计较。厨师这才松开手。蚂蚁先是小声哭，然后声音越来越大，把外面的人也引来了，我慌忙给大家解释，于是有人开始叹息，还有人哄笑。

厨师抹干净脸上的血迹说既然是个憨包，你就该看牢嘛。我慌忙点头，过去把蚂蚁生拉活扯拉到外面凳子上坐下来，他在凳子上拼命挣扎，我就说再乱动我捉蛇来咬你狗日的。他才安静下来。两个穿短裙的女孩坐在不远处侧着脸看蚂蚁，看了看就呵呵笑，笑得风摆柳一般。

蚂蚁没有吃饭，我吓唬他他也不吃，从头到尾都苦大仇深地看着我，一句话不说。

车在山路上跑了好远，蚂蚁依然不说话，看见路边的牛啊马啊他也不兴奋了，我有些累了，慢慢就睡过去了。恍惚中车停了下来，司机打开车门，说这片林子大，要解手的快点。有人开始陆续下车，我刚闭上眼，蚂蚁忽然拼命往外挤，我转过头狠狠地说你干啥，他不说话，只是拼命挤，我说尿胀了，他点点头，我退出来，说老老实实给老子撒尿，撒完乖乖给我回来。

我闭上眼养神，下车方便的人群开始陆陆续续上车，司机大声喊是不是都到齐了，没人应声，客车的自动门叹了口气关上了，接着司机发动了车。我猛然睁开眼，高声喊等一等，还有人没上车。司机转过头说搞什么嘛，拉屎还能把人拉死？这都多久了，就是生孩子也生下来了。车门又叹了口气，司机说你下去找找。我拿上包跳下车，回头对司机说，师傅麻烦你等我十分钟，十分钟如果我还没有回来，你可以先走。司机一副厌恶的神色，我又跳上车给他发了一支烟，他才点点头说请你快点。

我站在马路牙子上大声喊蚂蚁的名字，我的声音在山谷里空空地回响，喊了十多声也没听见蚂蚁答应，我有些慌了，就顺着路边的斜坡往下梭，斜坡下一片空地，很平坦，四周都是高大的松树，空地上还有冒着热气的排泄物，一条小路顺着松林往下蜿蜒，我想蚂蚁应该是从这里下去了。我手脚并用顺着小路下到山脚，谷底是一条干涸的河沟，一个个圆圆的水窝里盛满了水，闪耀着斑驳的瓦亮。山谷里竟然有白鹤，在山谷里孤独地滑翔。我大声喊范蚂蚁你在哪儿呀？山谷也跟着喊范蚂蚁你在哪儿呀？

喊了一阵，我累了，就蹲下来掬了一把水送进嘴里，水很凉，有淡淡的甜味。灌了半肚子，我找了一块石头坐下来，看了看四周，悲凉就上来了。我顺着河谷一直走，走出一段我就喊两声，最后也不喊了，骂，有气无力地大声骂：范蚂蚁，你个天杀的，你是不是入土了，你个狗日的。

黄昏上来了，杂七杂八的鸟儿们没了影儿，扑腾着扎进林子里去了，落日把我的影子拉得老长老长的，慢慢地，孤独也上来了，我忽然感觉自己被这个世界抛弃了，上午我还站立在人声鼎沸的城市里，黄昏时分，我就被扔进了这样一个渺无人烟的山谷中，我喉咙忽然变得硬邦邦的，骂了一句蚂蚁，山壁都跟着哽咽了。

黑夜即将填满山谷的时候，我终于走到了山谷的尽头，尽头是一个狭窄的石门，石门边藤蔓缠绕，不仔细你都看不见。从石门出来，是一片河沙地，细细的河沙铺开满心的欢快。狗日的范蚂蚁坐在河沙地里，两只手插进河沙地，张着的大嘴对着天空，看样子是哭够了，连声音都哭没了。看见他，我出离地愤怒，我冲过去照着他的后背就是一脚，他惨叫一声，在河沙地里打了一个滚，我不由分说，照着他的头、胸、腿拼命乱踢，他用两只手护着脑袋，撅着两扇屁股，像只笨拙的鸵鸟。我就使劲踢他屁股，他也不叫不哭了。我终于累了，一屁股坐倒在河沙地上，大口大口地喘气。直到黑夜完全上来，我才平息下来。

我们就这样在河沙地上睡了一夜。半夜我醒过来，蚂蚁站在不远处撒尿，月亮在他头顶。撒完尿，他转过来指了指肚子，我说饿了？他点点头，我说我还饿呢，忍忍吧！他依然指着自己的肚子，我对着他狠狠地扬了扬拳头，他才背着我坐了下来。我不理他，翻过身睡下来，他在后面叽叽哇哇地说了一些我听不清的话，慢慢就没了声息，他该是睡着了。

十

客车一路飞奔。

蚂蚁乖多了，吃了一袋饼干后靠在位子上睡着了，饼干是在上车的那个村庄一个小卖部买的，都有星星点点的霉斑了，我没敢吃，递给蚂蚁，狗东西三下五除二就给解决了。看着窗外我才发现，已经是深秋了，一路都是张张扬扬的黄色，稻谷早已收割完毕，一堆堆憔悴的谷草趴在旱田里。我忽然想起老家，老家的稻谷也该收完了，新收的稻谷过了秋老虎，就该入仓了，稻谷入了仓，乡村就恬适了下来，走走串串，说说笑笑就成了主题。

车上没有一个人说话，这些沉默的人，各有各的心事呢！每个人的眼睛都盯着窗外绵延的黄，这样的黄让人伤感。只有醒过来的蚂蚁最兴奋，客车越往前跑，他越兴奋，应该是要到家了，环境也变得熟悉了起来，难怪他要发出嗷嗷的怪叫，开始我还骂他两句，见没什么效果，我就不骂了，任凭他大呼小叫。

我从包里掏出蚂蚁的身份证，看了看地址，问师傅无双镇小铺村该在哪儿下车，师傅说前面不远处就是了，到了我叫你。

车在一棵皂角树旁停了下来，客车师傅说你顺着这条小路一直往前走，大约半小时就到了。汽车扬起一股烟尘远去了，我把两个旅行包挂在蚂蚁肩上，他高高兴兴地跳来跳去。指着皂角树顶端，手舞足蹈。我说你爬过？他得意地点头。皂角树很粗大，很有些岁数了。蚂蚁挎着两个包，跑到树底下，用手揭开一块干枯的树皮，兴奋地对我招手，我过去，揭开的树皮下有一堆红蚂蚁，他哈哈大笑，脸上流动着清泉一般的干净。我拍了拍他的肩膀说我们先回家。他对着我庄重地点了点头。

我和蚂蚁走在田埂上，黄色的田野筋疲力尽地躺在天底下。偶尔能见到在田里翻晒稻草的农民，在高旷的天底下显得孤寂渺小。

我把蚂蚁拉过来问他："知道你家住哪儿吗？"蚂蚁摇了摇头。我骂了一句，跑到远处问翻晒稻草的人，他指了指远处的一方土丘，土丘被一些古树包裹着，一条小河把土丘圈起来，像一幅很好看的山水画。

蚂蚁在前面蹦蹦跳跳，满脸的欢欣鼓舞，偶尔能见到没有干涸的水田，蚂蚁就蹲下来，找到一个小洞，竖起拇指伸进去捅啊捅啊！看了半天我才明白，他是在捅黄鳝呢！果然，捅了一阵，就有一条粗大的黄鳝从另一个洞口惊慌失措地钻出来。蚂蚁高兴了，对着我哇哇大叫，一边叫一边开始脱鞋，挽裤腿，他是要下田抓黄鳝。我一把拉住他，说不许下去，他的嘴就噘起来了，我就吓唬他说田里有蛇呢！他才算罢休。

从田埂上走过，远远的有放牛的老农直起腰喊："那不是蚂蚁子吗？回来了？"见蚂蚁不着声，又喊，"嘚！妈的，进了几天城连你三爷都不认得了？"

那方土丘越来越近了，一直在前面蹦蹦跳跳的蚂蚁忽然转到我身后，他似乎变得腼腆了，还有一些紧张。推开院墙边的柴扉，一条黄狗在一架葫芦藤下睡觉，听见声响，它翻身起来，对着我汪汪叫，蚂蚁一声尖叫，躲到院墙外的墙根下去了。狗叫了几声，大门开了，一个女人出来了，她穿着一身蓝布汉装，五六十岁的模样。我听蚂蚁说过，他们这一带的人都是明朝派过来平乱的军人，叛乱平息后，小部分军人就被就地安顿了下来，以屯或铺为单位定居了下来，繁衍生息至今。这里的人还一直保持着他们最初的装扮，几乎所有人都穿着传统的汉装短衣。看见我，女人有些惊讶，她先喝住了汪汪直叫的黄狗，然后顺着石梯走下来，把一双湿透的手在衣摆下擦了擦问我找谁。

我嗫嚅着，不知道该怎样表述。

没办法，我转到院墙外，把蹲在院墙下的蚂蚁架了进来。

看见蚂蚁，女人就笑了，像在雨后的林子里遇到了野生的香菇。

"我还说谁呢？原来是蚂蚁子回来了。"女人哈哈大笑。

我说你是蚂蚁的妈妈吧？女人说是啊！然后她对蚂蚁说："蚂蚁子，叫你朋友进屋坐啊！站在院子里像什么话啊！"我转过头，蚂蚁的眼神躲躲闪闪，看见女人眼里有责怪的色彩，他就委屈地缩到了我身后。

"蚂蚁子，你干啥呢？"女人歪着头看着我身后的蚂蚁说，脸上起来了一层狐疑。

蚂蚁不着声，女人恼了，跑过来一把把蚂蚁扯出来，吼："做啥呢这是？"

蚂蚁哇的一声哭出来了，女人更是云里雾里了，她看了看我，目光锐利如刀，仿佛要把我生生切割了一般。

"咋了？"他问我。

我说是这样的,我和蚂蚁是朋友,住一个地儿的,他从楼梯上摔下来了,把脑袋碰坏了,我这不是——不是——就把他给送回来吗?

女人眼里一下就潮湿了,然后她转过去捧着蚂蚁的脑袋,像捧着一个易碎的陶罐,上下抚摸,眼泪不停地往下流:"蚂蚁子,你不认识妈了,我是妈啊!你叫妈啊!"蚂蚁小心翼翼地挣扎,他不知道这个女人要干什么,可他总挣脱不开,女人的两只手像把夹钳,牢牢地钳住蚂蚁的头。挣了一阵,蚂蚁不耐烦了,死命一甩,才甩掉女人的两只手。然后他就躲到了我背后。把脑袋贴在我的后背,窸窸窣窣地擦。

女人终于号啕了,她跑到院墙外对着空旷的田野喊:"范东升,你回来看看,蚂蚁子憨了。"

十一

虽然坐了一屋子人,屋子里却出奇地安静,只有蚂蚁爸烟锅子滋滋的炸响声。我坐在角落里,蚂蚁蹲在我身后的旮旯里,手上玩着一个钥匙扣,钥匙扣是他从院子的泥地里抠出来的,都锈迹斑斑了,他玩得很带劲,一会儿把它拉直,一会儿把它折弯。

屋子里的人基本都是蚂蚁的亲人,除了他的父母,还有他的姐姐和姐夫,靠窗的那个是他堂伯,堂伯旁边的中年人是他堂哥,也就是他堂伯的儿子。每个人脸上都带着冬瓜灰。说实话,我有些胆怯了,怕他们以为蚂蚁成这样是我给弄的。

蚂蚁的母亲和姐姐一直都在哭,两个女人坐在一条凳子上,互相握着手，开始哭声还小，慢慢就变大了。蚂蚁的父亲把烟袋里剩余的一点旱烟磕掉，然后他抬起头看着我说："说说吧！到底咋整的？"这个问题我在来的客车上准备了一路。我顿了顿，说是这样的。在我叙述的时候，每个人都听得很认真，两个女人也停止了哭泣，我讲述得很详细，重点都放到了我是如何把蚂蚁送医院的，如何拿出自己的钱给蚂蚁治伤上。讲完了，我的眼角居然湿润了，我把自己都给感动了。然后我眼泪哗哗地看着大家。

唉！蚂蚁爸发出一声长叹。

"我们家蚂蚁子有福啊！遇上了你这样一个好人。"重新填上一锅烟他接着说，"要不是有你，他这条命就算完了。"

我心里高兴了，想算是过关了。

屋子里没人说话了，烟锅子又开始了新一轮的炸响。

放下烟袋，蚂蚁爸颤颤巍巍地走到我面前说你让让，我看看他。我闪到一边，蚂蚁爸慢慢蹲下来，我都听见了他骨头炸裂的声音。他看着板凳后的蚂蚁说蚂蚁子，你还认得我吗？蚂蚁看着他直摇头。"你怎么连你老子都认不得了，这怎么得了啊！"蚂蚁爸哽咽着说，看蚂蚁还是没反应，老头火了，一把揪住蚂蚁头发，使劲摇晃着说儿啊我是你爸啊！被摇得晕头转向的蚂蚁忽然把手里拉直的钥匙扣向他爸的额头狠狠地刺了过去。老人一屁股坐倒在地，鲜血顺着他的额头慢慢往下淌，蚂蚁妈和蚂蚁的姐姐跑过来把他父亲扶起来，姐姐冲过来给了蚂蚁一耳光，尖着嗓子吼："瞎眼了你，那是爸呢！你都下得了手？"

蚂蚁哭了，爬起来跑到我身后。

蚂蚁爸往头上缠了一块白布，他看了看屋子里的人说："给他喊个魂吧！"声音悲怆而苍凉。

晚饭有鸡，辣子鸡，土鸡做的辣子鸡味道就是不一样，糯悠悠的。

我没敢多吃,蚂蚁一家吃得也少,蚂蚁妈不断往我碗里夹鸡,说你多吃,乡下也没什么好招待你的。我说我也是乡下的,蚂蚁妈说难怪你会把我们家蚂蚁子送回来,原来都是乡下娃娃说。

吃完饭,我和蚂蚁爸坐在屋檐下喝苦丁茶,蚂蚁在院子里的葫芦架下刨曲蟮。夕阳淌过一望无际的田野,把大地染得分外耀眼。余晖填满了蚂蚁爸满脸的沟壑,他目不转睛地盯着葫芦架下的蚂蚁。

"小的那阵子,整天都在架子下刨曲蟮,装在瓶子里,到村西边的河沟里钓鱼。"蚂蚁爸对我说,"那时候吃得不好,蚂蚁子懂事,钓到鱼了就让他妈给俞鱼汤。那时候家里穷,他硬是没有过上一天好日子。"老人说着说着一抹夕阳就湿润了。

"后来进了城,没少给家拿钱,唉!钱来得容易了,这人啊!就啥都变得容易了,连魂儿都容易丢了。"吸了一口烟,老人又说,"以前啊!总盼他回来,现在回来了,魂儿却给丢了。"

我说这不是魂丢了,医生说的,过不了多久说不定能缓过来呢!

"是魂丢了,魂丢在外面了,得给招回来呢!"

"能招回来吗?"我问。

"要看丢在多远的地儿了,要是丢得远了,就回不来了。"

夜晚,我一个人在月光下走,田野里是此起彼伏的蛙声。

我站在田野里,掏出手机给高顺打了一个电话,把这边的情形给他说了说,他在电话那头表扬了我,我最后嚅嚅地说了说关于蚂蚁空出来的位置的事情。放心吧!给你留着呢,只要事情办好了,铁定是你的。高顺说。

回到蚂蚁家,推开门就看见了蚂蚁爸,他指指里面一间屋子说家里窄,只能委屈你和蚂蚁睡一间床了。洗漱完毕我进到里屋,蚂蚁躺在床上呼呼大睡。蚂蚁妈斜坐在床边,正拧着脸帕给蚂蚁擦脸,老人擦得很仔细，很轻柔，灯光不是很亮，她的脸溢满了慈祥。见我进来，老人站起来不好意思地对我说马上就好了。说完她又坐了下来，拉起蚂蚁的一只手擦，直到把一只黑乎乎的手擦白净了，才拉起另一只手擦。

"你是不晓得，这娃儿小时候就贪耍，每天都是天一亮就出门，太阳落坡了才归家，出门时干干净净的，归来就成了泥猴了，玩累了，一回来倒头就睡，每个夜晚我都给他擦脸，用再大的力气，他也醒不来的。"老人边说边笑。

老人端着盆出去了，我顺着蚂蚁身边躺下来，侧头看了看蚂蚁，他均匀地呼吸着，鼻孔轻轻地翕动。我刚想拉灭灯，蚂蚁妈推门进来了，手里捧着一叠衣服。"你看他这身衣服，太脏了，明天给他换套干净的。"看着我不好地意思笑笑，她接着说，"你也知道，这孩子现在只认你，麻烦你明天给他换换，好吗？"我笑笑点点头。

老人退出去了，我抖开送进来的干净衣服，和这里男人们的衣服一个款式，短装，对襟衫，袖口和裤腿特别宽大。

我拉灭了灯，黑夜里只有蚂蚁轻柔的呼吸声和窗外阵阵蛙声。

我醒来的时候蚂蚁不见了，出来看见他正在院子里忙活，把一根篾条折弯，将两头插进一根竹竿里，然后举着一个椭圆跑到猪圈的屋檐下绕蜘蛛网，东绕西绕，一个捕捉蜻蜓的网圈就做好了。他看着我，得意地把手里的家伙晃了晃，向远处的稻田跑去了。我喊，说衣服还没换呢！他不理我，转眼就没影了。

我慌忙往远处的田野追去。

蚂蚁扛着网圈在田野里跑来跑去，视野里全是大大小小的谷草堆，蜻蜓在田野上空盘旋。有彩色的蜻蜓降落在草堆上。蚂蚁蹑手蹑脚过去，眼睛盯着忽闪着翅膀的蜻蜓，蜻蜓看上去很悠闲，反而是蚂蚁看上去紧张极了，声音憋得很紧，他的脚步很轻，连奔跑时簌簌的声音都消失了。近了，更近了，网圈往下一罩，蜻蜓才意识到危险的降临，振翅欲飞，可惜晚了，终于只能在黏黏的蛛网里挣扎。笑容花一般在蚂蚁的脸上绽开，把网圈折到脸前，轻轻把蜻蜓取下来，绷开指缝，把蜻蜓的翅膀夹在指缝里，蜻蜓露出肉嘟嘟的肚子，徒劳地挣扎着。

日头懒洋洋地挪步，谷堆们的影子也跟着懒洋洋地移动，远处的村子开始有女人喊：小老幺，快回家吃饭了。于是旷野里就有光着腚的孩子飞奔，跑得远了，消失在一片翠绿的竹林中。我躺在田野里，土地温暖湿润，薄纱样的光芒从天上倾泻下来，在我眼里揉成了一片惨白。蚂蚁站在我的头边，把一片惨白背在身后，脸上是和年纪不相称的笑容，那笑容很嫩，散发着勃勃的生机，像春天刚露头的幼苗。他撇着嘴，眼睛盯着我，然后举起两只手，我看见他两手指缝里夹满了蜻蜓。

田埂弯弯拐拐，将毗邻的稻田串在一起。蚂蚁走在前面，网圈夹在腋下，他像一个得胜的将军，走几步他就回头看看我，炫耀着战利品。我不停地点头，对他乐此不疲的炫耀有些不耐烦了，可他却依旧决绝地炫耀，一点没有停下来的意思。我就干脆不走了，找个谷草堆坐下来，他走了几步，回头，还想继续炫耀，看我坐下了，眼里闪过一丝慌乱，他跑过来，蹲在我身边，我不说话，他蹲得久了，也坐下来，我们一起看着一望无际的萧索。坐了很久，蚂蚁忽然把腋下的网圈往旁边一丢，将两只手平伸出去，慢慢松开手掌，蜻蜓们就掉落在地上，在草堆里慢慢张开粘在一起的翅膀，扑闪着飞了起来，动作开始还显得僵硬，渐渐就舒展了，最后全都消失在了无边的旷野中。

蚂蚁坐在田野里，仰着头，目送着它们。

十二

乡村的正午总是百无聊赖的，远处近处的小道上看不见一个人，只有太阳毒毒地吞噬着旷野里的水分。我坐在院坝边的杉树下，浓荫很密实地覆盖着我。蚂蚁爸的咳嗽声从屋子里钻出来，哑哑的，听得让人透不过气来。我四下张望着，觉得眼前的一切显得异常遥远。我翻出手机，先玩了一会赛车游戏，赛车在城市的高楼大厦之间风驰电掣，跑过一个超市的时候给撞了，咣当一声巨响，赛车成了一团废铁。骂了一声，我给冰棍打了一个电话，我还没有说话，按捺不住的兴奋就从电话那头淌了过来，冰棍说快回来吧，活儿可多了。忙啊！他说，停了停他问："蚂蚁缓过来没有？"我说没有。他先叹口气，说缓不过来你就回来吧，守着个憨包有个尿的意思。

合上电话，我闭上眼，脑袋里一片灰白，灰白里还有星星点点的黑斑，欢快地跳跃着。忽然我听见了急促的脚步声。睁开眼，我看见院子里站着一个瘦瘦的老头，他两只手拄在膝盖上气喘吁吁地喊："范老大，你家蚂蚁子搅事了。"

"搅事？搅啥事了？"蚂蚁爸出来问。

"河沟边，你去看嘛！"瘦老头说。

蚂蚁爸踉跄着向外面跑去，我翻起来跟在他的屁股后。阳光定定的，辣辣的，我和蚂蚁爸的影子在田埂上左摇右晃。

很远就能看见河沟了，其实不是河沟，是个水潭，很宽阔的水潭，绿茵茵的，像往水面铺开了一层墨绿色的纱巾。蚂蚁蹲在水潭边一个浅浅的石窝子里，全身赤裸，肩膀上、背上、大腿上都流着血，他把脑袋埋进石窝子里，屁股高高地撅着，下面那根东西悬吊在半空中。不远处，几个女人站在水潭边，脚边都有一盆衣服，每个人的手里都攥着一块石头，脸上是愤怒，还有羞涩。蚂蚁爸跳过一坝鹅卵石，过去弯下腰看了看蚂蚁，转过来对着几个女人吼："咋搞的，这是？"女人们开始没有话，还是一个年纪大些的女人说咋搞的？你问他呀！她旁边一个年轻一些的女人咕哝着说："这样大一个汉子，当着我们脱得光丝丝的，还——"蚂蚁爸看了看淌血的蚂蚁，火了，跳过来问："还咋个了？你说。""咋个了？光个身子跑到我们面前，还拿手拨下面那个东西。"年纪大些的女人说。"你们不晓得他憨了吗？"蚂蚁爸喉咙里都有哭腔了。

几个女人似乎觉得理亏了，都低下了头，悄悄都扔掉了手里还紧紧攥着的鹅卵石。我从水潭另一边把蚂蚁的衣服捡起来，绕过去把衣服给他披上，蚂蚁慢慢抬起头，我看见了他的眼里也有了亮汪汪的潭水。

我们沿着田埂往回走，蚂蚁走在最前面，他的裤带不见了，就用两只手提着裤子。看见旱田里谷草堆上停有蜻蜓，他就腾出一只手，蹑手蹑脚过去，手慢慢伸出去，大拇指和食指做成的夹子眼看就要夹住蜻蜓的翅膀了，那生灵忽然一扇翅膀，袅袅地飞走了。蚂蚁就直起腰，落寞地看着远去的蜻蜓。蚂蚁爸这时候就停下来看着蚂蚁，也不说话，等着蚂蚁回到田埂上，我们三个人的影子又开始在田野里慢慢地拖动。

绕过几块旱田，眼前是一片亮汪汪的水田，这样的水田在农村叫作烂田，一年四季不会干涸，其实就是沼泽地，泥是熟烂的老黑泥，田也深，黑泥能漫过人的大腿。蚂蚁爸走在中间，我能清晰地听见他厚实的鼻息,他的腰有些佝偻,让前面的蚂蚁显得更加高大。空中有盘旋的蜻蜓,蚂蚁就跳起来伸手到空中去捞,双手一松,裤子就掉了,露出两截白花花的大腿,他边跳边哇哇乱叫。

"日你娘的!"蚂蚁爸闷闷一声骂,冲过去狠命一推,蚂蚁就树桩一样地倒进了脚边的烂田。蚂蚁在烂田里拼命挣扎。"你死了去,死了我给你抵命,都死了就干净了,你咋不痛快地跌死呢?偏要这样粪尿样地活着。"老人狠狠地骂,骂了几句,一屁股坐在田坎上,伤心地号哭,两只手深深地插进田坎边的泥地里。

我跳进烂田把蚂蚁抱到田坎上。"不要捞他,让他闷死得了。"老人哭着喊。

蚂蚁给吓着了,先是呆呆地看着他爸,看了看哇的一声也哭了,泪水在一脸的黑泥中冲刷出来两道白白的沟壑。远处有扛着簸席的村人站在田坎上,踮着脚往这边看。

蚂蚁爸蹲在蚂蚁身边,用谷草给蚂蚁擦身上的黑泥,老人脸上的泪痕还在,反复擦了好几遍,蚂蚁还在哭,声音高高矮矮的,不像刚开始那样嘹亮整齐。

擦完,蚂蚁爸从谷草堆里抽出几根粗大的稻草,坐在田坎上,用膝盖夹住稻草的一端,编辫子样地搓出了一根草绳,他把草绳衔在嘴里,过去把裤子给蚂蚁套上,两只手从后面把蚂蚁搂起来,用草绳把蚂蚁的裤子绑好,牵着蚂蚁的手准备迈步,蚂蚁看了看他,身子往后缩,眼里跳跃着畏惧。我过去从蚂蚁爸手里把那只黑乎乎的手接过来,说我来吧!老人点点头,他的眼里全是哀伤。

晚上,天上有月亮,月光里是一片嘹亮的蛙声。

蚂蚁爸和蚂蚁妈坐在屋檐下,看不见人,只有旱烟在忽明忽暗中滋滋的燃烧声。我拉条凳子远远地坐在围墙边,蚂蚁骑在围墙上,手里拿根蔑条,"驾驾"地吼。坐了一阵,我起来走到台阶下,对阴影里的两个人说:"那头事多,电话都催了几次了。"

烟锅子猛然炸亮,能看见一张模模糊糊的老脸,瞬间又黯淡下去了。

回吧!男的说。

天还没有亮我就起床了,公鸡在鸡圈里长声吆吆地喊,喊得一寨的公鸡都忙碌起来。把东西收拾好,晨曦才铺满了一窗。蚂蚁还在睡,嘴无规律地啪嗒着,像在咀嚼着一张无形的饼。我拉开门,金色的光芒在堂屋里流动,雾气在敞开的大门口徘徊,蚂蚁爸坐在门槛上,依旧吸着烟,晨光劈面,把他勾出一个金黄的幻影。我站在堂屋里伸了一个懒腰,蚂蚁爸回头,把烟杆从嘴里抽离,说起来了,我点点头。我过去和他在门槛上一排儿坐下来,天边正一片绯红,旱烟烟雾和清晨的雾气搅在一起,在我们的呼吸之间打着旋儿,我们这样坐着,都不说话,都心事重重的样子。我想走了,每晚都做梦,梦里看见的都是那些熟悉的景儿,悬在半山腰的房子,窗户里孩子们的脸蛋,山脚下的火葬场,远处高高矮矮的楼宇,一溜儿向远处延伸的绿化树。这些景象在梦里清晰得像一面平整的大镜子,我甚至能听见自己夜晚踯躅在巷子里的脚步声,啪嗒,啪嗒,脆脆地敲击着耳膜;依旧能在街道拐角处遇见那个穿吊带裙的女孩,我们并肩站着,我能闻到她身上那股淡淡的香味,有点像老家香瓜的味道,还有她的呼吸声,轻柔、恬淡,轻轻掀动着垂在嘴边的一绺秀发。每次梦醒,先看见的却是一屋子暧昧的月光,还有身边打着鼾的蚂蚁,屋角的土豆已经有了腐烂的味道,酸酸地在鼻孔里流淌。还有很多,蟋蟀的尖叫,老鼠的闷哼,尖嘴蚊最后的哀鸣。醒来后,我就睡不着了,只能睁着眼睛,等待黎明的来临。

蚂蚁妈递给我一碗面，面条是自己加工的，颜色不好，有些灰暗，但味道不错，剁碎的青椒和西红柿在猪油里焙焙，浇在面上，勾得满嘴唾液。吃吧！她说，这里离城好远呢！我蹲在沿坎上呼啦呼啦地吃面，两个老人目不转睛地看着我，我感觉到了一丝淡淡的异样。

蚂蚁爸坚持送我出去，他走在前面，两只手背在身后。旷野里湿漉漉一片，朝阳照着田埂上的大脸草，发出耀眼的光芒。我们站在公路边的皂角树下，树上那片新鲜的创面还在，只是那些红色的蚂蚁已经不见了，只有一片收水后的暗褐色，像一块结痂后的伤口。蚂蚁爸的眼睛一直望着公路那头。"每天就一次班车，不要指望有座位，都是塞得满满的。"他望着远处说。

我的手一直捂着旅行包，脑子里想着那沓钱，五千块，没错的，全是百元的，我数过很多次的。好几次我都想把它往外掏，可就是掏不出来，它仿佛重逾千斤，慢慢地我的手都开始颤抖了，还有些酸麻。我还是怕，怕袋子变得空空，那样心也会跟着变得空空的了。我始终跟那只手较着劲，可它就是不听我指挥。我知道，我是彻底被我的左手打败了。

蚂蚁爸忽然递过来一沓钱说："蚂蚁子能回家，全赖你了，我们也不知道你花了多少钱，我和他妈商量了一下，这是两千块钱，你不要嫌少。"我连忙把他的手推回去，说不用的，真的不用。老人坚持着，我也坚持着，我最后脸都红了，老人有些难为情，以为我的脸是急红的。他终于一脸歉意地缩回了手。

客车终于来了，像个喝醉的大汉，踉跄着。果然满满当当，几张年轻的脸孔贴在车窗玻璃上，木木的，如同被冰冻住了一般。我拍了拍蚂蚁爸的肩膀，老人看着我，对着客车挥了挥手，我抬了抬腿，迈不动步子，我回头，蚂蚁站在我身后，两只手紧紧地抓住我衣服的后摆，我对着他笑笑，伸手去拨他的两只手，拨不开。见我这样，他似乎焦急了，紧紧咬着的嘴唇忽然松开，哭声涌了出来，这时我才发现，蚂蚁只穿了一条裤衩。蚂蚁爸过来，用力把他的两只手拉开，我慌忙向客车跑去，刚准备上车，蚂蚁甩掉了他爸，哭喊着冲过来，拉住我的衣服拼命把我往下拉，我则死死地把住车门，我们就这样僵持着，湿湿的晨雾里只有蚂蚁的号哭声和客车机器低低的轰鸣声。我猛然发力，终于跳上了客车，哪知道蚂蚁也跟着跳了上来，一截白花花的身体挤在车门口，好几个女人都把头转开了。

"下去！"我用力推他，"滚下去！"蚂蚁不看我，两手死死地抓住车门边上的扶手。

"到底走不走？"司机愤怒地问，一车人用厌恶的神色看着我。

僵持了一阵，我最终投降了，跳下了车，蚂蚁也跳了下来。

客车颠簸着远去了，我怅然地看着远去的客车，火上来了。我一把揪住蚂蚁的脖子，眼睛恶毒地盯着他。他咳嗽着，对着天空翻着白眼。

蚂蚁爸站在一旁，他的嘴和手都蠢蠢欲动，最后还是内疚占了上风，没有动，也没有说话。直到我把蚂蚁放开，他才对我说："要不再耽误你两天，等给蚂蚁子喊完魂，你就回去吧！"

十三

喊魂师是从很远的镇子上请来的，很清瘦的一个老头，和他一起来的还有他的三个徒弟。还没有进院子，就能感觉到他的与众不同，他走在最前面，有黑白间杂的长胡须，头顶秃得很厉害，光亮的头顶让他看上去更加仙风道骨。蚂蚁爸妈迎出去很远，把他们接进院子，四个人一排儿坐在一条长凳上，喝了一口茶，喊魂师问："娃儿呢？"蚂蚁爸指了指远处的稻田，旷野里有个渺小的影子在欢快地奔跑，不时还发出几声尖厉的笑。

"有现成的喊魂坑吗？"喊魂师问。

"有，村子西边火棘山上，好多年的老坑了，这一带喊魂的都在那儿。"蚂蚁爸说。

"去看看。"喊魂师把茶碗递给蚂蚁妈，站起来就往外走。

我们一行人在曲折的山路上迤逦而行，开始还是一马平川的田野，慢慢稻田就消失了，坡度越来越大，越往上，火棘树就越多，到了山顶，这里就简直是火棘树的天下了，火棘密密麻麻簇拥着，满身都悬吊着火红的果子，锐利的小刺恶狠狠地向外伸着。

终于见到喊魂坑了，我打赌，这个地方我见过，一片张张扬扬的火棘丛中，居然是一个黑洞洞的深坑，深坑边上有鲜嫩的藤蔓和常青的树木，藤蔓缠绕在那些悬挂在洞壁上的树木上，绕出的不仅是恐惧，还有神秘，白雾从洞底袅袅地升腾起来，丝丝缕缕地悬吊在洞口的藤蔓上。

喊魂师沿着洞口绕了一圈，捡了块石头扔进去，叮咚叮咚的好一阵子，洞子才归于平寂。好地方，他说。"山魈洞神就在这样的地头了。"

"就这里了。"他对蚂蚁爸说。

一早，蚂蚁一家就开始忙碌了，除了自己家人，寨子里还来了好些帮忙的。喊魂师开出了一张长长的清单，都是喊魂得用上的。四张八仙桌、四个猪头、灵幡一面、未开锋的菜刀四把、白酒十斤、香烛纸钱若干。蚂蚁爸很会安排,听蚂蚁妈说,蚂蚁爸一直是镇子上大务小事的管事,不管婚丧嫁娶,他都能安排得井井有条。吃完午饭,大家把备齐的东西往火棘山上运,我坐在树荫下看着来来往往的人,他们脸上都一色的严肃,很少有人说话,仿佛一个神圣仪式前就该这样,否则会亵渎了神灵似的。蚂蚁爸最后一个出门,他肩上扛着一张老式的八仙桌,桌子黑色的土漆都掉得差不多了,露出暗灰色的真相,我想它该是核桃木的,很好的木料,好木料都沉重,老人喘着气对我说,他听你话,烦劳你把他带上山来。

我在竹林里找到了蚂蚁,他正聚精会神地蹲在竹林里扒竹虫,掰开一段腐烂的竹子,里面有一堆白白的虫子,用小篾兜装起来,直接下到烧沸的油锅,快速跑一道,就能吃上金黄的竹虫,嘎巴脆,能香死人。我凑过去,蚂蚁的篾兜里已经有了不少的竹虫,我踢了他屁股一脚,蚂蚁猛地跳起来,手里的篾兜打翻在地,白白的竹虫争先恐后往外爬,等他慌慌地收拾起地上的篾兜,里面已经空空了。蚂蚁急了,嘴里咕噜乱叫着,蹲下慌忙去捉那些竹虫,我又一脚将篾兜踢出去老远,伸手捉住他的耳朵,把他硬生生提起来往竹林外走。

蚂蚁一路上都在挣扎,他耳朵都变得通红了,我指着他说要我放开也行,你得听话,知道吗?他点点头,我松开手,蚂蚁就一溜烟往回跑,我快步追上去,从后面抓住了他的领子,把他拖拽到一个稻草堆后,我四下看了看,旷野里没有一个人。我把他按倒在地,噼里啪啦一阵乱打,蚂蚁脑袋埋进草堆里,露出半截身子给我揍,我力气下得很大,拳脚在蚂蚁身上击打出砰砰的空响。奇怪的是,他居然没有哭,只是把身子不停地往草堆里钻,最后只剩下了两扇屁股。

我揍得痛快极了,一切的不满都在拳脚交加中一点一滴地往外流淌,最后我累了,坐下来喘气,平息下来我忽然发现,那些流走的不满，原来都是些模糊的影像，我无法说清楚它们的模样，或许它们本就不存在吧。看了看草堆里的人，我有了些淡淡的内疚。总是这样的，每次搞整了蚂蚁，我都会内疚的，不过我喜欢这种内疚，内疚起来和消失都极快。内疚退潮了，我就心安理得了，心里就说：蚂蚁啊！不要怪我了，我都内疚了的，你还要我怎么样呢？

把蚂蚁从草堆里拔出来，他的样子把我吓了一跳，两个眼睛定定地看着我，竟然有了些昔日的威严，他拉下耷拉在脑袋上的几根稻草，伸出一只手指着我："你打我。"话音干净整洁，还如刀刃般锐利。我慌了，往后退了两步，看他的样儿，和变故前的那个蚂蚁一模一样，我惊慌地摇着手，他往前跨了一步，眼睛里忽然潮湿了，嘴一下撇开，指向我的手慢慢弯回去拭擦流出来的泪水。"日，日，妈！"他终于哭出来了。我松了口气，过去端着他的脑袋，和颜悦色地说："只要你听话，我保证不打你。"他看了我半天，才点点头。

我牵着蚂蚁在一望无际的田野里走着，黄昏快上来了，阳光变得很薄，蝉翼般地包裹着大地，像一个饱满的茧子。

到了火棘山，一切都安排好了，洞坑东南西北各摆放了一张八仙桌，每张八仙桌上都是一样的物事：两面纸糊的灵牌，一面是土地，一面是山魈；灵牌前是新燃上的香烛，还有一个洗得白白净净的猪头和一把菜刀。人们三三两两站成几堆，都紧锁着眉头，蚂蚁爸和蚂蚁妈在东边的八仙桌边和喊魂师低声说着什么。看我们来了，蚂蚁的几个亲人连忙迎上来，蚂蚁爸说可算来了，正等着给他落魂呢！

"落魂？啥叫落魂？"我问。

"喊魂前得先把剩下的那点残魂给甩掉才成的。"蚂蚁妈说，擤了把鼻涕，她伸手到腋下擦了擦说，"得空落落地喊才成。"

喊魂师穿了一身白，像团营养不良的棉花，他袅袅地飘过来，手里举着一杆白幡。他是沿着洞沿过来的,我有些怕,怕一阵风就把他给扔进洞里去,不过还好,他还是安全地过来了。他先弯下腰把白幡插进地上的泥土,一把抓住蚂蚁的手腕,蚂蚁尖叫一声,和喊魂师扭成一团。这时候过来几个年轻人,三下五除二就把蚂蚁按住了。"日,日,妈。"蚂蚁叫嚷着。再看喊魂师,气喘吁吁地往西边那张八仙桌一指。"起!"年轻人一声轻呼,蚂蚁就升到半空了,他们从我旁边经过的时候,我看见了蚂蚁的那双眼睛,眼神绝望,死死看着我,那样子像是在哀求,哀求我去搭救他,他不明白这些人要对他干什么,他看了看深不见底的洞口,脑袋倏然扭开,脸上完全被恐怖笼罩着,他以为,这些人定是要将他扔进洞子里去了。

蚂蚁高悬,夕阳好奇地斜射过来,把蚂蚁的影子长刺刺地平铺在洞口上那些鲜嫩的藤蔓和憔悴的古树上。洞口边是喊魂师和他的三个徒弟,他们全都一身素服,手里都高举着一块四四方方的青石。

"投石问路,魂归洞府!"喊魂师高喊。四块青石猛然砸向悬浮在洞口的蚂蚁那个细长的影子上,咕咕咚咚一阵闷响,一切才归于平静。

喊魂师拍拍手,说放下来吧!几个年轻人把蚂蚁放了下来。双脚甫一沾地,蚂蚁就拼命向火棘丛奔去,他跑得很快,我甚至听见了火棘树的尖刺刺破衣服和皮肤的声音。几个年轻人愣了一下,拔腿就往蚂蚁逃离的方向追去。我呆呆地看着无边无际的火棘丛和天边渐渐变淡的那抹夕阳,感觉一切都变得那样地遥远和虚无,我忽然记起了那个梦,梦里的场景是如此地真切;可当自己置身于真切的场景时,这一切又变得如梦一般地缥缈。看着蚂蚁逃跑的方向,我想,蚂蚁此时在想什么呢?像我在梦里那样绝望吗?还是什么都不想,就这样一直奔跑着,只要前面还有方向,双脚还有气力,就一直跑下去。

蚂蚁当然不会一直跑下去,一支烟工夫,他就被几个汉子架了回来，把他按倒在八仙桌前，蚂蚁已经血泪满面了，衣裤的好几处都拉破了。

"还跑吗？"喊魂师低下头问。

我以为蚂蚁又要怪叫了，出人意料，他紧咬着嘴唇，不出声。

蚂蚁妈泪眼婆娑地过去给蚂蚁擦拭脸上的血迹，蚂蚁没有挣扎，他甚至都不看我了，脑袋一直埋着。开始几个汉子还不放心，看见蚂蚁没有了挣扎的迹象，都慢慢松开了按着蚂蚁的手。蚂蚁顿时松软了，像骨头被抽掉了一般，他松松垮垮地晃来荡去，我有些担心，想过去把他架住，刚跨出两步，蚂蚁忽然伸手抱住了八仙桌的一只桌腿。

看蚂蚁顺从了，大家才慢慢散开去，各自操持自己的活儿。

黑夜终于抖擞着精神上来了。

洞坑边灯火通明，每张八仙桌上多了两根粗大的烛火。

"娃娃魂儿是在哪个方向丢的？"喊魂师问蚂蚁爸。蚂蚁爸转头看着我，我摇头，说我不知道呀！他魂儿丢哪儿了我哪知道啊！说完我讪笑。

"就是蚂蚁子跌倒的那个地头，我没进过城，辨不明方向。"蚂蚁爸说。

我四下望了望，黑咕隆咚一片，我哪分得清是哪个方向。

我摇摇头。

蚂蚁爸急了，他说你想想呀，在城里待了这样久，哪能不知道方向呢！我瞥了他一眼，他的眼神焦急而愤怒。

"那儿！"我随手指了指远处一座黑黢黢的山梁。

老人脸色一下就舒展开了，他转过去看着喊魂师，手往远处一抬："就在那座山后了。"

仪式自东方开始，喊魂师先恭恭敬敬上了一炷香。他的三个徒弟拿着各种物事立在他的身后,都一脸的严肃。

喊魂师先举起白幡在空中比画了几下,那模样像是画了一道空符,接着他对着远处的山梁高喊:"蚂蚁子,你快回来,三魂七魄回家来;你要来,你就来,不要在阴山背后挨,阴山背后狂风大,一风把你吹下来。"

声音高亢悲凉,穿透夜空,奔着远方去了。

喊罢,喊魂师把手里的灵牌往桌上一拍:"远行之人丢了魂,全靠山魈来指引,如能顺利回家转,好酒好肉供奉您。"喊魂师退后,一个徒弟走上前来,将桌上的猪头扔进了洞坑,另一个徒弟也跟着往洞里倒了一大碗酒。

接着是南方和西方两个方位,一样的程序,一样的号子,一样的悲凉高亢。

我转头看了看蚂蚁,他站在北方那张八仙桌边,拿着一根细木棍捅桌案上猪头的鼻孔,还发出咯咯的笑,之前的惊吓仿佛已经随着喊魂师的声音飘走了,蚂蚁又无忧无虑了,他目不转睛地看着喊魂师和他的徒弟,还有他的亲人和寨邻,眼睛里两根烛火兴奋地摇曳。只有在回头看见两个把他抓回来的汉子时,他才会有些不快。

抬起头,他看见了我,他的目光瞬间变得柔和了,丝丝缕缕,点点滴滴。那是见到亲人时才有的眼神、温暖、信赖,没有任何杂质。他的眼睛离开我一会儿就要回来一趟,他需要我在,我在他就会放心地用眼睛去看那些他觉得充满危险但却新奇的人和物。

东南西三方都喊罢了,喊魂师转到了北方的八仙桌,我以为又该如法炮制了,没想到喊魂师喝了一口酒,抽出两炷香点上,一炷插进香炉,把另外一炷递给蚂蚁爸,说:规矩你知道的,能走多远走多远,地势越高越好,时间要掐准,成不成就看天意了。

蚂蚁爸点点头，转身对我说：得求你了，你带上蚂蚁，跟着我。我说干啥呢？他说你别管，跟着就对了。我勉强点了点头。走！他说。我过去拉上蚂蚁，他开始有些不愿意，半推半就，我狠狠瞪了他一眼，他才算迈了步。

黑夜在耳边呼呼淌过。

我拉着蚂蚁跟在蚂蚁爸身后，不是走，是跑，没命地跑。密实的火棘树拉得手脸生疼，蚂蚁爸跑在前面，喘气声和夜一样凝重，我惊讶于他的体力，这样的年纪还能在暗夜里用这样的速度奔跑，我都有些吃不消了。他手里的那炷香在奔跑中发出耀眼的亮光，跟着他的身体一起颤抖。

终于跑出了火棘林，接着开始爬山，山势很陡，抬头望去，黑乎乎地插入夜空。前面的老人开始是跑，然后是爬。蚂蚁在中间，也呼呼地喘着气，他很配合，前面的慢他也慢，前面的快他也快。

终于爬到山顶，我全身都湿透了，有山风过来，吹得满身舒畅。我对蚂蚁爸说歇歇吧，爬不动了。老人不答话，径直跑到崖边，扑通跪倒下来，把香插在地上，他对我招手，说快叫蚂蚁子过来跪下，我过去把地上喘着气的蚂蚁拖过来，按下来和他爸跪在一起，蚂蚁想挣扎，我照着他屁股猛踢了一脚，他才软下来。蚂蚁爸对着远方磕了三个头，喊："蚂蚁子，回家来，三魂七魄回家来！蚂蚁子，回家来，三魂七魄回家来！蚂蚁子，回家来，三魂七魄回家来！"

蚂蚁爸就这样一直反复喊。声音开始还响亮，喊到最后就低沉了，最后老人终于哭了，他瘫坐在地，哭着说："才多大点娃哟！就这样把魂儿丢了，就这样憨了，造孽哟！"

我过去挽住老人的胳膊，说起来吧，地上凉呢！老人一下翻起来，重新对着远方跪下，扯着嗓子喊："蚂蚁子，回家来，三魂七魄回家来！蚂蚁子，回家来，三魂七魄回家来！蚂蚁子，回家来，三魂七魄回家来！"

反反复复喊了几遍，老人看了看地上那炷香，说差不多了，我们回。站起来就往回跑，看见他跑，我没法子，只好扯起蚂蚁跟他跑，下坡路不好走，老人开始还算利索，过一个窄道时，他滑了脚，咕咚滚下去了。我慌忙梭下去，他卡在两块石头中间，正咔嚓咔嚓打着火机，嘴里喃喃地念叨："这香可不能灭喽，这香可不能灭喽。"借着火光，我看见他满脸鲜血。

见我过来，他猛地一挣，硬生生把自己从石臼中拔出来，歪歪扭扭向那片火棘林跑去了。

跑回洞坑边，案桌上那炷香都到了根部，但还在袅袅地燃，老人两腿一软倒了下去，嘴里还兀自喊着：刚刚好！刚刚好！狗日的蚂蚁子有福气。蚂蚁的几个亲人过来把蚂蚁爸扶起来，一家人呜呜哭成一团。

我坐下来，全身软塌塌的，蚂蚁妈走过来，擦着眼泪对我说：感谢你了。我说我还不知道跑来跑去干啥子？

旁边喊魂师说："喊魂最要紧的一关，是丢魂人的至亲要在北方开喊前跑到高处帮亲人喊魂，山越高越好，离落魂的地方越近越好，只有一炷香工夫，近了，怕丢在外面的魂儿听不见，远了，回来香燃过了，那魂儿就回不来了！"蚂蚁蹲在不远处，不断往洞坑里扔石头，扔完，就把耳朵凑过去很认真地听那响声，响声消散了，他又兴致勃勃地开始扔。两个汉子站在他的身后，神经兮兮地看着他，生怕他生出跳进洞里看个究竟的想法来。

那炷香燃完，北方的仪式开始了，和前面的几个方位相比，这边的内容就繁琐了。前面和东南西方一样，多出来的内容叫"看蛋"。

喊魂师从挂在腰间的袋子里摸出一个鸡蛋，走到蚂蚁旁边，把鸡蛋从蚂蚁脑袋一直螺旋状往下滚动，一直滚到脚，嘴里还念念有词，滚完了，回到供桌边，供桌下已经烧起了一个熊熊的火盆，喊魂师把鸡蛋放进火盆里，然后就有噼啪爆裂的声音传来。慢慢地，那汪火熄灭了，喊魂师夹出烧好的鸡蛋，剥去皮，凑到烛火边，翻来覆去地看，足足看了一袋烟工夫。

"不要看我手里拿的是个鸡蛋，其实我握着的是娃儿的过去和将来呢！不管啥，都能从这个鸡蛋上看出来。"喊魂师说。

半晌他又说："娃儿的魂不是丢了，是被人带走了！"

"被啥人带走了？"蚂蚁爸问。

"穿黑衣黑甲的人，你看——"喊魂师说，蚂蚁爸把脑袋凑过去，喊魂师指着鸡蛋对他说，"一队穿黑衣黑甲的人，还骑着高头大马，卷起一阵烟尘往西边去了，身后还跟着好些人，你看这一块，跟在尘烟后跑着呢，衣衫褴褛的一群人。"

"蚂蚁子在哪里？"蚂蚁爸问。

"应该在中间这一堆，也跟在后面跑，手里还拿着梭镖呢！"喊魂师说。

"能喊回来吗？"蚂蚁爸焦急地问。

凑过去仔细看了看，喊魂师对着人群无奈地摇了摇头："跑得太远了！怕是回不来了！"

夜幕下先是一阵揪心的沉默，然后有了低沉的啜泣声，啜泣声很快蔓延开来，填满了昏黑的夜。

这段时间，在这样一个夜里，我第一次感觉到悲伤，我也第一次感到了绝望。

十四

喊魂结束了,村庄忽然变得疲惫不堪,像一个陷入淤泥的人,挣扎了好久依旧徒劳无功后,只有沉默的绝望了。

其实,生活好像一直在继续。每天一早依旧能看见蚂蚁一家忙碌的身影,蚂蚁爸还是要将猪圈里的积粪一背篓一背篓地往地里送,土已经翻好了,该把麦种播下去了。虽然他的背看上去更佝偻了,但他仍旧如一匹远行的老马,丝毫没有停下来的意思,他好像连劳累时的喘气声都变得细微和不可捉摸了。蚂蚁妈依旧站在屋檐下筛麦种,大多数时候她都隐藏在一团尘雾中,那是她双手簸动簸箕后扬出来的灰尘。所以,我看不清她的脸,更无法看清她的表情。蚂蚁的姐姐和姐夫照例每天过来看看老人,来时都会带上一点东西,两捆豇豆啊!半袋子糯米啊!甚至只是一块粘鞋垫用的旧布。总之是不会空着手来的。来了也没有多话,把东西撂下来,伸手帮忙做些小事,又沉默着回去了。

田野里,依旧能看见翻土背草的村人,只是没有了遥遥相望时那种安适的相互招呼,有想说的话,都要动动腿脚,面对面了才开口说话。

仿佛一夜之间,笑容就被山那边过来的风给带走了。

除了蚂蚁。

他依旧在田野里奔跑,依旧放声大笑,依旧骑在围墙上挥动着马鞭,依旧在旷野里追逐蜻蜓。

又仿佛一夜之间，山那边过来的风把蚂蚁的快乐带回来了。

我则随着这个村庄陷入了沉默。

此刻，我坐在院子里的杉树下，检阅着秋末特有的荒凉。我曾经渴望的离开也变得可有可无了，我希望一直这样坐下去，直到有一天，两眼一花，身子一歪，就完成了生与死的交接。看着田埂上呵呵笑着奔跑的蚂蚁，我不知道他的魂到底是不是丢了，或者原本就丢了，现在才是真的回来了。

"日，日妈。"他指着远处一个老人喊。

"归来！"老人扬着手里的鞭子喊扭向道路旁的老水牛。

手机响了，是高顺的电话。

我摁掉了电话。

那天清晨，我悄悄走了。临走前，我仔细看了看熟睡中的蚂蚁，他的面容如孩子一般洁净，连打呼噜的样子都洋溢着童真。我伸出手，想摸摸他的脸庞，伸到一半，我停住了。

把那沓钱放在枕头下，我轻轻拉开门出来，天边露出了温暖晨曦。穿过村庄，鼻子里全是鲜嫩动人的气息。

客车在路上颠簸，透过车窗，能看到天边那排隐约的绿。我忽然想起那个遥远的电话："兄弟，我是刘新民啊！你这号码我是拐了好几个弯才给弄到的，你还好吗？我现在在新东县办了一个养猪场，还不错，就是人手不够——"

我慌忙打开手机，想把它翻出来，翻着翻着我绝望了，那个电话被挤掉了。

我哭了。

内陆河

一

河流从西山口下来,沿着满坡的层峦叠翠,在庄子里羞羞答答顾盼一阵,又向着远处去了。

琼花蹲在河沟边,把一件清洗好的衣服扔进盆里,抬起胳膊揩了一把汗,心思就跟着流水一起淌远了。经常,她都会想,这条河经过了这些目光所及的弯弯曲曲,到底流到了哪里?跳进了更大的河?还是汇入了广阔的海?读书时地理老师讲过,所有的河流最终都融入了大海的怀抱。没错了,一定是这样的。

年轻婆娘们的声音脆脆的,噼噼啪啪砸落在水面上。不断有人起身,抖抖蹲得酸麻的腿,两手端起盆子,往腰上一靠,吆喝一声,顺着石板路去了。

侧脸就能看见站在河沿上的庄子,一溜的二层小楼,都镶着雪白的瓷砖,高高的围墙把每家每户圈成了一个独立的整体。呆呆看上一阵,琼花心里就起来一些怅然。还是过去的青砖瓦房好,没有炫目的雪白，没有高高的围墙，有的是孩子们的欢声笑语和老人们的悠然自得。和春树好上后，第一次走进这个庄子，琼花就被迷住了。经过庄子长长的甬道，每张脸都对着她笑。自己躲在堂屋的角落里，门口挤满了参观的脑袋，叼着旱烟的叔伯，系着短小围裙的姨娘，还有露出一口白牙的毛娃娃们，都一色清澈的笑。

青砖瓦房的消失也就是一眨眼的工夫。先是庄子南口的东生家，爹娘和东生媳妇泪眼婆娑着合计，钱放着反正是死的，不如盖成房子踏实。噼里啪啦放倒了老屋，没多久三层房子就立了起来。多气派呵！要掀大家掀，很快庄子的颜色就变了，安静的青变成了耀眼的白。公婆就找琼花商量，说掀了吧？琼花不吱声，公婆的脾性她知道，商不商量都得掀。本来琼花想把和春树结婚用的两间偏房留下。公公不同意，说哪有剃头剃半边的，一边新一边旧，不成阴阳头了？搬新家那天，琼花跑到河边坐了一个午后，叮叮咚咚的鞭炮声炸得她心烦意乱。

她老觉得这样对不起春树。

水声潺潺，琼花展开一件铁锈色的格子衬衫，轻描淡写地揉。揉着揉着，竟在水面揉出一张脸来。男人的脸，一点不像春树。琼花有些气短，慌忙把视线投向远处，太阳老高，不怀好意地盯着这边看，琼花也死死盯着太阳看，刺眼的光芒总算驱散了那张黏糊糊的脸。

咬咬牙，琼花又在心里骂了自己一回。

把最后一件洗好的衣服丢进盆子里，琼花索性坐下来。婆娘们都散去了，只剩下潺潺的流水声。

一抬头就能看见春树，在河对面山腰的凹口里头。庄子里三十八个男人把凹口挤得满满当当。

二

回到家,爸盘腿坐在围墙根下,一管旱烟云雾缭绕。琼花拉开门,也拉开了两道老迈的眼帘。窄窄的缝儿,斜着瞥了瞥正穿过院子的琼花,又慢慢合上了。琼花喊声爸,开始抖开衣物往两棵桂花树之间的细绳上挂。一阵摔抖,细绳成了一吊五彩的槐花串。琼花把盆里的剩水往墙根下一泼,回身往厨房去了。

把烟袋从嘴里抽出来,爸往烟雾里丢了一句话:"亮堂堂的机器硬是要活活锈烂了!"

妈在忙活午饭,一把铲子在炒锅里上下翻飞。见琼花进来,笑笑说:"还下河啊,不是有洗衣机吗?"

"用不惯!"琼花递过去一个盘子。

妈掉头看看琼花,勺子往锅沿上轻轻敲了敲,说:"你爸就是怕累着你,才爬坡过坎给弄了一台,我听说那东西老不用会坏掉的。"

琼花小声咕哝:"坏掉就坏掉。"

妈没听清,耳朵凑过来问:"说啥?"

琼花摇摇脑袋,说我啥都没说。

饭菜上了桌,琼花把着大门喊爸吃饭。春树爸把烟锅子伸到鞋底磕干净,老苗样茁壮了,咳嗽两声,往屋子这头踱过来。

把饭盛好,琼花坐下来,端起碗刚准备夹菜,异样扑面而来。爸脸色铁青盯着妈,妈一脸焦急盯着自己。琼花愣了愣,想想才回过神来,哦了一声,慌慌地把碗丢下,跑到厨房里重新取来一副碗筷。小半碗饭，各式菜样都夹上一点。琼花低垂着头把饭碗放在神龛上，轻轻将筷子搭上碗沿。退了两步，默然片刻。刚转身准备回到座位，爸闷着声开腔了。

"添点酒吧！你不晓得他好这口？"

琼花又急急取来酒杯倒了一杯酒立在饭碗边上，那头才传来碗筷碰击声。

饭桌自然是沉闷的。好玩好耍的事儿都先揣好，神龛上还有个新鲜的亡魂呢！

洗好碗，琼花端条凳子跟妈在院子里的桂花树下捡黄豆。一片哗啦啦响，阳光也跟着豆粒儿跳跃。琼花手快，手里很快握满了细砂石，妈就笑，说："要不有人念磕嘴经，说这钱是越多越好，年岁是越少越好，日子把眼神都跑花了，连豆子石子都分不清了！"琼花也笑。笑两声就收住了。爸端坐在屋檐下，目光和日头一样灼人。

院门推开了，大宝媳妇。跨过夏天刚好二十五，桂树芽一样的年纪。自从男人躺进了河边的山凹子，大宝媳妇就抖掉了小媳妇家家的青涩，套上了当家女人的做派，几乎就和公公婆婆平起平坐了。有时，琼花也会起来一些羡慕，但自知终究是比不过人家的。人家有娃，还是男娃，公婆眼里的宝贝疙瘩。有了这层荫庇，大宝媳妇才有了挥斥方遒的底气。

依旧是大嗓门，进门就喊："琼花，明天去集上不？听说镇东街的服装铺子来了新货。"琼花没吱声，偷偷看了一眼妈。妈似乎耳朵和眼睛一样不济事了，没能听见大宝媳妇的响动？又瞅爸，花白的脑袋落到围墙根下去了。好半天，妈才出了声，喊声侄媳妇来了。又吩咐琼花说给人搬条凳子啊！那模样，像是没有及时发现来客，内疚了似的。

琼花把凳子让出来，大宝媳妇不客气，屁股放置停当后仰着头对倚在桂花树上的琼花说："去吧！听说这批式样新，都是城里头正流行着的呢！"琼花不置可否，嘴半天才拉开一条线。"巴掌大块地头，花花绿绿的穿给谁看啊？"妈对大宝媳妇说。当然，依旧带着笑。大宝媳妇也笑："婶，按你的说法，独个一人莫不成光屁股？"妈还是笑："看这娃娃说的，抬杠能赚银钱不是？"大宝媳妇又仰头："去不？"琼花还是淡淡地笑。见捡不了结果，大宝媳妇一撇嘴，双手撑住膝盖头，一屈身起来，拍了拍琼花肩膀："说定了，明早七点我来叫你。"

大宝媳妇也不招呼，噔噔噔去了。妈看着闪出院门的背影，湿答答冷哼："没家没教，花里胡哨，男人骨头还热和着呢！"

三

三月的澹庄白日最长，六点不到，窗口就汪满了嫩黄的光亮。琼花赶在太阳前头就起来了。在床上呆坐一会，满目的墨黑渐渐被亮白抹掉了。环顾四周，依然是心悸的死寂和冰凉。倒是有一抹红，梳妆柜上的"喜"字儿，色调还没有完全褪去，不阴不阳地冷笑着。

拉开大门，日头泊在对面的山顶，阳光把琼花的影子向后猛地扑倒，一颗细长的脑袋不偏不倚地置放在神龛面前的供桌上。

打盆水，琼花蹲在水缸边洗脸。妈起来了，站在大门口伸懒腰，嘴对着太阳的方向大大张着，喊山一般。看见琼花，妈说不用起这样老早，又不是伺候庄稼的季节，多睡些光景不打紧。

"睡不着，还不如起来摸点事情做。"

"这个时节，能寻摸出啥事情来？"

"挖空心思想呀！缝缝补补，擦擦洗洗，哪能没事？"

妈嘴张了张，没能吐出话来。脑筋再不济事也能听出儿媳妇话里头的疙瘩。往水缸这头移了两步，妈才说："大宝媳妇不是约你赶场去吗？"

琼花把一盆水往墙角的排水口一泼，说："不想和她一道，尽往衣服铺子里凑，我就想瞄一双下地的鞋，有鞋带那种，绑着牢靠，还耐磨。"说完给妈打来一盆水。妈蹲下来，脸趴搭在盆沿上，两手搅出一盆子的波光粼粼。看了一眼坐在房檐下梳头的琼花，妈把两只手从盆里抽出来，伸到腋下擦了擦说："我给你爸说去。"

绑好头发，屋子里传出来声音，声音低沉混沌。

"买双鞋子蹦跳那样远？给去的人一个尺码不就成了。"

"你就犟吧！那可是个活生生的人，不是拴在你腰上的烟袋锅子。"妈低声吼。

沉默一阵，爸说："你就惯吧！这世上可没有后悔药卖。"

一只麻雀落在院子里，来回蹦跳。琼花狠狠白了它一眼，麻雀视而不见，依旧欢快地起起落落。琼花一咬牙，手里的梳子就飞出去了。啪嗒一声，惊得小雀子飞身逃去了。

转过头，妈笑吟吟走过来，把两百块钱塞进琼花手里说："去，放心去。"想了想又补充，"早去早回！"见琼花不吱声，妈拍了拍琼花的肩膀，说路远，妈给你下碗面去。

转回屋，琼花先愣坐了片刻。折到梳妆柜前坐下来，拉开抽屉，拿出一管口红，轻轻一旋，就是晶莹暧昧的淡红。对着镜子抿抿嘴，口红移到唇边，琼花心里忽然冒出一些稀奇古怪的想法。她先是僵在那里，慢慢脸也潮红起来，像一张被红色颜料洇湿的白纸。

"琼花，吃面了！"那头传来妈的喊声。

琼花一惊,手里的物事差点掉落。仿佛一个隐秘被揭开似的,琼花慌慌地把淡红旋进底部,盖上盖子,扔进抽屉,长长吁了一口气,轻轻拍了拍胸脯。

走到门边,脚步莫名其妙定了下来,想想,琼花又折回来,迅速拉开抽屉,将口红装进口袋,还顺便牵走了抽屉旮旯角边的一面小镜子。

面条很可口,剁碎的青椒和西红柿往油锅里一过,再加上一点肉沫,眼见八成熟了,一瓢清水进去,"滋"一声,香味就到处乱窜。等那锅汤沸腾了,抓一把自家擀的挂面扔进去,捞起来就是可口的美食,那味道,和清晨的太阳一样鲜嫩。

琼花披着一身橘黄,站在院子里呼啦啦吸完面条,大宝媳妇就在外头喊了。琼花应了一声,急急放下手里的碗,说你等等,我拿上包。

兴冲冲跳进里屋,琼花一张脸就冻上了。

窗边的柜子上放着一沓冥钱和一把香。

赶集的兴致去了一半。琼花从衣柜里懒塌塌取出包,过来把纸钱和香往包里一塞。气呼呼出来,正撞着爸在门槛边点旱烟。吧嗒两口,爸说:"过垭口时去洞子边烧点纸钱吧!那是春树丢魂的地头。"

琼花不说话,大步迈过院子,合上院门,里头又扔出来一句泛着旱烟味儿的话。

"啥时候都不要忘了,手里攥着的那点钱是怎么来的!"

四

大宝媳妇话多,爬坡过坎都停不下来。一边汗流浃背爬,一边叽里呱啦说。说到兴致处,还不忘回头对着琼花手舞足蹈地比画。她一只手高高举起:"凭什么让我看眼色?是你儿子不假,可死去的也是我男人!"那手又往下一切,"不要以为我不懂法?我问过了,按顺序,我叫第一继承人,啥叫第一继承人你知道不?"琼花抬起袖子抹了一把汗,使劲摇了摇头。大宝媳妇看样子是急了,肥嘟嘟的身体蹦起来,在空中弯曲了一下,啪地落到琼花面前,像条从树上跌落的猪儿虫。琼花吓得往后退了一步,大宝媳妇把脸面贴上来,急瘆瘆吼:"就是说你才有权利决定那些钱该如何使哩!"琼花说我管不了。大宝媳妇哀其不幸地叹口气,两手一摊说:"买件衣服都像讨奶吃,这种日子换成我早翻天了。"琼花还是不应,大宝媳妇就一曲一展往坡上游去了,还丢一串叹气声在屁股后头。

翻过垭口,两个女人都没话了,脸色也成了难看的酱色。都不敢往山下瞅,那里埋着澹庄人的噩梦呢!

事情发生在一个傍晚。

十月的傍晚,澹庄诗情画意地揉碎在一团暮色里。该是晚饭的时候,家家户户都在锅灶边打转。忽然一个汉子远远跑来,站在庄子边喊:"煤厂出事了!"

饭是吃不成了,扔掉手里的锅瓢碗盏,一庄人心慌气短地往煤厂跑去了。

澹庄人知道,煤厂出事,非死即伤,都是大事,可没想到能大齐天去。一庄壮年男人全给窖在了井里。开始听说是爆了瓦斯,后来又听说是透水,没了准信,澹庄人更乱了,漫山遍野爬满人,沉默着的,抽泣着的,还有号哭着遍地打滚的。很快,车来了,人来了,密密麻麻地布满了整个山沟,像一群乱了营的蚂蚁。

几台机器咣当咣当忙活了五天,三十八具烧得面目全非的遗体在空地上一字排开。琼花至今还记得那天的情景,她裹挟在人群中,拼命往空地上挤,制服筑起的围墙很坚固,挤了几次没成功,就听见有人喊:都没了,澹庄的力气人都没了。

琼花胸口一阵难忍地痉挛,眼前一黑,像是一头扎进了煤堆子。

悠悠醒来,琼花好半天才弄清楚自己躺在镇医院的病房里。痴痴呆呆住了三天,琼花才凋落的黄叶一样飘回澹庄。

没几天,澹庄每家每户桌面上码了厚厚几摞钱。

对面的山凹里则整齐地码出了几排新鲜的坟茔。

两个女人站在垭口上,风撩着她们的头发,却没有一丝的凉意。脚下的煤坝子一片寂然。出事后,一支爆破队进来,轰隆隆几声,就给炸封了。三年了,触目的黑都让雨水冲刷出了些淡淡的黄。

走哪头?大宝媳妇问。

琼花指了指煤场子。大宝媳妇鼓起眼,说走不动了?琼花摇摇头,从包里摸出一沓纸钱说:"爸让我去煤场子给春树点几张纸。"大宝媳妇冷哼一声说:"你爸最烦人了,钱要多些,莫不是要给儿子整个水晶棺?好让你天天对着死人哭一回。"琼花说:"话咋这样难听哩?他惦记儿子有错呀?"大宝媳妇撇撇嘴:"我就心硬,咋了?第一年,我还经常梦见大宝,第二年就稀疏了,到了今年,大宝的面容都模糊了。"琼花狠狠瞪了大宝媳妇一眼说:"好吃好睡,没心没肺!"大宝媳妇咧开嘴笑了笑说:"当着大宝爸妈,我倒是做得稳妥,初一十五、清明忌日,都会抢着给大宝烧纸点香,我知道的,他们就欢喜这个。"

琼花没理她,顺着坡下去了。大宝媳妇赶忙喊:"不是教你吗?还嫌裹气呀!"

澹庄通往镇上以前只有一条路,爬上垭口,滑下坡,穿过煤场子,就能接上大路了。煤洞窨了人后,澹庄人就顺着山脊重新开辟了一条,远是远了许多，但澹庄人不愿走近路，触景生情，都怕勾起心痛事。

下到坡底，琼花发现这条路上开始有了大大小小的脚印。有人又开始走近道了。这个情形，难免让琼花又感慨一回。

蹲在煤场上烧完纸钱，琼花又在封得严严实实的洞子门口燃了一炷香。她往前走了两步，合上双手，闭着眼，心里念叨了一声春树，心里紧了一下。弯腰拜了三拜，琼花心里升起一些愧意。最早默念春树时的那种刺痛，好久以前就没有了。她怀疑自己是个薄情的人，可她没法子，刺痛感越来越弱，想痛也痛不起来了。现在，每次在心里默念春树的名字，她都会紧张，她怕心里那微弱的收缩有一天也会消失掉。

还好，收缩了，真真切切的。

大宝媳妇立在不远处，不耐烦了，冲着这头喊："整够没有？晚去了新款式都让人挑光了。"

琼花没吭声。

两个女人一前一后，走了一段，大宝媳妇先开腔："想男人不？"

琼花从后面拍了大宝媳妇屁股一巴掌。大宝媳妇咯咯笑，回头说："我就想，中邪了呀！晚上老梦见和男人在床上滚。"见琼花脸红，大宝媳妇更得意了，接着喊："妈妈哟！还不是同一个男人。"

琼花说那就找一个嫁了呗！

大宝媳妇稳住乱颤的身子，正色说："不嫁，你看村里头哪个寡妇敢嫁？嫁了毛毛钱都没一分，我才不做出头鸟。"顿了顿，又嬉笑着说，"你梦见过男人没有？"

琼花追上去，扬起手准备给花心婆娘一巴掌，手在半空停住了。

大宝媳妇呵呵笑："还是想了吧！"

煤场子很快被甩在了身后，折过一道弯，就看见了从澹庄下来的那条河,悄悄摸摸从一片林子里钻出来。

"你说这条河最后流到哪里去了?"琼花问。

大宝媳妇没应声。

"这条河最后流到哪里去了?"琼花又问。

大宝媳妇定定看着琼花,半天才说:"咸吃萝卜淡操心!"

五

黄家牛肉馆,常年的雨打风吹和烟熏火燎,招牌儿显得格外老旧。

琼花一直和招牌较着劲。她盯着招牌,招牌也盯着她。腿动了几次,都没有迈出步子。都怪春树,每次带琼花到集上,黄家牛肉馆总是第一站。几次下来,牛肉粉的味儿就在琼花心坎坎上扎根了。一到集上,不等春树招呼,琼花自己就先蹦跶进去了。她才懒得给春树省这钱呢!还有些撒娇的舒坦和得意。现在不同,每次往外掏钱,一闭眼就能见到春树血淋淋的脸。

和招牌争斗了半天,琼花最终还是败下阵来。反正中午总有一顿,哪儿都要耗钱。心安理得进来坐下,要了一个单碗。老板问要不要加肉?琼花摇头。又问要不要加粉?琼花还是摇头。细白的粉条,黄褐色的牛肉,清亮的牛肉汤,琼花先闻了闻,她特别喜欢这个味道,很猛,很冲,和家里桌上亘古不变的风和日丽相比,这碗里就是野性十足的乾坤了。再加上两勺透心辣的辣椒面和钻骨麻的花椒粉,满世界就都癫狂了。

呼啦啦一口气吃完,琼花歇了一会儿,喉咙里呼出的全是爆爆的火气，嘴唇是看不见的颤抖。

大宝媳妇这个憨包婆娘，就想着街尾的老素粉，一进街市，慌不迭就跑去了，还拉琼花，唠唠叨叨说老素粉如何如何好吃。琼花坚持不去，她撒了手说不去拉倒。约好吃完东西服装铺子见面，大宝媳妇就腾云驾雾去了。琼花不喜欢素粉，量倒是大，可寡淡寡淡的，没一点嚼头。

站起来付了钱，琼花问：请问厕所在哪儿？

油腻腻的师傅一抬手：那头。

小心闸好门，琼花走到洗手池边，对着镜子大大咧着嘴，确认牙齿是清洁的。趴在池子上深吸了一口气，琼花从口袋里掏出那管口红，甫一旋开，琼花的脸也红了，还辣乎乎的，像是往面上撒了一把辣椒面。定定神，琼花开始描，手和嘴唇都在抖，小心翼翼抹完上嘴唇，门忽然被拍得山响。

琼花一惊，口红差点掉落。

有人吗？外面喊。

琼花点点头，想想不对，猫声猫气答：有！！

脚步声远去了。

琼花起来一身冷汗。往镜子里一看，有些吓人，半扇嘴唇红得招招摇摇。

心思没有了，摸张纸揩掉半扇不正经，琼花深吸了几口气，乱撞的心思才算安定下来。

贼似的逃出牛肉粉馆，琼花又后悔了。从家里出来就有的动乱心思，让一声响动就给吓得缩回去了。满大街看看吧，都是抹得花里胡哨的。迎面过来一个女人，脸扑了厚厚一层粉，两扇嘴唇烂桃似的，头发也火苗样地腾腾着。琼花一看，后悔就更辽阔了，虽然她不喜欢这个模样,但她羡慕扭远了的胆子。

街市的繁荣乱而杂,从这头过去,鸡鸭们在笼子里扑腾,摩托车在人群里轰鸣,葱蒜被阳光烤得没了水汽。仔细看,每张脸都在寻觅着自己心仪的物事。也有闲散人,年轻的姑娘娃子们,打打闹闹,赶集对他们来说,更多的是找一个可以熟悉和厮磨的机会。

琼花径直朝街口走去,她的脚步和正午的阳光一样黏稠。

远远就能见着那人了。还是那件洗得发白的文化衫,胸前一个怪头怪脑的动画娃娃仰着头傻笑,背后印着四个字:小本生意。男人精壮,匀称,侧面就能给人很瓷实的感觉。他立在一个临时搭建的摊位后面,摊子上还是花花绿绿的一堆女人衣服。旁边是他那辆摩托车,有些旧,但保养得很好,擦得干干净净的。男人的营生很独特,叫转场汉。所谓转场汉,是指那些一辆摩托车,一捆货物满地跑的人。县里每个集镇赶集的日子,都能见到他们的影子。找个地头,搭一个简易摊位,货物往上一撒就开始放声吆喝。转场汉一般都在本县的集镇上跑,也有野心勃勃的,邻近的两三个县他们也跑。这类人一般脑筋比较灵光,他们会比较,然后选择几个生意较好的地盘固定下来。

"走过路过,不要错过;千挑万选,不如多看两眼;不管麻雀如何叫,还是质量最重要。"男人声音高亢,冲破那些卖菜买米的,嬉笑吵嘴的杂乱声响,一股一股地撞击着琼花的耳膜。几个月前,琼花就是被这个声音给吸引的。说来也怪,那天本来是给爸打酒,一进街口就听见这个声音了。那次琼花买了一件半紧身T恤衫,米黄色,开领有点低。穿了两次,琼花发现了爸脸上的滚滚乌云。斗争了一宿,崭新的女装就此沉入了箱底。接下来的赶集日,琼花和转场汉又有了一次交易,格子衬衫,铁锈红。衣服慢慢穿得发旧,转场汉那张脸却越发清晰起来。地里头,锅灶边,屋檐下,一愣神他就跳将出来,还不怀好意地钻进了琼花的梦里头。琼花也愧，每次经过堂屋，神龛上那面新鲜的牌位像是洞穿了她的心思，恶狠狠盯着她。琼花就咬牙切齿地鼓励自己忘记那张和自己毫不相干的面孔，努力的结果恰恰相反，转场汉该死的国字脸愈发鲜活了。

集上的热闹在升级，辣油泼水一般。琼花装得漫不经心往服装摊位那头移，之间还在一个卖牛角梳子的摊子面前装模作样地挑选了一番。

越来越近，智慧在琼花心里头枝繁叶茂。计划似乎天衣无缝，扯扯衣服下摆，琼花昂首挺胸过去，经过转场汉的摊位，琼花连看都不看。走得远了，猛然回头，哎呀呀！原来这里有个卖衣服的小摊，本来不想买啥，反正是瞎逛，受点累看看吧！脸上还要带些不屑的神情，尽量让自己看起来像个常年闲逛于集市的老油子。

"您看这式样，都是城里最流行的，纯棉的，不信您摸摸！"男人压低声音，像在和面前的女人诉说着某个不为人知的秘密。

琼花没敢抬头，手在一堆衣服上摩挲。

抖开一件格子衬衫，男人把脑袋从摊位后伸出来上下打量了一下琼花，舌头滚落一串惊奇："多合适啊！像是给您定做的。"

"颜色艳了些！"琼花说。

男人惊呼："这还艳啊？就你这岁数，裹块黄绿青蓝紫的花布也没人敢吐个'艳'字。"琼花心思不在这上头，坚持说艳了。男人劝了半天没结果，只得另掂起一件递过来说看看这件吧，色调素素的，怕是合你胃口。琼花接过来，翻来翻去看，嘴角浮起一层微笑。男人一看琼花的模样，知道是成了生意。拍着胸脯表态："第一次打交道，我给你八点八折。"

琼花心里掠过一丝忿然，从这里衣服都抱走一堆了，还说是第一次交道。

"我买过几次的。"琼花嗡嗡,像只虚弱的蚊子。

低下头仔细打量了一番琼花,转场汉左手一拍脑袋,喊:"看我这狗记性,想起来了,想起来了,是见过几次,妹子,既然是熟客,我给你七折,这件衣服,六十块钱拿走。"

心里像是开了一朵花,但琼花嘴上依旧风平浪静:"贵了些吧?"男人咬咬牙说:"我这生意,靠的就是回头客,这样,给你个批发价,五十五,要赚你一分钱,我——"男人急切想找个发誓的工具。一转眼看见了摩托车,喜形于色地嚷:"我骑车摔断脚杆!"

把衣服往摊上一撂,琼花撇嘴皱眉说:"不就一件衣服吗,犯得着这样赌神发咒的?"男人有些窘,慌忙又把衣服塞回琼花手里说我烂嘴巴,胡说八道惯了,别介意啊,妹子。琼花把衣服搭在臂弯上,这个姿势表明,这件衣服她要了。男人等琼花掏钱,琼花不急,在一堆五颜六色里面翻检,模样还很耐心,提起放下,放下提起。

差不多翻了个遍,琼花才装着不经意地问:"这生意挺累人吧?"

男人点点头,叹口气。琼花心里一阵温暖,面前的男人抹掉了生意人那张脸,叹气声也变得热乎乎的。

"来回奔忙,骑车可得小心。"琼花说完就后悔了,感觉自己实在冒失了,这句话已经超出了他们之间单纯的买卖关系。男人似乎不是太在意,呵呵笑着说:"摔过几次,最厉害一次是前年冬天,掉河里去了。"他边说还边比画,做了一个从河里爬出来瑟瑟发抖的动作。琼花忍不住笑了,露出两排白净的牙齿。看男人盯着自己,发现不妥,又慌忙伸手掩住了嘴。

挨了半天,琼花才把手伸进口袋。摊位面前待的时间已经很长了,先后已经有四五拨人离开,琼花就悄悄骂自己厚脸皮。男人找完钱,又把衣服包好递过来，琼花不敢看男人的脸，接过衣服，低着头逃开了。逃出去远了，男人在后面喊："妹子，代我向老六问好。"

琼花一怔，立刻沮丧了，仿佛梦里发了大财，正抱着钱数呢！一激灵醒了过来。

老六？屁大二哥认识什么老六。生意人就是生意人，眼睛都盯着钱了，哪还能认清楚人呀？琼花心里骂一回，本想回头再看看转场汉的心思也撤销了。笔直地走出街道，琼花被难受裹成了一个胖胖的蚕茧。

步履沉重地赶到西街服装铺，大宝媳妇正在兴致勃勃地试衣服。见琼花进来，大宝媳妇跳跃着过来，扭扭肥硕的屁股问："这条牛仔裤如何？"琼花蔫苗儿样地点点头。大宝媳妇扬声对着卖衣服的喊："两件衣服和这条裤子，我全要了。"

提着几大包东西站在街口，大宝媳妇跃跃欲试地问："接下来去哪里？"

"回家！"琼花冷冷地说。

六

清明节来了，细雨纷纷，卖着力气从早落到晚。这个时节，澹庄人就把笑脸收起来了，沉痛从家家户户涌出来，汇集在一处，跟着河水一起流淌。

春树爸一大早起来就开始印纸钱。春树妈说太费事，镇上有现成的，买回来一些就成了。春树爸就骂：集上那也叫纸钱啊？蜘蛛在你眼睛上织网了？春树才去多久，就这样马虎了，哄鬼都有罪，后妈也比你上心。春树爸一开黄腔，春树妈就不吱声，任凭他从早到晚乒乒乓乓砸得山响。

除了纸钱，需要的物事还多着呢！白蜡烛、熏香、飘纸、供果、刀头肉，爸掰着指头一样一样数给琼花听。琼花点头应承，应承完了说就是刀头肉怕不好弄，这个时节，家家都等着呢，镇子上一天能杀多少猪啊？爸脸立马就变了，站起来把椅子使劲往后一摔，说："好手好脚，不会去守啊？肉摊上不行，就到屠宰场去截，我就不信比饿饭年成填饱肚子还难。"

天蒙蒙亮琼花就出了门，赶到镇上才发现还是来晚了，几个肉摊上的猪脑袋早就给抢光了。琼花埋怨，也不知道是哪个害人精规定的，上供的刀头肉必须是猪头肉，猪身上哪块肉不比那地方好吃？

黄昏时分，爸站在屋檐下看见琼花两手空空回来，五官都移了位。呼呼喘了半天后，朝厨房里的妈喊："明早去请王屠户来，把圈里的畜牲宰了。"

妈从厨房伸出脑袋说："说啥话？才三个月，还是个猪仔呢！没见哪家杀这种僵疙瘩的！"

"我说杀就杀！"爸斩钉截铁。

琼花站在院子里嗫嚅着说："要不就不用刀头肉了吧？"

春树爸双眼圆睁，猛一跺脚，吼："老的不像老的，小的不像小的，春树才去多久，反眼就不认人了？你们好好上上下下打量一下，吃的穿的，花的用的，哪样不是坟堆里的人的？一年有几个清明？祭坟图简单，那平时吃穿咋个不图简单呢？"

骂着转进屋去，骂声还在往外飘："没心没肺，书都读到狗屁股里去了。"

琼花知道，这句话说的是自己。

晚饭十分，饭桌上就琼花和妈。妈朝里屋喊了几声，屋里人不应。妈摇摇头，琼花也不敢说话，刚端起碗，妈对着神龛努了努嘴。琼花啊一声反应过来，饭和酒供上了，琼花又骂自己猪脑筋，天天提醒自己惦记着这事，关键时刻老是忘记。幸好爸不在桌上，要不又该砸碗了。

第二天一早，春树爸起来草草抹了一把脸，背着手黑着脸出门去了。

去没多久就转了回来，屁股后面跟着王屠户。

王屠户看着院子里撒欢的猪，对春树爸说："太小，杀了可惜。"

春树爸一挥手："杀！"

春树妈站在远处撩起围裙擦了一把手说："这样的嫩猪肉不好吃呢！"王屠户应声说："确实不好吃。"春树爸瞪眼看着春树妈说："我只要猪头，剩下的丢去喂狗。"

祭坟的日子，雨居然停歇了。穿过林子，入眼都是滴滴答答，忧伤从树叶上落下来，捶打着祭坟人的心坎。

看来是个好日子，山坳里头拥满了人。

燃纸、点香、飘挂，一切都在沉默中有条不紊地展开，像是揭开一个陈旧的伤疤，每张脸上都是沉痛。最打眼就是那些寡妇们，仿佛男人昨天刚刚逝去，伤痛的表情如同脚下的河水，清澈见底。

仪式做完了，春树妈摸着墓碑痛哭了一回，春树爸默默站在一边，悲戚战胜了稍早的愤怒。抹一把老泪，爸说琼花你跟春树说两句话吧。琼花跪在墓碑前，眼泪就下来了。爸说别光顾着哭，给春树说说，吃的穿的，花销用度，爹妈可曾亏欠过你？妈横起袖子拉了一把眼睛对爸说："催魂呀？人家两口子，就算有话也在心里说。"说完扯扯爸衣袖,爸点点头,两个人慢慢转开了。

琼花看一眼墓碑,花花的白。抽泣了一会,琼花在心里对春树说:"春树你个万劫不复的龟儿子,我愿你上刀山,下油锅。你死了就死去了,还留下那样多烦心事给我,动不得,跳不得。那些臭钱,你一齐带了去,我不要。你有本事也把我带了去,要不换成我替你死也行。我跟你说,我不喜欢你,不喜欢你父母,不喜欢澹庄这个鬼地方,我喜欢上了别人,长得比你好看,我就喜欢他,还在梦里和他做过那种事。你晓得了吧!没听见我就多给你说几遍,我和他在梦里做过那种事了,好多次,好多次。好让你龟儿子晓得,我早忘记你了,上刀山下油锅的东西——"

回过头,爸妈夹杂在一群老老小小中,去得很远了。琼花左右看了看,一溜寡妇整整齐齐跪倒在高高矮矮的墓碑前。

站起来,琼花往脚下看了看,那条河正婉婉转转往前跑,像一块飘向远处的绿丝帕。

七

一晃,清明就去远了。日子还是老样子,规规矩矩往前窜。

农活密集起来了,苗壮的秧苗们成了伺候的对象。施肥、除稗、打药,得乘着雨水充沛的日子,把活儿拾掇完哩!

一家子都赶在太阳之前出门,到了田边,脱掉鞋袜,裤腿抹到膝盖上,踏着一汪柔软,开始了一天的劳作。中午日头烤人,再勤劳的庄稼人都会歇响。折回家,咕噜噜灌上半壶凉茶;下碗油光水滑的荞面,痛痛快快把大碗翻个底朝天。最后拉把椅子,在阴凉下半闭着眼,让惬意密密实实包裹着。跨过午时,日头开始变凉。站起来,打个哈欠,赤着脚,拖着两条晒干的泥腿朝田间走去,继续着未竟的活儿。

琼花不歇。

烈日下,树叶蔫了,秧苗蔫了,爹蔫了,妈也蔫了。唯独琼花不蔫,像是南瓜下坡,歇不住了,骨碌骨碌从水田这头滚过去,折过身又滚回来。额头上密密的汗也不擦,后背湿透了,几缕头发贴在湿答答的额头上。妈心疼,直起腰喊:要不歇歇吧?琼花狠狠把几朵浮萍踩进烂泥,拔起一丛稗子,连着根部的黑泥一起甩到田坎上,咬着牙回:不歇!

春树爸艰难直起腰,一张脸累得都变了形,看见媳妇的表现,也不敢中途退朝,横着衣袖抹把汗,僵硬地开始走进下一垄秧苗。

薅完秧,爸妈松了一口气,想可以歇上一阵了。

一早春树妈就觉察出了异样。还躺在床上揉酸麻的老腿,就听见院子里有了乒乒乓乓的声响。披上衣服出来一看,琼花一身短打,拖着粪耙往猪圈拱。

"干啥呢?"妈问。

"沤粪。"琼花答。

"离给秧苗下二道肥还早呢!"妈说。

"早晚都要沤,早沤的肥劲儿足实。"琼花说。

妈折回屋,爸撑着全身酸痛的老骨头问:"搞啥呢?"

妈苦笑:"说要沤粪。"

爸眉头皱了皱,披衣起身。

"做啥?"妈问。

"奉陪到底咯!"爸咬牙说。

粪没沤完,爸就投降了。第三个沤粪日,听见外面粪耙拖动的声响,爸在床上叹口气,哆哆嗦嗦对妈说:"死活拦住她,再动,我这条老命就沤在粪堆里了。"妈为难地说:"咋拦?人家又不是干坏事。"爸摆摆手:"今天不是赶集吗,让她去。"

妈出来,直截了当:"你去集上散散吧!再这样耍下去,你爸老命怕是要杵脱。"

抬头看了看妈,眼神疲倦,花白的头发在晨风中摇摇摆摆。琼花心里一紧,想起了春树出事那天,妈站在山梁上,也是这个模样。把粪耙靠在墙边,琼花转进屋。妈看琼花脸色不好,以为又有新事情,喏嚅着问:"又是哪一出?"

琼花进了屋,往门外丢了一句话:"换衣服,赶集。"

一个人翻过垭口,站在高处往下看,煤场子被重新踏出了一条新路。琼花这次没走这条路,她走的是远路,多了三四里的路程。

又见到那条河了,河面在这里忽然变得宽阔起来,迤迤然摊开一片薄薄的瓦亮。琼花坐在河岸边歇气,眼睛投向更加辽阔的远处。

身后忽然一阵摩托的轰鸣声。回头一看,琼花惊奇了,转场汉搅起一片烟尘过来。看见岸边的琼花,转场汉脚下一点,摩托车停了下来。琼花看着他笑了笑。转场汉大声问:"去集上?"琼花点点头。转场汉招招手说:"上来我带你。"琼花折过去,看了看摩托车后座说:"算了吧!拉着货呢!"转场汉笑笑:"不怕害羞就挤一挤。"

迟疑片刻,琼花咬咬牙,腿一抬跨上了摩托车。

摩托车顺着河流淌的方向往前奔。两岸的芦苇也顺着河风往下游跑。几只白鹤忽然从苇荡里面窜出来,振着翅,往高远的天空飞去。

一段烂路,转场汉大声喊:"路不好,抓紧点。"

琼花下意识搂住了男人的腰。一股久违的汗味被迎面过来的风吹进鼻孔。琼花双手紧了紧，慢慢把胸脯贴上去，轻轻闭上眼。男人的体温越发真切了。琼花心里一荡，小腹像是钻进了一群慌张的蚂蚁，挠着，啃着；又像是激流奔过石头，涤着，荡着。慢慢地，她有些燥热了，仿佛往枯黄的玉米秆上扔了一把火。琼花在心里鼓励自己，往前些，再往前些。然后她把脸也埋进了男人的后背，起起伏伏中她想起了和春树的那些隐秘日子。

颠簸急而短，琼花的胸脯有节奏地敲击着前面的大山，琼花看不见自己潮红的脸，她只是祈祷，祈祷这段路再陡些，再长些！陡得只有起伏，长得没有边际。

"抓紧了，前面有几个大坑。"男人喊。

琼花心里开了一朵花儿，像是得了鼓励，又像是拥有了充分的理由，琼花把身子往前大幅度挪了挪，像片被风赶着的落叶一样，死死贴在男人的后背上。

起伏过去了，道路变得平缓。

琼花往后退了退。

男人似乎感觉出了撤退的迟疑。笑着说："前面还有好几段烂路呢！"

琼花没有接话，沉默一阵忽然问："你知道这条河跑到哪里去了吗？"

转场汉没听清，大声问："你说什么？"

"我问这条河最终跑到哪里去了？"琼花也扯着嗓子喊。

男人还是摇头，转过头喊："说什么？"

琼花腾出一只手拍了拍男人的肩膀，低声说："好好开车！"

南方口音

一

晚饭韩晓蕙亲自下的厨。下午没课,从培训中心折到超市去买的菜。在生鲜区转了一圈,情况很沮丧,新鲜一点的,品相好些的,早被捷足先登者挑完了。转到海产区,称了一斤半花蛤,半斤基围虾,一小块生鱼片。晚饭内容在路上就构思好了的。花蛤得做成麻辣的,那就得再买一块重庆火锅底料,这东西配花蛤,几乎不需要什么技术,味道还好得不行;基围虾白灼,均匀铺在盘子里,扔点姜葱,淋上少许料酒,上屉蒸五分钟,人间美味,制作核心是千万不能过水;生鱼片是为自己准备的,公公婆婆,老公孩子都不喜欢芥末的味道。特别是婆婆,第一次看见自己吃生鱼片,眼睛差点就从眼眶里挤了出来。

小区门口停好车,韩晓蕙几乎一路小跑。不得不跑,跑慢一步家就有沦陷的可能。

推开门,屋子里出奇安静。女儿闹闹在沙发边玩积木,听见门响,抬头漫不经心喊了一声妈,低头继续玩积木。公公在书房写毛笔字,老头就好这一口，不临帖，不写碑，跟着感觉走，写了几十年，用老公的话说：伏案数十载，终于成了乡级书法家。

提着菜转进厨房，婆婆在择菜，老太太眼睛不太好，脸都凑到菜叶上去了。和儿媳妇不同，老太太从来不去超市买菜，只选小区旁边的东山巷，清晨和黄昏，郊区的农户会挑着新鲜的蔬菜过来，一群老头老太太早早埋伏在那里，菜箩刚着地，立时围得水泄不通。老头老太太们大都有乡村生活经历，儿女成了器，进了城，脚赶脚跟来的。拼足残力，帮着看看孩子，做做饭菜，这不叫发挥余热，叫上辈子欠他们的。

一餐饭做完，厨房只有三句话。

韩晓蕙：妈，麻烦你把勺子递给我。

婆婆：大调羹还是小调羹？

韩晓蕙：大的。

婆婆的普通话有点类似夹生饭，"国家"叫作"国（gui）家"，"老虎"唤作"老虎（fu）"，边鼻音永远不分，前后鼻韵更是捋不抻抖，怎么教都不行，估计上刑也不行。最可怕的不是这个，最可怕的是那些属于洪荒远古的方言。公婆刚来那阵子，闹闹喜欢在地上爬，韩晓蕙怕地上有细菌，就大声呵斥：闹闹，不许在地上爬。厨房伸出一颗花白的脑袋：怕啥子嘛？娃娃家就是要在地上梭嘛！他家老者就是在地上梭大的嘛！韩晓蕙直愣愣定在那里，半天才说：妈，你能不能说普通话？老太太很肯定回复：我说呢就是普通话。什么"梭"啊"拐"啊这样的方言，只属于入门级，韩晓蕙凭借自己研究生学历，结合上下文能大约估摸出意思，难度稍微加大，就只有仰天长叹了。去年夏天，韩晓蕙给老太太买了一件衬衫，带点淡淡的粉色，老太太死活不要，阐述理由的时候代入了一个猛词：皱皮腊干。原话是这样的：花朗朗的，哪个穿嘛？你看我皱皮腊干的，不晓得的还以为是腊肉上披了一块花布头。韩晓蕙当时就傻了，晚上老公在床上解释清楚这句方言足足花了一个半小时，相当于做了一场讲座。

如果说婆婆的普通话是夹生饭，那公公的就是散白酒。特点是味猛，打头。能坚持听他说十分钟还活着的，那是命硬。作为专业的普通话过级培训机构高级讲师，普通话一级甲等，国家级普通话过级测评员的韩晓蕙，什么稀奇古怪的普通话没听过？公公这样的，平生罕见，不标准也就罢了，还会在方言和普通话之间挣扎着来回切换。最神奇的是，如果说方言，老头能絮絮叨叨说上一小时不带喘气的；换成普通话，十分钟就面红筋胀，双眼圆睁，嘴角还挂着白色的沫子，样子随时都可能陷入昏厥。有一次韩晓蕙下班回来，老头正指着小黑板教闹闹认字。

"跟倒我念，'脚'（jio），脚杆的脚。"

韩晓蕙眼前一黑。

那晚在饭桌上，韩晓蕙郑重表态，两个老人不能在家教闹闹认字。两老倒是没说话，老公刨着饭说这有什么啊！韩晓蕙一脸杀气看着老公说：不行就是不行。

晚饭刚上桌，老公秦顺阳回来了。站在门口喊了一声闹闹，还笑嘻嘻问了一句："今天我们家闹闹乖不乖啊！有没有调皮捣蛋啊？"

说的是普通话，音色醇厚，字正腔圆。

解下围裙，韩晓蕙看了看饭桌上的公婆，又看了看正在换鞋的老公，心里有些感慨。不管从生物学还是遗传学角度，你都无法把面前这三个人联系在一起。

秦顺阳高考后才离开老家修文，本科研究生都在上海念的，北京读的博士，毕业后本有机会留在大城市，掂量一番还是回到了贵州，进了一所高校，讲音韵学，也带研究生，不过专业有些冷门，最近两年都没人报考。落得清闲的好处是可以在家做做学问，带带孩子，兴致来了操持一桌，把要好的同事朋友请来小酌几杯。

一餐晚饭，只有碗筷敲击的声音。

晚饭到睡觉这段档期，是典型的混沌期，面上平静如水，实则暗流涌动。

韩晓蕙在书房备课，明天讲授的内容是学习绕口令。

写完教案，韩晓蕙还是有些拿不准，她怕表述上有问题。小心翼翼是有原因的，和自己刚入职那会相比，现在的培训中心可谓高手如云，师资越来越年轻化，特别是刚出学校的那群孩子，理论未必贯通，一开口要人老命，闭上眼以为在听央视新闻。

秦顺阳斜躺在沙发上看书，闹闹爬过来吵着要爸爸讲故事。轻轻捏了捏女儿脸蛋，秦顺阳笑嘻嘻说："好，爸爸就给闹闹讲一个《老汉伦克朗》，这个故事啊，出自《格林童话》——"

使劲摇摇头，闹闹吵着说："我不要听这个，我要听《宋定伯捉鬼》。"

秦顺阳一愣，眼睛瞟向一旁的老太太。

"妈，你给她讲过吧？"秦顺阳问。

点点头，老太太说："你们俩都不在家，哄她睡觉时讲的。"

看着满头白发的母亲，秦顺阳有些恍惚。

那时候自己跟闹闹差不多大，乡下屋子里有老鼠，一家子，到了晚上就出来见世面，父母带队，五个孩子跟在身后，从屋角的墙洞鱼贯而出，吱吱叽叽，边走边解说，像是买了门票，合理又合法。

秦顺阳蜷缩在床头，双手抱膝，一脸惊惧。

母亲总是在他濒临崩溃的时候出现，推开门，双脚使劲一跺，老鼠一家落荒而逃。走到床边摸摸儿子的脸,母亲笑嘻嘻说:"怕啥子嘛!几只耗子。"

"妈,为哪样大耗子要让小耗子先进洞呢?"

"你憨啊?自家娃娃喽嘛!肯定要让它先进洞噻。"

"妈,整包耗子药把它们毒死算喽!"

"毒哪样毒哦!乡下喽嘛,没得几只耗子算哪样乡下嘛!"

"我怕得很。"

"幺儿不怕,妈给你摆个龙门阵。"

"摆哪样嘛?"

"摆一个《宋定伯捉鬼》。"

母亲讲故事的特点是人和鬼分得很清楚,人说话气定神闲,鬼说话尖厉轻飘,正义邪恶一目了然:从前呢时候,有个地方叫南阳,那地头有个人叫宋定伯,宋定伯气饱力胀的时候,有一天夜里,黑咕隆咚呢,他一个人走路,拐咯,运气崴,遇见了一个鬼,那个鬼,你不晓得,瘦壳啷当呢!宋定伯就问鬼:你哪个?鬼说:我是鬼。那个鬼反问他:你又是哪个?这个宋定伯啊!比鬼还鬼,就说:老子也是鬼。

…………

每次讲完,母亲都会哈哈大笑,边笑边说:"从来没见到过这样憨的鬼。"

秦顺阳很少听母亲把故事讲完,故事刚过半自己就睡着了。

此刻母亲就坐在对面,脸庞被岁月雕刻得深深浅浅,眼神没有了年轻时候的自信和专注,看看丈夫,瞟瞟孙女,睃睃儿子,最终还是没有找到停靠的地方。

"爸,你快讲啊!"女儿催促。

哦了一声,秦顺阳把女儿搂进怀里。

从前有个地方叫南阳，那里有个人叫宋定伯，他年轻的时候，夜里走路遇见了鬼，他问道：谁？鬼说：我是鬼。鬼问道：你又是谁？宋定伯欺骗他说：我也是鬼。鬼问道：你要到什么地方去？宋定伯回答说：要到宛市。鬼说：我也要到宛市。他们一同走了几里路。鬼说：步行太劳累，可以轮流相互背负。宋定伯说：很好。鬼就先背宋定伯走了几里路。鬼说：你太重了，恐怕不是鬼吧？宋定伯说：我刚死，是新鬼，所以身体比较重。轮到宋定伯背鬼，这个鬼几乎没有重量。他们像这样轮着背了好几次——

"你讲的不对，"闹闹摇着秦顺阳的胳膊说，"宋定伯是气饱力胀的，鬼是瘦壳啷当的，你为什么不讲呢？"

秦顺阳愣了愣，刚想解释，韩晓蕙在书房喊他。

指了指笔记本电脑，韩晓蕙说你来看看我这样表述有没有问题。

秦顺阳刚俯下身，客厅传来了电视的声音。声音来自本地电视台，方言类节目，叫作《开心帮》，说话的是一个叫大方的演员，云南人。

"我们昆阳人很朴实热情，吃饭前洗手都要谦让一番，客人说：你先洗嘛。主人当然不干，回答道：咋个能主人先死（洗），你先死（洗）你先死（洗），你死（洗）了我再死（洗），一哈就死（洗）完了——"

沉默一阵，客厅传来两声浑浊的大笑。

二

老秦起得很早，简单洗漱，铺开毛边纸开始练字。老秦退休前是老家镇中学的语文老师,有空喜欢划拉两笔。有次在县书法家协会当主席的老同学看了他写的毛笔字,笑笑说写得还算熟练,但是离真正的书法还有距离。最后语重心长告诉他:你得临帖,从古人那里多汲取营养。老秦说都到了这把年纪,啥子营养哟!吃饲料都不管用了,我就是画几笔解解闷。

儿子一家三口在桌上吃早餐,内容很简单,面包、牛奶和煎鸡蛋。三个人低声说着话,韩晓蕙抓张餐巾纸擦了擦嘴,抬头对秦顺阳说:"昨天你们学报的编辑通知我,我那篇《普通话发音原理》留用了,估计下一期就能出来,谢谢你的推荐。"秦顺阳喝了一口牛奶,摆摆手说:"先申明,跟我没关系,我就是帮你把稿子递给他们,仅此而已。"韩晓蕙笑笑,有些得意:"那倒是,在专业上,我什么时候含糊过。"

闹闹死活不肯喝牛奶,韩晓蕙把杯子推到女儿面前,黑着脸说:"必须喝,要不然闹闹就长不高。"闹闹拿手朝老秦一指:"爷爷连早餐都不吃,还不是长高了。"

老秦停了笔,朝闹闹挥挥手说:"爷爷跟你这样大的时候,家里头穷得烧虱子吃,哪有早餐吃嘛!我不吃早餐,是习惯喽嘛!"

老秦说的是普通话,嘴里像含了个汤圆,滚烫的。

韩晓蕙侧脸看了看老秦,欲言又止。

把女儿送到门口,韩晓蕙把书包给闹闹背好,先是叮嘱在路上要听爷爷的话,然后又把嘴巴凑到闹闹耳朵边说了句悄悄话。

公交车上,老秦问闹闹:"妈妈刚才跟你说了啥子呀?"

闹闹抬头看了看老秦说:"不能告诉爷爷,这是我和妈妈的秘密。"

其实老秦知道,根本就没有秘密。

少和爷爷说话。这就是秘密。

目送闹闹进了幼儿园,老秦东拐西拐拐到了人民公园。

人民公园在城东,算是最早的公园了,后来城市不断扩大,新的公园如雨后春笋,面积越来越大,设施也越来越全。不过老旧有老旧的好,老公园最大的好处是能听到各种方言。顺着窄窄的石板路拐进公园深处的花坛,环形的木椅上坐满了须发花白的同龄人,男的女的,胖的瘦的,东拉西扯,说到好笑处就咧开嘴哈哈大笑。

穿过长廊,就算游了一趟贵州全境。

全是方言,听得骨头都酥了。

铜仁话,遵义话,都匀话,毕节话,好像都差不多,仔细听其实差别巨大。短长、起伏、轻重,不是地道贵州人很难区分。老秦分得很清楚,木椅上俩老太太在聊天,不超过三句话,老秦就知道她们来自铜仁地区的沿河县。

老秦经过一棵桂花树,一老头正在树下打盹,双脚长伸,刚好截断去路。

"麻烦你把脚杆收一下,"老秦喊,对方没做声,老秦提高声音又喊,"麻烦你把脚杆收一下,挡路了。"

哦了一声,打盹的翘起身来。

"睡瞌睡回家睡嘛,路都遭你霸干净。"老秦小声嘀咕。

走出去两步,身后的突然喊:"你等一哈。"

老秦回头,瞪着双眼说:"咋个,还想干一架?"

老头摆摆手站起来,直勾勾盯着老秦,两眼放光。

"听口音你是修文的吧?"

老秦点点头。

"哎哟,我也是修文的,你修文哪点呢?"老头问。

"修文六广呢!"

一把攥住老秦右手,老头笑呵呵说:"我也是六广呢!"

"六广哪点?"老秦问。

"来鹤村。"

"我贾家寨,离你们来鹤不远。"

拉着老秦往石凳上一落,老头说:"我叫徐志远,来城头给儿子带娃娃。"

一张脸慢慢舒展开,老秦使劲拍了拍老徐肩膀:"我们吹吹壳子,跟你讲,我好久都没得正经说话了。"

三

临近下班,主任宣布这段时间大家都辛苦,晚上聚一下。

地点在"黔城故事",地道的贵州菜,据说食材相当讲究。培训中心十个人,订了一个十六人的包房,落座后,看起来显得有些稀稀拉拉。

椅子往后挪了挪,韩晓蕙放眼,一色的生力军,新鲜细嫩。主任端起酒杯,晃了晃,说开喝之前,还是喊一句我们的口号吧!

"认真生活,好好说话。"

高亢嘹亮,整齐划一。

轻轻抿了一小口红酒,韩晓蕙突然站起来,举起手机扬了扬说不好意思,先打个电话。过道里韩晓蕙拨通秦顺阳电话,说中心今天聚会,突然发起的。秦顺阳在那头呵呵笑,说没事,你们吃好喝好。

"好了,先这样,我先挂了。"秦顺阳说。

"等一下，"韩晓蕙急忙说，"你早点回家。"

"我把手边这点事忙完就回去。"秦顺阳说。

"你哪有什么正事？我告诉你，你马上回去，看看你爸妈是不是又在教闹闹认字了。"

电话那头沉默了片刻，最后秦顺阳说："知道了。"

回到桌上，气氛开始升温，主任指了指韩晓蕙面前的杯子说："我们已经下去了两杯，你得补齐。"

主任脸上的褶子开始爬满红藻。看着主任，韩晓蕙突然有些伤感。当初省电视台的新闻主播，全省第一个国家级普通话测评员，才五十出头，就老态毕现。不过韩晓蕙佩服他的果敢，三十六岁断然选择退出主播岗位，干些培训打杂的闲活，四十岁辞去公职，开办了全省第一家普通话培训中心，中心发展很快，主任老得更快。

端起酒杯，韩晓蕙说："主任，我敬你。"

主任端起酒杯朝韩晓蕙扬了扬，仰头一饮而尽。

轻轻呷了一口，韩晓蕙侧脸看见边上一小姑娘也端起酒杯，站起来，身子微微前倾，带着笑也对主任说："主任，我敬您！"

事件一样，内核不同。

站着敬和坐着敬肯定是有差别的，"你"和"您"一样有差别。

年龄带给你的有时候不一定是笃实与沉稳，也有可能是迟缓和混沌。长者对视青年，感受到的不一定是朝气与活力，也有可能是挫败和敌意。特别是这样露骨且赶趟的表达，暗含着明晃晃的叫板。

主任依旧红着脸带着笑，酒杯微微举起，朝对面的花骨朵晃了晃，唇酒还未相依，就把杯子放下了。放下杯子的主任朝韩晓蕙看了一眼，意思很明确：怎么样？我态度还算端正吧！

那是，韩晓蕙是谁？开国元勋，三朝元老。那时候中心刚成立，无枪无粮。韩晓蕙复旦硕士,刚从北方飞到南方,连窝都找好了,和秦顺阳一所大学。前新闻主播找到她,好说歹说,挥舞着双手在她面前画了好大一个饼。开始不松口,秦顺阳也不支持,说踏踏实实比凌空虚蹈可靠。主任三顾茅庐之后,韩晓蕙同意了,原因很多,主要还是北方姑娘胆肥。

"晓蕙,你那篇《普通话发音原理》我看了,写得不错,"主任端起酒杯,"我敬你!"

韩晓蕙点点头,没说话。

边上的小姑娘看看主任,又看看韩晓蕙,笑着说:"韩老师还做理论啊?真厉害。"

"这叫知其然,还得知其所以然。"主任拿手朝一拨年轻人扫过去。

吃完出来,几个年轻人挥手打完招呼汇入了来往的人流,韩晓蕙和主任站在饭店门口,主任看着几个远去的背影感叹:"世界是我们的,也是他们的。"

"是啊!"韩晓蕙长叹一声。

"但归根到底还是我们的。"主任哈哈大笑。

回到家,闹闹已经睡下,公公婆婆在客卧,有嘀嘀咕咕声音传出来,听不清楚说什么,但韩晓蕙知道,肯定是方言。

秦顺阳斜躺在沙发上看电视,《大明王朝》,正值李善长全家问斩。仰头喝下秦顺阳递过来的温开水,韩晓蕙问:"一家子都杀光了?"

"除了大儿子李祺。"

"为什么不杀他?"

"皇帝是他老丈人。"

"看来沾点亲带点故还是有好处的?"

拉个靠垫倚在背后,盘腿坐下来,韩晓蕙又问:"李善长是伙同胡惟庸造反才被杀的吧？"

"鬼扯！李善长被杀时，胡惟庸都死了十年了。"

手指朝秦顺阳一指，韩晓蕙说："秦教授，你刚才说方言了。"

"没有啊！"

"'鬼扯'，我听得清清楚楚。"

秦顺阳笑笑："好像是。"

手掌往秦顺阳面前一摊，韩晓蕙说："家规，一句方言罚款五十。"

挥挥手，秦顺阳说："先欠着。"

"都欠四百了，"韩晓蕙直了直身子，眼睛转到电视上，"这么说李善长还真没造反？"

"要造早造了，当年群雄并起，他完全可以自立山头，何必等到现在。"

"兔死狗烹，"沉默片刻，韩晓蕙语气幽幽，"今天吃饭，才发现自己真的老了。"

转头看着韩晓蕙，秦顺阳笑着说："这可不像你说的话啊！"

"年轻人的天下了。"

"你是元老，能力又摆在那儿，况且你们主任那么信任你，你怕啥？"

叹口气，韩晓蕙说："谁知道他是不是朱元璋。"

秦顺阳笑笑。

指着电视里跪在刑场上的一众老小，韩晓蕙问："李善长是朱元璋称帝后多少年被杀的？"

"二十三年。"

"我也快了。"

四

老太太提着雨伞和菜篮子刚出小区，正好撞见儿子回家。

天空淅淅沥沥落着雨，风撩着老太太白发，看见儿子，她说我去买点菜。秦顺阳把母亲推进单元门，隔着铁栅栏说下雨了，我去买吧，今天有客人来家吃饭。

老太太说："你买的那叫哪样菜哟！干巴干实的，露水都看不到一滴。"

把雨伞从门框缝隙里递出来，母亲说记得买点青菜，我做坛酸菜。

走出去几步，母亲在身后又叮嘱："青菜要嫩，颜色要带点鹅蛋黄。"

折到车边，秦顺阳突然改变了想法。

关上车门，他从小区侧门转了出去。

通往东山巷两条路，一条走大门，折过最繁华的商业区右拐就能到，路程短，路也好走；另一条走侧门，穿过无数弯弯拐拐的小巷，还得翻过市区最老旧的石拱桥，路程远得多不说，还得记性足够好，才能顺利走出迷宫般的巷子。

钻进巷子，喧嚣不见了。

陈旧是主调，老石板、老门框、一砖一瓦都被时光擦拭得黑油锃亮。老旧的不仅是那些物事，还有屋檐下藤椅上的男女，轻言细语聊着天。

"拐喽，说是下半年巷子要拆了。"

"鬼扯，人家说巷子要留起，保护起来。"

"听哪个说呢？"

"政府家放出来的话还有假？"

两颗花白的脑袋随即笑得前仰后合。

穿过漫长的巷道，视野一下变得开阔，石桥横跨在南明河上，青苔爬满了全身。桥头的凉亭里坐满了人，一群人在唱花灯戏。几个老头老太太手里或绢或扇，扭着枯瘦的腰板，歌声起起伏伏。

男：清早起来到妹家，妹在家头烧粑粑，想吃粑粑找妹拿，又怕妹家二姑妈。

女：小哥小哥心肠毒，妹妹把你当块肉，昨晚悄悄去找你，哪知你又不落屋。

…………

站在桥头看了半天，秦顺阳才明白，父母每次过来买菜都要舍近求远是有原因的。

东山巷口，秦顺阳放眼过去，菜摊随着巷子，迤逦蜿蜒。晚市的蔬菜更多，品种更全。和超市清爽干净不同，箩筐里的蔬菜还保持着采摘和出土的原貌，萝卜、折耳根都还裹着泥，菠菜还留着须。

蹲下身，秦顺阳拣了两根黄瓜朝摊主扬了扬问："黄瓜多少钱一斤？"

摊主是个老汉，六十出头的模样，买主的口音让他怔了怔，随即伸出四根手指："四块！"

"能不能少点？"

"少不得咯！就是混两个盐巴钱。"

普通话，只是口音弯儿拐得太急，有侧翻的感觉。

称了两根黄瓜，秦顺阳转到另外的摊位上又买了点青菜和菠菜。

折回来时,一个老太太正跟刚才的黄瓜摊主讲着价。

"黄瓜咋个卖?"

"三块。"

"哎哟!你看这黄瓜,蔫败失垮的,少点?"

"娘娘,你好裹搅哦!最少两块五。"

"我要两根。"

秦顺阳瘪瘪嘴,走到老头面前弯下腰。

"两块五,刚才为什么卖我四块?"

老头抬起头,盯着秦顺阳的脸看了看,不慌不忙答:"哪个叫你说普通话呢嘛!"

"说普通话怎么了?"

一旁老太太拍了拍秦顺阳肩膀:"外地人咯嘛!这些卖菜的,遇到说普通话的就喊高价。"

"我就是本地人。"

"阿你娃儿说哪样普通话嘛?活屎该。"

晚饭餐桌上,秦顺阳把今天菜场的遭遇说给大家,惹得桌上一阵大笑。

来吃饭的都是秦顺阳同事,清一色顶着博士头衔,来源幅员辽阔。四川、云南、青海、北京,最近的重庆,最远的漠河。主人有心,桌上菜式没有大麻大辣,总体温和清淡,南北咸宜。

老太太死活不上桌,吵闹不说,还拥挤。乡下人吃饭讲究天宽地阔,还有谚语,叫作:饱吃不如宽坐。开饭前老两口在房间开了个简短的碰头会。老太太意思很明确,款天磕地的,我不上桌。老头开始也是这个意思,沉默一阵,一跺脚说我还是要上,免得娃儿同事些有想法,再说顺阳也喝不了酒,我不上去陪两杯说不过去。

上了桌老头才发现，这桌人上辈子估计是掉进酒缸子淹死的。

一色的大茶杯，五十三度的酱香白酒，最低标准两杯半。老秦右首的小伙子，黑龙江的，三茶杯下去了眼睛还死死盯着酒瓶子。老秦咽了口唾沫，原来这群狠人喝酒是不需要人陪的，自己这样的小酒量，这哪是陪酒，是自杀。

酒量参差，共同点是都能说一口流利的普通话。

刚开始还略显拘谨，几杯下去，气氛开始松软绵柔。

清咳一声，韩晓蕙端起一杯红酒站起来朝对面一个面皮白净的中年人说："顾主编，感谢你收留我那篇稿子，敬您！"

对面慌忙站起来，一仰脖子吞下小半茶杯白酒，抓张餐巾纸擦掉嘴角的残余，竖起大拇指朝韩晓蕙一伸："韩老师客气了，您那篇稿子质量很高，说实话，在我们学报发可惜了。"

坐下来，顾主编接着说："你关于普通话发音原理的论述，除了理论上的贡献，最重要的是它的可操作性，如果掌握了你提出的方法，就可以完全去除掉方言带来的发音困扰，人人都能说一口流利的普通话。"

秦顺阳拍了拍身边的小年轻，笑呵呵说："说到发音，小余最有发言权。"

所有目光齐刷刷扫了过来。

小伙子腼腆笑笑说："我河北承德的。"

"河北省承德市滦平县金沟屯镇金沟屯村，这才具体。"秦顺阳笑着补充。

"哎呀！"韩晓蕙赶忙站起来，端着酒杯转到小余边上，敬完酒才说，"我们国家普通话标准语音就是从余老师的老家采集的。"

小余点着头："其实还具体到了个人的，主要就是向当时我们村第四小学的白向明老师和金沟屯中学的石俊勇老师采集的。"

猛然间,老秦觉得自己该表达一下。

站起身,老秦举起杯子扬了扬:"今天呢!感谢大家来家里头,也没得那样子好菜招呼大家,我呢!敬大家一杯酒,以后经常来耍。"

凳子一阵叽嘎乱叫,众人齐刷刷站了起来。

老秦致词完毕,除了四川重庆的两个笑嘻嘻点着头,其余人一脸茫然。

"我给大家翻译一下,"韩晓蕙说,"今天非常感谢大家来做客,也没什么准备,粗茶淡饭,我敬大家一杯酒,以后大家常来。"

哦!四下释然,凝固的气氛瞬时缓解,冰雪消融,万物复苏。

老秦喉咙一阵干涩,跟酒没关系,蹩脚的普通话烧的。

酒过三巡,发言转入胡扯环节。

四川来的酒量不大,但话多。

他先是给大家普及了长江的称谓其实是从四川宜宾开始的,接着又开始讲述五粮液的悠久历史。

"这个我晓得,"老秦突然一挥手,堆满褶子的脸酷似丹霞地貌,酒量确实不行,半茶杯下肚,舌头就打结了,"五粮液酒厂我去过,顺阳七八岁的时候,我们学校组织去峨眉山玩,顺便去了趟五粮液酒厂,跟你们讲,五粮液最早不叫五粮液,名字难听得要死,叫杂粮酒,后来有个文化人叫——叫——"

"杨惠泉,晚清一个举人。"四川来的慌忙补充。

"对,姓杨的改了名字,不过我跟你们说,要说白酒,还是贵州的好,你们去过茅台镇没得,五十里以外,就能闻到酒香,哎哟!那个味道,硬是巴适得很。"

众人看看老秦,又看看韩晓蕙。

韩晓蕙看了看秦顺阳,半天才小声问:"这段,翻吗?"

秦顺阳探出脑袋看着老秦:"爸,你没事吧?"

横起衣袖擦掉嘴角的白沫,老秦摇着头说我能有啥事,老子屁事没得。

五

绿色的森林里,一头霸王龙正撕咬着一头马门溪龙。马门溪龙笨重的躯体在霸王龙连续不断的撕咬中终于轰然倒地。

举起手里的霸王龙朝奶奶晃了晃,闹闹问:"奶奶,霸王龙厉不厉害?"

老太太轻轻捏了捏孙女下巴:"我们家闹闹整反了,你看遭咬死的这个,又高又大,颈子又长,应该它把你手头的这个咬死才对嘛!"

"不对不对,"闹闹大声说,"马门溪龙是吃草的,霸王龙是吃肉的。"

"吃肉嘎嘎的就了不起啊?"老太太说。

闹闹不干了,霸王龙横扫一切,这是真理。

一把掀翻面前的塑料森林,闹闹哇一声哭了出来。

刚开始其实挺和谐的。奶奶和孙女对外面的酒局没什么兴趣,两人钻进书房,门一关,直接进入白垩纪。地面上先铺满各种树木,还得点缀些蕨类植物,各色恐龙悉数登场,腕龙、迅猛龙、三角龙、剑龙、沧龙,管他三叠纪侏罗纪白垩纪,全都会师了。孙女摆放完毕,老太太看见脚边还躺着两头,顺手也抬进了林子。闹闹连忙捡起来,高高举起给奶奶科普:这是蛇颈龙,生活在水里的;这是翼龙,天上飞的。

"中国的龙才能在天上飞,还腾云驾雾的。"老太太说。

"中国的龙什么样子的?"闹闹问。

"嗯,"老太太费劲地矮下来和孙女并肩坐在地板上说,"嘴巴上有须须,就是胡子,背上有鳞片,弯来弯去的,有点像老蛇,会喷火,还会吐水——"

孙女嘴巴张得大大地看着奶奶,半天才说:"奶奶,它能打赢霸王龙吗?"

一瞪眼,老太太肯定地说:"那当然,中国的龙最厉害。"

门突然开了,秦顺阳走过来俯身在老娘耳边轻声说:"妈,你去劝劝我爸,他喝不动了。"

老秦正红着脸侃侃而谈:"不要看我就是一个乡村中学的老师,也是教出了几个好学生的,中科院有一个,姓龙,当年全县的高考理科状元;还有一个,对外贸易经济大学毕业后去了美国的犹他州,龟儿子,学成后就不回来了,他老爸跟我说起就开黄腔,说辛辛苦苦养了个叛徒——"

"秦老者,"老太婆喊了一声,"差不多了,再喝就麻了。"

抬起头,老秦一挥手:"不要管,喝得正安逸。"

秦顺阳拍了拍父亲,轻言轻语说:"爸,我看差不多了,你休息吧!"

"老子为啥子要休息?"老秦瞪着眼看着儿子。

两手一摊,秦顺阳说:"都话语霸权了,关键是你说什么别人也听不懂。"

老秦悻悻下桌,像被驱逐的入侵者。离开时他特意看了看儿媳妇的表情：满脸堆笑，就差敲锣打鼓欢送了。

送走了方言，饭桌清澈见底，一色标准普通话，血统纯正。

话是能听懂了，不过内容异常压抑。

统一的情绪是不满。领导有眼无珠，排斥异己；同事小人做派，背后使绊；学生素质堪忧，精神萎顿。话越说越多，酒越喝越慢，饭局很快僵死。

端起一杯酒，秦顺阳最后总结：来，我们喝个团圆杯吧！

众人散去，屋外一团死寂。

奶奶和闹闹把恐龙放进收纳箱，盖上盖子，摸了摸闹闹的脸蛋，奶奶说："恐龙要睡觉了，闹闹也该睡觉了。"

"爷爷喝醉了吗？"闹闹问。

摇摇头，奶奶说："爷爷喝不了好多，但耐得住，不要看他那样子，起码还可以再整半斤。"

凌晨四点，秦顺阳醒了过来。

窗外有光，不时有汽车快速驶过路面的声响。看了看时间，把枕头塞在后背，秦顺阳靠在床头。韩晓蕙也醒了过来，揉揉眼说是不是喝多了不舒服。摇摇头，秦顺阳说我做了一个梦。

梦很复杂，悬疑类。

场景就在自己的小区，先后有六七个人遇害，记得很清楚，第一个受害者是一楼的门卫，老头六十出头，特别热情，经常帮助业主搬抬扛送，说一口都匀方言，一开口脸上就带着笑。老头死在值班岗亭里，死状恐怖，警察的结论是被斧头一类的工具杀害，凶手极其残忍，十多次砍杀都在头部，整个脑袋像个被捣碎的西瓜。中间几个受害者记忆有些模糊，到了最后一个又变得清晰了，女性，十二楼那个保姆，每天都会推着婴儿车在小区花园里遛弯，见人就笑容满面打招呼。秦顺阳和她攀谈过一次，毕节大方县来的，口音很重，听她说话你得聚精会神。她死在电梯里，喉咙被人割断，身体斜躺，两个眼睛还大大睁着。

案子是秦顺阳破的，闹闹要吃苹果，秦顺阳从刀架上取下水果刀时发现上面沾有血迹，要知道韩晓蕙对刀具的使用有极其严格的规定，削水果的刀子绝对不会去触碰肉类的，倏然一惊后，他开始满屋翻找，最后在客房父母的床下找到了一柄沾着黑褐色血印的斧子。

韩晓蕙撑着脑袋听，突然她坐起来笑着问："大义灭亲了？"

秦顺阳点了点头。

"我觉得你做得对。"

想了半天，秦顺阳说："对错先不说，我奇怪的是没有丝毫犹豫，警察带走他我还觉得很高兴。"

主卧睡不着，客卧也清醒得很。

酒意早就散去，老秦站在窗边，点燃一支烟，看着窗外的阑珊夜色，幽幽抽着。他其实很少抽烟，一盒烟能抽三五天，他没做梦，是压根就没睡着。有些事你不能细想，细想就哪儿都不对劲。

烟雾把老太婆呛醒了，翻身起来说三更半夜你是搞哪样名堂。

"几十岁了，居然遭人家从饭桌上撵下来，"吐出一口烟，老秦接着说，"还是自家娃儿。"

"你看你，哪个撵你嘛？想法比田里的茅稗都多。"

回过头看着老太婆，老秦问："我说普通话你听得懂不？"

"听是勉强能听懂，"老太婆缓缓躺下，"就是难听得很。"

"老子就不信，"狠狠吸了一口烟，老秦说，"别人能学好老子就不能学好？"

六

人民公园里,樱花正在怒放,草皮也在返青,数不清的蜜蜂嘤嘤嗡嗡到处飞。

老秦和来自六广镇来鹤村的徐志远坐在公园南角一棵粗大的桂花树下。老秦义愤填膺分析,自己之所以不受待见,还是普通话说得太崴。随后咬牙切齿决定,听说有专门针对老年人的普通话培训班,跑去报个名,重新开始学习好好说话。

老徐明确表示不参与,老秦好说歹说,他都坚持不去。

"舌头都梆硬了,能说话就不错了,还学他妈啥子普通话哟!"老徐说。

"听说好看的老太太不少。"老秦漫不经心说。

猛然立起身,老徐说反正闲着没事干,我陪你去转转。

培训班在市老年大学边上,三层小楼,一楼是初级班,往上依次是中级班和高级班。

培训班属于公益性质,不收钱的。

负责报名的老师递过来一张纸,让老秦按着纸上的内容读一遍。老秦拿过纸,内容是朱自清的《春》。

这个老秦熟悉,给学生讲过无数遍。

用方言,老秦两分钟就能叭叭完。普通话不行,舌头搅拌了十来分钟,春天才终于成了刚落地的娃娃。

老秦读完把纸递给老徐,老徐慌忙摆手:"这个肯定读不了,要人命。"

培训老师没有歧视他们,指了指教室说你们可以先去体验一堂课,听完想听再来。

上课老师是个女孩子,二十出头,指了指下面一大拨花白脑袋,她说:"各位叔叔阿姨,因为你们是零基础,我们就从最简单的原理开始。普通话的发音其实是动作,跟种庄稼、练武术一个道理——"

一众老朽你看看我,我看看你,仿佛遭遇了鬼打墙。老秦伸长脖子看了半天才发现,年轻的女老师正照着书在念。

走回公园的路上,老秦问老徐听没听懂那个女娃娃说的是啥子。

摇摇头,老徐说:"我才懒得听,光顾看老太太了,哎!我跟你说,右边靠窗那个,穿灰衣服那个,头发差不多都白完了,脸还是玉滑滑的。"

"你这样色你婆娘晓得不?"老秦笑着说。

"婆娘,早没了。"老徐说。

看着老秦想了想,老徐突然问:"你儿媳妇不就是教普通话的吗?跟她学不就行了。"

摇摇头,老秦说:"她们教的都是高级的,我这样的崴货人家不收。"

已近正午,太阳有些灼人,把自己挪到阴影里,老徐说起了老伴儿的故事。

那年儿子在城里有了工作,过年回家对我和他妈表态:辛苦一辈子,该享福了。还定下三不准政策:一不准种庄稼,二不准养牛马,三不准干重活。你也晓得,乡下人哪里闲得住嘛!牛马可以不养,苞谷总是要栽几棵嘞!其实种的也不宽,两亩地不到,哪晓得儿子回家发现了,二话不说冲到地里头把苞谷苗苗全拔了,狗日的,都一人高了,硬是拔得一棵都不剩。他妈不干了,两人吵了一架,儿子回城那天跟他妈说：你种一次我回来给你拔一次。

摸出一支烟点燃，老徐缩在一团阴影里看着老秦说："后来孙子出世，去接我和他妈来帮忙看娃娃。"

"他妈肯定不来。"老秦说。

"来了，两个月不到就回去了。"

"住不惯？"

"她也不说，反正三天两头念着要回家。"

阳光又过来了，老徐把自己往阴影里又挪了挪接着说："后来还是回去了，回去没多久就出事了，一个人去山上栽苞谷，那天正好下了点毛毛雨，脚一滑，摔下五六米高的坡坎，还是第二天有人上坡放牛才发现，都梆硬了。"

长叹一口气，老徐说："我应该跟她一起回去的。"

"这个真不怪你，那头是妻，这头是儿，秤杆咋个都难得抬平啊！"老秦说。

从阴影里走出来，老徐拍拍酸麻的腿笑着说："我把她埋在那块苞谷地里头了，现在好了，翻起身来就可以干活了。"

往来的喧闹开始刺耳，车辆发出的声音仿佛正在撕裂的布匹。

临别前，老秦问老徐："培训班还去不去？"

老徐点着花白的脑袋："去，肯定去，好看的老太太那样多。"

晚饭后，空气一如既往混沌。

老秦在书桌前心不在焉划拉着毛笔字，闹闹捧着一本彩色绘本跑过来，指着一个字问："爷爷，这个字怎么读啊？"

低头看了看，"农"，农民的农，张着嘴想了想，老秦朝书房指了指。他知道自家的短板，边鼻音从来就没有分清过。闹闹蹦跳着去了书房，从韩晓蕙那里得到读音后，亲了妈妈一口，自豪地说："妈妈好厉害，这个字爷爷都不认得。"

"胡说，爷爷退休前可是中学老师呢！"韩晓蕙瞪了闹闹一眼说。

老秦话是越来越少了，老太婆心细如发，敏锐地发现了老秦的变化。

特别是面对闹闹，更是惜字如金。

闹闹问："爷爷爷爷，世界上最长的蛇有多长啊？"

这个老秦还真知道，最长的蛇叫网纹蟒，迄今发现最长的差不多十五米，在印度尼西亚捕获的。几个月前的老秦一定这样表达："世界上最长的老蛇叫网纹蟒，长甩甩得吓人，有记录的是在印度尼西亚抓住的一条，有差不多十五米，吓（hei）不吓（hei）人？"

现在的老秦这样表达："网纹蟒。"

还特别注意"蟒"字，后鼻韵，一定要拖长拖足。长度也不说，直接从屋子里找出鱼线和卷尺，长度量够了，祖孙俩牵着鱼线的两端逆向走远，线绷直了，闹闹在卧室里惊奇高喊："真长啊！吓死人了。"

还有就是老秦特别喜欢往外跑，周末白天几乎看不见人影。有时候闹闹会问奶奶："爷爷都不爱跟我说话了，是不是不喜欢我啊？"奶奶轻轻刮了一下孙女的鼻子："他是厌烦他自家。"

七

普通话培训课堂上，老秦异常认真，不时还会在笔记本上写写画画。

老徐心思不在这上面，一双眼睛四处乱瞟，课间还会去和心仪的老太太聊聊天气什么的。不过老太太们都积极向上，对满口方言的老徐明显瞧不上眼。

"请说普通话。"脸上玉滑滑的白发老太太提醒老徐。

手一挥，老徐说："不就是说个话吗？说哪样话不一样哟！我这个话说了六七十年，和手脚一样，我这两只脚杆也走了几十年路，难道老都老了还要我换双脚杆吗？"

老太太白了他一眼，满脸鄙夷。

下了课，老徐和老秦并排着一直顺着人行横道往前走，两人都没说话。一直走到人民公园门口，老秦才对老徐说："去你家喝杯茶如何？"

老徐有些迟疑，犹豫一阵还是点了点头。

老徐住在幸福小区，人民公园往东半里路。因为开发得比较晚，布局相对合理得多，楼和楼之间间距很大，绿化面积也比先开发的小区要大得多。

"环境可以嘛！"老秦说，"还有篮球场，这里转两圈就行了，何必还要往公园跑呢？"

"哎哟！不是牵狗的就是抱猫的，搭不上话。"老徐说。

打开门，中式装修，墙上有幅书法作品，戴明贤先生的，内容是清人郑珍的一首诗：绝怜乌子无朝暮，飞来飞去桂树闲；不以群鸦止贪饱，直须日落始知还。

端详半天，那边老徐招呼喝茶。

沙发上坐下来，老秦端起茶杯呷了一口。咂巴咂巴嘴，老秦笑着说："老家的茶叶。"

老徐眼睛瞪得斗大："可以啊！这个都尝得出来。"

"煤山茶咯嘛！"老秦说。

放下茶杯，老秦接着说："我家老者还在世的时候，到了采茶的季节就自己上山，茶青采回来自己炒，一口砂锅，一对巴掌，炒出来的茶叶真是好；茶壶是个砂罐，用了十多年，从来没洗过，茶垢巴掌厚，跟你说，不放茶叶，打罐水煮上十分钟，倒出来的茶水颜色都是墨汁色。"

两人哈哈大笑。

突然卧室的门打开了，一个姑娘探出头。短发，皮肤瓷白，眼圈泛黑，咬着牙，瞪着眼。

老徐站起来，指了指沙发上的老秦说："这个是老家的秦伯伯，喊人嘛！"

姑娘手往大门口一指，厉声高喝："说方言滚到门外去说。"

老徐应："哪个规定的一定要说普通话，老子就要说方言，咋样？"

咣当一声，门合上了，震得老秦一哆嗦。

半天回过神来，老秦问："哪个？"

老徐叹口气："我姑娘。"

茶水续了三次，两人都没开腔。

开水跌落杯中，早没了翻滚的墨绿，茶水寡淡，兴致也寡淡。

"这茶淡了。"老秦说。

"要不换一泡？红茶？"

老秦点着头说："那就红茶吧！"

老徐一直占着话头，声音也慢慢高亢了起来。

"我在县文化馆那几年，县里举办'阳明文化节'，请来的专家学者全国各地的都有，哎哟！我说话人家根本听不懂，人家说话我也听不懂。"

顿了顿，老徐又说："除了国内的，韩国日本和东南亚也有人过来，话肯定是说不上了，沟通全靠手势，开始比画起来特别费劲，慢慢地，我发现，比说话好使。"

两手一摊，老徐说："祖先还是猿猴的时候，有啥子这样话那样话嘛！还不是靠吼叫和比画变成人的。"

"我现在比画得更好！"老徐自豪地说，"我还专门买了一本书，叫《中国手语》，齐全得很，跟说话一样。"

门又开了，姑娘疾步走过来，把一张纸轻轻拍在茶几上，转身回屋。

哐当！

客厅两人倏然一颤。

相互看看，老秦伸手捡起面前的纸张，内容和格式如下：

首先，你们的发音让人恶心。

你们以为你们说的是普通话吗？呸！你们说的叫"贵普话"，就是贵州话的俚语用普通话的声调来说话，每个字都像刚从粪堆里飞出来的苍蝇，你们以为很洋气吗？外地人根本听不懂。

第二恶心的是语速，你们说话像拉稀，根本没有节奏，也就是抑扬顿挫，哦！说抑扬顿挫你们也听不懂。

第三是发音错误，你们刚才短暂的对话中，发音有十三处错误，其中姓徐的六处，姓秦的七处，本想给你们一一指出来，想想还是算了，因为你们都属不可雕的朽木。不过可喜的是你们错误都差不多，半斤八两，五十步笑百步，恭喜恭喜，你们可以平等交流了。

最后，趁我还没完全愤怒的时候离开，滚到外面去说。

老秦把纸张递给老徐，老徐没看，揉成一团扔进了垃圾桶。

天上堆着厚厚的云，太阳见不着了，一群鸽子从头顶飞过，发出一模一样尖厉的嘶叫声。

老秦和老徐坐在小区石凳上，各自燃了一支烟，烟雾笼着他们的脑袋，神情和天上的黑云一样重。

老徐摸支烟递给老秦，先说了几声对不起，然后他缓缓讲起了小女儿。

从小到大在乡下长大，高中才进了县城，姑娘样样好，模样好，成绩好，品德好，体育好，唯一不好的就是普通话。高中还好，基本都是本地人，方言普通话都属通用货币。三年汗水，终于去了北京，还是一所重点大学，进了大学只能说普通话。可能是乡下待的时间太久，女儿的普通话总夹杂着浓烈的椒盐味，别人偶尔会取笑一下来自贵州的发音，一直好强的姑娘不干了，狠狠恶补了一年，椒盐味依旧没能去除掉。大三时谈了一个男朋友，小伙子河北的，同班同学，暑假还去见了男方父母，大四上学期男生提出分手，理由很稀奇，是男方家人觉得姑娘说话声音怪。两人分手后，姑娘情绪就越来越差，最后还得了病。

叹口气，老徐接着说："得的病也怪！看上去好好的，就是惹不得，一开口就狂轰滥炸，尽挑难听的说，气性差的，得活活气死。"

"现在呢？"老秦问。

"休了半年学。"

"有好转吗？"

"好多了！"老徐笑笑，杵灭烟头后接着说，"刚回来的时候更不得了，听不得别人说话，电视里头播方言剧，二话不说提起凳子就把电视机砸了。"

老秦叹口气，想说点什么，最后什么都没说。

八

晚饭后，韩晓蕙对秦顺阳说明天我有节大课，想请你去现身说法。秦顺阳说我也没什么可歌可泣的事情，现什么身说什么法？韩小蕙说就说说你是如何学习普通话的。

秦顺阳从沙发上翘起来，笑着说："说可以，给我多少报酬？"

韩晓蕙冷哼一声："顶多就算个道具，还报酬。"

第二天课堂上，韩晓蕙先做了简单的开场白，她告诉学员，学习普通话的过程其实就是一次自我革新的过程，作为南方人，学习普通话难度更大，说是凤凰涅槃也不为过，今天专门给大家请来了秦顺阳教授，请他给大家说说作为一个贵州人是如何说好一口标准的普通话的。

秦顺阳上台，一开口下面就有惊呼声传来。

确实标准，吐字如珠，抑扬顿挫。

"从小学到初中，我的老师都是用方言教学，高中老师开始用普通话教学，但是非常不标准，上了大学后，语言的缺陷给我的交流沟通带来了极大的障碍。我的同学调侃我，说我姓秦名顺阳，字'黔之'，大家知道是什么意思吗？"

下面一个学员举手："我知道，黔之，黔之驴嘛！"

点点头，秦顺阳接着说："这个事情对我自尊心是有伤害的，我就下定决心，一定要学好普通话。下面我跟大家分享一下我学习普通话的一些心得。在座的大部分应该都看过金庸先生的《天龙八部》，虚竹误打误撞破掉'珍珑'棋局，被无崖子收为徒弟，在传授他内功之前，先用'北冥神功'化掉他体内的少林内功，这一步非常重要，因为虚竹学习少林功夫时间太久，已经有了身体记忆，这种记忆很难去除。就像我们说了很多年的南方方言，肌肉已经有了记忆，改变起来非常困难。"

"直接说办法吧！"一个学员喊。

"从大二开始，我就彻底跟方言一刀两断，在学校不用说，肯定说普通话，给老家父母打电话，也说普通话，有老乡亲戚来访，还说普通话。自己给自己构建一个语境非常重要，直到现在，我们家都有规定，一句方言罚款五十，我至今还欠着我们家那口子四百块钱罚款呢！"

下面一阵欢笑。

"我非常骄傲地告诉大家，到了大四，就算专业的普通话测评员，都无法辨别我来自哪里——不过，我也负责地告诉大家，一个人的成功跟普通话说得好不好是没有一点关系的，我的导师，全中国最有名的语言学专家之一，一辈子都用方言授课。"

现身说法结束，秦顺阳才发现韩晓蕙的老板正端坐在下面。

三人相约去茶楼喝茶。

主任亲自泡茶，茶是熟普洱，主任告诉秦顺阳，到了我们这个年纪，熟普洱是最好的选择，存放十年以上的才能喝。放好茶盅，主任话里有话："茶是老的好，人是旧的亲啊！"

说完看了韩晓蕙一眼。

咧嘴笑笑，韩晓蕙端起茶盅抿了一小口。

"晓蕙啊！你这堂课资源浪费严重，秦教授这样的你怎么能随随便便就请来呢！"

"反正资源闲置，不用白不用。"韩晓蕙笑着说。

给秦顺阳续了茶，主任看着两口子说："今天正好你们两口子都在，我有个想法，跟你们商量一下。"

呷了一口茶，主任接着说："中心能有今天，晓蕙功不可没，人品、能力有目共睹。晓蕙你也知道，中心目前的发展确实面临很多实际的问题，主要是规模偏小，不能满足社会庞大的需求，我的意思是在每个地州市都设立分部，先行占据制高点。"

说完，主任死死盯着韩晓蕙。

韩晓蕙一时有些手足无措，侧脸看了看秦顺阳，秦顺阳依旧悠闲喝着茶，面上波澜不惊。

"你放心，"主任抬手扬了扬说，"几个地州市随你选，我的意见是你去遵义，一是离贵阳最近；二是遵义是第一个设立的分部的城市，你去主持我才放心。"

"有点突然，主任，你看这样，"放下茶盅，韩晓蕙说，"我和顺阳回去商量一下再答复你，如何？"

"好好好，我静候佳音。"主任举起手里的茶盅大声说。

回家的路上，韩晓蕙开车，车驶入辅路，路边正好有个停车位，韩晓蕙一甩方向盘，将车停在了路边。

"你的意思呢？"韩晓蕙问。

"我能有什么意思，关键看你。"秦顺阳说。

侧过身，韩晓蕙一脸严肃问："你说这算重用呢还是贬谪？"

笑笑，秦顺阳说："古代官员外放，要么为重用打基础，要么不受待见滚得越远越好，以我的观察，你应该属于前者。"

"发自内心，我想去，"顿了顿，韩晓蕙接着说，"但我不能去。"

"为什么？"

伸手拉住秦顺阳的衣袖，韩晓蕙郑重地说："顺阳，我要真走了，闹闹就毁了。"

"你想太多了。"

掰起指头，韩晓蕙开始一二三四。总结起来就是此时正是闹闹学习语言的黄金时期，自己一旦离开，方言就会大肆入侵，这样造成的后果几乎是灾难性的。

"不是还有我吗？"秦顺阳说。

摸了摸额头，韩晓蕙说："你？就你，是，光看外在，你完全褪去了地域痕迹，不过骨子里还是典型的乡土思维，我多次要求你爸妈不要教闹闹认字，你哪次不是跟你父母站在一边。我告诉你，教育是有规律的，也是有标准的。"

"我也告诉你，我能到今天，也是有规律的，我的规律就是上学时除了念书，还负责放牛割草；说到标准，那就是我兄妹四个，每天到处乱跑疯玩，晚上回家挨着点一遍，好，都活着，这就是标准。"

谈话陷入僵局，两人都不再说话。突然秦顺阳电话响了，按下免提，是母亲，说的是普通话："幺儿，回来顺便给我带点蒜瓣瓣，要黄皮皮那种哈，白皮皮那种一点蒜气气都不得。"

想忍，没忍住，韩晓蕙扑哧笑出了声。

九

老太婆窝在躺椅里，眼睛盯着墙上的挂钟。四点十分，离幼儿园放学还有五十分钟。以老头子走路的速度，五分钟能到公交站，公交车开到幼儿园需要二十分钟左右，下了公交车，步行十分钟才到幼儿园，满打满算，老头子五分钟以后就得出门。

钟声嘀嗒，老太婆在心里跟着数。才数完半分钟，突然发现不对，竟然忘算了等公交车的时间。

"时间到了！"老太太慌慌朝里屋喊。

老秦捏着一管湿答答的毛笔钻出来，抬头看了看墙上的挂钟说："鬼吼呐叫哪样嘛！还早得很嘛！"

"我算过了，差不多可以走了。"老太婆说。

"排队都要十多分钟，慌哪样嘛！"老秦咕哝。

放下毛笔，老秦出来对老太婆说："哎！我问你，你晓得'胡说八道'啥子意思？"

"哪个不晓得嘛！就是乱说话噻！"老太婆白了一眼说。

指指老太婆，老秦说："你看，就说你不晓得吧！枉自我教了这样多年书，昨天普通话老师讲了我才晓得。这个胡呢，是我们国家古代对西北部少数民族的称呼，八道呢，不信佛的人认为，胡人讲解佛经是说鬼话，总起来说就是胡人讲解佛经八圣道，就叫'胡说八道'。"

老太婆又白了他一眼。

呵呵笑笑，老秦说："如何？长见识了吧？"

"该走得了，鬼话多。"老太婆直起身喊。

"趁娃娃不在家，我想多说点话咯嘛！"老秦换好鞋，看着老太婆说。

牵着闹闹的手从幼儿园出来，老秦一路无话。

闹闹蹦跳着报喜："爷爷，今天我得了一朵小红花。"

老秦笑着点了点头。

闹闹也跟着笑："老师说我吃饭吃得可好了。"

老秦又笑着点点头。

公交车上,闹闹把嘴巴凑到老秦耳朵边,悄悄问:"爷爷,我们班的许梓萌说她昨天见到鬼了,是不是宋定伯捉的那个鬼?"

想了想,老秦摇了摇头。

"那是什么样的鬼嘛?"闹闹大声问。

"等你妈妈回家后你问她。"普通话,一字一顿,边鼻音分得很清楚。

闹闹噘着嘴不理老秦,老秦这才松了一口气,进步是有的,能勉强分清边鼻音和前后鼻韵,条件是一两句话,多了或者快了立马现出原形。

推开门,老太婆在淘米,看见孙女,赶忙迎上来,刚准备问候,老秦清咳了一声。老太婆赶忙悬崖勒马,只是送过去一脸笑。

拉着奶奶,闹闹说:"奶奶,我今天得了一朵小红花。"

嘴巴张了张,奶奶心里喊了一声好。

"你为什么不问我怎么得到的小红花?"闹闹问。

老太婆慌了,赶忙看向老秦。

把老太婆拉进里屋,老秦说因为吃饭吃得好。

老太婆咕哝:"吃饭吃得好都能得红花?我像她那样大的时候都是抢别人饭吃。"

走出来看着闹闹,老太婆比画了一个端着碗刨饭的动作。闹闹一脸笑,夸奶奶真聪明。

闹闹钻进里屋玩玩具,老秦松了一口气。

那天老秦回来后,给老太婆汇报了老徐家姑娘的事情,老两口坐着叹了好久的气。这种事情绝不能在自己家里上演,老秦决定了,少和孙女说话,少说一句,影响就小一分。老秦还开动脑筋,学习了很多常用的手势,困难也不小,有时候比画了好半天孙女都没明白过来,他才不得不开口说话。说话也有讲究，能一个字表达完的，绝不说两个字，还有就是要慢，一个字一个字往外吐，这样出错的概率就会小得多。

闹闹察觉出了变化，晚上韩晓蕙给女儿洗澡，闹闹抱着她的脖子跟她说爷爷奶奶，特别是爷爷不爱自己了。韩晓蕙问为什么呀？闹闹说他们都不跟我说话了。韩晓蕙听完松了一口气，始终是做过人民教师的，知道其中的利害关系。想到这些，不由得对老秦生出一些肃然。

老秦呢！自从在家开始净口，往公园跑得更勤了。逮着老徐就滔滔不绝，天文地理诸子百家，刀枪剑戟斧钺刀叉，一张口就停不下来。老徐好人，点支烟看着老秦喷沫子，需要搭腔的地方"哦""唉""咳"，俨然光头的搭档烫头的，配合得天衣无缝。

十

入了冬，公园就很少去了。

老太婆提前把棉衣棉裤给老秦找出来，让他套上出去走走，老秦没心思。去哪儿啊？霜重雾浓，人民公园门可罗雀，熙攘的人流都化整为零龟缩在家，满园子的方言早被寒鸦的凄鸣取代。

实在无聊，老秦会给老徐打个电话。其实也没啥可说的。最近一次，接通老徐电话，老秦问：我这边下雪了，你那边下了吗？老徐呸了一声，说他妈就隔半里路，你问我这里下雪了吗？然后他告诉老秦，最近没事不要给他打电话，他正忙着给家里的窗户安装防护栏。老秦说二十三楼安啥子防护栏嘛！防燕子李三吗？老徐骂了句脏话就挂断了电话。

唯一的生趣就算是接送孙女了。虽然跟闹闹不能说话,可公交车热闹啊!越挤老秦越喜欢,碰了肩踩了脚,开口就让人心潮澎湃。

"踩我脚了,眼睛瞎爆了吗?"

"哪样素质?一开口就满口喷粪。"

"哟!踩我脚了你还雄火得很呢!"

"我就雄火了,你来咬我两口啊!"

"你信不信老子给你两窝脚?"

"你过来。"

"你过来。"

架是打不起来的,各自碎碎念几句,眼睛望向窗外,仿佛什么都没有发生过。

老秦印象最深的是一个西装革履的小伙子,电话响了,接通前先正正色。

"唉!赵总好!方案我已经做完了,企划部正在审,审完了我就给您送过去,唉!好的好的,唉!好好好,赵总再见。"标准的普通话,特别是那个"您"字,圆润壮硕,要知道,这个字一直是老秦的短板。小伙刚把电话揣进裤兜,电话又响了,皱着眉接通电话,瞬间切成了毕节方言:"妈,哪样事情?过年杀猪啊!回不去,公司事情一大堆,老火得很,你们杀嘛!老者脚杆不好,炕腊肉的柴随便搞点就行了,喊他不要满坡去跑,再摔一回,怕就归一咯!"

老秦早早就出了门,带着闹闹在路边等公交车,街道湿滑,冷风顺着巷子吹过来,直往裤管里钻。公交站台人很多,都阴着脸,不时朝车来的方向瞟一眼。

公交车终于来了,人群开始往前挤,老秦牵着闹闹也跟着往前挤,人流实在太过密集，动静还大，闹闹被挤开了。正当老秦回头准备找孙女时，突然人群发出一阵惊呼。

老秦看见空中划过一弯淡粉色弧线，他看得很真切，那是闹闹的书包。

撞倒孩子的是一辆电瓶车，速度太快了，孩子倒地的瞬间，电瓶车也重重撞在公交车右侧前轮上。

老秦抱着闹闹在风中飞奔。他不敢低头看孩子的脸，全是血，最可怖的臂弯里幼小的生命没有喊叫，没有哭泣，冷风里只有老秦粗壮惊恐的喘息声。

医院其实离得不远，但是老秦发现这才是世界上最远的距离。

一起一伏的颠簸中，老秦听见了一声咳嗽，接着臂弯里哇的一声哭了出来。

老秦也跟着哇的一声哭了出来。

这才是人世间最美妙的发音。

突然一只满是鲜血的小手摸了摸老秦的下巴，老秦第一次有勇气低下头看了一眼孙女。

闹闹说："爷爷，跑快点，我都出血了。"

医院走廊里，医生对眼泪汪汪的韩晓蕙说："已经做了全面检查，还好，都是轻微擦伤，我们已经给孩子用了药，孩子看起来情况还好，就是惊吓得不轻。"

韩晓蕙慌不迭点着头，抹了一把泪，她问："我看头部流血挺多的，会不会伤着脑袋了？"

"脑部 CT 显示没问题。"医生说。

长舒一口气，韩晓蕙说我可以去看看孩子吗？

"当然，再观察一下，晚点就可以回家了。"

韩晓蕙和秦顺阳在医院走廊尽头看到了老秦，两只沾满血污的手垫在屁股下，眼睛死死盯着窗外那棵高大的梧桐树，风掠过树梢发出沙沙的声响，老秦的嘴角跟着下意识地牵动。

晚饭一家人随便吃了碗面条，所有的心思都在孩子身上。

给闹闹盖好被子，韩晓蕙又流了一回泪。

"去看看你爸吧！也给吓傻了。"韩晓蕙说。

把闹闹安顿睡下，秦顺阳对韩晓蕙说你明天还有课，先去睡吧，我陪着孩子。俯下身亲了一口女儿，韩晓蕙说宝宝乖，好好睡觉，爸爸给你讲故事。

"闹闹想听什么故事啊？"秦顺阳拉着闹闹的手问。

"我要听宋定伯捉鬼。"

客房里，老太婆不停叹气："太吓人了。"

老秦不说话，眼睛盯着屋顶的吊灯。

他想过，如果今天孙女真有个三长两短，他就直接去东山的城郊接合部买瓶百草枯喝下去，大瓶的，要保证死透。

突然，秦顺阳推开门伸进半个脑袋。

"妈，你过去给闹闹讲故事吧！"

"你给她讲嘛！我又说不来普通话。"

顿了顿，秦顺阳说："我说故事她睡不着。"

老太婆走了出去，门轻轻合上了。

嘎吱，门又打开了，秦顺阳站在门口对老秦说："爸，这就是个意外，谁也不敢保证能绝对安全，你不要往心里去。"

灯光橘黄，照着闹闹有些惨白的脸蛋。看见奶奶进屋，闹闹眼泪汪汪说："奶奶，我要听宋定伯捉鬼。"

"爸爸给你讲不一样吗？"

使劲摇摇头，闹闹说："爸爸讲的鬼和奶奶讲的鬼不一样，我要奶奶讲的鬼。"

摸了摸闹闹的脸蛋，老太婆说好吧，给我们家闹闹摆个龙门阵，这个龙门阵啊！叫宋定伯捉鬼。

清清嗓子，老太婆说："从前呢时候，有个地方叫南阳，南阳呢！具体在哪点我也不晓得，反正是在我们中国。那地头有个人叫宋定伯，宋定伯气饱力胀的时候，有一天夜里，黑咕隆咚呢，他一个人走路，拐咯，运气崴，遇见了一个鬼，那个鬼，你不晓得，瘦壳嘟当呢！宋定伯就问鬼：你哪个？鬼说：我是鬼。那个鬼反问他：你又是哪个？这个宋定伯啊！比鬼还鬼，就说：老子也是鬼。那个瘦鬼就问宋定伯，你要到哪点去？宋定伯说我要去宛城赶场。鬼说我也要去宛城，要不我们一起走。走了一段路，鬼跟宋定伯说，这样走得太慢，不如我们换起背着走。宋定伯说要得要得——"

手掌轻轻拍打着孙女的后背，老太婆讲得很慢，语气悠悠。秦顺阳发现，母亲讲述的语气跟小时候听到的好像不太一样了，不仔细听，你都分不清哪个是人，哪个是鬼。

"妈。"秦顺阳轻轻喊了一声。

老太婆停下来，抬头看了看儿子。

秦顺阳指了指闹闹，老太婆转头，孙女睡着了，鼻息均匀，神态安然。

把被角给孙女披好，老太婆站起身，指了指门外，示意儿子退出门去。

秦顺阳拉过凳子坐下来，看着母亲，半天才说："妈，你接着把故事讲完吧！"

斜了一眼儿子，老太婆说："娃娃都睡着了，还讲哪样嘛？"

"妈,我想听。"

"你小呢时候,我不晓得给你讲过好多回,有啥子好讲呢嘛!"

把母亲拉过来坐在床边,秦顺阳说:"是听过好多遍,但是我从来都没听到过结尾。"

老太婆笑笑说:"那倒是,一般讲到一半你就睡着了。"

歪着脑袋看着儿子,老太婆说:"真讲?"

秦顺阳点点头。

"到哪儿了?"

"人和鬼换着背。"

"嗯,"正了正色,老太婆接着说,"说好了之后,鬼先背宋定伯,走了好几里路,鬼累得龇牙咧嘴,就喘着气问宋定伯,你重得要死,你怕不是鬼哟!宋定伯眼睛转了几圈,笑呵呵说我是新鬼咯嘛!所以才这样子重。换成宋定伯背鬼,轻飘飘的,松松和和背着跑了好几里路。换着背了好几回,宋定伯就问那个瘦鬼,我是新鬼,不晓得我们鬼怕啥子?鬼说最怕人吐口水。宋定伯就想出了一个鬼主意,等到他最后一次背鬼的时候,天快要亮了,就死死拽着鬼不让鬼下背来,天亮了,鬼不得办法,就变成了一只羊子,宋定伯就朝羊子吐了一泡口水,羊子就变不回来了。最后宋定伯就把羊子牵到乡场上卖了,得了一大笔钱。"

摊摊手,老太婆说:"好了,讲归一咯!"

秦顺阳欠欠身,笑着说:"从来没见过这样憨的鬼。"

听见儿子说了句方言,老太婆怔了怔,随即说:"这个宋定伯也是,人家瘦鬼一没有吓他,二没有害他,无缘无故你把人家变成羊子卖了,凭哪样嘛?"

说完慢腾腾出门去了。

看着母亲的背影，秦顺阳其实想告诉母亲，故事掉了一段，人和鬼过河的那一段，不过想想，这段在故事中，好像可有可无。

十一

第一拨雪终于化完了，到处滴滴答答，老秦踩着水迹，裹紧棉衣，去公园跟老徐见面。

老徐早早就到了，蹲在公园石凳上，吐着白雾搓着手，眼睛到处乱晃。

昨天老徐电话里告诉老秦，明天一定出来见个面，有好消息要告诉他。老秦说电话里说不一样吗？老徐说当然不一样，这样高兴的事一定要见面说。

两人点上烟，并排蹲在石凳上。老秦说有啥好事快点说，实在太冷了。老徐说："喊你过来，是跟你说个好消息。"

"彩票中奖了？"老秦白了老徐一眼说。

"比中奖还安逸，"老徐笑着抽抽鼻子，伸长脑袋说，"我家姑娘病好了。"

从石凳上蹦下来，老秦说这倒确实是个好消息。又摸出一支烟递给老徐，老秦笑呵呵说续上续上。

老徐眉飞色舞介绍："你说怪不怪，突然有一天，姑娘就变好了，不管我们说哪样话，她都不哭不闹，哎哟！菩萨开眼，就前两天，姑娘突然跟我和她哥说，要回去上学。"

"去学校好啊！书总得读完。"老秦说。

"那肯定，"老徐得意地看了看老秦，接着说，"估计是她妈保佑的。"

两人分开后，看着颤颤巍巍走远的老徐，老秦没有回家，一跺脚，他拐到东山巷口去买了两把白菜薹。经过凝冻的白菜薹，水分少，旺火猛炒，加一瓢糟辣椒，撒半碗蒜苗，是他和老太婆的最爱。刚来的那年冬天老太婆炒过一次，儿子一家对这道菜兴趣不大，以后这道菜就再没在饭桌上出现过。老徐临走时一句话让他咬了牙。老徐说：这人啊！有时候就是要学会死扛。

晚上饭桌上，老秦故意把火烧白菜摆在最中间的位置，白灼虾回锅肉丝瓜肉片汤全都靠边站。老秦特别注意儿媳妇的反应，这个家，最后还得看北方人的脸嘴。刚上桌，韩晓蕙对这样有违伦理的摆盘明显有疑问，好在最后还是按住了，一顿饭吃完都没表态。老秦其实是在试探，他还有更大的阴谋。寒假马上来临，他想带着老太婆逃回老家去住一段时间。闹闹嘛！送外婆家去，他们那边喊姥姥，那头一家人都说普通话，孩子不会中毒。

这些日子，只要闲下来老秦就憧憬和老太婆回乡后的幸福生活：想吃萝卜吃萝卜，想吃白菜吃白菜，最安逸的还是说话，全是方言，最土的方言，腮帮不会酸痛，舌根不会发麻，喉咙不会发干，最好夹杂几句黄腔，就像是好酒配了花生米。

晚上他悄悄把计划对老太婆说了，老太婆盯着他看了半天说："闹闹送过去？那边听说零下好几十度，钢筋在外冻一晚，一脚下去就断成好几截。"

"鬼扯，你说的那是呼伦贝尔的根河市。"老秦说。

"哪个鬼扯了？我电视上看到的。"老太婆说。

"不要忘了，我教过书的。"老秦说。

"要回你自家回,我舍不得娃娃。"老太婆说。

"老子想过几天好好说话的日子。"

想了想,老太婆说:"鬼话多,睡瞌睡。"

十二

南方的冬天确实难熬,阴冷潮湿,出不得门,一出门冷风刀子样满身钻。

整日窝在家,老秦开始苦练书法,也只能苦练书法。

他听从了书法家同学的建议,从临帖开始。

同学在电话里告诉他,你喜欢行草书,以你的年龄,从横撇竖捺开始是来不及了,还是抄近路吧!从王羲之的《圣教序》开始。

首先,要形似。

花了两个月,才慢慢有点那个意思。有法度的临习需要体力,老秦发现规矩原来如此耗神,以前随心所欲地划拉,一两个小时眨眨眼就过去了;临帖不行,半小时就头昏眼花四肢无力。

翰墨不能安神,反而越来越心烦意乱。书法进步不大,倒是越来越惦记老徐。

他给老徐打了好多电话,开始没人接,后来直接就关机了。

星期天一大早,他对老太婆说想去看看老徐。

刚出门,天空就开始飘雪。先是雪粒子,窸窸窣窣,在地上铺出一层淡淡的白。接着是雪片,在冷风中飘飘荡荡,下落扬起,扬起下落,好半天才坠到地面。

老徐的小区地势要高些，这里风势更大。进了小区大门，见不着一个人影，顺着长廊走到单元门口，一个女人牵条小狗来到花园的铁树下，狗儿翘起脚撒了一泡尿，女人连忙拉着狗钻进单元门。

老秦伸手把住了即将合上的单元门。

依稀记得是二十三楼，靠左的单元，在楼道里转了一圈，老秦看见了老徐家的大门，门上那副对联他记得很清楚。

上联：家和人兴百福至
下联：儿孙绕膝花满堂

对联是打印的，移动公司的赠品，去年的春联，红里泛着白。

敲了半天门，老秦听见了脚步声。开门的是个中年男子，老秦一眼就看出是老徐的儿子，身材样貌，神似。男子看着老秦问你找谁。

老秦搓搓手说："我找老徐，哦！徐志远。"

"找我爸啊！"男子挤出一线笑，"您老是？"

"我是他老乡。"

沉吟一阵，男子笑容绽开了："你秦伯伯吧？我爸经常说起你。"

"他在吗？"

"他病了，在医院。"

"哪个时候病的？"

"有段时间了。"

"难怪打他电话也不接。"老秦咕哝着。

"秦伯伯，你进来坐，外面风大。"

迈步进了屋，老徐儿子递过来一杯热水，喝了一口，老秦说："你忙着，我先回去了。"

转身离开时，他瞥了一眼上次来时让他心惊肉跳的那个房间。

房间整洁如新，被子床单整整齐齐。

床边的柜子上，摆着一张短发姑娘站在大学校门口的照片，照片里，她的笑容像个剥开的橙子。

走出门，老秦回头问了一声："你爸在哪家医院？"

"省人民医院。"

"谁照顾他啊？"

"我们实在忙不过来，给他请了护工。"

"什么病啊？"

那头神情瞬时暗淡，声音低沉："肺癌，晚期。"

电梯里，老秦跟着轿厢一起下坠。就这样落啊落啊！就是落不到底。

头顶明明有灯，老秦眼前却一片漆黑。

电梯门徐徐打开，外面白茫茫一片，老秦一步一步挨到外面，他的气息还在一直下落。

一屁股坐在花坛上，凉意从底下迅速上升，一个激灵，才有了一次顺畅的呼吸。

老秦没吃晚饭，躺在床上盯着天花板。

吊灯上挂着一堆水晶圆柱体，老秦不敢闭眼，一闭眼那些圆柱体就会变成锋利的锥子向他扎来。

十三

寒假来临，老太婆把老秦想回老家住段时间的想法给儿子说了。

秦顺阳很支持，说想回就回，反正寒假自己也不上班，闹闹也不需要送走，还鼓励母亲跟着一起回去。

老太婆脑袋摇得像拨浪鼓："我才不回去，冷火丘烟，人影影儿都看不见一个，回去干哪样嘛？"

随即老太婆给老秦转达了指示：来去自由。

老秦黑着脸对老太婆说："我几时说过要回去了？"

老太婆指着他啧啧挖苦："秦老者，你记性狗吃了，前两天才说过的话，你忘了要把闹闹送外婆家了？你忘了那个，就是那个啥子呼啥子尔的银河市了？就是钢筋都能冻断的地方。"

"呼伦贝尔根河市。"老秦连忙纠正。

枯瘦的手指戳戳老秦，老太婆说："还是认账了！"

老秦说："我老年大学还有几节课没整完咯嘛！"

老秦说的是实话。他现在听课特别认真，一进教室就竖起耳朵，生怕漏掉任何细节。拿不准的发音，一定要缠着老师搞清楚为止。笔记也记得更细了，入学以来，抄了足足四个笔记本。老师对他的态度也越来越好，多次当着其他学员的面夸他进步大。而且老秦惊奇地发现，现在就算一直叨叨半个小时普通话，也不会出现口干舌燥呼吸困难的症状。

失落也是有的，特别是眼睛不经意瞥过那个空荡荡的座位时。

今天上完课，老秦没回家，爬上2路公交，在省人民医院下了车。

进医院前，还特意在水果店里买了些水果。

在护士站查询，护士告诉老秦，病人在十三楼。

推开门，老秦看见了老徐。

单人病房，宽敞明亮，窗帘半掩，阳光从缝隙里钻进来，刚好照见病床上的老徐。男护工五十出头，看见老秦进来，俯身在老徐耳边悄悄说了几句话。

老徐睁眼看见了老秦，一张脸瞬间绽开，挥手示意老秦过去。老秦走过去，看着老徐，喉咙就梆硬了。老徐完全变形了，一张脸成了久旱的庄稼地，焦黄枯败铺天盖地。老徐艰难笑了笑，指了指床边，老秦这才发现床边坐着一个小男孩，五六岁的样子，手里捧着一本书，眼睛一直在书上。

"我孙子，小名欢欢。"

老徐枯瘦的手碰了碰床边的男孩，男孩抬头看着老徐，老徐指了指窗边的凳子，又指了指老秦。孩子咧嘴一笑，放下书，走过去把凳子搬过来给老秦坐下，又走到床边坐下来继续看书。

老徐指了指病床摇把，示意要靠起来。

护工把床摇起来，老徐长舒一口气对老秦说："是不是打了我不少电话？"

老秦点点头。

"娃儿把我电话没收了，说是怕影响医病。"老徐说。

"还去学普通话？"老徐又问。

老秦点点头。

"好久没去看漂亮老太太了，不晓得那个脸上玉滑滑的还在不在？"

老秦又点点头。

"做了两次手术，医生说再活六七年问题不大。"老徐呵呵笑。

指了指门外，老徐对护工说你先出去逛逛吧，我跟老秦有事说。

护工点点头出去了，老徐手往老秦面前一伸："借你手机给我用一下。"

接过老秦电话，老徐两眼放光，拨通后，那头传来女儿的声音，普通话。

"喂，你好！"

一瞪眼，老徐说："还你好，老子是你爸爸！"

"哦！是爸爸啊！这几天你感觉如何？第二次手术做巴适不得？你放宽心，我在学校好得很，就是记挂你得很。"南方方言，方言里夹杂着哽咽。

"不要记挂我，好好把书读好。"

把电话递还给老秦，老徐说："姑娘的声音比啥子药都管用。"

老徐还告诉老秦，自己本来不想住这种单人病房，耗钱不说，关键是连个说话的人都不得，能下地的时候，就窜到多人病房找人说话。还抱怨儿子请的护工样样都好，就是话少，几闷棒都打不出一个响屁来。

"让孙子陪你说话呀！"老秦看着床边的孩子说。

咧嘴一笑，老徐伸手摸了摸孙子的脑袋说："要能陪我说话就好咯！"

老秦一怔。

"聋哑，先天的，不要说说话，我连他哭声都没听到过。"

夜晚躺在床上，老秦翻来覆去就是睡不着，脑子里全是老徐，天快亮了才迷迷糊糊睡了过去。

老秦做梦了，梦里他回到了乡下，很多年前的乡下，那时候他还不老，叫秦文俊，学生喊他秦老师。家里娃娃多，缺吃的，一家人好久没吃过肉了，个个看上去都软塌无力。时候正值夏夜，秦文俊决定带上儿子秦顺阳去抓几个拾蚌回来炖汤。拾蚌这东西大补，又喊着棘蛙，农人一般很少捕捉，因为它可以灭虫。要不是饿肉饿得厉害，秦文俊也不会去捕捉，吃它干啥？大小是条命啊！捕捉的工具很简单，一个背篓，一支手电筒，手电筒不能太亮，有点微弱的黄光就行。方法也很简单，打开手电筒放进背篓，背篓放倒在河岸上，拾蚌们看见红光，以为是萤火虫，一个一个脚赶脚就入了瓮。

领着顺阳从家出来，天上有月亮，月光推着顺阳瘦削的影子慢慢往河边走。秦文俊看着儿子的背影，心想这东西真是多余啊！准确地说后面两个孩子都多余，顺阳和他三姐，没这两张嘴，靠自己每月工资和他妈在田地里刨出来的收成，日子哪会这样难熬？

河边放好背篓，秦文俊转身撒了一泡尿。就在这时，他听见了儿子的呼喊声。

"爸，救我！"

跑到岸边，借着月光，秦文俊看见儿子在水里扑腾，两只手高高举起，起起伏伏，拍打起的水花在月光下闪着亮晶晶的光。

秦文俊趴在岸上，无计可施，这条河他知道，又深又急，关键是自己不会水啊！一点都不会。喊声渐渐微弱，河面恢复了平静，月光还在，冷冷洒在河面上，像上了霜的玻璃。

顺阳是活不成了。

秦文俊看着河面长叹一口气，回身检查了一下背篓。

七八只拾蚌。还不错，炖锅汤，再加些洋芋，一家人能好好吃上一顿肉了。再加上顺阳没了，每人还可以多分些。

背着背篓回家，秦文俊本想哼首小曲儿，但想起顺阳没了，觉得不合时宜，就作了罢。

推开门秦文俊连忙向家里人汇报收成，几个娃娃兴高采烈，欢呼雀跃。

顺阳妈问："顺阳呢？"

"掉河里冲走了。"秦文俊说。

女人抬手就是一巴掌。

哦一声,老秦醒了,大口大口喘着气。

老太婆问他咋了?他说梦见顺阳掉河里了。

"下去救上来啊!"老太婆说。

"我不会水啊!"

"你那水性,跟猪狗有得一比。"老太婆说。

"咋个讲?"

"猪凫三江,狗凫四海。"

"怪咯!梦里头我觉得自家就是不会。"

醒来就睡不着了,老秦决定去阳台上抽支烟。

点燃香烟走到阳台,老秦看见儿子裹着毯子站在阳台上。看见老秦,秦顺阳问:"爸,还没睡啊?"老秦点点头,狠狠吸了一口烟,眼睛去向远处的阑珊灯火。

"妈说你想回去住段时间,"秦顺阳裹紧毯子说,"想回去我开车送你。"

老秦摇了摇头。

一阵风来,老秦哆嗦了一下。把毯子披在老秦身上,秦顺阳说:"妈说你去上了普通话培训班?"

"整起好耍。"老秦说。

"其实,"顿了顿,秦顺阳接着说,"没人要求你一定要说普通话。"

咧咧嘴,老秦没说话。

两人目光都去了远方,风掠过耳际,呜呜作响。

好半天,秦顺阳伸出手:"给我一支烟。"

"你又不抽烟。"

把老秦嘴里半截烟拿过来抽了一口,秦顺阳说:"我还记得第一次抽烟时八岁,从你烟盒里偷的,刚吸了一口就被你发现了,我以为烟雾吞进肚子里就不会被你发现了,闭着嘴刚吞下去,两股烟雾从鼻孔里钻了出来。"

举起烟卷模拟了一遍,秦顺阳被呛得连声咳嗽。

"那顿打哟!"他边咳嗽边说。

"打你最狠的不是抽烟那次。"老秦说。

"我晓得,"秦顺阳把烟头埋进架子上的花盆里说,"我学结巴三伯说话那次。"

讪笑一声,老秦说:"那时候只有结巴说话才会遭人笑话。"

老秦又摸出一支烟点燃,火机吐出火苗的一刻,秦顺阳发现父亲眼眶居然有些潮湿。

十四

年前,秦顺阳和几个同事商量着再聚一次。

地点还是在秦顺阳家,老太婆负责买菜,韩晓蕙下厨,秦顺阳给韩晓蕙打下手。任务分派完,老秦说那我干啥?老太婆说你负责吃。客厅里儿子和儿媳妇正在定菜谱,老秦蹲在地上跟闹闹一起收拾玩具。

"加个火烧白菜吧!"韩晓蕙突然说。

"什么?"秦顺阳问。

"火烧白菜。"韩晓蕙一字一顿。

客人还没到,老秦就下定了决心,今天咬碎牙都得挺住。

客人陆陆续续到来,聚在阳台上喝茶,老秦发现,普通话神奇地消失了。

所有人都说着自己家乡的方言,包括秦顺阳。

阳台上弥漫着的方言让韩晓蕙深感不安。

把秦顺阳叫到卧室,撩起围裙擦干手上的水迹,韩晓蕙说:"你干吗啊?闹闹在啊!说什么方言。"

"年终奖我全数上交,买今天的方言。"秦顺阳说。

"秦顺阳,"韩晓蕙瞪大眼睛说,"你知道我花了多少时间和精力才营造出一个普通话的语言环境吗?"

"我晓得,今天就当游戏样地耍一盘嘛!"

站在厨房水槽前,韩晓蕙第一次觉得势单力薄。

"爸爸,拐了拐了,你的脚杆把我刚刚拼好的玩具搞翻了。"客厅传来女儿的喊声。

倏然一惊,把女儿拉到厨房,韩晓蕙蹲下来看着闹闹:"我们家闹闹刚才是不是说方言了?"

一噘嘴,闹闹指着外面说:"爸爸他们都不说普通话,我也不要说。"

"再听见闹闹说方言,我就打屁股。"韩晓蕙寒着脸说。

饭桌上,秦顺阳端起酒杯对大家说:"今年最后一次搞酒,大家都安安逸逸的,提前给大家拜个年,喝!"

众人一阵欢呼,仰头干了个底朝天。

轮着转,都用自己的家乡话说几句好听的话,然后喝酒。除了最后一个"喝"字,前面的老秦一句没听懂。四川的和重庆的老秦能听懂,看着满口方言的两人,老秦突然觉得他们不像大学教授了,一点都不像。轮了一圈,终于到了老秦这里,端起酒杯站起来,老秦顿住了,眼睛扫了一圈饭桌,最后他说:"我说普通话。"

秦顺阳笑着说:"方言,今天我们说好了的,只能说方言。"

晃晃酒杯，老秦说："非常感谢大家来做客，也没什么准备，粗茶淡饭，我敬大家一杯酒，以后大家常来。"

"爸，还是说方言吧！"秦顺阳说。

老秦端着酒杯，嘴半张着，这一刻，他成了扛着炸药包冲向敌人碉堡的英雄。

"首先，感谢大家来做客，你们的到来，真可谓蓬荜生辉，粗茶淡饭，怕是慢待了各位，希望大家常来常往，你们是顺阳的朋友，自然也是我的朋友，来，我敬大家！"

说得很慢，但很标准。

韩晓蕙都有些惊讶了，从业这么多年，他深知年龄是学习普通话最大的障碍。老头发音的标准来自他口型的变化，口型的变化是需要训练量的。

发音是标准了，但不能看脸，韩晓蕙发现，公公脸部完全扭曲变形了，像一片丢入热油的虾片。扭头看了看地上玩耍的女儿，韩晓蕙忽然有些怅然。

"爸，你还是说方言吧！"韩晓蕙对老秦说。

摇摇头，老秦又端起一杯酒："俗话说，时进腊月是为年，年关将近，我再敬大家一杯，祝大家工作顺利，生活开心。"

说完仰头一饮而尽。

抬手擦干眼睛里流出来的两滴清泪，老秦看着秦顺阳问："你今天拿出来喝的是什么酒？为什么会这样辣眼睛？"

饭桌上所有人都看着老秦，仿佛冻住了。

"我敬大家一杯，提前祝大家新年快乐！"好半天，来自河北省承德市滦平县金沟屯镇金沟屯村的小余连忙端起酒杯说。

"唉！这就对了，"老秦一字一顿说，"说普通话嘛！"

小余愣了一下说:"叔叔,我说的是方言。"

"爸,余老师的方言就是普通话,普通话就是方言。"秦顺阳说。

嘿嘿一笑,老秦说:"你们占便宜咯!"

酒喝得越多,桌上的方言越重。

秦顺阳建议大家都用方言讲一个家乡的笑话。每讲完一个,不管听没听懂,都拍掌叫好。那晚老秦喝了很多酒,最后三个笑话还没开讲,他就倒在沙发上睡着了。老太婆给他盖被子,老秦还在叨叨说着话,普通话,醉酒的老秦依旧说得很慢,依旧说得很标准。老秦不知道的是,最后两人用方言讲完笑话后就哭了,一个来自大兴安岭的漠河,另一个来自阿尔泰的喀纳斯。

韩晓蕙坐在饭桌上,不时瞟瞟沙发上的老秦,韩晓蕙鼻子有些发酸。悄悄来到阳台上,韩晓蕙拨通了母亲的电话。

"妈,你和我爸都挺好吧?千万要注意身体,别觉着挺好的,拿体格子不当回事。过段时间我就带小闹闹去看你俩。出门一定要注意安全,不兴忘了!尤其闹市区,车多人多,到处'乱马缨花'的,听着没?"

多久没说方言了?韩晓蕙想了想,好像是很久了。

转回客厅,韩晓蕙看见闹闹走到沙发边,伸手摸了摸老秦的脸,然后小姑娘说:

"爷爷,你喝酒醉的样子好吓(hei)人哦!"

犯罪嫌疑人

一

这是一个属于一九七六年的早晨。一个风和日丽,万里无云,空气清新,舒适恬静的乡村早晨。

一大早,棺材匠从床上爬起来,还很诗意地站在屋檐下瞻仰了一阵鲜嫩的朝阳,接着他从墙上取下一挂水桶挂在肩上,踩着轻快的脚步往村东的大水井去了。

乡间小道铺着四四方方的青石板,有幼苗从石缝中探出头来。棺材匠脚步轻盈,起起落落都显出了奔放的时代气息。棺材匠的性格可不像他的职业那样凝重沮丧,好天气激发了他朴素的革命乐观主义精神,拐过两道弯,清新的空气中飘荡起了口哨声。在乡村,口哨不算是庄重的艺术形式,但棺材匠吹响的内容却庄重异常:太阳最红,毛主席最亲。口哨声让一片树林变得无比生动,那些叶片上晶莹的晨露,慢慢拢成一团,滑向叶尖,然后优美地坠落,浸入大地。

口哨声是在一处开满了水仙花的旷地上停止的。当时棺材匠一转头，口哨声就被一刀两断了。

一片开得无比灿烂的水仙花丛中，横卧着一具雪白的女人身体，身体四周的水仙花被压得东倒西歪，身体上有星星点点的残破的花瓣。这时，阳光薄纱般倾泻而下，在女人身体形成了一层耀眼的橘黄。她的两只眼睛还大大地睁着，直视着通透高远的天空，那片广袤的湛蓝中，有雄鹰在盘旋。

扁担从棺材匠肩上悄然滑落，他瞪着眼睛看了一阵，使劲扭了扭脖子，收回了两扇嗫着的嘴唇，往前走了一步。

"喂！喂！"他轻轻喊了两声。

天地寂然，只有林间悦耳的鸟叫声，好像是画眉。

棺材匠回身就跑，跑的过程中，嘴大大张着，看样了想喊，可没有声音。

跑出去好远，村庄上空才响起了凄厉的喊声：死人了。

和村东头那个清澈碧绿的水潭一样，龙潭村一直安静沉默，祥和安宁，像一个闲聊时躲在墙角的聆听者，不啰唆，不插话，悄悄来，悄悄走。就是运动最厉害那几年，别的村子轰轰烈烈，乌烟瘴气。再看看龙潭，老人们依旧坐在屋檐下，披着一身的阳光吧嗒吧嗒吸着旱烟，目光慵懒，盯着村庄的一草一木看，去找寻那些已经远去的日子；女人们还是成群结队去水潭边洗衣服，沿着岸蹲成一排儿，东家长西家短，也会说些男女之间那些隐秘事儿，于是水面就荡开一片肆意的欢笑；孩子们仍旧在月夜下奔跑，手一捞，就能把萤火虫关进掌心，凑到眼前，张开手缝，亮光映着长长的睫毛，看够了，手一松，目送着一汪萤火摇曳着远去。

一声凄厉，祥和不再，惶恐犹如暴雨前天边陡然而至的黑云，压得一个村庄直不起腰来。

二

一共来了三个公安，一老两小。老的叫老黄，两个小的，一个叫小梁，一个叫小赵。生产队长肖明亮本来想问清楚具体的姓名，但看见老黄一直阴着脸，就打消了念头。

龙潭和外面连接的只有一条青石铺成的小路，三个公安是踏正步进来的。生产队长早早就带了一队人在村口等。老黄走最前面，五十出头，步伐沉稳有力；依次是小赵和小梁，两人嘴上刚起来一层绒毛，小梁肩上挂了一个包。

站在众人面前，老黄伸手擦了一把汗问："生产队长呢？"

肖明亮举起一只手。

"说说情况。"老黄伸出一只脚踩在路边的石头上说。

"要不先喝口水？"生产队长说。

"你还真稳得住盘子哈，都死人了，还有这闲心。"老黄语气里含着讥讽。

生产队长脸上起来一层灰白，忙说不是的不是的，我就是那个啥，看你们——语意含混，笨口拙舌。

"现场在哪儿？"老黄问。

"林子那边。"生产队长往远处指。

"走。"老黄一挥手。

看到现场，老黄一张脸就黑了。

"毛毯是谁盖上去的？"老黄问。

生产队长又举手。

"哪样鸡巴生产队长？连点常识都不懂，谁让你盖毛毯了？你怕她冷啊？"老黄语速很快，每个字都像出膛的子弹。

肖明亮心里窝火了，龙潭没人这样和他说话。连旁边的一干村民都有些愤愤，公安有鸡巴哪样了不起，说两句话像喷粪，枉自披了一身公安皮子。

肖明亮上前一步，冷冷地说："姑娘光着身子呢！死的又不是一头猪。常识我不是不懂，姑娘爹娘来了，死活要凑过去，是我喊人拉住的。"

老黄斜着眼看了看肖明亮，哼了一声："哟！你还有理了呢，现场可留下你的脚印了，你不怕成嫌疑人？"

龙潭的生产队长爆发了，冲过去对着老黄，两张老脸之间只有一指的缝隙，四目相对了片刻，肖明亮说话了，一字一顿，像往老黄脸上扔了一堆锋利的石头。

"就算是我，有本事拉我去枪毙。"

老黄没说话，半天转头对两个年轻公安说："做事！"

黄昏如约而至，红云在天边漫天翻卷，像个打翻的血盆。

肖明亮坐在院子边，闷着头一直抽闷烟，老婆子喊他也不答应。眼前还是那张老脸晃来晃去的，他恨不得糊上几砖头，把他妈的砸成个烂柿子。不就是披了身皮子吗？有啥了不起？

龙潭人有句话，叫恨谁见谁。这话还真不假，肖明亮一抬头，就看见那张老脸了，正气粗地往自家院子走来。三个公安走进来，在肖明亮面前站成一排，像等待他检阅一样。肖明亮歪头看了一眼，鼻腔闷哼一声，低头把旱烟咂得烽烟滚滚。

老婆子拉出两条凳子，老黄坐下来，看着肖明亮说："对我有想法可以保留，我现在是和你说公事，有三件事要你帮忙。第一，腾间屋子给我们临时办公用；第二，马上找人搭一个棚子，我们要验尸；第三，通知村子里所有人，没有我们允许，这段时间谁也不能离开。"

生产队长冷笑一声："你国家主席啊？你说啥就是啥啊？"

老黄也冷笑一声："你如果不同意，我只有回去汇报了。"

生产队长又闷哼一声，闷哼归闷哼，闷哼完了还得顾大局，识大体。尽管不是很心甘情愿。公安同志的临时办公室和猪圈一墙之隔，整晚能聆听猪的豪言壮语。最闹心的是不期而至的猪粪味，凶猛地从破烂的窗户挤进来，吸一口，还滚热着呢！临时办公地点是一扇一口气都能吹倒的破门，鸡啊狗啊的，文进武出，吼也不走，胜似闲庭信步。肖明亮在院子里偷偷乐："你以为公安它就怕你啊？"

蜡烛滋滋乱炸，老黄盘着双脚坐在床上，不敢动身，一动身，那床就哆嗦。身子往前倾了倾，说："小赵，你先说说。"

小赵掏出笔记本，封面红色塑料皮儿，老人家正站在城楼上挥手。

清了清嗓子，小赵说："死者刘桂花，女，今年二十岁，是龙潭村刘老把大女儿。根据现场勘查和尸检情况看，死者大约死于十六日晚七点至十点之间。从案发现场情况推测，死者有过激烈的反抗，罪犯可能是准备对受害人实施强奸，在犯罪过程中，因为受害人大声呼救，所以用双手掐住了受害人的脖子，导致受害人窒息死亡。从尸检情况看，这应该是一起强奸未遂引发的杀人案。"

小赵念完，看着老黄，老黄点点头，转头看了看小梁。

小梁翻开本本说："根据走访的情况，受害人在案发当天是从亲戚家回来，据受害人父母说，受害人性格内向，没有谈过恋爱，也没有和人发生过矛盾。同时，受害人亲戚反映，受害人是一个人离开的，离开时间大约是下午五点，两地距离大约三个小时路程。所以，基本可以肯定，受害人应该是晚上七点到九点之间遇害的。"

翻了一页纸，小梁还没开口，隔壁就嚎亮了。两头猪似乎是斗殴，恶狠狠地嘶叫。小梁无奈地看着老黄，老黄龇着牙吼："再闹，再闹毙了你个猪日的。"

隔壁躺在床上的生产队长听见了，瘪瘪嘴："你试试？"

半天，两头猪才停止了哼哼。可能是掐架把圈里的猪粪操翻了，哽人的粪味又溢满了一屋。老黄耸耸鼻子："就当自己是时传祥了。"然后一挥手，说继续。

小梁把手从鼻子上拿开，咳了一声继续说："根据走访得知，全村共有四个人不能说清楚案发时段的活动情况。一个叫林北，男，未婚，二十二岁，村小学的老师；一个叫张维贤，三十四岁，已婚，有两个女儿，妻子前几年修房子被大梁砸断了腰，至今瘫痪在床；一个叫母光明，七十二岁，丧偶，左脚有残疾；最后一个叫胡卫国，四十三岁，当过民兵连长，据群众反映，胡卫国爱喝酒，醉酒后经常打老婆，后来老婆受不了，带着两个孩子远走他乡，至今下落不明。"

三

这段日子，老天像讨好龙潭村似的，天天阳光明媚，龙潭人不买账，个个阴着脸。特别是他们的生产队长，霉豆腐样，没事就咕哝：妈的，自己的村子样样争第一，春耕秋收，铺路修桥，哪样不走在前列？现在而今眼目下，却出了这样一件掉门脸的事情。花案啊！就像脸上长了痔疮，眼现大了。

沿着村里的石板路,肖明亮低着头,鼠目寸光地往前赶,这不是龙潭村生产队长的德性。生产队长以前走路都是前程无限的模样,还会敞开衣领,露出脖子上那个骇人的伤疤。遇上好奇的,会问问伤疤的来源,生产队长就一挥手:朝鲜战场的纪念品,美帝国主义的刺刀留下的。于是问话的立马起来一层敬仰,龙潭村屁大点地盘,竟然还有巴掌大一块死肉和帝国主义扯上了关系,不得了啊!

有德两口子在路上捡牛粪。看见生产队长过来,有德直起腰喊:"队长,去哪儿?"生产队长两手叉在腰上,模样像要把自己提起来。自从看了《南征北战》,生产队长就爱上了师长这个动作,很革命,很领导,两手一叉,气势恢宏。生产队长和师长的差别在于,师长造型和话语都豪壮,生产队长不同,叉好腰,看了看有德,半晌才小声说:"你忙!"

经过刘老把家门口,肖明亮停下了脚步。走进院子,咳嗽了两声,门拉开一条缝,露出了老把妻两个寿桃样的眼睛。两口子出来,看见生产队长就哭开了。老把妻一五一十地坐在生产队长面前数:我家一不偷人,二不养汉,老老少少,规规矩矩,没人说句屁话。桂花哪个出来不夸两句,立春才刚满二十岁,哪晓得?畜生啊!找出来了你看我不剥他的皮,抽他的筋。

刘老把倒碗茶递给肖明亮,说:"龙潭这么多年,顺顺当当,没出过恶人,这倒好,恶人出来了!"说完老把也呜呜哭开了。

肖明亮叹口气:"都怪我啊!龙潭屁大点地盘,我没能看好啊!王八操的,看上去个个都老实巴交,唉,画龙画皮难画骨,知人知面不知心哦!"拍拍老把的肩,队长安慰说:"你放心,人民的眼睛是雪亮的,坏人绝对没有好果子吃。"

老把妻哭:"不管吃啥果子,也得把坏人挖出来啊!"

"没见几个黄狗皮正忙着吗?"生产队长说。

哼哼!屋檐下一张脸在阴冷地笑。刘小把,老把的儿子,桂花的弟弟,咬牙切齿地看着生产队长。

"你小狗日的笑啥?你还信不过公安?"肖明亮骂。

"卵公安,来了好些天了,坏人毛毛也没找出一根。"

肖明亮指了指刘小把,没说话,站起来背着手走出院子,老把在后面喊:"找出人来了给我个信,老子活剐了那天收的。"

四

回到家,老婆子正在安排晚饭,肖明亮背着手在厨房巡视了一圈,菜数还是老三样:素酸菜,炒土豆片,牛皮菜拌水豆豉。

老太婆往锅里舀了小半瓢油,回头看见肖明亮,慌忙舀出一些放回油碗里。生产队长对着领导家属和颜悦色地挥挥手,老太婆立刻堆满了笑,重新把舀出来的油倒进锅里。

在灶台边转了两圈,队长开始现场办公。

"不是还有一截老腊肉吗?"肖明亮问。

"还剩个把把,想等你过生的时候再拿出来。"老太婆说。

肖明亮说:"拿出来吃了算尿。"

"给他们,你舍得?"老太婆声音压得低低的。

"我是怕把他们饿憨了,整点好的给他们胀,早点破了案好滚蛋,整天在眼前晃来晃去的烦人。"生产队长说。

"老东西,鸭子死了嘴壳硬。"老太婆笑着说。

饭菜上了桌。老太婆把着门朝那边喊:"黄公安,吃饭了。"

三个人鱼贯而入。

老黄朝饭桌上看了看,脸像朵绽开的老蜡梅。

"哟,莫非台湾解放了吗?"

老太婆撩起围裙擦着手惊讶地问:"真的?"

肖明亮坐在墙角,斜眉吊眼看着老黄:"你解放的呀?"回头又狠狠瞪了一眼老太婆,"人家涮你坛子呢!憨婆娘。"

端起碗,老黄看着老太婆连声说谢谢,老太婆不好意思地看着肖明亮说是他的主意。老黄抬眼看了看肖明亮,嘴动了动,半天才说,晚上请你过来一趟,我们有些情况想跟你了解一下。

猪粪味儿很浓烈,一股股往鼻孔里钻。

四个人围成一桌。

老黄在桌上铺开一张卷烟纸,摸出一个烟丝盒,烟丝盒是牛骨做成的,上面还摇曳着几根热带的椰子树。把烟丝均匀撒在卷烟纸上,老黄粗壮的手指把着烟纸一端,反卷,滚动,送到嘴边,伸出舌头在接缝处一拉,一根崭新的卷烟诞生了。

把烟点燃,老黄对小梁说,你把情况说一说。

小梁转过身子对着肖明亮说:"肖队长,是这样的,根据我们掌握的情况,案发当天,有四个人不能提供不在场的证据,这四个人是林北、张维贤、母光明、胡卫国,在我们正式传讯这四个人之前,我们想请你先介绍一下这四人的情况,听听你对他们的看法。"

肖明亮瞪大眼:"不可能,你们是不是搞错了。"

老黄深吸一口烟,猛了,一阵炫目,烟卷烧了起来,火苗腾腾的,老黄慌忙拿烟卷往桌面上杵,杵灭了烟火,老黄对肖明亮说:"我们没说他们是坏人,就是先听听你的说法。"

"那你们就去调查,问我搓卵哦!"

老黄把划燃的火柴吹灭,拿出叼在嘴上的烟卷,面带愠色说:"请你搞清楚,这不是人民内部矛盾,这是敌我矛盾,像你这种态度,是对人民的不负责任,是犯罪。"

帽子有点大,兜头罩下。生产队长有点蒙了,半天才嗫嚅着说:"主要讲哪个方面的?"

老黄给生产队长倒了一碗茶,说:"说说他们平时的表现。"

喝了一口茶,肖明亮说:"这几个都是本村人,林北早先在县城上中学,运动开始后,学校停课了,林北就回来了。后来就一直在家务农,前年我看村小学缺老师,就让他顶上了。他书教得好,晓得的东西多,三国、西游、封神、聊斋,讲起来一套一套的,娃娃们都喜欢他。平时也好打扮,整天整得油光水滑的,脸皮又白净。不过我丢句话在这里,这事不会是这娃娃干的。"

"有啥依据?"老黄问。

"这娃娃,在村子里最讨姑娘喜欢,哪家姑娘看见他都一肚子心事。我听他老娘说,林北床边箱子头鞋垫摞起来都到胳肢窝了,全是村里姑娘们悄悄送的,隔三岔五就有媒婆上门,狗东西一直推,说还年轻,要趁年轻为祖国的教育事业多做贡献,先大家再小家,弄得一大片肝肠寸断。你说,姑娘排着队等他挑的这样一个人,会去犯花案?最重要的,是老把曾经托我给他家桂花说媒,对象就是林北。"

"他咋说?"小梁问。

"脑壳摇得像拨浪鼓,还跟我说,让我不要操心了,他不会在村子里找对象的。"

"这个张维贤呢?"小梁问。

"张维贤以前是个骟匠,整天提个马骡子铃铛走乡串寨。骟匠这活路，长久不落屋，这样就难为他婆娘了，婆娘吃得苦，带上人修房子，上大梁那天，梁没支好，她运气不好，被掉下来的大梁砸了，命是捡回来了，腰断了，现在还瘫在床上。婆娘出事了，张维贤痛哭流涕了一回，改行做麻糖了，麻糖出锅，张维贤就站在村口喊一嗓子，大家就去他家换麻糖，三斤苞谷换八两麻糖，两斤大米换一斤麻糖，还有拿黄豆、高粱去换的。张维贤这人舍得，有时候遇上麻糖出锅，有人家舍不得粮食，娃娃们嘴馋，就去张维贤麻糖铺子前守嘴，张维贤看不过，就叮叮当当敲几块递给娃娃些。"

"嗯，下一个。"老黄点点头。

把半碗茶倒进嘴里，肖明亮横着袖子拉干嘴角残留的茶水问："下一个谁？"

小梁看了看笔记本："母光明。"

"这个不说了吧！"肖明亮说。

"为啥？"小梁问。

"老得像根糟了心的泡桐树，七十多了，风大点就能给刮飞了。他要还能当强奸犯，龙潭的水田都能亩产三万斤了。"

"胡卫国呢？"老黄重新点燃烟卷问。

"老酒鬼了，二两黄汤灌下去，爹妈都不认得了。龙潭一号浑人，但要说犯花案，我看可能性也不大，狗日的眼睛里头只有烧酒。"

"这也不能说明他不会犯强奸案啊！"老黄说。

肖明亮不屑地笑笑："他要好这一口，会舍得把婆娘打得远走他乡？"

烛火滋滋炸，大家都陷入了沉默，倒是圈里的肥猪在快乐地歌唱。

老黄眼睛投向窗户，眉头紧锁，嘴里的烟卷短得都快烧着胡须了。

五

四个人在院子里坐成一排。

有些闷热,蝉停在院子边一根椿树上,一阵漫长的聒噪后,停了下来,天地一下陷入了死寂。四个人额头上都有细密的汗珠,阳光从高大的椿树缝隙间投射下来,一排儿人都披着大大小小不规则的光斑,风懒懒地摇着树叶,光斑也跟着变形,人就被摇成了一堆碎片。

生产队长背着手从屋里出来,立在四个人面前,眼睛从一堆碎片里扫过说:"不做亏心事,不怕鬼敲门,老老实实把事情说清楚。"

四颗脑袋鸡啄米似的。

"母光明。"里屋传来老黄的喊声。

母光明颤巍巍站起来,伸手去捞拐杖,没捞着,拐杖顺着板凳边沿滑倒在地。他扶着板凳去捡拐杖,一弯腰,几个人都听见了骨头开裂的声音。挨着他的张维贤连忙过去帮他把拐杖捡起来,接过拐杖,母光明偏偏倒倒进屋去了。

老太婆出来给三个人倒了一碗茶,三个人仰着脖子一饮而尽。

院子里静悄悄的,所有的眼睛都盯着那扇窗户。

一声咳嗽,三个人都吃了一惊。肖明亮说看你们那样儿,胯下夹个火盆样的,身正不怕影子斜,没干坏事,还怕哪个咬你鸡巴两口?三个人伸长一直缩着的脑袋,强挤出一抹笑。看见几个人的笑,生产队长还是不满意,说妈的×,不就是公安问几句话吗?看你们笑的那样子,比哭还难看。

又是一阵沉默，树上的蝉变成了两个，独唱成了合唱，停顿也没有了，树叶蔫巴了，垂头丧气耷拉着。

日子像一场乏味而漫长的苏联电影。

门嘎吱开了，母光明艰难地迈出门槛，也许是阳光太刺眼了，或许是他在屋子里待的时间太长了，阳光差点将他扑倒，身子晃了晃，他连忙伸手抓住门沿，才算稳住了身形。

林北跑过去把母光明扶过来坐在凳子上，母光明长叹一声。

"如何？"胡卫国问。

"不如何。"母光明答。

"都问些啥？"

"鸡零狗碎，啥时候出的门，谁看见了，反正拉泡屎都要问，只差问你拉的是干货还是稀货了。"

三个人眼睛重新回到了那扇窗户，三张面孔上跳跃着不安，仿佛待宰的羔羊。

生产队长给母光明倒来一碗水，母光明接过来，喝急了，吭吭打着水呛，一张脸涨得通红。

老黄狗在院子里扑腾两只鸡，一阵撕扯，漫天鸡毛。两只鸡最后躲到生产队长胯下，黄狗不依不饶地扯着粘满鸡毛的嘴扑过来，生产队长站起来主持公道，飞起一条老腿，很革命地一踹，踹得强权者落荒而逃。

每个人都在等待，等待屋里那一嗓子。等了半天，小梁出来了，说今天就这样了，你们先回去吧！明天早上再过来。

几个人站起来，规矩老实的坐姿搞得两腿酸麻。抖抖脚，正准备离去，小梁又说："母光明可以不来了，需要的话我们再找你。"

晚饭两个公安哥哥和一个公安伯伯吃得很快，吃完就回屋去了，饭桌上也没有话。气氛有些异样。吃完饭，肖明亮淤在墙角吧嗒吧嗒抽着旱烟，最后他决定过去问问。进屋来，三个人正在收拾东西。把烟袋从嘴里拔出来，肖明亮鼓着眼问："这是？要走啊？"

老黄点点头。

"事情不是还没整清楚吗？"肖明亮说。

"暂时还没搞清楚，不过快了。"老黄说。

裹好一个烟卷点上，老黄说："明天一早就走，正好跟你通个气，明早我们要把其他三个人带走。"

"为啥？"

"根据走访，除了四个人，其他人都有案发时间不在案发现场的证据，姓母的你也看见了，不具备作案条件，所以，可以肯定，凶手就是这三个人中其中一人，我们一并带回去，让局里组织审问。另外，还需要技术上做一些鉴定。"顿了顿老黄接着说，"希望你配合一下。"

"如何配合？"

"我们需要一些绳子，结实些的。"

"要绑啊？"

"万一中途跑了谁负责？"

"可这一绑，以后他们还怎么做人？"

"找出凶手，剩下的不就清白了。"

生产队长沉默一阵，说："那好吧。"

老太婆在油灯下缝衣服，灯光不好，老太婆眼都要凑到布面上了。走几针，就把缝衣针伸进头发里磨磨。肖明亮躺在床上，翻来翻去地叹着气。老太婆抬起头，说看你，肠子都叹淌出来了。肖明亮坐起来，指指老太婆，嘴唇动了动，又仰面躺倒，说算了，给你说了你也不明白。

六

  注定这是一个特殊的日子。

  凌晨都还月明星稀的，天刚泛白，黑云就从山那边过来了，像往龙潭上空扔了几床破棉絮。天一大亮，居然落起了毛毛雨。此刻，生产队长家院子里人头攒动，就算平时开生产大会，人也不会这样整齐。

  捆绑对于林北来说，猝不及防得像夜晚床铺上的一激灵。等醒过来，早就湿漉漉一片了。踏进院子时，三个人面色严肃地坐在屋檐下。林北礼貌地丢过去一个笑脸，屋檐下的不领情，年纪大的一挥手：捆了。

  捆绑用的是乡下人最信任的棕绳。别看它细刺刺的，但牢实。龙潭人管这种绳子叫牛绳，蛮牛都能被捆得服服帖帖的，更别说豆芽样的乡村教员了。

  乡村教员很快就成了一个粽子，捆牢了，就往堂屋里一丢。林北蹲在墙角，他的心理在这个早晨完成了人生中最大的跳跃，像一条高低起伏的曲线，忽喇喇上，忽喇喇下，颠簸得让他寻思的间隙都没有。从惴惴，到惊恐，再到茫然，最后，只剩委屈了。他先是大声申辩："你们这样乱绑人是犯法的，运动早过了。"接着质问，"为什么绑我？"喊了两声，不见动静，小学教员把斯文往兜里一揣，大骂，"日你先人板板的，你们这些卵公安，有本事把我放开。"忽然，大门砰的一声，光明被切断了，同时切断的还有林北的叫骂声。

  黑暗中，只有林北呼呼喘气的声音。

最后,他哭了,像一个受了委屈的孩子。

和林北烈妇般的抗争相比,另外两个被捆绑的就乖多了。

麻糖匠一进院子,就看见了院门边的两个年轻人,一左一右,像是尉迟恭和秦叔宝。两个门神手里都提着绳子。麻糖匠左右扫了几个来回,像是明白了,然后他问,要绑啊?屋檐下的老黄点点头。麻糖匠鼻腔抽了一下,又问,绑前面还是后面?左边的小梁说后面。麻糖匠把双手背好,转过身对着小梁。

酒疯子来之前喝了点早酒,熟面条样地从外面晃荡着进来,刚进院子就瘫软下去了。可以肯定的是,不是被吓趴的,因为好半天他清醒了,动了两下,好像感觉有些别扭,把自己上下考察了一通,他才问:谁开这样大的玩笑?

被绑得像节节虫样的三个人,在院子里蹲成一排。

老黄站在屋檐下,对着黑压压的人群说:"大家不要误会,绑上的不都是坏人,坏人只有一个。我们这样做也是迫不得已,为了揪出坏人,好人有时候难免要做出暂时的牺牲。在这里,我希望被错绑的好人和家属要辩证地看,等把事情弄清楚,我们敲锣打鼓地把错绑的人送回来。"

闹哄哄的人群开始安静下来,娃娃们把脑袋从大人的腋下伸出来,心惊胆战地看着蹲在地上的三个人。他们的林老师没有给他们讲述过坏人的样子,书上画的坏人都是斜眉吊眼,凶神恶煞的呀!

那一天,蒙蒙细雨中,一根绳子从三个被绑牢的人腋下穿过,两个年轻人一前一后拉着绳子的两端,像拎着一串肥瘦不一的蚂蚱。他们的脚步踏过石板铺成的小路,慢慢向村外走去。经验丰富的老公安老黄走在最前面。他背着手,脚步依然坚定。

人群跟着蚂蚱串的节奏,耸动着往村外移。这样的场面,龙潭只有姑娘出阁的时候才会有。在村人的心中，把一个姑娘送走是件伤感的事情。因为从此以后，她将去熟悉另外一块土地。等有一天你和她再次邂逅，你会发现她已经变得陌生，她的打扮，她的声音，甚至她的眼神，都满含着让人费解的气息。每一次送别，都意味着失去。所以，姑娘出阁，总要敲敲打打，锣鼓喧天地热闹一回，大抵是想驱散那种凝固的伤感。

今天的送别却没有一点声息，雨静悄悄地下，偶尔能听见咳嗽声，都收得紧紧的。

翻过垭口，人群停了下来。再过去，就是邻村的地界了，以往送姑娘出阁，这里就是分界线。三个人都停了下来，回头看了看身后的人群。忽然，人群中冲出一个年轻人，过去揪着绑在最后的麻糖匠就是一顿乱打。麻糖匠本能地蹲下去避让，他两腿一屈，前面的两人也跟着矮了半截。打人的是刘小把，受害人的弟弟，个子不大，但力气足。麻糖匠刚蹲下去，刘小把照着他的脑袋就是一脚，麻糖匠立刻向路旁仆倒，前面的当然也跟着仆倒。变故来得太快，等三个公安反应过来，三个人都倒进了路边的水沟。两个年轻公安把刘小把架住，老黄冲过来，指着刘小把说："再动连你一起绑。"刘小把鼓着两个眼，气粗地看着老黄说："别挡我，我给姐姐报仇呢！""报仇？你知道谁杀了你姐姐？你就报仇。"老黄吼。"反正就他们中一个。"刘小把也吼。"就算报仇也轮不到你。"最后，老黄一挥手，六个人被小路连成一串儿，慢慢向山下滑去。

生产队长躲在屋后的草垛下抽闷烟，细雨密密麻麻地落在他的头发上，像早晨扯满露水的茅草窝，他的眉毛一直蹙着。老太婆从草垛后探出脑袋说："别躲了，都走了。"生产队长没有动，狠狠地吸了一口烟说："妈的，舍不得孩子套不着狼，等两个清白的回来，我给他们摆桌酒。"

七

白花花的太阳光,漫过绿油油的苞谷地,沿着后坡往山脚淌。

今天是交叉出工,另一个生产队过来了四组人。在村口肖明亮就检阅过,都是壮劳力,男人个个牛高马大,婆娘人人腰圆臂粗。这个生产队的实力他知道,女人当男人用,男人当牛用,很少有下脚货。薅起苞谷一阵风,其他生产队的连一垄都还没有过半,他们早就站在那头喝甜酒水了。肖明亮有点埋怨自己出的这个主意。以前各个队干各个队的,就是他找另外三个生产队的队长,提出搞"赶帮比学超",实行劳动交叉,今天你来帮我,明天我去帮你,工分各个生产队自己计。几个生产队队长都是要脸面的人,不愿丢丑,每次派出的都是精兵强将,薅秧除草当打仗。

这个事情,比的不光是庄稼把式,还比赛歌。唱歌是文争,干活是武斗,不找些文武双全的,就会落下风,那样脑壳好几个月都抬不起来。

肖明亮不怕,昨晚他已经做了周密的安排,还引经据典地给参加会战的社员讲了田忌赛马的典故,整得一帮人群情激奋,斗志昂扬。为了造成战天斗地的劳动效果,肖明亮安排了三面锣鼓,按他的说法:要让劳动的鼓点翻越千山万水,直达北京。

五月的日头不晒人,看起来气势汹汹,粘在皮肤上没有六七月那种灼人的辛辣。男女间杂着站成一排,面前的垄沟就算起跑线了。土坎上三面锣鼓响了起来，开始还像老人的步点，渐渐就密集了。

垄沟前的庄稼把式们，往手心里啐一泡口水，两手搓搓，牢牢地攥紧手里的锄把，像一群准备冲锋的战士。

生产队长一挥手，高喊：开始。

锄头上下翻飞，地里很快漫开一片烟尘。

敲鼓的跳进地里，跟在速度最慢的那人屁股后面，鼓声如同密集的雨点，砸得掉后的人心急如焚。鼓声里，悠扬的薅秧歌跟着尘烟漫天飞舞。

> 前头快来就是快，
> 快过日头过村寨。
> 两手握紧亮锄头，
> 男男女女来比赛。
> 看你慢得像只鹅，
> 十年渡过小桥河。
> 不像农村蛮姑娘，
> 倒像地主小老婆。

落后的女人被唱得心焦，手忙脚乱地一阵挥舞，又把另一个甩在了身后。鼓声跳过两垄土，冲着落后男人的屁股一阵猛敲。

> 昔日桃园三结义，
> 匡扶汉室英雄气。
> 今日结义三桃园，
> 只见胯下软绵绵。

关公青龙偃月刀，
张飞丈八点钢矛。
让你提锄薅根草，
偏偏倒倒惹人笑。

旷野下，歌声，笑声，鼓声，还有锄头摩擦泥土的沙沙声，有韵律地撞击着人的耳膜。

早早跑完一垄的好把式，站在垄沟上自豪地看一眼双手翻开的土地。深吸一口气，全是新鲜的泥土味儿。把锄头往地上一倒，屁股挂在锄把上，双手接过姑娘们倒来的一碗甜酒水，骨碌碌灌了个透心凉。

一轮走完，抹一把汗，重新站在垄沟前，等待生产队长那一嗓子。垄沟前的摩拳擦掌地刚握好锄把，山响的鼓声却戛然而止。

三颗敲鼓的脑袋，齐齐地往山脚的小路看去。

生产队长刚想骂娘，转头发现了三颗摆放整齐的脑袋。目光顺着山势滑下去，队长就怔住了。

山道上，走过来三个人。不错的，是三个。生产队长使劲揉了揉眼睛，还是三个。

歌声，笑声，鼓声，刹那间都停滞了。

"应该是两个才对啊！"生产队长喃喃自语。

最前面的是林北，麻糖匠在中间，胡卫国被远远地拖在最后。从山上俯瞰，三个人仿佛几粒耗子屎，慢慢腾腾地朝着村子的方向滚动。

生产队长忽然觉得闷热难当，他想解开对襟短衫透透气。两手抓住布扣子，鼓捣了半天仍旧没能解开，把衣服狠狠一扯，他对众人喊：今天就这样了。

工分咋算呢？有人问。

队长一摆手，吼，工分？还母分呢，就当义务投工投劳了。

顺着弯弯拐拐的山路下来，队长心情像路边石缝里营养不良的野草，枯黄干焦。此刻，他纠结得像面前的两排布扣子——不解开，闷热，解开了，难看。

为啥还是三个呢？这个问题他一直问到晚饭上桌。老太婆就说他："咕咕叽叽叫唤啥子？人家回来了就回来了，不曾死在里头你才高兴？"队长白了妇道人家一眼："你懂屁，公安就是筛子，本来想靠他们把坏人筛出来。哪承想，筛子眼眼太大了，最后还是好人坏人都给老子筛了回来。"

都回来了。这个信息先是在妇女们交头接耳间传递，天还没有黑尽，连老刘家傻子都知道了。于是，和月亮一起升起来的还有淡淡的不安，仿佛胯下的水疱，一转身一抬腿都能感觉得到。等月亮卡在对面山上的松树丫杈里时，水疱被肖明亮院子里的一声痛哭戳破了。

"姑娘，你好命苦哟，害你的畜生又转来了。"哭喊把屋里的队长吓了一跳。

两口子出来，老把妻正跪在地上呼天抢地，老太婆慌忙过去把老把妻牵起来。

老把妻过来，扯着队长胳膊说："哪有这种整法？人都拉进牢里了，拍拍屁股又出来了。"

村长说："你先不要哭，这样处理有这样处理的道理，等把事情搞清楚了再说。"

老把妻瞪着眼问："处理？这就算处理？要是杀人放火就是这种处理法，我也去杀两个摆起。"

肖明亮本想教训老把妻两句，嘴动了动，没有声音。他想，这不是正事，他还有更重要的事情需要搞清楚。

八

又看见龙潭的模样了,林北喉咙硬邦邦的。还是龙潭好,一草一木都抖擞着,连悬崖上的松树斜伸出来的枝丫都显得亲切。

林北走进院子里,老娘正在窖酸菜。把绿油油的青菜摘回来,洗净,放进滚热的开水里跑一圈,趁着热塞进封釉的坛子,倒进半碗老酸汤,六七天就能吃上嘎巴脆的老酸菜。

老娘背驼得厉害,日复一日的劳作将她折弯了。去年还能下地挣几个工分,迈过年关,风湿性关节炎让她只能在家做一些简单的活路了。老爹死得早,在林北的脑海里没什么印象,只能通过老娘在油灯下的唠叨构建起来一个大概。在里面,面对没日没夜的问,没日没夜的答,还有悬挂在墙上的橡皮棍子和潮水般涌来的反帮皮鞋,每一次他都咬牙坚持。他只有一个信念,就是要回家,他怕自己一旦垮掉,老娘怕就过不去了,烂在家里都怕没人知道。

林北喊了一声妈,老娘转过头,看了半天才看明白,说回来了,饿了吧?厨房里还有剩饭。说完转过去继续往坛子里塞酸菜,林北走过去蹲在老娘面前,眼泪正从老娘眼眶里涌出来,啪嗒啪嗒砸落在坛沿上。

老娘伸出一只手摸了摸林北的脸,说:"去吃点饭,你盐吃得重,辣椒水里头再加点盐,盐罐在碗柜头。"

林北端碗饭蹲在沿坎上吃,老娘坐在门槛上,笑眯眯地看着说:"我就知道你会回来的,我娃娃不是那种人。"

九

麻糖匠张维贤坐在竹林里，透过竹林，能见到自家的屋顶，屋子里有他的老婆和两个娃娃。该是吃晚饭的时候了，娘儿仨肯定有饭吃。他有两个让他落心的姑娘，虽然大小加起来还不足十八岁，但啥活都称手，洗衣做饭，割草捣米，甭管男娃女娃的活路，都做得巴巴实实的。这两年，两姐妹把照顾老娘的担子接过去了，张维贤可以一心一意熬麻糖了。

动了动身子，脑袋钻心地痛，一张脸像霜冻的烂茄子。

远处的山树木稀疏，没有了富贵饱满，只有让人揪心的瘦骨嶙峋。灌木丛唯唯诺诺地匍匐着，袒露着的土黄色像是一张营养不良的穷人面皮。张维贤扯着两扇饱胀的嘴唇笑了笑，他发现眼里的景致好有意思。以前，熬麻糖累了，就拉条凳子坐在院子边看远处，总觉得对面的景致邋里邋遢的。现在不同了，那片焦黄像父亲温暖的巴掌，拍拍打打都是爱。在黑屋子里，闭上眼，全是这方模样。那些矮小丑陋的火棘树，硬是把根扎下去，靠着薄薄的黄土层，一样活得像模像样。

站起来，脑袋一阵晕眩，把着竹子顺了顺气，张维贤回家了。

一进屋就闻到了麦芽香，那是他出门前窖上的，等到麦芽溃了皮，就能熬糖了。这味道，还淡了些，证明麦芽皮还没有完全溃掉，最多两天，就能下锅熬制了。

两个姑娘坐在墙角剐玉米，沙沙的声响让小屋子充满了烟火味。

看见父亲进屋，两个娃娃一怔，放下摊在膝盖上的簸箕，过来抱着父亲就嘤嘤地哭。摸了摸两颗脑袋,麻糖匠说别哭,爸爸好着呢。

折进屋,女人已经泪盈盈地盯着门口了。

张维贤过去,蹲下来。抹干女人的眼泪,他说:"没事了。"

女人看着他,说看你这张脸,受委屈了吧?

"进去了,哪能没有点磕磕碰碰的。"

"回来就好了,我知道你干不来那种伤天害理的事。"

"我去把大铁锅洗一洗,明后天该熬糖了。"

十

肖明亮推开胡卫国的门,胡卫国正咕嘟咕嘟往嘴里倒酒。

看见肖明亮,胡卫国抹了一把嘴说队长来了。肖明亮坐下来,胡卫国又往嘴里倒了一通酒,他的一条胳膊挂在胸前,样子看起来老了一轮。

"手咋了?"

"断了!"

"断了?咋断的?"肖明亮惊讶了。

伸出舌头舔干净嘴角残留的酒汁,胡卫国把瓶子放下来,对着队长一挥手说:"你别小看那种软不拉叽的皮棍子,砸在身上那叫一个痛,哪种痛法呢?对,紧实,痛得特别紧实,好长时间都散不去,我就是小看这种软得像鸡巴样的棍子了。""当时一棍子下来,我就伸手去挡,就这样!"胡卫国伸出手往上一抬,做了一个遮挡的动作,"狗日的,咔嚓一声,断得干干脆脆的。"

肖明亮盯着胡卫国，胡卫国似乎有些迷离了，他的脸上浮动着一种难以琢磨的神情，像一团飘荡在村子上空的浮云，转瞬间，模样就变了。开始和肖明亮说话的时候，他一脸的不在乎，那模样不像进了局子，倒像是去了一趟厕所；后来他哭了，向肖明亮数落着里头的种种不是。最后他又笑了，笑得肆无忌惮，笑完了他说：“咋样？我命大，断手断脚可以，让我认账不行，不是我干的就不是我干的。”

十一

肖明亮起得很早，站在院子里伸了一个懒腰，转头对屋子里的老太婆喊，给我下碗面，我要去公社开会。

面条是自家擀的，看起来黑乎乎的，味道却好得出奇。老太婆心疼肖明亮，舍得下油，面汤里浮动着嫩嫩的朝阳和汪汪的猪油。肖明亮端着碗沉思了半天。他想，等共产主义了，这猪油还得多，说不定啊！就光喝猪油了。想想又不对，乡下人都知道的，猪油吃多了，能蒙住心的，就看不清楚子丑寅卯了。

到了公社肖明亮才发现自己来得早了，偌大的公社院坝里空空荡荡。公社两层楼房，苏式建筑，楼板有些老旧了，踩上去咯咯嘎嘎响。穿过院坝，肖明亮蹲在墙根下，裹好一袋烟开始抽，刚抽了两口，公社书记从楼梯口伸出一个脑袋喊他。

书记把肖明亮叫到二楼，先问了一些诸如庄稼长势如何啊社员情绪高不高涨啊有没有具体的增产措施啊一类的问题，最后公社书记才神色严峻地对肖明亮说：“出了那事儿，今年的先进生产队你怕是没戏了，花案啊！"

肖明亮垂下脑袋，叹声气说："丢丑了！丢丑了！"

"前两天我去县城开会，公安局的老黄找到我，让我给你捎个话。"公社书记突然说。

"哦！"肖明亮身子一耸，往前凑了凑问，"他说啥？"

公社书记以极高的革命警惕性左右看了看才低声说："让你看住那三个人，不能让他们离开你的地界，如果三个人有一个不见了，你这队长就别干了。"

"这个？"肖明亮皱着眉，露出为难的样子。书记拍拍他的肩膀说："不能让少数坏人破坏了大好形势，就这么办吧，要开会了，我去准备一下。"

开会的内容是关于安排好县放映队送电影下乡的事情。公社书记从好几个方面论证了做好这项工作的重要性和必要性，声音很洪亮，显得格外地高屋建瓴。肖明亮坐在最后一排的长条木椅上，思想活跃地开着小差，公社书记的指示他一个字没听进去，脑袋里全是那三个影儿，晃来晃去，赶也赶不走，挥也挥不去。他只希望会议快点结束，好回去看看三个人还在不在。他怕自己一转身的空儿，三个人就一个筋斗云翻走了。

会一散，肖明亮就一路小跑回了家。急归急，队长方寸没有乱，气喘吁吁的当头他还想出了让三个人不能乱跑的理由。就说，眼下你们都是嫌疑人，不能乱跑，乱跑人家还当你心虚呢！所以，把屁股牢牢粘在龙潭这块地皮上，才能显出自家的理直气壮来。

十二

龙潭是放映的最后一站,没办法,出了这样大的丑,哪还有面目去和人家争,以往县上放映队下来,龙潭都是第一站。队长就骂:日你娘,放个屁的工夫,就从胯前转到了腚后。

一早,队长就派人去公社接人。放映员一共两人,一台发电机,两个大音箱,16mm放映机一台,拷贝五个。县上下来的放映员自己扛不了这样多设备,生产队还得派人去。运动那阵子,扛设备这活是那些"地富反修坏"的专利,龙潭没有这些特殊品种,都是队长指派的年轻小伙。

社员们没有队长这样崇高的荣誉感,轮次他们不关心,他们关心的是放啥电影。日子一路过来,枯燥得像咀嚼了一整天的甘蔗渣,唯一的娱乐活动就是夜晚吹灯后床上那点折腾。可折腾也不能天天坚持,也得隔三岔五吧。这样,百无聊赖成了乡村固有的调调,能赶上一场电影,就当过年了。一场电影就像一剂强心针,能让村庄活蹦乱跳好一阵子。所以,乡村对电影的期待,好比四十岁老童子对新媳妇的渴求。

叶片上的露水还没有被太阳烘干,接电影的就回来了,沿着石板路一路高喊:干仗的,《铁道游击队》,干仗的,《铁道游击队》。人们奔走相告,开始重新安排今天的生活,晚饭是一定要早的,除了爹妈跷脚,再重要的事情都要撂下。孩子们更是早早就把小板凳夹在腋下,连吃饭都舍不得放下来。草草扒完两碗饭,人流就开始往晒谷场去了,先来的精心挑选一个好位置,晚来的只能退到晒谷场后面的斜坡上,不过听不见怨言,一派的欢欣鼓舞。

通往晒谷场只有一条小路,夹在溢满水的稻田中间,人流像外出觅食的蚂蚁,在细窄的小路上流淌。

银幕挂起来了,天边起来了一抹晚霞,金黄洒在银幕上,耀眼得紧。

这个激动人心的黄昏,只有一个人对干仗的铁道游击队兴趣不大。他蹲在离晒谷场不远的土坡上,定定地看着迤逦而来的人流。他的旁边还有几个壮实的小伙,都是他的亲戚,每个人眼里都是腾腾的火气,模样像要吞下迎面而来的每一个人。

刘小把的手一直揣在兜里,兜里有把细窄的篾刀,他的手一直攥着刀把。

他在等,等那几个让他每晚都在梦里杀过好几回的人。

最先看见的是酒疯子,夹在几个老者中间,一只手还悬在胸前,吊着手的白布都变得黢黑了。精瘦精瘦的胡卫国看上去又轻又薄,他走路的样子也奇怪,没有一脚是踩踏实的,仿佛飘着的一样。等飘到土坡边,刘小把挡住了他继续飘远的方向。

"好狗不挡路。"胡卫国说。

刘小把没答话,两眼血淋淋地盯着他。倒是后面一个后生说话了:"狗日的杀人犯。"

"哪个是杀人犯?请你管好你那张×嘴。"看样子,胡卫国来之前是喝了两口的。

"你不是杀人犯哪个是杀人犯?"后生咄咄逼人。

"那他呢?"胡卫国往身后一指。

此刻,路上只有林北孤零零过来的影子。近了,林北往这边瞥了一眼,没说话,还没有越过去,刘小把伸手拦着了他。

林北伸手挡开刘小把伸过来的手,径直往前走,土坡上几个人忽然纵身跳下来,把路封死了。

"我是杀人犯,他呢?"胡卫国问。

刘小把还是不说话,胡卫国哼了一声,狠狠地撞上来,像是想突围。刘小把一甩肩膀把酒疯子甩了回去,猛地抽出了篾刀。然后他说:把你们三个畜生都砍了,杀人犯就没了。

这个万无一失的方案是刘小把昨晚在油灯下提出来的。吃完晚饭父母就开始了漫无边际的长吁短叹,自从三个畜生回来后,刘老把一家就没有清净过,不断有人登门,开口就问老把这事儿咋搞。这时候的老把总没话,他的话都在肚子里,但说不出来。肚子里藏了啥话,老把也理不抻抖。反正有话,还很多的话,像锅糨糊,又像绕成一团的乱麻,顺不出个赵钱孙李。于是老把就开始叹气,他发现只有叹气才能让自己好受一些,叹气能排出肚子里鼓胀的那些东西。刘小把不这样,他有自己的打算,他血气方刚,他年轻力壮,他不能像父母那样只能毫无意义地做些吐纳就完事。

油灯的灯芯有点细,一直没能直起腰,燃得窝窝囊囊,最后顺势滑进了油碗。老把妻赶忙把灯芯挑出来,捻到碗沿靠好,屋子里才慢慢有了轮廓。

"把三个都杀了,我姐的仇就能报了。"刘小把冷冷地说。

老把两口子都吓了一跳,老把妻想想就骂:"胡打乱说,这样干,你那小命也没了。"

"你看三个狗日的,天天在寨子头活蹦乱跳的,我姐眼睛啥时候能闭上?"刘小把吼。

儿子的话戳到了老娘的痛处,老把妻就哭,老把眼睛也红了。

灯芯忽然噼啪一声，炸开一团耀眼的纷乱。

篾刀很亮，看样子刚磨过，刃口泛着青幽幽的光。刀横在刘小把胸前，胡卫国没敢跨过去。僵持了几分钟，胡卫国往后退了一小步，刘小把不领情，往前跨了一大步，两人之间只剩下一把篾刀的缝隙。

电影开场了，按照惯例，先放映的是科教片。今天放的是稻谷的病虫害防治，一个男人背个喷雾器在银幕上呼呼地喷，一个看不见的女人在说话，说这是啥病，这是啥虫。虽说这些和庄稼人息息相关，但银幕下的不领情，巴不得背喷雾器的早点滚蛋。妈的，要枪没枪，要炮没炮，要首长没首长，要轰隆隆没有轰隆隆。依据放映员的说法，科教片才是正片，后面干仗的那叫加映。可在庄户人心里头，这两者刚好被掉了个过儿。

放映机在滋滋地转，银幕下的都耐着性子。一些娃娃不耐烦了，嚷着要看打仗的。放映员不高兴了，对着黑压压的人群吼，谁家娃娃？还不管好，猴跳舞跳的，耽误了农技知识学习谁负责？这时候人群中有人弓着腰跑过去把叫嚷的娃娃抓过来，屁股上给两巴掌，晒谷场上就只有银幕上说外地话的女人声音了。

终于，背喷雾器的男人走了，银幕上开始出现了激动人心的数字倒数。游击队来了，还是铁路上的。下面一阵欢呼，很快归于平寂。眼睛死死盯着银幕，像是见着了一大堆金子。

肖明亮坐在放映机旁，这是他固定的观影位置。放映员一般是不让人靠近放映机的，所以，能坐在放映机边上，是身份的象征。他喜欢这个位置，一面听着放映机滋滋的声响，一面看着银幕上的烽火连天，是一种十分独特的享受。

刘洪队长刚爬上火车，一个社员鬼头鬼脑朝放映机这边靠，放映员一把拦着，说退开退开，社员说我有重要事情找队长。肖明亮过去，社员把他拉到一边，说不好了，刘小把和林北干架了，都动刀了，你去看看吧。

队长赶到的时候，一堆人还僵持着，像一个危险的火药桶。刘小把依然不屈不挠地把小学教员和酒疯子挡在面前，倒是几个助拳有些心猿意马，脑袋不停地往晒谷场那头转，晒谷场正炮声隆隆呢！几个小年轻表情纠结，一副意欲开赴前线而不得的痛苦模样。

"还干上了呢！游击队啊？"队长站在坡上喊。

刘小把回头睒了肖明亮一眼，没答话。

"你个小狗日的刘小把，都学会提刀弄斧了，咋不学你刘洪爷爷呢，也弄支盒子炮耍耍。"队长骂。

几个想和刘洪队长并肩作战的小青年很配合地向后退了几步。队长是个劝架的老油条，看见了松动的部分，就开始分化瓦解。拿手往几个年轻人一戳，队长吼："关你几个卵事，还不去看电影。"几个人一听，呼啦散去了。

刘小把仍然没有放弃，还横在那里。队长对两个人一挥手，说你们俩过来，看他还能咬你两口。酒疯子脑袋一扬，推开刘小把的手，径直往晒谷场去了。林北没有去，他转身走了。

沿着小路，林北走得很慢。暮色四合，大地疲累得没有一点声息，倒是远处的晒谷场枪声四起，战斗激烈。

更远处的土坎上，张维贤拉着两个女儿的手，看着慢慢走来的林北。然后他对两个女儿说，电影我们不看了，回家。两个姑娘互相看了看，懂事地点了点头。

十三

这些日子,林北总是起得很早,起来就提着弯刀到后山砍白杨。中饭十分,能背回来一大捆白杨条,拇指粗细的白杨条,顺着院子扦插。没两天工夫,白杨条就将屋子围成了一圈。白杨这东西烂贱,随便折下一枝,往地里一插,要不了多久就郁郁葱葱了。

插完最后一枝,林北先到水缸边咕噜噜灌了一气,洗了一把脸,顺便把白汗褂洗了。刚把白汗褂挂好,老娘在屋里喊吃饭。

中午饭很随便,老娘下了两碗面,舀了半碗糟辣椒。老娘把面条端上桌,返身给儿子撬来一坨白亮亮的猪油。老娘刚转身,林北把还没有熔化的猪油挑出来塞进了老娘的碗底。等老娘抖抖索索回来,林北已经收碗了。老娘就责怪,说看你那样儿,几百年没吃饭似的。林北抹抹嘴说妈我想去学校看看,好久没去了,学校就三个老师,少一个都转不过来。老娘点点头,说你顺便去公社称半斤盐巴。老娘坐下来,把面条搅拌搅拌,碗底成了大庆油田,油珠子争先恐后往上冒。老娘怔了怔,看着门外笑着摇了摇头。

出门前,林北总是要打扮一番的。照例要穿上那件咔叽布的中山装,左上方的口袋里插上那支珠江牌钢笔。

到了学校,已经开始上课了,教室里有朗朗的读书声。

滴答,滴答,
下雨啦,下雨啦。

麦苗说:
"下吧,下吧,
我要长大。"
桃树说:
"下吧,下吧,
我要开花。"
葵花子说:
"下吧,下吧,
我要发芽。"
小弟弟说:
"下吧,下吧,
我要种瓜。"
滴答,滴答,
下雨啦,下雨啦。

林北顺着走廊,往教室那头走去。他用一只手摩挲着老旧的木栏杆,走得很慢,栏杆很光滑,每次经过这里,他都用手轻轻滑过去,像用指尖去触碰一本老旧的历史书。房子是以前一户地主的,板壁房,虽说有些老旧,但还依旧牢实,漆工也好,风吹日晒没能褪去那层黝黑。

唯一一间办公室在走廊尽头,光线不好,走廊很长。所以,穿过走廊的过程就是眼睛适应黑暗的过程。办公桌还在,积满了灰,上面还有一摞学生的作业本,已经批改完毕的,上面六个本子判了满分。林北端起一摞本子,用手轻轻拂了拂上面的灰尘。打来一盆水,林北把桌子认真擦了一遍,然后他坐下来,侧着耳朵听,读书声嫩嫩的,兴奋地撞击着耳膜。

两个小学教员对林北的到来还是显出了一丝隐约的诧异。在走廊，两人还有说有笑，折进屋，笑声和笑容都凝固了。招呼也显得淡淡："来了？"然后缩在各自的一亩三分地，都不出声。

"这段时间你们受累了。"林北说。

两个人相互看看，嘴角慢慢拉开一线笑。

"熊老师，下面这节课我来吧！"林北说。

对面的熊老师点点头。然后把身子倾过来，将敲钟的铁棒递给了林北。

站在课钟前，林北有些恍惚。当当当，当当当，头道钟过，操场上空无一人。头道钟和二道钟间隔三分钟，可林北觉得格外的漫长。

跨进教室门的那一刻，林北居然有些紧张，他不知道迎接他的会是一些什么样的眼神，他怕失去以前拥有的很多东西，虽说这些东西看不见，摸不着，但是对于一个老师来说，它比十二分工分重要得多。

定了定神，他昂首挺胸地跨了进去。

娃娃们刚才还像一堆出林的麻雀，看见林北走进来，瞬间变得鸦雀无声。站在讲台上，林北往下面扫了一眼。每个孩子都带着笑，像见到了久别重逢的老朋友，前排的一个男娃娃还挂着一吊鼻涕朝林北甩过来一个鬼脸。林北喉咙一下变得硬硬的，鼻子酸酸的。好半天，他才稳住了情绪，下面的娃娃们也不急，一直直视着他们的林老师。

翻开书，林北说同学们，今天我们学习第十九课《数星星的孩子》。

下面顿时嚷成一片，半天林北都没有听明白。他指了指前排吊着鼻涕的男娃娃说，你说。男娃娃站起来，面部一紧，把鼻涕缩回鼻腔，瓮声瓮气地说："这几课都上完了，熊老师上的，都到《骄傲的孔雀》了。"

　　林北点点头，下面忽然有人小声嘀咕："熊老师没有林老师上得好。"嘀咕声刚落，一大堆立马跟着附和。

　　林北觉得这是他上得最好的一堂课。尽管没有备课，但是有种情绪驱使他上得格外卖力，简直是使出了浑身的解数，下面的娃娃个个听得眉开眼笑。此后很久的岁月里，林北都会想起这堂课，四十分钟里的每一个细节他都记得，甚至板书到哪个字时粉笔断掉了，走出教室先踏出的是左脚还是右脚。

　　散学后，林北去供销社打盐巴，还咬了咬牙给老娘买了一块钱的水果糖。老娘牙齿不好，水果糖在嘴里好久都化不掉，但就是喜欢含着，还跟林北说，含上一颗水果糖，从头发丝到脚拇指都是甜的。林北想着就想笑，满满一口袋水果糖，够老娘甜上好一阵子了。

　　天气怪得很，阴阳脸，山这头黑云滚滚，山那边阳光明媚。林北在一堆黑云下小跑着回家，得快些才行，这种架势，暴雨说来就来。林北奔跑的姿势很好看，虽然肩上挂了一个黄挎包，但看不出一点负重的迹象，腾云驾雾样的，仿佛一挫身就能飞起来。

　　迎面飘来几件花衣裳，有蓝格子花，有青碎花，都是寨子里含苞待放的花骨朵儿。远远见到林北，刚才还摇曳多姿的花衣裳静止住了，还相互把手攥在一起，警惕地闪到路边。林北放慢了脚步，擦肩的一瞬，他侧目瞟了一眼，姑娘们头埋得很低，嘴唇紧张地咬着，脸色也不好，泛着白，样子像是看见了不干净的东西。等林北的身子越过去，几件衣裳很快就飘远了。

　　以前，也有这样的偶遇，但情形却不太一样。远远地，就能听见一声羞答答的"林北哥"，喊他的姑娘也低着头，但是嘴角会挂着一线笑，脸上红云翻卷。林北这边应一声，那边一甩头，满腹心事地跑远了。还有准备得很充分的,或许就是专程等林北散学后来迎他的,羞答一番后,猛地把一个东西塞过来,然后扭头就跑。不用说,鞋垫,姑娘们针线好,把心事都绣里面了,一针一线都惊心动魄跌宕起伏。隐晦点的,绣对戏水的鸳鸯,奔放些的,干脆直接绣上四个大字:心心相印。

林北脚步慢了下来,他飞不起来了,几个姑娘把他腾云驾雾的功夫给废掉了。学生们纯净的眼神带来的一丝慰藉也很快就随风飘散了。以前没觉得这有多重要,现在才发现,原来这是很重要的。

云层越来越厚了,天色变得昏暗,隐隐还有雷声,就差天边的一道闪电了,等那束亮光划过,就该骤雨倾盆了。

十四

张维贤很满意刚出锅的麻糖。他站在糖房里,把刚刚凝固的麻糖绕在木棍上,一圈一圈地扭动。大女儿站在锅边,等木棍上绕满了,伸出两只细细的胳膊,扯断父亲和糖锅之间的藕断丝连。小女儿往宽大的簸箕里撒上一层玉米面,张维贤将一团麻糖往簸箕里一甩,弯下腰喘了两口口气,然后就笑。拍打拍打还温热着的麻糖,张维贤说这锅好,真好,姑娘们,你们看这颜色,多白啊!这白苞谷熬出来的就是比黄苞谷熬出来的强,颜色好不说,更甜呢!

吃完饭,张维贤给床上的女人抹了一把脸。坐在床沿边,他兴奋地对女人说:"做了这样久麻糖,遇上一锅最好的了,等明天凝干了我抱来给你看,好白哟!味道也正。"女人笑笑,说是你手艺好。张维贤伸手摸了摸女人的额头，女人看上去很憔悴，脸色也不好，长久不见阳光，让她像一件易碎的白色瓷器。

等天气好了，我抱你出去晒晒太阳。张维贤说。女人摇摇头，说还是算了，我怕见光，刺眼，脑袋还会痛。再说麻糖出锅了，打麻糖的人该来了，怕碍着你，等把这锅麻糖打完了再说吧！

天还没有亮张维贤就起床了，先到糖房里看了看，麻糖已经凝好了，伸手一按，硬邦邦的。他从柜子里把打麻糖用的錾子、锤子和秤盘拿出来，先把錾子用布抹了一道，然后把家什整齐地摆放在条桌上。

推开门，张维贤拉条凳子坐在屋檐下，他对这锅麻糖充满了信心。现在，就等天亮了。

终于，天边出现了那轮破壳的蛋黄，耸动着从山背后爬上来。大女儿给张维贤打来一盆水，让他洗脸，张维贤一挥手，说等我喊完了再回来洗。

爬上村口的高坡，村庄还没有醒过来，还浸泡在一片耀眼的橘黄里。张维贤清了清嗓子，双手拢着嘴，对着村庄喊：麻糖出锅了！麻糖出锅了！

回来，两个女儿正往外搬条桌。抹了一把脸，张维贤端条凳子往桌子后一坐，锤子和錾子敲得叮当响，一脸红光地唱起了麻糖歌：

> 叮叮当，叮叮当，
> 麻糖香，麻糖甜。
> 走乡串户换零钱，
> 老人舔舔眉眼笑，
> 娃娃舔舔笑开颜。

麻糖香,
哄人家姑娘。
麻糖甜,
哄人家零钱。
叮叮当,叮叮当。

闺女蹲在水缸边给老娘洗衣服,一直歪着脑袋看着父亲笑。等张维贤唱完,大闺女站起来,甩甩两手的水,说爸,装粮食的箩筐你还没有准备好呢,不曾你是想把换来的粮食装进衣兜?闺女说完哈哈笑。张维贤脖子一直,慌慌点头说是是是,姑娘没白养,眼力劲好呢!

日头慢腾腾地往上拱,热闷劲儿也越来越浓。顶着日头,身上很快起来了一层细密的汗珠,浸湿了衣服,粘在后背,难受得像揭掉了一层皮。

两个闺女倚靠在大门的两边,一会儿看看父亲,一会儿看看日头。

日头当顶了,麻糖匠成了一只油锅里的虾米。他坐在凳子上,左不是,右也不是,最后实在坐不住了,腾地站起来,力气大了,把板凳都拉翻了。他也顾不得去扶翻倒的凳子,径直跑到院子外,伸长脖子往小路瞧。窄窄的道路上有蜻蜓在飞舞,热风摇着路边的蒿草,送过来一阵阵闷人的黏糊味儿。

没见过这样的情形,以往一嗓子,能把一个庄子喊得生龙活虎。此刻院子里早就人头攒动了。男男女女,老老少少,手里都提着一包粮食,眼巴巴地盯着麻糖匠叮当作响的锤子和錾子,生怕别人眼大肚皮小,一股脑把簸箕里面的香甜给敲打走了,见到有阔绰的,旁边人就大喊,留点儿吧,要甜大家甜。

张维贤坐在凳子上,眼睛死死盯着簸箕里的一大团麻糖。日头把他的影子从身前推到身后，最后瘦瘦长长地粘在沿坎上，如同一条抻细的麻糖。

夕阳西下了，没人会来了。夕阳下去了，明天还会上来，而他的麻糖，却永远不会有人理会了，他没有想到，一辈子最得意的一锅麻糖，竟然成了绝唱。

那一晚，麻糖匠张维贤坐在一轮孤月下，月光映着他面前的一团雪白，风轻轻地扬着簸箕里的豆面，像平地起来的一层薄雾。两个女儿坐在沿坎上，一直看着她们的父亲，她们的父亲仿佛陷入了沼泽地，正被一团柔软慢慢地吞噬。

忽然，张维贤拿起錾子和锤子，开始一小块一小块地錾麻糖，錾着錾着，月夜下起来了歌声：

　　叮叮当，叮叮当，
　　麻糖香，麻糖甜。
　　走乡串户换零钱，
　　老人舔舔眉眼笑，
　　娃娃舔舔笑开颜。
　　麻糖香，
　　哄人家姑娘。
　　麻糖甜，
　　哄人家零钱。
　　叮叮当，叮叮当。

一滴眼泪砸落在簸箕里，洇出一个规则的圆圈。

十五

林北起得比老鼠还早,踏上去小学的路上时,田里的蛙声都还依然嘹亮。黎明前的山野有湿答答的味道,鼻子一抽,就能含住一团清爽。

小学教员的心情很好,一路嘘风打哨。

到了学校,还不见人影。林北从黄挎包里取出来一张折叠好的塑料布,将塑料布展开,铺在空洞洞的窗框上比了比,用剪刀剪出一块正方形,找来一块断砖,从包里摸出几枚细毛钉,乒乒乓乓钉上了。太阳才冒出半个脸,两个教室的窗户已经钉完了。就剩一个教室了,林北站在操场上,得意地瞻仰了一下劳动成果。歇口气儿,在上课之前就能把一个学校钉得密不透风。

把剪裁好的塑料布铺上去,取下叼在嘴里的细毛钉,按好,举起砖头正准备敲打,身后忽然有人喊。

"林老师。"

林北转过头,熊老师正站在身后,腋下夹着一沓本子。

"哦!熊老师来了。"林北笑着招呼。

熊老师咳嗽一声,说林老师,先别忙了,我有个事儿跟你说一下。林北说不忙不忙,只剩两扇窗户了,等钉完再说吧!

"怕不行,这事有些急。"熊老师说。

林北回过身,把砖头放在地。塑料布只有一颗钉子挂着,一放手,就斜掉下来,闪出一个大洞。

拍拍手，林北说啥事你说吧。熊老师说还是到办公室说吧。

一前一后回到办公室，林北刚坐下来，熊老师就端条凳子坐在他的面前，双脚并拢，两肩上抬，面部也绷得紧紧的，严肃得像开公社大会。

"嗯，这事啊！咋说呢？我啊！"熊老师样子很为难，报丧样的难以启齿。

林北笑笑，他从对面人的表情已经看出了一些端倪，他知道即将揭晓的肯定不会是好事，但如果是坏事，他不知道能坏到什么程度。

"你说吧，没关系。"

"是这样的，公社书记让我给你传达一个公社的精神。"熊老师模样很难看，咬咬牙，他接着说，"公社研究过了，不让你再上课了。"

"为啥？"林北猛然起身，对着传达公社精神的同志一声大喝。对面凳子上的摇摇头。林北情绪激烈，吼着喊："就算枪毙，也该有个罪名吧？这可不是运动那阵子，可以胡乱扣帽子、定罪名。"

"你不要激动，这是公社的决定，我只负责传达，我想，应该是那事儿吧！"

"啥事？"

"就是，就是那个事情。"

林北前倾的身子僵住了，像被冻在寒冬里一般。他的脸也由潮红变成了灰白，愤怒被抽空了，只剩下茫然。

屁股重新落到凳子上，林北怔怔地看了看对面的熊老师，然后他说，对不起，我不该冲着你吼的。熊老师嘴唇动了动，没说话。

林北站起来，拉开抽屉，取出属于自己的几本书塞进挎包，然后向门外走去，走到门口，他忽然转过身，从包里摸出一把细毛钉递给熊老师，说："教室窗户还没有钉完，天气要转凉了，得给钉上才行，要不娃娃们受不了，剩下的就烦劳你了。"

上课铃响了，操场上一阵喧闹。林北靠在墙后，他没有穿过操场，等到操场上安静下来，他才顺着墙根走出了学校。学校后面的山坡是片茶场，茶树修建得圆滚滚的。林北坐在茶林里，目光穿过茶树之间的缝隙，正好能见到他的班级，可惜窗户给钉上了塑料布，看不见里面的面孔。窗户虽然钉上了，但没能挡住朗朗的读书声：

一只乌鸦口渴了，到处找水喝。乌鸦看见一个瓶子，瓶子里有水。可是瓶子很高，瓶口又小，里边的水不多，它喝不着。怎么办呢——

林北忽然喉咙一哽，他哭了，先是呜咽，继而号啕。就是被绑走的那天他也没有这样哭过，上一次这样的号哭，还是六岁那年，母亲怀疑他偷了家里的东西，痛打了他一顿，他才这样惊天动地地哭过。

哭完了，他就躺在茶林里，闭着眼，聆听学校里点点滴滴的声息。打完最后一道钟，喧闹渐渐散去了，天地一下陷入了无边的沉寂。黄昏急不可待地爬上来，温暖逐渐退去，凉意顺着脊背钻进身体，那一刻，林北觉得自己如同一具已经完全僵硬的尸体。

十六

一进傍晚，乡村就被惬意和舒适包裹住了。吃完饭，男人们骑着两片拖鞋，松松垮垮摇晃到晒谷场，找一片舒适的地头坐下来，卷上一支烟，云山雾罩地吸；女人们手里总有活儿，纳鞋底的，缝缝补补的，最抢眼的就是那些哺乳期的女人们了，怀里搂个嫩苔苔，屁股挂在晒谷场边的石凳上，撩开上衣，拉出白花花的乳房就开始喂奶。男人们话题总是宏大，真三国，假封神，说起西游笑死人之类的。肚子里有典故的，还会说些薛刚反唐啊薛仁贵征东啊这样偏僻的古事。争论是难免的，诸如三打白骨精的顺序，三英战吕布的地点等等，轻则面红耳赤，重则日妈操娘。

等月亮上来，晒谷场就聚满人了，东一摊西一摊。娃娃们在大人堆里奔跑，笑声，骂声，喊叫声此起彼伏，倒是不远处的庄子反而显得冷清了。

胡卫国是踏着月光来的，胡卫国能顺利地混进人群，并成功躲在老得连自己三个儿子都不太分得清楚的秦二爷身后很久而不被发现，就是因为月亮的昏黑。月亮终究不是太阳，虽说都盘子样大小，光亮却差得远了。所以要把伟大领袖比作太阳，而不是月亮。如果不是胡卫国迫不及待地跳出来想冒充知识分子，他也不会被发现。群众的眼睛再雪亮，在两眼一抹黑的状况下还是会暂时分不清楚东南西北的。

当时讨论的是《三国演义》。东边一个说，论武功，吕布第一，接下来就该是关张赵马黄。大家都点头，表示通过。秦二爷身后忽然传来一声冷哼，一个声音阴阳怪气地说，不要忘记了，许褚和马超可是大战了一百多回合未分胜负的，还有典韦、张辽、徐晃，哪个是吃素的？

众人回头，一下全愣住了，灰白的月光映着灰白的脸。本来大家以为，暴露了身份的胡卫国应该灰溜溜走掉了才对，可胡卫国不，他大马金刀地把枯朽的秦二爷一拨，掀出一个空位坐下来，对着众人一板一眼地说："说到讲三国，龙潭哪个敢和林北比，跟你们说，林北单独给我说过三国，算是嫡传了吧？所以我的这个才是正宗的，三国名将，光比干仗还不行，还要比带兵，说到带兵啊！就不得不说——"

给老子滚！人群中忽然有人说。

胡卫国把脑袋歪过去，说你说啥？我没有听清。

滚！滚蛋的滚！那人说。

凭啥？

凭啥？就凭你是个杀人犯。那人冷笑。

胡卫国把两条腿掰开，叉着胯也冷笑："我还跟你们说，老子是进过班房的，日子虽说不长，但也算背了这个名分。没听过那句话吗，'不怕虎，不怕狼，就怕对方蹲班房'。就算我是杀人犯，能把我咋的？跟你们说，在班房头，老子是提起板凳跟公安干过的。"

又一个人冷笑："真是吹牛不上税，跟公安干，被公安干还差不多。"

胡卫国一下站起来，呼呼喘了两口气，气势汹汹地指着那人说："日你妈，有本事你起来，看老子不打你个红花朵朵向阳开。"

那人看了一眼胡卫国，没吱声。胡卫国一甩手，大踏步走了，走出去几步，就唱起了凯旋歌：穿林海，跨雪原，气冲霄汉——

等胡卫国走远了，那人才低声吼：有本事不要走，回转来，老子照样揍你个狗日的乌蒙滂沱走泥丸。有人就奚落他，说要不我把他给你喊回来。那人慌忙扯住说话人的衣袖，说算了，我怕揍死他。

胡卫国走了，一阵短暂的沉默后，大家渐渐舒展开来，笑声又起来了。

生产队长肖明亮躺在床上，晒谷场上的笑声不时撞进屋来，撞得一盏油灯忽明忽暗。老太婆还保持着刚成亲时的习惯，轻易不出门，更不去晒谷场，她听不惯喷粪样的玩笑，总是床上那点破事儿。想想，老得连脱裤子都费死天力了,哪还有富裕力气干那些闲事。生产队长喜欢老太婆这习惯。在乡村,女人喜欢乱窜,叫摆寨,是个贬义词,好多是非都是摆寨摆出来的,还有摆到其他男人床上去的呢!肖明亮盯着他的老太婆,和刚结婚那阵子一个样儿,正在油灯下一针一线地走,老太婆纳鞋底的功夫好得很,密密匝匝的,鞋帮都烂掉了,鞋底照样硬实。

"公社把林北的小学教员给抹了。"肖明亮忽然说。

呀!老太婆一惊,把针从脑门上拿下来,看着肖明亮问:"为啥呀?"

"还不是那事儿。"

"那事不是过串了吗?咋还这样呢?"

"过串,怕是一辈子也过不了串。"

唉!老太婆长叹一声。把缝衣针别在鞋底上,她幽幽地说:"造孽啊!听说张维贤熬了一锅麻糖,一块都没有换出去。"

肖明亮翘起身来,斜靠在床头,他正色地问:"你说,三个人之中,有一个是坏人,有两个是好人,是该把他们都往好人里头扒拉呢?还是都往坏人里头扒拉?"

"好人有两个,占大头,我看该往好人里头扒拉。"老太婆说。

"可这样就便宜了那个坏人。"肖明亮心有不甘。

"按你这样说,都往坏人里头扒拉,那不是可怜了两个好人。"

"日他娘的,复杂啊!比结算一年的工分还要复杂。"肖明亮一声长叹。

不是所有人都像生产队长那样为难,他们用行动证明着自己归类的简单明了。

走在路上胡卫国就想好了,回家烫一个脚,灌二两酒,唱三首歌,然后就睡觉。胡卫国的理想很朴实，他憧憬过，等共产主义了，他也要奢侈一回，烫脚的水里得加几片生姜，喝酒每次半斤，睡觉得有床印着牡丹花的被子。

爬完一个斜坡，月亮隐到云层里去了，道路变得影影绰绰。不过还好，拐个弯就能到家了。拐弯的当口胡卫国果断地打乱了回家后的安排，还是先喝酒，唱歌和泡脚一并完成。云层很厚，道路变得更依稀了，只有些模模糊糊的白。刚拐进弯道，胡卫国就什么都看不见了。一个麻袋兜头罩下，接下来胡卫国听见了劈劈啪啪的捶打声。从敲打的声音和疼痛的程度，胡卫国感觉击打他的凶器有锄把，有脚杆，对了，还有扁担。击打很有力，是敌我矛盾的打击法。胡卫国忽然觉得，泡脚和喝酒变得很遥远了，他很后悔，出门前应该先喝上二两的。

十七

天刚亮，赤脚医生肖德学打开门，看见院子里草堆里睡着一个人，血糊糊的，一动不动。仔细看，一条血线往外延伸，血已经凝固了，死黑色。肖德学是见过大阵仗的人，剿匪那阵子，他给解放军当过临时医护，断胳膊断腿见得多了。所以他没有慌，他先把披着的衣服穿好，才慢慢靠过去。草堆里的人面朝下扑着，只见着一个鼓鼓的后脑勺。肖德学并起两指，搭在耳根下探了探，然后站起来朝屋里喊：娃儿他妈，起来看稀奇了。

女人套着个肥嘟嘟的汗衫出来，站在大门边伸了一个懒腰，伸到一半就僵住了。半天，女人才像烤化的蜡像，两手垂下来，她问：

"死了?"

肖德学站起来答:"还有一口气。"

"谁啊?"女人又问。

肖德学翻烙饼样地把地上的人翻转过来,转来转去打量了好一阵子才笑笑说:"原来是他。"

女人跑过来,仔细看了看也笑:"都成块血豆腐了,不是不报,时候未到啊!"

"你去通知肖明亮,我看着。"肖德学说。

女人愣了一眼男人:"莫非你想救他?"

男人白了一眼女人:"话多,让你去你就去。"

女人甩着两扇屁股跑远了,肖德学蹲下来,给地上的把了把脉,眉头就蹙起来了。他先伸手把胡卫国的衣服解开,然后把裤子褪到膝部。

生产队长跑来院子,赤脚医生正坐在大门槛上看朝霞,满面的红光,像个镀金的乡下菩萨。

"你狗日的闲心还好呢!"肖明亮骂。论辈分,肖明亮是肖德学的叔。肖德学笑笑,指着天上的太阳说二叔你看,太阳带晕了,雨水怕是要密集了。

肖明亮没有理会他,径直过去蹲下来,看了看转头问:"死了?"

"差不多!"

"死了就是死了,啥叫差不多?"

"如果不马上救他,他就完蛋,如果救得及时,他还有缓过来的可能。"

肖明亮叹气:"谁干的?这是。"

肖德学也叹气:"谁都有可能。"

肖明亮抬起头，眼睛顺着血痕看过去，站起来叹了一口气说："狗日的是拼着最后的气力爬过来的，看样子是不想死啊！"然后他转过头问肖德学，"咋个才能救活他？"

"这个模样，要下血本，需要的家什都是宝贝。"

"哪些宝贝？"

"他这模样，首先要护住心，准确的说要护住心包，心包是心脏最重要的部分。打个比方，龙潭是个心脏，生产队长就是心包。"肖德学笑笑，接着说，"中医祖宗把心包比作宫殿，所以又叫心宫，像他这样严重的外伤，需要下药让心包不至于移位。"

肖明亮有些不耐烦，嚷着说："不要和我念磕嘴经，老子懂不了那些弯弯绕，就说需要啥子药吧！"

"牛黄、犀角、黄连、黄芩、生栀子、朱砂、冰片、明雄黄、郁金。"一口气数完，肖德学斜着眼看着肖明亮，"少一味都不行，哪样不是金宝卵？"肖明亮倒吸一口气，他挠挠头说："犀角这一味最金贵，穷乡僻壤哪里有，看来狗日的是死定了。"

"也不一定。"赤脚医生叉着腰看着地上的活死人说，"我试过，可以用水牛角代替，药效几乎不受影响。"

这个时候，赤脚医生的院子里已经聚满了人，三三两两聚成一堆一堆的说着悄悄话。最后，刘老把和刘小把父子俩也来了。小把扒开人群，过去瞧了瞧地上的胡卫国，还伸出脚踢了一下地上血糊糊的脑袋，地上的修养好得很，一点声息没有。报应啊！老把仰天长叹。

赤脚医生过来了，对着众人喊："来两个汉子，帮我把他抬到屋里去。"

院子里安静了下来，大家都看着肖德学，但是没人动。肖德学又喊了一声，还是没人动。肖明亮站出来，伸手按图钉样地点了三个汉子，说你们过来帮忙。

三个人还没站出来，刘小把先站出来了，他横起袖子在鼻子上一拉，问："想干啥？"

"干啥？救人！"肖明亮说。

刘小把脑袋一偏，吼："杀人犯你们也救？"

肖明亮还没开口，人群开始骚动起来，有声音大的，"管他搓尿，成龙上天，成蛇钻草。"

赤脚医生往前两步，蹲下来捞住胡卫国两条胳膊，准备将他立起来。

刘小把忽然冲上来，抽出一把明晃晃的篾刀，对着肖德学喊："今天我刘小把放句话在这里，谁要敢救这天杀的，老子活剐了他。"

肖德学抬头斜了一眼刘小把："你公社书记啊？"

有人上来劝赤脚医生，"这种浑人，不值得，就当他被枪毙了。"

刘小把红着眼，怒火冲天地盯着肖德学。怕儿子嘴上无毛，办事不牢，刘老把带着几个亲戚也气势汹汹地加入了进来，捞脚挽手地站在刘小把身边，像往一架熊熊燃烧的火堆上添了几根干柴。肖德学站起来，左右看了看，然后他低沉着对众人说："我肖德学是个医生，眼睛里只有活人和死人，没有好人和坏人，我今天也放句话在这里，胡卫国我救定了，谁要敢阻拦，就试试。"

刘小把篾刀一横，两眼喷火："你是不是想试试我这篾刀快不快？"

肖德学朝人群喊："娃儿他妈，我要铡药了。"

女人应一声，转进耳房，一转眼又闪出来，腾腾腾跑到赤脚医生面前，两手一伸，把一把两尺来长的铡药刀递了过去。肖德学接过铡刀，刀锋朝上，伸出大拇指轻轻横在刃口刮了刮，有轻微的滋滋声，仿佛寒风掠过发肤。庄稼人都知道，这是属于锋利的声音，磨刀的时候,都用这种方式测试刀锋。

"要狠是不是?老子提着铡刀砍土匪的时候,你还不晓得在哪个偏坡等投生呢!"肖德学的声音和手里的铡刀一样锋利。他一挥手,对着女人和队长喊:"过来帮我一把。"

肖明亮扒开人群,过来对刘小把吼:"收起你那根烧火棍。"扭头又对刘老把吼,"你刘家父子难道想农民起义?惹火我了,一并给他妈的专政了。"

"桂花不能白死了呀!"刘老把又伤心了,眼泪突突地冒。

赤脚医生老婆和生产队长一头一尾把胡卫国捞起来,跌跌撞撞往屋里去。刘小把大喊一声,扬起手里的篾刀就往前冲,刚冲出两步就被拽住了,回头刚想翻脸,一看是爹,眼泪哗哗的爹,两手拽住他的衣服,一字一顿地哀叹:"算了,这天下都成坏人的天下了。"

肖德学提着铡刀站在大门口,俨然转世做了赤脚医生的关公。

人群慢慢散去,往院子里丢了一地的冷嘲热讽。

"晓得的是杀人犯,不晓得的还以为是他肖德学的亲爹。"

"这样下去,这寨子迟早要成土匪窝。"

"救得活一次,总救不活他一世。"

十八

龙潭的冬天总有几拨像模像样的雪,不仅来势凶猛,持续时间也长。被皑皑白雪抹去容貌后,天地间就见不着人迹了,只有逼眼的煞白。庄稼人的冬天是惬意的。围着火塘,丢一把玉米在火塘沿边,劈劈啪啪炸开一粒粒的玉米花，夹起来，吹吹灰尘，丢进嘴里，就能嚼出满嘴的清香。倒是老人们，冬天总让他们忧心忡忡，万物凋零了，入眼的残败如同即将走完的人生，触景生情，只剩下忧烦和缄默了。好多身有疾患的老人，多数都在冬天离世，天气的恶劣不是主要的，要命的是一望无际的凋破。

火塘上的药罐咕噜噜翻腾，盖子是片厚纸板，上面还插了一根筷子，药沫从罐沿溢出来，把火焰浇成了黄色。林北小心翼翼地把药倒进碗里，放到窗台上，轻轻把窗户推开一条缝，风就涌了进来，吹得碗口的热气四处飘荡。里屋传来了老娘的咳嗽，咳嗽声很虚弱，像一汪即将到头的烛火。林北折进屋去，把被窝给老娘掖好，刚想转身，老娘一把抓住他的手，老娘的手有透骨的冰凉。林北转过去看着老娘，老娘想说话，但发不出声，只是喉咙里有咕咕的声响。林北把耳朵凑过去，他听得很努力，但是依然听不明白老娘的话，他只能一个劲地点头，点了两下头，林北眼泪就下来了。他清楚，老娘怕是挨不过这个冬天了。

老娘的病来得让人猝不及防。公社抹掉林北的小学教员后，林北只能扛着锄头下地挣工分。站讲台的时间长了，让他的庄稼把式很不成模样，脸红筋胀努力一天，也只能挣得七八个工分。想想站在讲台上的日子，文绉绉一天就能挣满满的十二分。这不是要命的，要命的是没人愿意和林北站在一块田土里干活，男男女女离他远远的。休息的时候，远远一群人说说笑笑，只有他，一个人孤零零坐在土坎边。无聊了，扯根茅草放进嘴里嚼，嚼得满嘴的清苦。收工回家的林北没有话，从早到晚都显得凄凄惶惶。老娘就劝他，说人是三节草，三起三落才到老。林北就叹气，像被人扔进了见不到底的深渊，下落，一直下落，就是落不到底。悲伤很快传染了，渐渐老娘也跟着叹气，接着就病倒了。进入腊月,连说话都困难了。

赤脚医生肖德学来看过几次。最后一次是四天前,搭完脉,肖德学就下判决书了:"回天无力了,准备后事吧!"肖德学走后,林北一个人蹲在屋檐下,看着天地间的一片惨白,痛哭了好长时间。爹死得早,他没什么印象,如今老娘也要走了,就剩下他一个人了。

老娘是腊月十九落的气。这个时间林北一直守在老娘床前,让林北惊奇的是,老娘落气前的回光返照很是振奋和清晰。夜晚,一直昏睡的老娘忽然两眼一睁,一把抓住林北的手,口齿清楚地对儿子说:"幺儿,我要走了,你爸都等我好久了,这头实在容不下你了,你就早点过来。"那一夜,林北抓住老娘的手一直坐到天亮。鸡叫了,林北把老娘搬到堂屋停放完毕后,雪又开始下了。

搓根麻绳系在腰上,林北开始挨家挨户地请人。龙潭有这个规矩,家人离世了,孝子要挨家挨户请人帮忙安葬,磕一个头,抹一把泪,人家就会把你扶起来,说一声节哀,扛上桌子板凳就往你家来了。

踩着厚厚的积雪,林北挨家挨户跪了一通。情形都差不多,跪在院子里喊一声,屋里出来一个人,斜着眼看看跪在雪地上的人,转身折进屋去了。还是有心软的,看见林北腰上那根麻绳,四下张望一番,才点点头说知道了。

最好的待遇是在生产队长和赤脚医生家,两个人都过来把林北扶起来,都叹了一口气,都拍了拍林北的肩膀,都表示马上就过来。

经过刘老把家门口,林北没敢跨进去,留下几个凌乱的脚印,一直往前去了。

回到家,林北先给老娘点上一盏过桥灯,跪在地上烧了一沓纸钱,然后坐在门槛上,定巴巴地看着蜿蜒远去的那条胖乎乎的小路。

赤脚医生先到,肩上扛了一张桌子,接着是生产队长,腋下夹了一根板凳,再接着就是几个沾点亲带点故的了。

几个人坐在屋檐下,没人出声,静静地看雪花在天地间翻卷。一直到黄昏,生产队长才站起来,扭扭硬直的脖子说,估计没人会来了,不管如何,得先把道士先生请进屋。

丧事和节气一样萧索,人手不够,不敢葬得太远,在屋后随便挖了一个坑,几个人连拖带拽才算把林北老娘落了坑。

十九

好多年后还有人说,那场大火啊!烧得那叫妈的一个干净。

正值三伏,烈日早把一草一木都晒得干脆了,放个屁都能震出一阵烟来。那些黄得透骨的干草,仿佛放进手里一搓,就能握住一把火。这样的节气,正是火神革命热情高涨的时候,稍一疏忽,就还给你一个干干净净。

忙活了一天的生产队长光着身子躺在篾席上,烙饼样地翻了十多个来回,都没能睡过去。倒是队长家属耐得住暑气,大仰八叉躺在一边,鼾声气势恢宏。队长暗暗骂了一句,翻起来走到院子里。没有风,依然闷热,队长跑到水缸边,舀瓢凉水灌下去,才算有了半丝惬意。反正睡不着,肖明亮干脆拉条凳子坐在院子里,瞪着一轮月亮摇扇子。

远处有狗叫,断断续续的,接着就有了火光。开始肖明亮以为是烧山灰的,自从高举广积肥促生产的旗帜以来,家家户户烧山灰,这活轻松,一背篓山灰就能换回三天的工分,所以社员们积极性高涨。

慢慢地,肖明亮发现,远处的火光有些不对劲了,半个庄子都染红了。他猛地立起来，踮起脚尖往起火的地方看，看了一阵他明白过来了。转身冲进屋子，对着老婆子喊，起来，快起来，有人家烧起来了。

老太婆翘起来，迷迷瞪瞪地问，烧了，谁烧了？

肖明亮吼，我先过去看看，你快起来喊人，挨家挨户喊，要快。说完跑出去，跑到院子边又折回来，从水缸边捡起洗脸盆，往火光冲天处跑去了。

离近了，肖明亮才看清楚，起火的是麻糖匠家，半边茅草屋已经被舔干净了。远远地，热气就扑面而来，呛得人一阵眩晕。

队长红光满面地站在院子里，看着上蹿下跳的火苗，队长平生第一次感觉到无助和渺小。冲到水缸边舀了一盆水，端着水呆呆看着噼啪炸响的房子，他不知道该往哪里泼。最后，他怪叫一声，狠命把水抛上屋顶，一道水亮的弧线钻进火苗，连声嗤响都没有，仿佛往奔腾东去的大河里撒了一把泥土。

几步跑到屋后的土坡上，肖明亮扯着嗓门对着庄子声嘶力竭地大喊：快来人，起火了。喊了好久，一个庄子死去了一般，见不到半个人影，一直喊到喉咙发痒，才看见有人从远处跑来。队伍规模小了点，六七个人，但齐整，老中青三代都有。跑在最前面的是赤脚医生肖德学，尾巴上是肖明亮的老太婆，每个人手里都提着一个脸盆。

麻糖匠媳妇做了一个梦，梦见自己在溪水边洗衣服，河面很宽，两岸有山，很高的山，捣衣声在两岸之间清脆地回响。蹲在河边淘洗衣服的时候，不小心，一件衣服跟着水流漂走了，女人慌忙跳进水里，弯着腰去捞那件衣服，老够不着，她往前探了一步，脚下一滑，水就到脖颈了，女人慌了，拼命往岸边爬，刚要跑到岸边，女人惊奇地发现，河水忽然变得滚热，还黏糊糊的，像一锅面汤，女人惊叫着举起双手，令她更惊惶的是，高举着的两只手成了两副可怖的骨架。

女人在惊叫声中醒来，睁眼就看见了头顶上耀眼的火光。她掐了掐脸，生生地疼，这不是梦了。她就大声喊张维贤和两个姑娘的名字，喊了两声她就沮丧了，她的麻糖匠四天前就背着骟匠箱子出门了，两个姑娘去娘家那头吃喜酒去了。本来两个姑娘商量，让姐姐去，妹妹在家照看老娘，可她不依，让两个姑娘都去。她有自己的想法，一是路途遥远，两个人一起有个照应；二是这些年两个姑娘只能在家照顾自己了，她想让她们出去透透气。反正就一天工夫，她让姑娘们把吃的用的给她放在床头，还吩咐她们放心去耍一趟。

女人没有惊慌失措，她看了看火势，应该是从左边的偏房开始烧起来的，堂屋还没有完全燃着，只要快，还有逃生的机会。女人咬着牙把两条腿搬到床沿边，闭着眼费力一滚，扑哧一声砸落在地上，落地很实，疼得她眼泪都下来了，稍微缓过气，她就开始朝门边拼命地爬，爬进堂屋，她四下看了看，高兴了，堂屋还没有烧起来，呼吸也顺畅了许多，又歇了一口气，她终于爬到了大门边，双手抓住大门的底端，只需要轻轻一拉，她就能逃脱劫难了。

女人没能拉开那道门。

她开始大叫，门被她砸得砰砰乱响，努力了一阵，徒劳无功，女人反而安静了下来，她艰难地翻过身，靠着大门，看着火势一点一点把堂屋吞噬掉，烟雾从四处涌来，很快就什么都看不见了，只有耀眼的红光。

生命快到尽头的时候，女人彻底安静了下来。她有些后悔，后悔没有把那件白色的的确良衬衫给穿上，那是张维贤给她买的，她嘴上说费钱，心里却喜欢得不得了，做好都快半年了，她还一次都没有穿过呢。

浓烟夺走她意识的最后一刻，她看见张维贤牵着两个姑娘站在她面前，一直咧着嘴大笑，笑得没规没矩的。

几个人站得远远的，火光映着他们的脸，表情都被火给烤化了，流汤滴水。

他们努力过了，水缸里的水空了。赤脚医生肖德学全身湿漉漉的。冲进院子，他先跑到水缸边往身上浇了一盆水，然后低着头就往火里冲，冲了三次都被火苗给逼了回来。

晚了，太晚了。肖德学看着开始垮塌的房屋叹气。

不知道屋子里有几个人？生产队长也叹气。

几个人就这样看着，他们先是站着，然后坐着。一架屋子噼里啪啦地烧，一直把天边烧红了，烧得一轮红日喷薄而出，火才彻底熄灭了，只剩下一摊难看的焦黑和袅袅飘荡的青烟。

肖德学走近那片黑色的废墟，大门还嵌在门框上，虽然已经乌黑，但还能看到门从外面给扣上了。肖德学高兴了，朝着院子边大声喊：屋里没有人。

几个人跑过来，肖明亮眨着血红的眼睛问，你咋晓得没有人？

你看，肖德学指着大门说，门从外面给扣上了。

肖明亮点点头，伸手推了推大门，没推开。

一个小年轻喊，退开，然后飞起一脚，大门轰然倒下。

老太婆看见门板下露出的那条焦黑的人腿，当场就哭了，她跑到院子里，把手里的盆子往地上一砸，哭得更伤心了。

生产队长用脚踢了踢摔落在地上的门锁，黑着脸说："火是从外面烧起来的，下手的人把门都扣上了，看样子是不想留活口了。"

此刻，在五十里外的赵家堡，重新捡起骟匠行当的张维贤刚开始今天的第一单生意。一头五花大绑的猪崽被按在他的脚下，鲜嫩的阳光照着张维贤笑吟吟的脸。他从箱子里取出骟猪刀抹了抹,主人家端来一盏油灯,骟猪匠把刀子放在火焰上过了几道,一只手捞起猪崽两个蛋蛋,骟猪刀轻轻一划,一抹,一带,一扣,就攥住了两粒雪白。把两颗蛋蛋递给主人家,张维贤呵呵笑着说,加一把芹菜,就能炒一盘味道鲜美的猪卵蛋了。

缝合完毕,洗净手,张维贤接过主人递来的一块八角钱,把箱子往肩上一甩,说好了,圈里头的从今以后就只能一心一意长肉了。

走出不远,张维贤取出铛铛,小木棍一敲,声音脆脆的,当当当,当当当。

　　骟猪匠,走四方,
　　晒太阳,敲铛铛。
　　你家猪儿不长膘,
　　快快请我来帮忙。
　　一刀割掉两蛋蛋,
　　过年猪油一水缸。

肖明亮铁青着脸,背着手,从石板路上嗒嗒地走过。愤怒让他的脸都变形了,怒气沉积在胸口,像塞了一把干谷草,他吞吐不顺畅了,嘴大大张着,胸口的积郁就是排不出来,终于,龙潭的生产队长发蛮了。

他狠狠地跞到晒谷场,往空荡荡的坝子中间一站,一手叉腰,一手指着不远处的寨子,背着一轮朝阳开了黄腔。

哪个狗日的干的?有本事你站出来,我骟了你个猪日的。还有你们这些男男女女,都给老子听好,你们不配在这地头吃喝拉撒,装睁眼瞎是不是，自古以来，遇火泼水，就算遭火的是你杀父仇人，都得先救火对不对？现在好了，杀人犯房子烧光了，婆娘也烧成炭棍棍了，恶有恶报了，你们心头安逸了，世界太平了。你们这些烂贱货，良心都让狗吃了。老子日你们先人板板，老子日你们先人板板，日一百遍，一千遍，一万遍。

寨子里头有担着水桶往水井去的男人，听见晒谷场的叫骂，侧着耳朵听了听，快着步子跑远了；还有起来打扫院坝的女人，刚把一堆腌臜拢成一堆，晒谷场的咒骂随风飘来，听不多久，扔掉手里的扫帚，慌慌地逃进屋里去了。

肖明亮站着骂，走来走去骂，最后坐下来骂。一直把太阳从身后骂到头顶，他都还在骂。

最后，肖明亮哭了，嗡嗡地啜泣。一只蚂蚁从他脚边爬过，他愤愤低下头，一泡浓痰就把昂首挺胸的蚂蚁给水葬了。

二十

又到薅头道苞谷的时候了，从龙潭山顶放眼望去，半边山坡全是昂扬的战天斗地。锄头飞舞着，铲起漫天的尘土，和尘土一起飞扬的，除了鼓声，还有整齐的号子。

　　日出东方啊！咳呵！
　　照亮四方啊！咳呵！
　　拓土开荒啊！咳呵！

颗粒归仓啊！咳呵！

哎哟喂，哎哟喂。

这样动人的劳动场面中，总有一个不协调的音符，一垄过去，又一垄过来，他都一如既往地坚守在最后。他也不是不努力，瞪着眼，流着汗，抖着腿，但锄头不听使唤，没有高明的庄稼把式的从容潇洒，有的是拘谨、笨拙、慌不择路。还会串垄，薅着薅着就薅到别人的垄沟里去了。最要命的是铲苗，铲苗又叫断根，是专指那些生瓜蛋子在薅苗的过程中，把幼苗给铲掉了。生产队对铲苗有严格的控制，薅一天苞谷，如果铲苗超过五棵，这一天你就白干了，一个工分没有不说，还得给你记一次红叉。一年累计红叉到了十个，年终你卵毛都别想分到一根。

刚进午后，转行后的乡村教员已经铲掉了三根幼苗。第三根本来可以避免的，他已经把这棵可怜的苞谷苗给伺弄好了，草也除了，土也松了，护苗的土坯也刨好了，于是他拖着锄头走向下一棵，刚在下一棵幼苗前站好，后面传来一声咳嗽。

咳嗽声是刘月仙发出来的，她的咳嗽能让人魂飞魄散。刘月仙是生产队的记分员，手里端着一个红本本，红本本上统帅和副统帅一起站在城楼上挥手。副统帅摔死后，记分员很悲愤地把瘦精精的副统帅脑袋给挖了一个黑窟窿。

林北转过头看着身后的女人。每次看见她，林北都会惊奇。他弄不明白在粮食这样精贵的岁月里，这个女人是如何把自己喂得一肥二胖的。他仔细观察过，女人身上的油膘都是货真价实的，绝不是营养不良凸起的浮夸。她胖得很踏实，步子稍微大一点，竟然有了颤巍巍的富态。不幸的是，女人的脸很小，还有密集的雀斑，像是不负责任地往上面撒了一大把黑芝麻。这样，庞大的身躯和狭窄的面孔形成了让人惊恐的反差。不过，女人让社员们惊恐的倒不是这种反差，而是她手里那支呲了舌头的碳水笔。

在很多社员心里，记分员的权力在生产队长之上。所谓县官不如现管，别看生产队长平时总是牛皮哄哄地叉着腰指手画脚，可都是虚的。记分员呢，一笔下去就能决定你吭哧吭哧干一天，甚至干一年的收成。女人能得到这个高贵的活路，缘于她有个高贵的亲戚，公社书记是她表哥。展示自己和公社书记的关系，成为女人生活和劳作中极其重要的部分，甚至都成了她表述某件事的前缀，格式是这样的：我表哥跟我说——

林北看着刘月仙，刘月仙也看着林北，四目相对，林北有了一个激灵。女人眼睛很小，却光芒四射，仿佛沙漠里饥渴的旅行者突然看见了一弯绿洲，又像是常年饥荒的庄稼汉发现了一块可供耕种的肥土地。林北本能地躲闪了一下，想避开女人黏稠的目光，但女人的目光依旧热辣辣地跟了过来，甩都甩不掉。

"心虚了？"女人说。

林北慌忙摇头。

女人指着林北屁股后面说，自己看。

林北慌忙转过头，脸一下就白了，刚刚薅完的那棵幼苗，被拖着的锄头齐根拉断了。

"我不是故意的。"林北急忙说。

记分员诡谲地笑："我表哥跟我说，要随时提防坏分子对大好形势的破坏，你要是故意的，罪就大了，那就不是画个叉叉这样简单了，怕就该扭送公社了。"

我我我，林北笨嘴拙舌，讲台上的口若悬河都让狗吃了。

女人昂首挺胸，一副公事公办的架势，本本一翻，林北一眼就看见了自己的名字，名字后面有两根细黑的棍子，一横一竖，女人计分用"正"字，挖断一根一横，再挖断一根一竖，好多英雄汉，在这一横一竖间连大气都不敢出。女人横着画了一道，笔尖呲开了，没出水儿，女人恼怒地甩了甩，还是没出水儿。林北跨上前，从衣兜里掏出自己的珠江牌钢笔递过去。女人有了短暂的惊讶，把笔接过去，迟疑了一下，然后她似笑非笑地看着林北，模样儿很怪，仿佛面前的落难秀才没有穿衣服似的。

上上下下暧昧地打量了一番面前的小伙子，女人才歪歪扭扭地问："记，还是不记？"

林北嗫嚅着。"说啊！"女人双乳一挺，歪着脑袋说。笑了笑她接着说："林老师，你说不记就不记，我听你的。"

在林北印象里，这个女人不是这样的。还站讲台那会儿，林北和刘月仙偶尔路遇，她都会礼貌地喊一声林老师，不歪脑袋，不挺胸脯，喊得贤惠，喊得敞亮，哪像现在这种肉包子打狗的喊法。

林北怔了怔，往后退了一步，冷冷地说，你记吧。

女人嘴角一拉，扯出一线冷笑，果断地在笔记本上狠狠地添了一横。

把钢笔递回来，女人凑过来悄声说：你这笔真好使，不晓得下面那支笔是不是也一样好使？说完哈哈大笑。

林北面红耳赤，不敢接话，把笔装好，慌忙转过身继续薅苗。

收工的时候，夕阳已西沉，留一把绯红在天边。林北坐在山梁上，收工的社员们有说有笑，迤逦在山腰那条狭窄的松林小道上。

收工前，林北成功挖断了今天的第六根苞谷苗，不仅白忙活了一天，还多了一个红叉。已经第八个红叉了，再努一把力，就能成功地白干一年了。

　　林北呆呆地看着天边,那片绯红仿佛很远,远得是那样虚无,又仿佛很近,近得一伸手就能捞一把绯红在手里。还有残留的霞光,从山那边笔直地投射出来,刺透云霞,荡开耀眼的漫天血红。

　　扯一根青草放进嘴里,林北慢慢咀嚼。林北喜欢这种草的味道,丢一根在嘴里,苦、酸、甜接踵而止,最后融合成一种说不清道不明的混乱。草的名字叫铺地叶,烂贱得很,立春后,就能漫山遍野铺开一片嫩绿。一直到第一拨雪来临,其他的花花草草都枯黄了,只有铺地叶还在咬牙坚持。所以龙潭的冬天不是决绝的萧索和残败,放眼望去,山前山后都还能觅到一些生命的顽强。林北尝试了多种野草,还是铺地叶好嚼,还好找,随便一坐,一抓,都能握一把在手里。

　　嚼完最后一根,林北站起来,把锄头扛在肩上,往山下去了。

　　下完坡,就是龙潭的松林了,被太阳炙烤了一天的松林,此刻正散发着幽幽的松香味,跟着晚风一阵一阵荡过来。一只松鼠鬼头鬼脑地从树后跑出来,在厚厚的松针上抬起前爪看着林北,林北蹲下来,也看着松鼠。

　　林北想找块石子吓一吓小松鼠,低着头四下环顾,他没有看见石子,却看见了一对帆船样的大脚。

　　林北猛然立起来,然后他看见了硕大的身躯上安放着的那颗微型脑袋。

　　刘月仙的目光是炽烈的,甚至是急切的,像六零年的饿殍看到了半斤肉包子。

　　"我一直等着你。"

　　"等我干啥?"

　　"我不绕弯弯了,我喜欢你,好久以前就喜欢你了。"

"说话注意些,你是有男人的人了。"

"我表哥跟我说过,我男人配不上我。"

"对不起,我要走了。"

"我可以给你重新记工分,要不你一年就白忙活了。"

"我不需要。"

"你还想不想站讲台改本子?"

迟疑了一下,林北肯定地答复:"不需要了。"

说完他提起锄头往前走,女人一迈步,一道肉墙横在面前。

"你敢走我就敢喊。"

"喊啥?"

"说你要强奸我。"

"就你?谁相信?"

"都会相信,不要忘了,你是杀人强奸犯。"

"胡说八道,我不是。"

"已经是了,龙潭人都认为你是,我只要一喊,你就更是了。"

林北像一朵枯萎的花,他缩着脖子问:"为什么要这样干?"

"以前,龙潭哪个姑娘的眼睛不在你身上?就算有了男人的,谁在心里不跟你野一回,那阵子像我这样的,想都不敢想,现在好了,你在龙潭早就成泡臭狗屎了,可我不嫌你,我不管你是不是杀人犯,我就想跟你野一回。"

让开,林北大吼。女人斜着眼说,你敢迈出一步,我就喊。

林北左脚迈出。

"来人了!"声音高亢激越,惊起一林飞鸟。

林北蹲下来,伤心地哭了。女人懂事地弯下腰安慰林北,说你不要哭了,倒像是受了多大委屈样的,我跟你说,要不是我一直惦记你,这地头谁会嫁给你，只怕你到死那天也不知道女人是啥子味道呢！我不嫌弃你，你倒嫌弃我了。

女人伸出胖乎乎的手，拉着林北的手说，来吧，跟我来，地方我都找好了，松针好厚的，软和着呢！

那个迷人的黄昏，天地在林北的眼里完全褪色了，那些曾经的骄傲和美好，在女人起起伏伏的姿势里被一点一滴地抽取了。女人的汗水滴落在他苍白的脸上，砸得他钻心地疼。他突然发现，一切的憧憬原来都是虚幻，虚幻得像天边的一抹云，眨眼间，就被扯得七零八落。他侧着头，不敢看女人扭曲变形的脸。一只松鼠从树后跑出来，探头探脑，还抬起前爪抹了抹脸。最后，女人起来了一声酣畅的尖叫，吓得松鼠掉头就跑。林北不知道，这只松鼠还是不是刚才见到的那只，它们的模样太像了，一样的毛色，一样的尾巴，一样的表情，一样的自由自在。

二十一

迷人的乡村夏夜，田地里蛙声一片，白亮亮的月光铺开一地，还有风，能把每一个毛孔都吹开。进入下夜，晒谷场上的喧闹逐渐散去了。男人女人走在回家的路上，走出去很远了，环顾一下左右，发现娃娃们还在晒谷场追逐，就扯起嗓子吼：挨千刀的，还不快点回家，晚了看不打断你的狗腿。奔跑着的娃娃就停下了，把小路上远去的咒骂声听真切了，像是真怕狗腿被打断，就往回家的小路跑去了。

最后，晒谷场只剩下一地清寂的月光。

三个人散落在晒谷场上，离得远远的。

这片地头只有下半夜才属于他们，人声鼎沸的场景在他们的记忆里已经模糊了。

最先来的是胡卫国。他瘸了一条腿，高高低低地从昏黑里走来，找一块石礅坐下来，接着就是断断续续的咳嗽声。赤脚医生肖德学救活了他一条命，但没能保住他一条腿，从床上下地后，龙潭在他眼里就变得高低不平了。农活是干不了了，肖明亮就对社员们说，还是要废物利用，让他去守水库，每天能挣个半大娃娃的工分，虽然只有成年人的一半，还是勉强能活命了，只是烧酒没得喝了，连肚子也只能混个囫囵饱。

张维贤离他不远，背靠着炕房，缩在一片阴影里，得仔细看，要不你都发现不了。张维贤的新家就在晒谷场不远处的土坡上，一个松枝搭成的窝棚，刚搭成那阵子老漏雨，肖明亮批了几捆稻草给他，加盖了稻草，紧凑多了。房子烧掉以后，他把两个姑娘分别送到了两个姨妈家。一个人住在窝棚里，他觉得还算踏实，就是做饭不太方便，露天的，坛坛罐罐都在窝棚外，逢上落雨，就只能饿肚子了。除了房子变窄了，张维贤话也变得少了，有时候半个月没有一句话，下地就埋着脑袋干活，干完了埋着脑袋回家，回了家埋着脑袋睡觉。他发觉自己脑袋越来越重了，脖子越来越酸了，走路都只能盯着脚背了。

晒谷场边有几架风簸，风簸是用来扬稻谷的，一人来高，顶上一个大豁口，底下两个出谷口。扬谷的时候，先把卡子卡死，把晒干的稻谷倒进大豁口，手把着卡子，慢慢把谷子放下来，手摇动扇叶，一架风簸就风起云涌了，秕谷和尘土从风簸后面的出口飞扬而去，沉甸甸饱满的谷子就滑进下面的箩筐。林北以前最喜欢干扬谷这活，就是当小学教员那阵子，他都会在农忙季节来晒谷场帮一把手，他觉得这实在是个天才的发明,体现了劳动人民无穷的智慧。他站在一架风簸前,轻轻摇着把手,思绪跟着扇叶骨碌碌转。那时他也这样转着把手,前前后后都是年轻姑娘,笑吟吟地看着他,眼神里都是欢喜。想了很多,摇了一阵,林北靠着风簸坐了下来。

这个时候的晒谷场,隐秘得像躲进云层的月亮。

此刻,三个人都举着头,看着月亮在云端上飞奔。

昏黑里,晒谷场起来了歌声,是胡卫国,他的声音很小。

> 月亮出来亮汪汪,
> 从生到死愁断肠。
> 人说人生三节草,
> 三穷三富见阎王。

胡卫国唱罢,咳嗽一声,张维贤在屋檐下的阴影里接上唱:

> 一十三岁离家后,
> 漂泊一生好凄凉。
> 见只见:
> 泥瓦匠,住草房。
> 纺织娘,没衣裳。
> 卖盐的,喝淡汤。
> 种粮的,吃谷糠。

林北把歌声接过去,声音已经远离年龄而去,苍老浑浊。

等到白发染银霜，
两腿一蹬见阎王。
阎王老爷台上坐，
善恶终有一本账。
刀山火海不得去，
全赖有根好心肠。

唱完了，天地重新陷入沉默。

这样一人一段的低歌，不知道是从哪天开始的，反正很久了。没有约定，没有招呼，显得格外蹊跷。第一次，也是一个月亮很好的夜晚，张维贤坐在他的窝棚前，听着一坝子的闲聊打闹逐渐散去。他的表情不再生动，像块旱得脆硬的老板土，他的心思也不再活泛了，好的坏的都不想，过去现在也不想，盯着一根草，或者一汪水，他都能定定地盯上大半天，心思还不会跑，一直跟着，风摇着草，心思也跟着左摇右晃，水安静地摊开，心思也安静地摊开。这样很好，沮丧、绝望都被挡住了，就百毒不侵了，就不会有软塌塌的感觉了，步子也迈得开了，锄头也抡得圆了。看见路边交媾的两条狗，还会会心地笑一个。可就在那一晚，诡异得很，张维贤竟然想去晒谷场坐一坐，这个念头一起来，他拔腿就走。

到了晒谷场，张维贤才发现，昏黑里早就坐了一个人。胡卫国坐在青石碌子上，不停地咳嗽。两个人相互看了看，没有招呼。张维贤径直走到屋檐下，把自己藏进了一团黢黑。

最后，林北也来了，晃晃悠悠地走进晒谷场，去鼓捣坝子边的风簸，鼓捣了一阵，也坐了下来。三个人枯坐了好久，胡卫国忽然有了歌声。

唱词是龙潭连五岁娃儿都能唱全的花灯调儿。胡卫国唱完第一节，就埋头开始咳嗽。歌声没有停止，张维贤接过去了，张维贤唱了几句，不唱了，中间有了暧昧的断裂。过了好久，林北的歌声才响起来。

接下来，这个古怪而蹊跷的仪式被保留了下来，晒谷场的上半夜给了喧闹，下半夜给了歌声。

月亮西斜，该是回家的时候了。

三个人艰难站起来，拍打拍打，准备离开。晒谷场边忽然传来咳嗽声，肖明亮来了。其实他不是刚来，他一直都在，蹲在一根火棘树后，听夜晚升起的歌声。三个人的歌声在月夜下仿佛寒霜一般，刺透皮肤，直抵骨髓。这哪是歌声，简直就是挨了枪子的野狼在林子里发出的哀号。肖明亮听到了很多，除了歌声，他还听到了三个人长时间的沉默，听他们有气无力的心跳，听那些听不见的东西。早些时候，有晚归的娃娃给他说，晒谷场半夜有人唱灯调。开始他不信，后来说的娃娃越来越多，他才决定来看看的。

看见队长站在坝子边，三个人都惊讶了，然后他们慢慢围拢来，队长像寒冬里的一堆篝火。

决定几乎是在瞬间完成的，往地上啐了一口痰，肖明亮对面前的人说："两个好手好脚的，你们走吧！能走多远走多远。"

三个人沉默，长时间的沉默。要知道，以前张维贤和林北好几次都提出来要搬离这个地头，队长不同意。每次都骂，出去了就是心虚了，再有，万一上头问起来，我如何交代？

队长看了看拄着拐杖的胡卫国："你是走不了了，不过你狗日的没皮没脸，抗击打能力强，就这样赖活着吧！"

队长说完，转身走了。走出去几步，他又回头："走的两个，明天来我家一趟，我还有些粮票。"

林北接过话:"我们不要你的粮票。"

队长一跺脚,有了火:"日你先人板板,我是怕饿死你狗日的些。"

队长走出去好远了,张维贤忽然在身后问:"我们还回来不?"队长停下来,身子定了定,没答话,投进一片朦胧。

二十二

今年晒谷场的热闹来得格外早。往年,都是秋收冬藏后,各家各户按照工分分取实物的日子,才会有这样的人声鼎沸。今年水稻刚刚扬花,晒谷场就闹腾开了。偌大的晒谷场堆了几大堆杂七杂八的东西,锄头、犁铧、粪箩、背篼,大到打谷用的灌斗,小到一把镰刀。和往年分取东西的日子相比,今天没有了兴高采烈和欢天喜地,每个人脸上都是茫然。

那些脸,老的,嫩的,正徘徊于老嫩之间的,瞪着一坝子的东西,目光游离,神情惶然。晒谷场边一排整齐的样槐树上,一排儿拴了十多头耕牛,老的瘦的,高的矮的,黄的灰的。和焦躁的人群相比,牛群倒是显出了一贯的淡定和从容,它们悠闲地甩着尾巴,左左右右,驱赶着讨厌的苍蝇。

早晨起来还能看见一头的乌云,等把东西搬放完毕,乌云就像水田里被耙子耙散的积粪,变成了乌亮亮的稀稀拉拉。进入正午,太阳羞答答拱出来了,但不敢亮,只有淡淡的一个圆圈。

晒谷场连夜搭起来一个台子,台子不高,像课堂里的讲台。生产队长是新的,肖明亮解甲后,推荐了他。新的生产队长个子不高,站在台子上没能显出更富裕的高大,冒出的一小截脑袋让后排的人都瞻仰不到。幸好队长声音洪亮,滚雷似的,一出声,槐树下的牛背上腾起一片苍蝇雨。

队长说:"昨天晚上我一夜没合眼,就想今天该怎样给大家说这事情,这事情很复杂,一句两句说不抻抖,想了好些文件上的词儿,都感觉不对路,就只好漂白了说。是这样,根据上面的想法,我们伺候庄稼的式样要变。一句话说完,单干,不一窝蜂了。田土、农具、耕牛这些叮叮当当都分下去,把国家和集体该交的交齐了,剩下的就是自家的了。从今以后,多劳多得,少劳少得,不劳不得,那些干饭端大碗,干活靠坎坎的懒汉,好日子算是到头了。"队长话落,人群成了马蜂窝,嗡嗡嘤嘤,都在竭尽全力地表达着。

和热闹的晒谷场相比,寨子倒寂寞了,狗们全都在树荫下闭着眼睡觉,它们不知道,政策变了,土地下放了,好日子要来了;蜻蜓成群结队地盘旋在半空,簇簇拥拥,拉帮结伙,怕是大锅饭还没吃够吧!

老队长肖明亮坐在院子边的老槐树下,没去晒谷场,他让老太婆去了。他不愿意去,他累了,他现在就怕嘈杂,呜呜哇哇,耳朵都闹麻了。

何况,他还有客人。

客人坐在他面前,稀疏的头发黑黑白白地间杂着,端起茶碗喝了一口,眯着眼看着远处的晒谷场。

"老黄,真退了?"肖明亮问。

老黄点点头。然后他呵呵笑,指着猪圈边上那间屋子说:"我还记得你家的猪粪味儿啊!"

肖明亮双手合十,连说:"对不起,对不起,你这一提啊!我都脸红啊!"

老黄摆摆手,他表情凝重,凝视着肖明亮的眼睛,半天才低沉地说:"唉!该说对不起的是我啊!该脸红的也是我啊!"

"老黄你这话怎么说的?"

老黄目光移到远处,莽莽苍苍的大山往远方蜿蜒而去。

"我这趟来,是赶着来给胡卫国道个歉。"

肖明亮呵呵笑,说:"你给他道什么歉?这歉道不了了,也不用道了。"

"为啥?"老黄问。

"死了!年初死的,肝腹水。"肖明亮答。

老黄往后一仰,一声长叹。

肖明亮把身子往前凑了凑,对老黄说:"还有一件你想不到的事情。"

"哦?"老黄也往前凑了凑。

"他死前跟我说,那件事是他干的。"肖明亮说。

"他给你说是如何杀人的了吗?"老黄问。

肖明亮摇摇头说:"这倒没有。"顿了顿他又说,"都承认了,承认了就行了。"

老黄笑着摆摆手说:"那就不会是他干的。"

"人之将死,其言也善,鸟之将亡,其鸣也哀啊!"肖明亮说。

沉默一阵,肖明亮忽然说:"两个跑到外地的这下可以回来了。"指指远处,他又得意地说,"分的东西两个人都有份。"

老黄低沉着说:"回不来了。"

"为啥?"肖明亮问。

"两个都死了,病死的。我去调查过,都是癌症,一个肝癌,一个肺癌。那个小学老师,死的时候只有六十多斤。"

老黄从兜里取出两个信封,往肖明亮膝盖上一拍,说:"两个人死之前给公安局写的信,都说那事是自己干的。"

太阳升得老高了,晒谷场的热闹还在持续,家家户户都守着一堆东西,笑容跟着阳光一起流淌。分完这些叮叮当当的东西,就该分土地了,那才是真正的激动人心呢!龙潭人觉得,好日子真是来了,双臂一伸,就能把幸福抱得结结实实,无论如何,都是跑不脱的了。